Emma Noyes
Guy's Girl

EMMA NOYES

GUY'S GIRL

Roman

Aus dem amerikanischen Englisch
von Birgit Niehaus

dtv

MIX
Papier | Fördert gute Waldnutzung
FSC® C083411
FSC
www.fsc.org

Deutsche Erstausgabe

Titel der amerikanischen Originalausgabe: ›Guy's Girl‹,
erschienen 2023 bei Berkley, an imprint of
Penguin Random House LLC, New York

Umschlaggestaltung: dtv nach einem Entwurf von Lila Selle
Umschlagmotive: shutterstock.com / © Mariia aiiraM; VectorIllustration
Gesetzt aus der DTL Dorian
Satz: Greiner & Reichel, Köln
Druck und Bindung: CPI books GmbH, Leck
Printed in Germany · ISBN 978-3-423-26365-8

Für Lauren

ANMERKUNG DER AUTORIN

Obwohl die Handlung in diesem Buch keine wahre Geschichte ist, sind viele meiner eigenen Erfahrungen in die Auseinandersetzung der Erzählerin mit Anorexie und Bulimie eingeflossen. Für diejenigen unter euch, die in der Vergangenheit selbst unter einer Essstörung gelitten haben, könnte die Story als Trigger wirken.

Es ist nicht meine Absicht, Anorexie und Bulimie erzählerischen Glanz zu verleihen. Vielmehr hoffe ich, dass Ginnys Geschichte ein wenig Licht auf die Realität dieser beiden Krankheiten wirft und denjenigen von euch, die damit zu kämpfen hatten, zeigt: Ihr seid nicht allein.

Ginny ist sich nicht sicher, was zuerst da war – der Typ oder der krankhafte Zwang.
Sie traten fast gleichzeitig in ihr Leben, wie zwei Züge, die aus entgegengesetzten Richtungen in einen Bahnhof einfahren. Aber sie verschwanden nicht gleichzeitig wieder. Der eine brauchte viel länger als der andere.

Auf den ersten Blick scheint es keinerlei Verbindung zwischen ihnen zu geben, zwischen diesem Menschen und dieser Krankheit. Aber im Kern speisten sie sich aus derselben Kraft – aus einer falschen Art von Liebe: der falschen Art, jemand anderen zu lieben, und der falschen Art, sich selbst zu lieben.

Ginny hatte nicht vorgehabt, bulimisch zu werden. Wer will das schon? Wer ist schon scharf auf eine psychische Erkrankung? Sie war es jedenfalls nicht. Es hat sich irgendwie so ergeben. Genauso, wie es sich mit Finch ergeben hatte. Sie ist hineingestolpert in diesen gefährlichen Rausch, Schritt für Schritt. Und als sie merkte, was da passierte, war es schon zu spät.

Adrian erinnert sich noch genau an den Moment, als er beschloss, sich niemals zu verlieben.

Er war elf. Seine Mutter weinte seit einer Woche, ununterbrochen. Er verstand nicht ganz, was zwischen ihr und Scott vorgefallen war. Es sollte noch Jahre dauern, bis er den Verrat seines Stiefvaters in seinem ganzen Ausmaß begriff.

Er stieg die ausgetretene Treppe ihrer neuen Bleibe in Indianapolis hinauf, einem winzigen Haus, das sie sich mit einem triefäugigen, seltsam pockennarbigen Paar teilten. In der einen Hand hielt er einen Kaffeebecher, in der anderen eine Schüssel Haferbrei. Seine Mutter würde nichts davon anrühren, aber er musste es trotzdem versuchen.

Er drückte die Tür ihres Schlafzimmers auf. Sie lag zusammengerollt auf der Seite, den Kopf auf dem Kissen. Sogar schlafend wirkte sie unglücklich. Die Stirn gerunzelt. Die Augenlider verquollen. Ihre Lippen bewegten sich geräuschlos, als würde sie beten.

Er stellte die Schale und den Becher auf den Nachttisch.

Mir soll so was nicht passieren, dachte er. *Ich will das nicht, nie.*

TEIL 1

Ginny Murphy baut schon wieder ab.

Sie spürt es, als sie ihren Koffer die vierte und letzte Treppe zur Wohnung ihrer Freunde in SoHo hinaufschleppt. Ihre Beine zittern. Helle Punkte flimmern vor ihren Augen. Es ist achtzehn Uhr und sie hat den ganzen Tag noch nichts gegessen.

Wäre Heather hier, sie würde Ginny das Hungern nicht durchgehen lassen.

Sie würde ihr Handy zücken und eine Liste all der Muskeln, Nerven und Organe googeln, die Energie brauchen, um zu funktionieren. Und dann würde sie Ginny einen Donut reinzwingen.

Vor der Wohnung 5E bleibt Ginny stehen, zupft ihren Rock zurecht und versucht, die tanzenden Lichtpunkte wegzublinzeln. Sie zögert. In Minnesota fällt es ihr nicht schwer, ihre Essgewohnheiten zu verbergen, da lebt sie allein. Aber hier, zu Besuch bei den Jungs, ihren besten Freunden seit dem ersten gemeinsamen College-Jahr?

Schwierig.

Sie hebt eine Hand und klopft zweimal.

»Da ist sie!«, hört sie eine Stimme von drinnen, gefolgt von Schritten. Dann schwingt die Tür auf und gibt den Blick frei auf eine rote Haarmähne und ein breites Grinsen, das die komplette Türöffnung einnimmt.

»Ginny fucking Murphy!«, ruft Clay, ihr engster Freund. Und im nächsten Moment wird sie von sommersprossigen Armen hochgehoben und durch den Flur gewirbelt. Ginny muss lachen. Sie weiß nicht, wann sie dieses Geräusch zuletzt aus ihrem Mund gehört hat.

Clay setzt sie ab und schnappt sich ihren Koffer. »Willkommen in Manhattan!«

Adrian Silvas hat seine 18.00-Uhr-Pause. Fünfzehn Minuten, um Goldman zu verlassen und sich einen Kaffee im *Gregory's* auf der East 52nd zu holen: Cold Brew, ohne Zucker, ein Schuss Mandelmilch. Ein Muntermacher für den Abend, der sicher wieder lang werden wird. Völlig egal, dass heute Freitag ist. Völlig egal auch, dass die Chefs schon längst gegangen sind. Die Analysten bleiben bitte schön hinter ihren Schreibtischen, bis ihnen die Augäpfel bluten.

Adrian ist ins Investmentbanking gegangen, weil ihm alle gesagt haben, dass er das machen soll. Genauso wie er sich für das Harvard-Stipendium beworben hat oder sich zum Vizevorsitzenden seines Final Clubs wählen ließ, weil alle meinten, das sollte er tun.

Als er bei Goldman Sachs unterschrieb, hatte er keine Ahnung, was auf ihn zukommen würde. Wie lang seine Arbeitszeiten wären. Wie stumpf und gleichzeitig stressig seine Tage. Wie sehr ihm der Job die Seele aus dem Leib saugen würde. Jetzt gehört er zu denen, die mehr Geld haben, als sie brauchen, und keine Zeit, es auszugeben.

»Eső után köpönyeg«, würde sein Großvater sagen.

Hinterher ist man immer schlauer.

Clay führt Ginny durch den kurzen Flur Richtung Wohnzimmer. Sie sind ungefähr drei Meter weit gekommen, da schießt ein Wust aus hellbraunen Locken und grauer Baumwolle auf sie zu.

»Gin-a-vieve!«, schreit der Tornado und drückt Ginny an sich. »Du hast es geschafft!«

»Tristan«, ruft Ginny in die Schulter ihres Freundes. »Wie oft muss ich's dir noch sagen? Ich heiße …«

»*West Virginia*«, singt Tristan, lässt Ginnys Schultern los und wirft schwungvoll einen Arm in die Luft.

Clay lehnt sich an seinen Mitbewohner, und gemeinsam schmettern sie: »*Mountain Mama. Take me hooome, country roads.*«

Als sie fertig sind, grinst Clay zu Ginny hinunter. »Na? Hast du uns vermisst?«

»Du bist mit einer 757 gekommen, hab ich gesehen.« Tristan ist plötzlich ganz sachlich. »War das ein Großraumflugzeug? Gott, was würde ich darum geben, jetzt in so einem schnuckeligen Flieger zu sitzen. Weißt du, dass ich seit über einem Monat nicht mehr geflogen bin? Ich glaub, ich bin auf Entzug. Aber ich hab mir diese App hier runtergeladen, guck mal …«

Er ist schon wieder voll in seinem Element.

Als sie sich im ersten Studienjahr kennenlernten, hätte Ginny nicht gedacht, dass sie Tristan mögen würde. Er redet so viel, dass er drei Gespräche gleichzeitig bestreiten könnte, und seine Lieblingsthemen sind Finanzen, Finanzen und noch mal Finanzen. Er ist geradezu besessen vom Leerverkauf von Aktien, und nichts würde ihm mehr Spaß machen, als die Wirtschaft eines kleinen Landes zu ruinieren.

Andererseits sagt er zu allem Ja, lacht über jeden Witz und probiert jedes Essen, das man ihm vorsetzt. Er ist unersättlich neugierig – und auf eine seltsam kindliche Weise in Flugzeuge vernarrt.

Ginny liebt ihn über alles.

Überhaupt liebt Ginny Jungs. Nicht in sexueller Hinsicht. Ehrlich gesagt hat sie sich seit Jahren zu keinem mehr hingezogen gefühlt. Nein, was sie an Jungs liebt, ist ihre Gesellschaft. Männerfreundschaften sind anders als Frauenfreundschaften. Einfacher. Ohne das ganze Drama.

Auch die Körper von Männern mag Ginny. Ihre nachlässigen, unordentlichen Frisuren und ihren vorhersehbaren Klamotten-Style. Die seltsame Form ihrer Waden – dünn an den Knöcheln und rund in der Mitte, wie hölzerne Telefonmasten, die vom Regen der letzten Nacht aufgequollen sind. Und sie mag die alberne, aber ehrliche Art, mit der sie sich gegenseitig zum Lachen bringen.

Aber am meisten liebt sie *ihre* Jungs.

Von seiner Flugradar-App schwärmend führt Tristan Ginny und Clay jetzt ins Wohnzimmer.

Die SoHo-Wohnung der Jungs ist das klassische Drecksloch, in dem man haust, wenn man mit dem Studium fertig ist: knarzende Dielen, weiß getünchte Wände und eine Dusche, die aussieht, als sei sie noch vor dem Fall der Berliner Mauer eingebaut worden. Alle Bewohner des Apartments sind über eins achtzig groß, und Ginny hat keine Ahnung, wie sie sich zusammenfalten, wenn sie sich auf die winzige Toilette setzen.

»Tristan«, dringt eine tiefe, raue Stimme aus dem Wohnzimmer, »noch ein Wort über Inlandsflugrouten und ich stürze mich von der Feuerleiter.«

Ginny atmet scharf ein. Er ist also auch da.

Finch.

Sie tritt ins schummrige Wohnzimmerlicht, und da sitzt er: Alex Finch, der Vierte und Letzte ihres Freundes-Quartetts. In einem niedrigen Armchair, die Gitarre auf dem Schoß, das Aux-Kabel ins Handy gestöpselt. Finch studiert Medizin an der NYU. Er will Orthopäde und Unfallchirurg werden. Er hat raspelkurze blonde Haare und ein schiefes Lächeln.

Er ist absolut brillant und gleichzeitig dumm, so wie alle brillanten Männer immer auch dumm sind.

Wenn Ginny an ihr erstes College-Jahr denkt, denkt sie an Finch. An seine Hände auf ihrer Taille, am Saum ihres Shirts. Daran, wie sich der Stoff anfühlte, wenn er es ihr über den Kopf streifte. An seine Augen, als er sie zum ersten Mal musterte. Sie denkt daran, wie sie sich geküsst haben, bis ihre Wangen rot waren von seinen kratzigen Bartstoppeln.

Stopp, ruft sie sich zur Vernunft. *Aufhören!*

Sie zwingt ein Lächeln auf ihr Gesicht und geht ein Stück auf ihn zu. »Finch. Hi.«

»Gin.« Er legt die Gitarre beiseite und schält sich aus dem Sessel. Mit zwei langen Schritten steht er vor ihr. »Wie schön, dich zu sehen.« Er schlingt beide Arme um sie und drückt sie an sich.

Aus Angst vor seinem allzu vertrauten Geruch hält sie die Luft an.

Nachdem sie sich aus der Umarmung – die eine Sekunde länger dauerte, als es angemessen gewesen wäre – gelöst hat, geht Ginny zu der abgewetzten grauen Couch und setzt sich. Jetzt, zu viert in dem kleinen Wohnzimmer, gibt es nicht mehr viel Platz. Nicht mehr viel Luft zum Atmen.

»Also.« Clay stellt ihren Koffer neben dem Fernseher ab und geht zu der winzigen Küchenzeile, nur ein paar Schritte weiter. »Wir haben uns gedacht, dass wir vorglühen und pokern, bis Adrian kommt, und danach durch die Clubs ziehen.«

Clay ist ihr Anführer. Er ist zwar nicht der, der am meisten redet – der Pokal geht eindeutig an Tristan –, aber er hat das Sagen. Er schmiedet die Pläne und übernimmt die Verantwortung. Noch arbeitet er für ein Unternehmen, das die Regierung berät, doch irgendwann wird er wahrscheinlich selbst Präsident der Vereinigten Staaten sein. Der Mann könnte mit einer Zimmerpflanze Freundschaft schließen.

»Ich bin sicher, ich kann uns noch einen Tisch im *Tao* klarmachen«, sagt Tristan. »Der Besitzer ist ein Freund meines Vaters. Wir haben ihn letztes Jahr in seinem Haus in den Hamptons besucht, und …«

»Halt die Klappe, Tristan«, unterbrechen Ginny und Clay ihn wie auf Knopfdruck. Es ist ihr altes Mantra, das sie immer dann bringen, wenn ihr Freund mit den Beziehungen seines Vaters anfängt. Oder mit dem Spätkapitalismus. Überrascht grinsen sie sich an. Clays Zähne blitzen weiß unter seinen roten Haaren. Der Anblick ist Ginny so vertraut, dass es sie umhaut.

»Und?« Clay zwinkert ihr zu, dann dreht er sich um und öffnet den kleinen Kühlschrank in der Ecke. »Wie läuft's bei der Arbeit, Gin?«

»Na ja.« Sie rutscht auf der Couch hin und her. »Ist halt Arbeit.«

»Aber du bist doch bei einer *Brauerei*«, sagt Clay über die Schulter, während er im Kühlschrank nach Alkoholischem fahndet. »Das ist doch schon mal genial.«

»Stimmt«, sagt Ginny. »Mit dem kleinen Haken, dass die Brauerei ihren Sitz in Minnesota hat.«

Im Herbst ihres letzten College-Jahres hatte Ginny einen Vertrag bei Sofra-Moreno unterschrieben, einem internationalen Bierkonzern. Als Sofra anfing, sich für sie zu interessieren, war sie noch gar nicht fertig mit ihrem Geschichts- und Literaturstudium – ein schöner Beweis dafür, dass der Abschluss völlig egal ist. Dass man nach dem College machen kann, was man will, vorausgesetzt, man kann gut lügen. Wie bitte? Sie soll die Geschichte des Bieres erforschen und dafür fast sechsstellig verdienen? Nein, natürlich nicht. Sie soll den Umsatz des Unternehmens steigern – oder wenigstens *so tun*, als ob.

Als sie den Vertrag mit Sofra unterschrieb, war Ginny bereit für eine aufregende internationale Karriere. Sie sah sich bereits Brauereien in aller Welt besuchen. Mit Führungskräften verkehren. Die Karriereleiter hochklettern. Sie hätte sich sogar vorstellen können, die Cicerone-Lizenz zu erwerben und Biersommelière zu werden.

Bis man sie nach Minnesota schickte.

Sie wollte erst Nein sagen. Sich nach einem anderen Job umsehen. Aber dann gingen ihre Seminare so richtig los und ihre Freizeit schrumpfte in sich zusammen. Wie benommen stolperte sie in ihre Zukunft. Auf dem Weg, den man ihr wies.

»Die Zwillingsstädte!« Tristan klatscht in die Hände. »Was hast du für ein Glück, dass du dort leben kannst! Wusstest du, dass du von Minneapolis-Saint Paul aus in 163 verschiedene Städte fliegen kannst? MSP ist eines der wichtigsten Drehkreuze von Delta, und Delta ist die beste Airline der …«

»*Tristan*«, unterbricht ihn Finch, bevor er richtig loslegen kann.

Zwischen Tristan und Finch knirscht es. Es ist nicht so, dass sie sich nicht mögen, es ist eher so, dass sie zwei Seiten derselben Medaille sind. Beide sind etwas stämmig, beide haben ein schiefes Grinsen und Locken – bei Finch sind sie kurz und blond, bei Tristan lang und hellbraun. Beide kommen aus reichem Elternhaus und waren auf Privatschulen an der Ostküste, wo sie in der Schulmannschaft gerudert haben.

Während ihres ersten Harvard-Jahres waren sie oft für Brüder gehalten worden. Im Laufe des Studiums gingen sie jedoch auf Distanz, so als wollten sie dem unerwünschten Vergleich entkommen. Bei jeder sich bietenden Gelegenheit betonten sie ihre Unterschiede. Sie taten das aus demselben Grund, aus dem Nachbarländer immer wieder Krieg gegeneinander führen: Menschen fühlen sich provoziert von denen, die ihnen zu ähnlich sind.

Tristan entwickelte sich zum Prototyp des Finanzmenschen. Er studierte BWL, trat dem Harvard Consulting Club bei, machte ein Praktikum bei einer Bank, trug Button-Down-Hemden und Sperry-Bootsschuhe. Er rasierte sich glatt und gründlich und ebenso gründlich behielt er sein Portfolio im Auge.

Finch dagegen legte so viel von seiner Erziehung ab, wie er nur konnte. Er ließ sich die Haare wachsen, tauschte seine Stoff- gegen Jogginghosen und verbrachte seine Freizeit entweder mit der Gitarre auf dem Schoß oder im Physiklabor, eine Tüte Gras im Rucksack.

Ginny wendet ihren Blick von Finch ab und zwingt ihre Gedanken in eine andere Richtung. Zu dem letzten, noch abwesenden Mitbewohner: Adrian.

Von allen Bewohnern des Apartments 5E kennt Ginny Adrian am wenigsten. Er war erst auf den letzten Drücker in die WG gekommen. Als einer von außen. Die wenigen Male, die Ginny ihn damals auf dem College getroffen hatte, war er ungefähr so freundlich gewesen wie ein eingetopfter Kaktus. Aber okay, für einen Schlafplatz in New York wird sie sich schon mit ihm arrangieren.

Inzwischen hat Clay seine Suche im Kühlschrank beendet und die Zutaten für Mixgetränke herausgeholt – genau, wie Ginny befürchtet hat. Ein Schuss Tequila hat hundert Kalorien, zweihundert Milliliter Bitter Lemon ebenfalls …

Sie steht auf, durchquert den winzigen Raum und öffnet das Fenster. Kühle Luft strömt herein. Sie atmet tief durch, bevor sie zur Couch zurückgeht und sich wieder setzt.

Clay schenkt vier Becher Tequila Lemon ein. Finch zündet sich eine Zigarette an, dann fummelt er an der Lautsprecherbox herum und stellt eine Vorglüh-Playlist zusammen. Tristan versucht vergeblich, ihm das Aux-Kabel zu klauen. Und währenddessen plaudern sie – über die Arbeit, über Sport, über Mädchen, die sie daten. Sobald Tristan das Wort »Großraumjet« in den Mund nimmt, werfen Ginny und Finch Servietten nach ihm.

Die Stimmen der Jungs hüllen Ginny ein, und sie merkt, wie sich ihre Ängste für einen kurzen Moment legen. Es fühlt sich gut an, nicht mehr *das Mädchen* zu sein. Sondern einfach Teil der Gruppe. Eine von den Jungs.

Sie atmet tief ein, füllt ihren Körper mit kühler Luft und Finchs Zigarettenqualm.

Adrian stößt die Tür der West Street 200 auf, Hauptsitz von Goldman Sachs, und tritt hinaus in die dunkle Nacht. Er kann sich nicht erinnern, wann er den Laden zuletzt bei Tageslicht verlassen hat.

Dass er es heute vor Mitternacht geschafft hat, grenzt an ein Wunder. Es ist das erste Mal seit Langem, dass er mit seinen Mitbewohnern feiern gehen kann. Mit seinen Mitbewohnern und ihrer Freundin. Ginny.

Zu College-Zeiten ist Adrian Ginny nur gelegentlich über den Weg gelaufen. Ab und zu hat er sie auf dem Campus gesehen – beim Rollerbladen in der Plympton Street oder wenn sie mit Clay im Delphic auf den Tischen tanzte –, aber er kennt sie nicht wirklich. Nach dem, was Clay erzählt hat, hat sie nach ihrem Abschluss bei einem großen Bierkonzern angeheuert und ist nach Minnesota gezogen. Er konnte sich nie vorstellen, wie man es in einer solchen Gegend aushalten kann, aber momentan hasst er sein New Yorker Leben so sehr, dass es für ihn wie ein Traum klingt, alleine im Mittleren Westen zu wohnen.

Natürlich würde er niemals dorthin ziehen. Wenn er irgendwo hingehen würde, dann zurück nach Budapest, in seine Geburtsstadt. Sein Telefon vibriert in der Tasche, und er holt es heraus. Es ist seine Mutter, die sich nach seiner Woche erkundigt. *»Milyen volt a heted?«*

»Kiváló«, antwortet er. *Sehr gut.*

Seine wöchentliche Lüge.

Er steckt das Handy zurück und macht sich auf den Weg zur Sullivan Street.

Von seinem Arbeitsweg mag Adrian die drei Blocks auf der Prince Street, die er gerade entlangläuft, am liebsten. Künstler sitzen auf dem Bürgersteig, präsentieren Bilder, Schmuck und handgewebte Decken. Restaurants haben ihre Tische rausgestellt, Gäste füßeln unter weißen Tischtüchern. Die Szene erinnert ihn an die Váci útca. An Budapest.

Seine Jahre in Ungarn waren die glücklichsten, an die er sich erinnern kann. Weil ihre Mutter eigentlich ständig arbeiten musste, haben er und seine Schwester Beatrix kaum in ihrer Budapester Wohnung gelebt, sondern bei den Großeltern in Szentendre, etwas außerhalb der Stadt – in einem Haus, das sein Großvater eigenhändig gebaut hatte. Im Garten standen Kirschbäume und auf dem Herd Kohlrouladen. Ganz in der Nähe wohnten Adrians Großtanten und Großonkel, mit denen sie sich regelmäßig trafen, um den Namenstag irgendeines obskuren Heiligen zu feiern. Irgendjemand war immer betrunken. Oder lag mit jemand anderem im Clinch.

Aber Jahre später sehnte sich Adrian nach diesen Querelen.

Als er acht war, meldete seine Mutter ihn plötzlich zum Englischunterricht an. Einmal pro Woche fuhr er mit dem Fahrrad zum Haus einer alten Ungarin und hörte zu, wie sie in einer Sprache brabbelte, die er weder verstand noch verstehen wollte. Er machte nie mit. Er machte nicht einmal den Mund auf. Warum sollte er? Alle um ihn herum sprachen doch Ungarisch.

Als er neun war, verkündete seine Mutter, dass sie nach Amerika ziehen würden. Sie sagte es ihm in ihrer Küche in der Pester Innenstadt. Adrian hatte die Wohnung noch nie gemocht. Ihm gefielen die bunten Häuser und die Kopfsteinpflasterstraßen von Szentendre viel besser.

An diesem Nachmittag setzte ihn seine Mutter an den Holztisch in ihrer Küche und sagte:

»Távozunk.« Wir ziehen um.

»Hová megyünk?« Wohin?

»Amerika.«

Sie wolle wieder heiraten, sagte seine Mutter. Einen Mann, dessen Namen Adrian noch nie gehört hatte. Einen Mann, der weit weg lebte, in einem fremden Land namens *Indiana*. Er hatte keine Ahnung, wo und wie seine Mutter ihn kennengelernt hatte. Irgendwann hörte er Beatrix am Telefon mal etwas von einer Internet-Partnervermittlung flüstern, aber das war erst sehr viel später.

Adrian starrte seine Mutter an, während sie in der Küche herumhantierte, Lebensmittel auspackte und Gewürze verstaute. Sie bewegte sich vollkommen natürlich, unverkrampft, so als hätte sie ihrem Sohn nicht gerade etwas eröffnet, das sein gesamtes Leben aus den Angeln hob. Er war so wütend, dass er hätte ausrasten können.

Aber dafür war er nicht der Typ. Stattdessen schluckte er alles runter, die ganze Wut, den Kummer, die Trauer um das einzige Zuhause, das er je gekannt hatte.

»Pakold össze a cuccaidat«, sagte sie. *»Egy hét múlva indulunk.« Pack deine Sachen zusammen. Wir reisen in einer Woche ab.*

Als er vor dem Eingang seines Wohnblocks steht, vibriert sein Telefon erneut. Er wirft einen Blick auf das Display in Erwartung einer weiteren Mail seines Chefs.

Aber es ist sein künftiger Vermieter.

Adrian hat eine Einzimmerwohnung gefunden. Allerdings hat er Clay und den anderen noch nicht erzählt, dass er ausziehen, dass er seinen Untermietvertrag nicht verlängern wird. Und es sind ja auch noch ein paar Monate bis dahin. So lustig es ist, mit den Jungs zusammenzuwohnen, langsam würde er gern ein Erwachsenenleben führen oder es zumindest ausprobieren. Er möchte einen Ort haben, wo er sich hinlegen und alles ausknipsen kann, jeden einzelnen inneren Schalter.

Auf der Treppe vor dem Haus bauscht sich eine mit Menüboxen gefüllte Plastiktüte im Wind. Eine Lieferung von *Mamoun's*. Wahrscheinlich hat Clay den Boten nicht klingeln hören. Typisch. War vermutlich zu sehr damit beschäftigt, Ginny irgendeine Story zu erzählen.

Als Adrian eingewilligt hatte, nach der Uni in diese Wohnung zu ziehen, war Clay der einzige Mitbewohner gewesen, den er wirklich kannte. Sie hatten sich im Delphic Club kennengelernt, dessen Vorsitzender Clay war. Adrian war sein Stellvertreter, und sie ergänzten sich perfekt: Clay war mit seinem lässigen Charme das Gesicht des Clubs, während Adrian im Hintergrund organisierte und die Strippen zog. Ihm machte das nichts aus, er ist nicht der Typ, der gerne im Rampenlicht steht.

Während er die vier Treppen hinaufsteigt, die Plastiktüte in der Hand, malt sich Adrian sein Leben in dem neuen kleinen Apartment aus: Platz für sich allein, ein Bett und eine Miniküche, ein Fernseher, um Filme zu schauen, und ein Bücherregal voller Romane. Stapelweise.

In den seltenen Momenten, in denen er mal freihat, liest Adrian. Meistens Belletristik. Am liebsten Geschichten, die ihn in die Psyche des Erzählers hineinziehen, ihn zwingen, zu fühlen. Und das tut er. Er *fühlt*. Er fühlt auf eine Weise, wie es ihm im wirklichen Leben nicht möglich ist. Wenn Charaktere sterben, macht ihn das traurig. Verlieben sie sich, macht es ihn glücklich. Okay, er weint nicht und er lacht auch nicht laut, aber er spürt ein Kribbeln in der Brust oder einen Knoten im Magen, ein nervöses Flattern bis runter in die Zehenspitzen.

Vielleicht ist es die beruhigende Gewissheit, in der Fiktion sicher zu sein. Das Wissen, dass er das Buch jederzeit zuklappen oder den Fernseher abschalten kann – und damit auch die Emotionen. So als sei sein Herz beim Lesen durch Leitplanken geschützt.

Tristan dreht gerade die Karte um, die Ginnys Full House komplett macht, als die Wohnungstür aufgeht und Adrian hereinkommt. Im Schatten des engen Flurs ist sein Gesicht nicht zu erkennen, aber er trägt die typische Investmentbanker-Uniform: Jackett und Button-Down-Hemd, gebügelte Hose und Lederschuhe.

Ginny seufzt innerlich. *Bye-bye, gute Laune.*

»Der Zombie kehrt zurück.« Finch legt sein Handy weg. »Und so früh.«

»Mein Chef ist übers Wochenende in den Hamptons.« Adrian schließt die Tür und kommt ins Wohnzimmer. An seinem Handgelenk baumelt eine Plastiktüte, aus der es nach gebratenen Kichererbsen und gegrilltem Lammfleisch riecht.

Ginny atmet ein paarmal tief durch und fokussiert sich ganz auf das bevorstehende Essen. Ja, sie schafft das. Sie hat sich vorbereitet, hat extra den ganzen Tag keinen Bissen zu sich genommen. Um einen Hohlraum in sich zu schaffen. Sie wird essen, und das Essen wird in diesen Hohlraum fallen – weit weg von ihren Hüften, ihren Schenkeln und ihrem Bauch.

Außerdem ist es ja nur für eine Nacht.

In ihrer Tasche vibriert ihr Handy. Sie holt es heraus und schaut aufs Display. Ein FaceTime-Anruf von Heather, ihrer Schwester. Wie so oft drückt Ginny sie weg.

»Hi, Ginny.«

Sie blickt hoch. Adrian ragt über ihr auf. Er stellt das Essen auf dem Couchtisch ab, knöpft sein Jackett auf. Und lächelt. Es ist ein schmales Lächeln. Ein Blitzen weißer Zähne und ein kurzes Aufleuchten der Augen inmitten von dunklem Haar und Bartschatten. Seine Kieferlinie ist lang und markant, seine Augen sind so dunkelbraun, dass sie fast schwarz wirken. Er sieht müde aus, unendlich müde, aber er scheint sich wirklich zu freuen, sie zu sehen.

Dieses kleine Lächeln – es löst etwas Seltsames in ihr aus. Wie ein Rumoren tief unten in einem seit Langem schlafenden Vulkan. Ginny ist erschrocken über ihre Reaktion. Sie blickt schnell zu Boden, ihre Wangen werden heiß. Als sie wieder aufschaut, mustert Adrian sie neugierig.

Sie besinnt sich auf ihre Manieren und springt so hastig auf, dass ihr das Handy aus der Hand fällt und ihr kurz schwummrig wird.

»Adrian, hallo!« Ihre Stimme ist zu hoch. Sie blinzelt gegen die Punkte an, die vor ihren Augen tanzen. »Ist ja wirklich ewig her! Wie geht es dir? Wie war's bei der Arbeit?«

»Nervtötend, wie immer«, antwortet er.

Sie blinzelt noch einmal und kann endlich wieder klar sehen. »Du stehst nicht so auf Investmentbanking?«

»Niemand steht auf Investmentbanking.«

»Oh.« Ginny legt den Kopf schief und beäugt ihn. Er ist attraktiv. Viel attraktiver, als sie ihn in Erinnerung hatte. »Für jemanden, der seinen Job hasst, siehst du aber überraschend gut aus.«

Sie bereut die Worte, noch während sie sie ausspricht. *Scheiße. War das eine Beleidigung oder ein Kompliment?* Es ist so lange her, dass sie unter Leuten war. Sie weiß gar nicht mehr richtig, wie das geht.

Einen Moment lang mustert Adrian sie, die Lippen leicht geöffnet, die Augenbrauen zusammengezogen. Sie will sich gerade entschuldigen, will ihm sagen, dass das ein Scherz gewesen sein sollte, da grinst er plötzlich. Und dieses Grinsen verwandelt ihn, bricht jede harte, müde Linie in seinem Gesicht. Der unnahbare Typ, an den sie sich aus dem College erinnert, ist verschwunden. Und das verblüfft Ginny so sehr, dass sie fast rückwärtstaumelt.

»Na dann: danke schön«, sagt er.

»Wir pokern gerade. Bist du dabei?«, fragt Clay.

»Muss erst duschen und mich umziehen.« Adrian wendet sich ab und winkt über die Schulter, schon auf dem Weg in sein Zimmer. »Schön, dich zu sehen, Ginny.«

Dann schließt sich seine Tür, und Ginny starrt noch eine ganze Weile auf das abgestoßene weiße Holz.

Hm.

Adrian zieht sein Jackett aus und wirft es aufs Bett. Seine Zimmerwände sind kahl, der Schreibtisch praktisch leer. Er verbringt fast keine Zeit hier. Er hat nicht die Energie, sich um Deko zu kümmern.

Der Zombie kehrt zurück.

Es gibt nicht viele Menschen, gegen die Adrian eine aktive Abneigung hat. Würde er seine Emotionen in ein Diagramm eintragen, würde die Kurve nur flache Hügel und Täler aufweisen, keine exponentiellen Höhen oder Tiefen. Er kann keine Liebe empfinden – aber eben auch keinen Hass. Den meisten Menschen gegenüber ist er völlig neutral.

Aber Alex Finch mag er nicht. Er könnte nicht mal genau sagen, warum. Es ist ein Gefühl, das immer da ist. Eines, das sich in seiner Magengrube eingenistet hat, seit er Finch zum ersten Mal die Hand geschüttelt hat. Eine Hand, glitschig und klebrig zugleich, wie ein Blutegel, der einem durch die Finger gleitet, sobald man versucht, ihn zu packen.

Es ist nicht so, dass Finch unfreundlich wäre. Im Gegenteil – immer wenn Adrian etwas sagt, beugt sich Finch vor und stützt das Kinn auf die Hand. Signalisiert mit jeder Faser seines Körpers, dass er zuhört, *wirklich* zuhört.

Es ist eher etwas hinter seinen Augen. Etwas, das Adrian nicht deuten kann und das ihm nicht gefällt.

Er schüttelt das Gefühl ab und schlüpft aus seiner restlichen Kleidung. Als er sich ein Handtuch um die Hüfte wickelt, muss er an Ginnys Lächeln denken. An ihre geröteten Wangen. Sie ist süß. Viel süßer, als er sie in Erinnerung hatte.

Während sie essen, pokern sie weiter. Die Jungs stürzen sich auf ihre gebratenen Vorspeisen, Ginny stochert in ihrem Hummus und Tabbouleh herum.

»All-in«, sagt Tristan und schiebt alle seine Chips in die Tischmitte. Er hat den Mund voller Pommes, seine hellbraunen Haare wippen beim Kauen.

»Wie bitte?«, fragt Finch. »Hey, das ist die erste Runde, Alter.«

Tristan zuckt die Achseln.

Finch wirft seine Karten auf den Tisch. »Ich steig aus.«

»Du bist so konservativ.« Tristan leckt sich die Finger ab und streicht einen kleinen Stapel Chips ein.

»Sagt der Mann, dessen Vater die Verkörperung der Republikanischen Partei ist«, grummelt Finch.

In der nächsten Runde dreht Clay die River-Karte um.

»Kreuz-Acht, Kreuz-Sechs, Kreuz-Neun. Na, wer hat einen Straight Flush?«, fragt er, bevor er für einen Dollar Chips in die Mitte wirft.

Tristan pfeift. »Ganz schön dicke Hose.«

Finch schüttelt seine blonden Haare. »Einen Scheiß hat er.«

Clay grinst und presst die Fingerspitzen aneinander.

»Ich gehe mit«, sagt Ginny und nimmt für einen Dollar Chips von ihrem Stapel ab.

Tristan grinst noch breiter. »Das ist unser Mädchen. Wie sagt mein Vater immer so schön: Geld verdient man nur, indem man Geld ausgibt.«

»Halt die Klappe, Tristan«, rufen Ginny und Clay wie aus einem Mund.

Sie spielen eine halbe Stunde lang. Clay mixt noch ein paar Drinks. Durch einen schlechten Call verliert Tristan sämtliche Chips auf einen Schlag und kauft sich sofort wieder ein. Finch dagegen verliert sein Geld langsam. Seine Chips tröpfeln auf den Tisch wie Wasser aus einem undichten Hahn. Schließlich gibt er auf, nimmt seine Gitarre und zupft *Slow Dancing in a Burning Room*. Ginny versucht zu ignorieren, was das mit ihrem Bauch macht.

Wenn sie an ihr erstes College-Jahr zurückdenkt, denkt sie an Finchs Stimme. Als sie ihn das erste Mal singen hörte – über den Bier-Pong-Tisch hinweg, auf dem eine ganze Batterie *Four-Lokos*-Dosen stand –, hatte ihr Bauch eine Art Yoga gemacht. Seine Stimme war sanft und weich, als hätte er Toffee zwischen den Zähnen. Sie konnte nur halb verstehen, was er sang, aber sie sah, wie seine Lippen die Worte formten. Am liebsten hätte sie ihre Hände um diese Lippen gelegt, um die Melodie einzufangen. Um sie mit in ihr Wohnheimzimmer zu nehmen und sie sich anzuhören, wann immer es sie überkam.

Wenn sie an ihr erstes College-Jahr denkt, denkt sie auch an seine Augen. Wie sie ihr überallhin folgten. Sie denkt daran, wie sie barfuß und in Jeans-Shorts im *Tasty Burger* standen und sich eine Tüte Pommes teilten, während ringsum der Harvard Square pulsierte. Sie denkt an ihn in ihr. An sein Flüstern – *Ich mag dich so sehr.*

Die Sache ist ja die: Wenn eine Hetero-Frau Teil einer Freundesgruppe von Hetero-Männern ist, kommt es unweigerlich zu Verwicklungen. Entweder verliebt sie sich in einen von ihnen oder einer von ihnen verliebt sich in sie. Manchmal ist es wechselseitig. Meistens eher nicht. Und im schlimmsten Fall wird einer von ihnen ihr nachstellen. Er wird ihr hinterherlaufen, obwohl sie immer wieder sagt, dass das keine gute Idee ist.

Er wird ihr so lange hinterherlaufen, bis sie nachgibt. Bis sie sich in ihn verliebt.

Und dann wird er ihr das Herz brechen – so schlimm wie nur irgend möglich.

Ginny prüft ihre Karten zum sechsten Mal, wobei sie sorgsam darauf achtet, dass sich ihr Blick nicht zu Finchs Sessel verirrt.

Clay hält ihr seine Falafel und Pommes unter die Nase und schüttelt die Box. »Willst du?«

Ginny beäugt das Fett. Früher hätte sie zugegriffen. Früher war jede Mahlzeit ein Guerillakrieg – Ginny gegen ihre drei Brüder, jeder klaute dem anderen das Essen vom Teller, während Heather in der Ecke saß und die Augen verdrehte. Früher hat Ginny um ihren Anteil an Makkaroni und Zwiebelringen und Pommes und überhaupt um jede leckere Kalorienbombe gekämpft, die sie in die Finger bekam.

Jetzt nicht mehr.

Sie streckt die Hand aus, nimmt sich genau eine Pommes und schiebt sie sich in den Mund. »Lecker.«

Clays Augen verengen sich, und Ginny wartet angespannt auf einen Kommentar, eine Frage oder womöglich ein Verhör. Sie murmelt etwas davon, ihr Glas nachzufüllen, steht von der Couch auf und geht zur Küchenzeile.

Auf dem Weg kommt sie am Bücherregal vorbei. Sie bleibt stehen und scannt die Buchrücken: Zadie Smith, Sally Rooney, Kurt Vonnegut, Chang-Rae Lee. »Wessen Bücher sind das?«, fragt sie.

»Meine.«

Ginny dreht sich um. Adrian lehnt an der Wand. Er lächelt und zupft am Saum seines weißen T-Shirts.

»Wirklich?«, fragt sie.

»Wirklich.«

Ihr Blick verweilt auf Adrians markanter Kieferpartie. Aus

dem V-Ausschnitt seines T-Shirts lugt gekräuseltes Brusthaar. Seine dunklen Locken sind noch nass vom Duschen.

Schon seit mehreren Jahren hat Ginny kein Interesse mehr an Männern. An keinem. Finch war der letzte, den sie wirklich gewollt hat. Sie hatte es auf dem College probiert: sich auf Partys den süßesten Jungen herausgepickt, seinen Arm berührt und ihn in sein Wohnheimzimmer begleitet. In seinem Bett gab sie dann richtig Gas und redete sich ein, dass sie es genoss. Aber wenn er schließlich in sie eindrang, war sie trocken wie Sandpapier.

Jedes Mal breitete sich eine träge, gedämpfte Traurigkeit in Ginnys Brust aus. Sie verstand nicht, was da passierte. Sie dachte, sie würde den Typen wollen, aber in dem Moment, wo sie ihn hatte, wollte sie ihn nicht mehr. Sie wollte gar nichts. Sie täuschte einen Orgasmus vor. Sie schmiegte sich an ihn und trug seine Körperwärme wie einen Pullover, bis ein traumloser Schlaf sie fortzog.

Irgendwann gab sie ihre Versuche auf.

In ihr ist etwas kaputt. Das weiß sie, aber sie kann nichts dagegen tun. Anders als ein Grammatikfehler oder eine holprige Betreffzeile, die man nur umformulieren muss, lässt sich ihre Kaputtheit nicht einfach korrigieren. Ihre Kaputtheit ist eine grundlose Angst – ein Gewicht auf ihrer Brust, schwer wie der erste Schnee.

Doch als Ginnys Blick jetzt über Adrians Oberkörper wandert, über die Grübchen in seinen Wangen, schlägt ihr Herz plötzlich so schnell wie schon lange nicht mehr.

Sie räuspert sich. »Da sind einige meiner Lieblingsautorinnen dabei.«

»Und eines Tages wirst auch du in diesem Regal stehen, Gin.« Clay hebt seinen Plastikbecher.

»Aber hallo!«, schreien Tristan und Finch.

»Du schreibst auch?«

Adrians Frage durchdringt die allgemeine Heiterkeit. Als Ginny ihn wieder ansieht, hat sich seine Miene verändert. Er wirkt nicht mehr distanziert, abwesend. Er sieht aus, als sei er aufrichtig an ihrer Antwort interessiert.

Ginny nestelt an ihrem Rocksaum. »Nicht wirklich. Jedenfalls hab ich noch nie was veröffentlicht.«

»Hey, nicht so bescheiden.« Clay beugt sich über die Couchlehne und knufft sie in die Seite. »Ich hab doch gelesen, was du mir geschickt hast, als du nach Minnesota gezogen bist. Das war absolut genial.«

Und sie schreibt immer noch. Jeden Tag. Denn wer so blöd ist, direkt nach dem College einen Nine-to-five-Job anzunehmen, muss nach der Arbeit fünf lange Stunden füllen, bevor er auch nur daran denken kann, ins Bett zu gehen. *Wie soll mein Leben aussehen?* Das hat sich Ginny während ihrer ersten Wochen in Minnesota ständig gefragt. *Womit soll ich meine Zeit verbringen? Wie werde ich eine richtige Erwachsene?*

Sie hätte einem Verein beitreten können. Oder Klavierunterricht nehmen. Sie hätte in Bars gehen und versuchen können, Freunde zu finden. Aber tagsüber isst sie so wenig und arbeitet so viel, dass sie bei Sonnenuntergang erschöpft ist. Sie hat keine Energie übrig, weder für einen Verein noch für Klavierunterricht noch für Freunde. Sie ist traurig, hungrig und allein.

Also hat sie eines Abends ihren Laptop aufgeklappt und angefangen zu schreiben.

Ohne Ziel und Zweck. Einfach über alles, was ihr in den Sinn kam. Über einen Fischer in einer Bucht in Alaska, eine Mutter, die lange Spaziergänge an einer alten Bahnlinie macht, einen Jungen, der in der Nähe der Boundary Waters aufwächst. Und über ihre Traurigkeit, ihren Hunger, ihre Einsamkeit.

Seitdem hat sie nicht mehr aufgehört zu schreiben.

Ihre erste Geschichte hat sie an Clay geschickt, alle anderen nicht. Die sind nur für sie.

Was sie am Schreiben mag, ist, dass es ihre Aufmerksamkeit bündelt und ihre leeren Stunden füllt. Es fängt ihre Gefühle ein und lenkt sie von ihrem leeren Magen ab. Es bringt sie an einen anderen Ort. Es lässt sie für einen Moment außerhalb ihres Selbst leben – das sie nicht besonders mag.

»Was ist mit Sofra-Moreno?«, fragt Adrian. »Arbeitest du nicht im Kommunikationsbereich?«

Ginny zuckt die Achseln. »Das mach ich nur vorübergehend. Ist nichts Dauerhaftes.«

Obwohl Adrian keine weiteren Fragen stellt, spürt sie noch eine ganze Weile die Hitze seines Blicks. Sie windet sich innerlich. Schließlich lässt sie sich zurück auf die Couch fallen und prüft zum siebten Mal ihre Karten.

Ginny findet nicht, dass sie süß ist. Sie hält sich auch nicht für schräg, quirlig oder kreativ oder was den Leuten sonst noch alles zu ihr einfällt. Tatsächlich denkt sie so wenig wie möglich über sich selbst nach – und wenn, dann nur darüber, ob ihr Taillenumfang zunimmt oder nicht. Um ehrlich zu sein, wäre es ihr lieber, sie würde überhaupt nicht existieren.

Sie empfindet sich nur dann als attraktiv, wenn ihr Gewicht eine bestimmte Zahl unterschreitet. Sobald es darüberliegt, hat sie das Gefühl, dass ihr Kinn sich verdoppelt, ihr Gesicht aufschwemmt und ihre sexuelle Anziehungskraft (wenn sie überhaupt eine hat) schwindet.

Dabei ist sie überhaupt nicht scharf darauf, Sex zu haben. Mit niemandem. Schon seit Jahren nicht mehr.

Oder?

Ihr Blick wandert zu Adrian, dann schnell wieder zu ihren Karten. Zum zweiten Mal an diesem Abend spürt sie ein Ziehen in der Magengegend. Genau dort, wo es immer gezogen hat, wenn sie Finch ansah.

Adrian sitzt neben dem Fernseher, auf dem Stuhl mit der geraden Rückenlehne, und beobachtet das merkwürdige Mädchen, das in ihrer Wohnung aufgeschlagen ist. Jetzt reicht sie ihm einen Drink und gibt die nächste Runde Karten aus. Sie lacht. Adrian mag ihr Lachen – es ist laut, überraschend. Ein Geräusch, das Tauben aufscheuchen könnte.

»Und, Finch, wie geht's Hannah?«, fragt Ginny, ohne von ihren Karten aufzublicken.

Hannah. Finchs Freundin und Highschool-Liebe. Adrian hat sie noch nie getroffen, aber sein Mitbewohner spricht so oft von ihr, dass er das Gefühl hat, sie zu kennen. Sie haben sich beim Schultheater kennengelernt, als sie die Hauptrollen in der *West Side Story* spielten. Sie ist ein Jahr jünger als Finch und studiert an der Ohio State University. Soweit Adrian weiß, sind sie seit fast sechs Jahren zusammen, ohne Pause.

Finch legt die Gitarre auf den Schoß, seine Augen leuchten. »Ihr geht's fantastisch. Sie genießt das Abschlussjahr. Ich sehe sie an Thanksgiving, wenn wir beide zu Hause in Cleveland sind.«

Ginny lächelt Finch an, doch das Lächeln erreicht ihre Augen nicht. »Das freut mich.«

Sie konzentriert sich wieder auf ihre Karten, aber Adrian beobachtet sie weiter. Was war das eben in ihrem Tonfall? Diese Anspannung, diese leichte Schärfe? Die Ginny, die er bis jetzt erlebt hat, lacht und strahlt, hat immer einen Witz auf Lager. Ist Clays Komplizin. Sie ist nicht aggressiv. Nicht distanziert.

Was verbirgt sie?

Bevor Adrian weiter darüber nachdenken kann, wirft Tristan seine Karten auf den Tisch und schreit: »Ha! Straight Flush!« Er springt von der Couch, dreht sich um, streckt seinen Freunden den Hintern hin und schüttelt ihn. »Zieht euch das rein, Ladies and Gentlemen.«

»Nein danke.« Clay legt beide Hände auf Tristans Hintern und gibt ihm einen so kräftigen Schubs, dass er vornüber auf die Couch kippt.

»Wow«, sagt Ginny. »Krass gute Hand!« Dann schürzt sie in gespielter Verwirrung die Lippen und blättert ihre Karten auf den Tisch. »Ist ein Royal Flush höher?«

Alle Augen richten sich auf sie.

Clay und Finch johlen und klatschen.

Tristan, mit dem Kopf zwischen den Couchkissen, stößt einen langen Schrei aus.

Clay klopft Ginny auf die Schulter. »*Das* ist mein Mädchen.«

Sie zwinkert und kassiert sämtliche Chips, die auf dem Tisch liegen. »Sollen wir langsam mal los? Ich will unbedingt tanzen.«

»Ruhig, Brauner.« Clay hält eine Hand hoch. »Ich brauch noch ein, zwei Drinks, bevor wir losziehen.«

»Klar.« Ginny nickt grimmig, die Hände auf ihrem Chipshaufen. »Das braucht ihr alle. Wir wollen den braven Menschen von Manhattan doch um Himmels willen den Anblick eines nüchtern tanzenden Tristans ersparen.«

»Hey!« Tristan setzt sich auf die Couch und knufft sie mit dem Ellbogen in die Seite. Ginny kichert und knufft zurück.

Adrian beobachtet sie und fragt sich, ob man so aussieht, wenn man sich in seiner Haut komplett wohlfühlt.

Ginny und die Jungs strömen hinaus in die laue Oktobernacht. Clay hält eine Hand hoch, um ein Taxi anzuhalten. Tristan erzählt, dass sein Vater immer nur in schwarzen Escalades herumgefahren wird, woraufhin Finch ihn gegen eine Recycling-Tonne schubst.

Ginny wippt auf ihren weißen Plateauschuhen. Sie hat sie neu gekauft – ihr Versuch, sich ins stylische New York einzufügen. Auf ihren Armen bildet sich Gänsehaut. Ihr ist kalt, wie immer.

»Alles in Ordnung?«, fragt eine Stimme hinter ihr.

Sie dreht sich um. Adrian schaut zu ihr herunter, eine leichte Brise streichelt seine schwarzen Locken. Instinktiv hört sie auf, sich mit den Händen über die Arme zu reiben. »Ja«, sagt sie schnell.

»Kalt?«

»Nein«, lügt sie.

Adrian legt den Kopf schief, sagt aber nichts. Also schaut Ginny weg und konzentriert sich wieder auf das Treiben ringsum.

New York ist alles, was Minnesota nicht ist. Hier gibt es keine pummeligen, bärtigen norwegischen Männer. Hier gibt es langbeinige Frauen, die wie Berge aufragen. Körper, dünn wie Telefondrähte. Verträumte Augen voller Verlangen. Ginny würde am liebsten in alldem ertrinken.

Und es sind nicht nur die Model-Typen. Es sind alle. Schlaksige Teenager. Ein Mann, dessen Gesicht durch eine Müllpresse gegangen zu sein scheint. Eine vollbusige Frau mit Augen wie Stahl, in einem Anzug, wie Ginny ihn bislang nur an James Bond gesehen hat.

Dieser *Style*. Sie dünsten ihn geradezu aus. Elegant gekleidete Frauen in schwarzen Strumpfhosen und hochhackigen Stiefeln. Eine spindeldürre Fotografin, an der Ecke hockend, in einer Jeans, die ihr vom Leib zu rutschen droht. Chassidische Männer mit kastenförmigen schwarzen Hüten, unter denen die Schläfenlocken wippen. Ein dreibeiniger Hund. Ein Mann mit buschigen Augenbrauen und riesigen schwarzen Kopfhörern, der sich durch die Menge schiebt und dabei den Text eines Liedes mitgrölt, das nur er allein hört.

Heather würde gut hierherpassen, denkt Ginny.

»Cabs are here!«, ruft Clay im Jersey-Shore-Akzent.

»Cabs are hereah!«, echoen Finch und Tristan.

Alle quetschen sich in die kleine gelbe Limousine, und irgendwie landet Ginny auf Adrians Schoß. Aber sie beachten einander nicht. Der Wagen fährt los in Richtung Club.

Im *Niagara* wimmelt es nur so von Leuten. Überall dichtes Gedränge. Gedränge an der vorderen Bar, im hinteren Bereich, vor dem Fotoautomaten, an den Spielautomaten. Und erst recht auf der Tanzfläche.

Dorthin führen die Jungs Ginny. Sie schieben sich durch das Gewusel, schreien gegen die Musik und das Stimmengewirr an, Clay mit seinen roten Haaren vorneweg, die Hände wedelnd über dem Kopf. Ginny bleibt dicht hinter Adrian, der wie ein Fahnenmast aufragt. Finch rempelt Tristan mit dem Ellbogen in eine Gruppe von Mädchen, die sich gerade Wodka Soda bestellen.

Kaum haben sie es nach hinten geschafft, verschmelzen die Jungs mit der Tanzfläche, hüpfen, stampfen, werfen die Köpfe hin und her. Alle außer Adrian. Er beugt sich zu Ginny und fragt: »Sollen wir was zu trinken holen?«

Ginny nickt, und sie bahnen sich ihren Weg zu der kleinen Bar in der hinteren Ecke.

»Corona?«, fragt Adrian.

»Gern.«

Adrian wendet sich an den Barkeeper. »Fünf Coronas, bitte.« Er holt sein Portemonnaie heraus und reicht dem Mann seine Kreditkarte.

»Danke«, sagt Ginny, aber Adrian zuckt nur mit den Schultern. Der Barkeeper stellt fünf Flaschen vor sie hin, mit je einem Limettenschnitz am Rand. Adrian gibt Ginny ein Bier.

Sie zögert. Ein Corona hat 200 Kalorien, plus die Tequila Lemonades von vorhin und …

Ach, scheiß drauf.

Ginny drückt den Limettenschnitz in ihre Flasche und nimmt einen Schluck.

Sie trinkt drei Coronas. Und sie tanzen stundenlang. Der DJ spielt Songs aus den frühen 2000ern, und Ginny singt aus vollem Hals mit. Sie tanzt mit ihren Jungs. Clay nimmt sie in den Arm und wirbelt sie über die Tanzfläche, als ob sie nichts wiegen würde.

Sie kann sich nicht erinnern, wann sie das letzte Mal so einen Spaß hatte.

Ginny hatte sich vorgenommen, in Minnesota anzukommen, sich ein Leben aufzubauen. Das hat sie geschafft. Sie wollte allein losziehen und sich beweisen, dass sie niemanden braucht, um glücklich zu sein. Das ist kläglich gescheitert.

Ihr ganzes Leben lang hatte Ginny ihre Geschwister um sich, eine ganze Horde. Geschwister und Freunde und Freunde ihrer Geschwister. Sie haben ihren Alltag gefüllt. Sie haben sie abgelenkt von dem, was in ihrem Kopf los war – ihr Kopf war meistens ein sehr unwirtlicher Ort zum Leben. Sie haben sie zum Lachen gebracht, selbst wenn ihr nicht danach zumute war.

Bis zu diesem Moment hatte Ginny nicht gewusst, wie sehr sie andere Menschen braucht, um glücklich zu sein.

Ich will nach New York ziehen.

Der Gedanke trifft sie wie ein Hammerschlag.

Ich möchte mich immer so fühlen. Ich will in New York leben.

Irgendwann, durch den Nebel der Erkenntnis, fällt Ginny auf, dass Adrian sich in der Ecke mit einer Frau unterhält. Sie ist zierlich und trägt einen schneeweißen kurzen Jumpsuit. Lange mattbraune Haare fließen ihr über die Schultern. Immer wieder stellt sie sich auf die Zehenspitzen, um ihm etwas ins Ohr zu schreien.

Geht's noch?, denkt Ginny.

Adrian hat nie gewusst, was er mit seinem guten Aussehen anfangen soll. Es ist wie ein Geschenk, das er sich nie gewünscht hat. Ein Geschenk, um das er sich nicht groß schert, obwohl es ihm letztlich mehr Verwirrung und unerwünschte Aufmerksamkeit einbringt als alles andere.

Zum Beispiel jetzt. Eigentlich will er nichts weiter als einen Abend mit den Jungs verbringen, aber ständig kommen Mädchen zu ihm, deren Namen er sich nicht merken kann, und schreien ihm Dinge ins Ohr.

Es ist nicht so, dass sie hässlich wären. Das sind die Frauen fast nie, die ihn in Bars anmachen, ihm Drinks ausgeben, an seinem Kragen hängen oder ihm die Hände auf die Schultern legen. Sie sind selbstbewusst, schön und ganz offensichtlich an ihm interessiert. Wenn er wollte, könnte er jede von ihnen haben.

Nur will er nicht.

Er hatte noch nie eine Freundin, mit der es ihm ernst war. Nie hat er sich länger als ein paar Wochen um eine Frau bemüht. Er wollte es nicht. Aber schwul ist er auch nicht. Zumindest nimmt er das an, denn nach einem Mann stand ihm auch noch nie der Sinn.

Nein, es ist ganz einfach: Jedes Mal, wenn er versucht, sich zu verlieben, funktioniert es nicht.

Während Jumpsuit um seine Aufmerksamkeit buhlt, bemerkt Adrian aus dem Augenwinkel Ginny, die mit wiegendem Schritt die Tanzfläche umrundet und direkt auf ihn zusteuert. Erleichtert atmet er auf. Sie kommt, um ihn zu retten.

Als die ersten Beats eines Outkast-Songs ertönen, tritt sie in seinen Radius. Sie berührt ihn nicht, sie sieht ihn nicht einmal an. Sie tanzt nur in seiner Nähe.

Ginny ist anders als die Mädchen, die er sonst so kennt. Sie ist laut. Ungefiltert. Lebt in Minnesota. Arbeitet für einen Bierkonzern. Fährt gerne Rollerblades. Schlägt sie alle beim Poker. Wenn er ehrlich ist, findet er sie ziemlich verrückt.

Aber irgendwie mag er das.

Kurzentschlossen klopft er Jumpsuit auf die Schulter, dreht sich zu Ginny um und hält ihr die Hand hin.

Normalerweise fordert Adrian Frauen nicht zum Tanzen auf. Er ist eher der Typ, der am Rand steht und das Geschehen beobachtet. Aber Ginny hat etwas an sich, das ihn dazu bringt, ihre Hände zu packen und sie herumzuwirbeln. Mit ihr zu singen. Ihr Lächeln zu erwidern.

Ginny tanzt ohne jede Hemmung. Sie wirbelt und groovt und lacht so laut, dass er es über die hämmernde Musik hört. Sie blickt ihn mit ihren riesigen grünen Augen an, die aufblitzen, wenn das Scheinwerferlicht über die Menge zuckt. Ihr Lächeln scheint ihn aufzufordern, näher zu kommen, sie an sich zu drücken und schwungvoll nach hinten zu biegen.

Er kann sich nicht erinnern, wann er das letzte Mal so viel Spaß hatte.

Adrian zieht Ginny zurück in die Senkrechte, und sie starrt zu ihm hoch. Sie sind sich jetzt so nahe, dass er die Hitze spürt, die sie abstrahlt. Er sieht eine Fülle von Emotionen über ihr Gesicht flackern, aber er kann sie nicht deuten. Sie kommt ihm vor wie ein kompliziertes Puzzle, das er unbedingt zusammensetzen möchte.

Er spürt sein Herz in seinem Bauch klopfen. Ist das normal?

Vielleicht liegt es daran, dass sie so anders ist. Oder an ihrem Lächeln. Nein, wahrscheinlich liegt es daran, dass sie in

Minnesota lebt, weit weg. Denn das bedeutet, dass aus dieser Sache nichts Ernstes werden kann. Es steht nicht viel auf dem Spiel. Es ist sicher.

Was auch immer der Grund ist – Adrian umfasst Ginnys Gesicht mit beiden Händen und presst seinen Mund auf ihren, inmitten Hunderter tanzender Körper.

Und auf der Rückfahrt im Taxi wiegt er ihre Hand, so wie man ein in Tücher gehülltes Baby wiegt.

Auf dem Sofa der Jungs klappt Ginny zusammen. Tequila und Corona lassen die Ecken der Wohnung kreisen wie in einem psychedelischen Traum.

»Soll ich die Aufblasmatratze rausholen?«, fragt Clay.

»Warum schläfst du nicht bei Finch?«, frotzelt Tristan. »Kleine Neuauflage des ersten Studienjahrs ...«

Ginnys Wangen färben sich rosa. Tristan liebt es, blöde Witze über sie und Finch zu reißen. Sie will ihm gerade sagen, dass er die Klappe halten soll, als Adrian ins Wohnzimmer kommt, nur in T-Shirt und Boxershorts.

»Du kannst bei mir schlafen, wenn du willst.«

Das sagt er ganz schlicht und sachlich. Ohne jede Anspielung. So als würde er ihr ein Sandwich anbieten.

Und ehe sie groß darüber nachdenken kann, erwidert sie: »Gern. Danke.«

Während sie Adrian in sein Zimmer folgt, wirft sie einen Blick über die Schulter. Clays und Tristans Brauen sind so hochgezogen, dass sie fast unter ihren Haaren verschwinden. Ginny sieht die beiden mit großen Augen an, dann betritt sie Adrians Zimmer, die Tür schließt sich – und sie ist zum ersten Mal seit einem Jahr mit einem Mann allein.

Schweiß brennt ihr im Nacken. Was, wenn er Sex mit ihr haben will? Was, wenn er beim Knutschen anfängt, ihren Kopf nach unten zu schieben, wie so viele Männer zuvor? Ginny weiß, dass sie sich nicht dagegen sträuben wird – ob es ihr gefällt oder nicht. Weil sie ihn nicht nerven will. Weil sie nicht will, dass er sie nicht mehr mag.

Bevor sie es sich anders überlegen kann, hüpft sie aufs Bett. Die Matratze federt unter ihr auf und ab. Dann nimmt sie den Raum in Augenschein: kahle Wände, ein leerer Schreibtisch, ein Schrank voller Laufshorts und Hemden.

»Du bist nicht so der Deko-Typ, oder?«, fragt sie.

»Ich hatte einfach noch keine Zeit.« Während Adrian sein T-Shirt auszieht, wickelt sich Ginny in seine Bettdecke.

Adrian ist groß und sehnig, auf seiner Brust und an seinem Bauch wölben sich Muskeln. Auf der linken Seite sieht Ginny eine Rippe, die wie eine abgebrochene Klaviertaste aus seinem Rumpf ragt. Ihr Blick wandert zu seinen langen, muskulösen Oberschenkeln. Die Beine eines Läufers. Obwohl er die meiste Zeit seines Lebens am Schreibtisch hockt, fällt es Adrian offenbar nicht schwer, schlank zu bleiben.

Ginny ist neidisch – und hasst sich dafür.

Er knipst das Licht aus und krabbelt neben sie ins Bett. Mondlicht fällt durch das einzige Fenster und beleuchtet seinen blassen, langgliedrigen Körper. Er wirkt so zart, fast ätherisch, wie der Geist einer Spinne. Ginny wartet darauf, dass er sie auf sich zieht und ihr seine Zunge in den Hals steckt.

Stattdessen schlingt er seine Arme um sie und legt seinen Kopf auf das zweite Kissen. »Wie ist es in Minnesota?«, fragt er.

Ginny zögert. *Er will reden?*

Sie denkt kurz nach. »Furchtbar«, sagt sie schließlich. »Wie ist es bei Goldman Sachs?«

»Furchtbar«, sagt er, und beide lachen.

»Wo bist du aufgewachsen?«, fragt sie.

»Indianapolis. Aber ich hab in Budapest gelebt, bis ich neun war.«

»Wirklich?«

»Ja. Dann hat meine Mutter einen Amerikaner geheiratet und ist mit meiner Schwester Beatrix und mir in den Mittleren Westen gezogen.«

Ginny fällt auf, dass er seinen Vater nicht erwähnt. »Vermisst du es?«

»Manchmal.« Adrian streicht mit der Hand ihren Arm entlang. »Aber am meisten vermisse ich meine Großeltern.«

»Wohnen sie noch in Budapest?«

»Etwas außerhalb, in einer Stadt namens Szentendre.«

»Besuchst du sie?«

»Jedes Jahr.«

Sie wartet darauf, dass er anfängt zu drängen. Sich über sie beugt und seine Zunge in ihren Mund schiebt. Dass er ihre Hand nimmt und auf seine Unterhose legt.

Aber das tut er nicht. Er hält sie einfach weiter im Arm.

Die nächste halbe Stunde unterhalten sie sich. Ginny plaudert mit ihm über Minnesota, über Sofra-Moreno, über ihr Leben in Harvard. Sie ist gerade mitten in einer Anekdote über Finch, wie er Tristan weismachen wollte, dass Martha Stewart die Anführerin der Illuminaten ist, als Adrian sie unterbricht.

»Ginny?«

»Ja?« Sie richtet sich in seinen Armen auf. Dafür, dass er so dünn ist, ist er überraschend warm und weich. »Was ist?«

Adrian hebt eine Hand und nähert sie zögernd ihrem Gesicht. Dann streichelt er mit den Fingerspitzen über ihre Wange. Bei seiner Berührung wird Ginny ganz still. Der Atem strömt unregelmäßig in ihre Lunge und wieder heraus. Adrian lässt seine Handfläche auf ihrer Wange ruhen. Dann beugt er sich vor und drückt seine Lippen auf ihre.

Der Kuss ist süß. Zärtlich. Er versucht nicht, weiter vorzudringen. Er fährt nicht mit der Hand über ihren Rücken, reibt sich nicht an ihr und schiebt auch nicht die Finger unter ihr Shirt. Er küsst sie einfach.

Obwohl sie warm und ruhig auf seiner Matratze liegt, fühlt sich Ginny, als würde sie fallen.

Es war vielleicht Adrians Schönheit, die ihr ins Auge gesprungen ist. Aber was sie in seinen Bann schlägt, was ihr Herz tief in ihrem Bauch pochen lässt, ist, dass er sie nicht unterhalb der Taille berührt. Dass er ausblendet, dass sie einen Körper unterhalb ihres Oberkörpers hat, den er so sanft hält. Dass er ausblendet, dass sie *überhaupt* einen Körper hat. Das ist es, was Ginny sich immer gewünscht hat – mehr als alles andere auf der Welt.

TEIL 2

SECHS MONATE SPÄTER

Der Frühling erwacht in New York mit einer Inbrunst, wie Adrian es noch nie erlebt hat. In Boston zog sich der Winter immer ewig lange hin und hinterließ graubraune Schneematschhaufen am Straßenrand, die bis weit in den Mai vor sich hin tauten. Nicht so in New York. In New York funktionieren die Jahreszeiten so effizient wie die Stadt selbst. Sie haben einen eindeutigen Anfang und ein eindeutiges Ende, und keine von ihnen hat das Recht, ihren Aufenthalt in der Stadt über Gebühr zu verlängern.

Es ist April. Adrian ist schon ein Jahr aus dem College raus und muss noch ein weiteres durchhalten, bis die zwei Standardjahre um sind, die möglichen neuen Arbeitgebern zeigen, dass er wirklich für seinen Job brennt. Aber Adrian brennt nicht für seinen Job. Sein Job weckt in ihm die Fantasie, Feuerzeugbenzin über die 200 West Street zu gießen und das Gebäude bis auf den Grund abzufackeln.

Sieht so das Erwachsenenleben aus? Sagen deshalb immer alle, man sollte besser nicht erwachsen werden?

In Momenten wie diesen denkt Adrian an Budapest. Daran, wie er mit dem Fahrrad die Donau entlanggesaust ist. Wie er sich abgestrampelt hat, um eine neue Bestzeit aufzustellen von der Wohnung seiner Mutter bis zum Haus der Großeltern. Er denkt an die heruntergekommenen Kneipen, die Burg auf dem Hügel.

Eine E-Mail plingt in seinen Posteingang, die dritte in fünf Minuten. Seine Chefs tauschen sich über ihren neuesten Deal aus: ein Kaufangebot für eine Craft-Bier-Brauerei. Jede Mail, die sie verschicken, bedeutet mehr Arbeit für Adrian. Mehr Zahlenschieberei in Excel. Mehr Änderungen am Pitch-Deck. Mehr nervtötende Klicks auf F2, F2, F2.

Und das alles für ein blödes Bierunternehmen, das sie am Ende wahrscheinlich doch nicht kaufen.

Bier. Bei Bier muss er an Ginny denken. Clay hat gesagt, dass sie diese Woche nach New York zieht. Als Adrian zum ersten Mal davon gehört hat, ist ihm mulmig geworden. Er mag sie, aber … sie erwartet garantiert, dass sie sich treffen, und dafür hat er schlicht keine Zeit.

Seufzend öffnet er Outlook, um zu checken, wie beschissen der Rest seiner Woche wird.

Die Tür zu Sofra-Moreno Companies LLC ist ganz aus Glas und zur Hälfte mit Bieretiketten beklebt. Es sind Hunderte, und Ginny erkennt alle Marken wieder – einige aus ihrem Jahr in der Firma, andere aus ihrer College-Zeit, wo sie in stickigen Studentenclub-Kellern warmes Dosenbier getrunken hat.

Sechs Monate hat es gedauert. Sechs Monate, in denen sie ihren Chef erst sanft, dann nicht mehr ganz so sanft angestupst, schließlich E-Mails an die Personalabteilung geschrieben und am Ende Zoom-Gespräche für ein Dutzend verschiedener Stellen geführt hat. Ihre Beharrlichkeit hat sich ausgezahlt. Heute beginnt Ginny ihr Leben als jüngstes Mitglied des globalen Kommunikationsteams von Sofra-Moreno.

Und wohnt in Manhattan.

Sie wohnt tatsächlich in Manhattan.

Ginny ist weit weg von New York City aufgewachsen, in Sault Ste. Marie, einer fingerhutgroßen Stadt auf der Oberen Halbinsel von Michigan. Die Einheimischen nennen sie einfach »Soo«, eine amerikanisierte Version des französischen Namens. Hinter jedem Haus stapelt sich Brennholz. Der Flughafen hat nur ein Gate. Am Stadtrand gibt es nichts als Scheunen, von denen die rote Farbe abblättert, und Heuballen. Die größte Attraktion ist die Brücke, über die Touristen nach Kanada weiterreisen.

Noch bevor Ginny ihren Namen buchstabieren konnte, wusste sie, dass sie die Stadt so schnell wie möglich verlassen würde.

Ginnys beste Freunde waren ihre Brüder. Zwei ältere, ein jüngerer: Tom, Willie und Crash. Einer ernst, einer lustig, einer, der gerne Dinge in die Luft jagte. Ihre Freizeit verbrachten sie fast ausschließlich mit Videospielen, mit Fahrten zu *Wendy's* und damit, die Nachbarschaft in eine gigantische Kulisse für *Ghost in the Graveyard* zu verwandeln oder irgendwas zu finden, das Crash anzünden konnte.

Und dann war da natürlich noch Heather.

Als Kinder kamen Ginny und ihre ältere Schwester absolut nicht miteinander aus. Wenn Ginny jetzt darüber nachdenkt, findet sie das ziemlich traurig. Nachdem Heather sechs Jahre lang das einzige Mädchen in der Familie gewesen war, hatte sie sich wahrscheinlich wie verrückt gefreut, als ihre Mutter mit einem weiteren Mädchen schwanger war. Wahrscheinlich hatte sie sich eine Art Puppe gewünscht, ein kleines American Girl mit Porzellanhaut, kariertem Röckchen und symmetrischem Gesicht. Eine Puppe, deren Haare sie nach Lust und Laune schneiden, die sie mit Lippenstift anmalen und stylen konnte.

Stattdessen bekam sie Ginny.

Ginny war von Anfang an nicht das, was ihre Schwester sich vorgestellt hatte. Ginny mochte keine Puppen. Sie mochte Dinosaurier und Löcher buddeln. Zwar machte sie bei Verkleidungsspielen mit, aber nur, um sich in eine Wikingerin, einen Vampir oder eine Wildnisforscherin zu verwandeln – niemals in eine Prinzessin.

Heather dagegen ist nicht nur weiblich, sie ist *aggressiv* weiblich. Sie setzt ihre Weiblichkeit als Waffe gegen alle ein, die ihr schaden wollen. Ihre Handtaschen sind schwerer als Gewehre, und ihre spitzen Absätze können Wunden schlagen. Sie ist geradezu unverschämt schön. Sie anzuschauen, ist, als würde man direkt in die Sonne starren.

Wenn Ginny als Kind sah, wie sich ihre Schwester durch eine Menschenmenge bewegte – enger Minirock, riesige

Sonnenbrille, die Handtasche energisch schwingend –, dann spürte sie, dass sie ein Geheimnis kannte: *Diese winzige Blondine konnte dich umbringen.*

Drinnen sitzt ein glatzköpfiger Security-Mitarbeiter hinter einem glänzend schwarzen Tresen. Während die Angestellten hineinströmen, blinken links von ihm die Drehkreuze von Rot auf Grün.

»Hallo«, sagt der Wachmann, auf dessen Namensschild *Gary* steht. »Besucherin?«

»Nein.« Ginny lächelt. »Neue Kollegin.«

Sie ist aufgeregt vor ihrem ersten Arbeitstag in der Internen Kommunikation. In Minnesota hat man sie bei allen möglichen Bekanntmachungen oder wichtigen Meetings übergangen – als hätte sie nicht dazugehört. Sie weiß, wie es sich anfühlt, vom eigenen Unternehmen vergessen zu werden. Aber das wird sie jetzt ändern. Sie wird die Brücke sein, die alle Kolleginnen und Kollegen miteinander verbindet.

Nebenbei wird sie sich bei ihrer Chefin hoffentlich abgucken können, wie man mit Journalisten in Kontakt tritt, eine Story lanciert und Krisenkommunikation betreibt.

New York. Sie kann ihr Glück kaum fassen.

Lange dachte Ginny, dass sie es in Minnesota zu etwas bringen könnte. Schließlich hat sie es auch nach Harvard geschafft, oder? Da musste es doch möglich sein, ein paar Jahre in den Zwillingsstädten zu überleben.

Was sie nicht bedacht hatte, war die Einsamkeit. Der Kummer. Die Sehnsucht nach ihren Brüdern. Und ihren Jungs. Sie hatte nicht geahnt, wie sehr sie es brauchte, sie um sich zu haben. Ein Jahr lang hat sie gehungert, sich in den Schlaf geweint und sich jeden Tag aufs Neue eingeredet, dass es ihr gut geht. Obwohl das absolut nicht der Fall war. Ein Jahr – dann konnte sie nicht mehr.

Und als der Mietvertrag der Jungs letzten Monat zur Verlängerung anstand und Adrian ankündigte, in eine eigene Wohnung zu ziehen, glaubte sie, vor Glück zu sterben. Vor zwei Tagen hat sie sein altes Zimmer übernommen, Poster an die nackten Wände gehängt und Bilderrahmen auf seinen kahlen Schreibtisch gestellt. Wenn sie in diesem Zimmer einatmet, meint sie, die Geheimnisse zu riechen, die er ihr hinterlassen hat.

Aber eigentlich verbringt Ginny jede freie Minute im gemeinsamen Wohnzimmer. Und sie schläft mit offener Tür, damit sie die Geräusche ihrer Freunde hören kann.

Es ist ein Neuanfang. Alles ist möglich.

Heather an ihrer Stelle wäre jetzt nicht nervös. Natürlich nicht, sie führt ja ihre eigene Firma. Ihre Schwester hat vor gar nichts Angst.

Clay, Finch und Tristan haben ihr mit den Umzugskisten geholfen – es waren nur sechs, den Rest ihres Lebens hat Ginny in einem Müllcontainer in Minneapolis entsorgt. Sie haben die Kartons die vier Stockwerke hochgetragen und in Adrians altes Zimmer gestellt. Dabei hat Tristan die ganze Zeit gewitzelt, dass Ginny ja ausgerechnet in den Raum zieht, »in dem sie zuletzt einen Penis in der Hand hatte«. Woraufhin Finch meinte, Tristan sei geradezu besessen von den Genitalien anderer Männer. Und Clay sagte, dass er die Worte »Ginny« und »männliche Genitalien« niemals mehr im selben Satz hören wolle, sonst würde er kotzen.

Was wissen die schon, dachte Ginny, während die drei sich stritten.

Adrian Silvas. Ginny hat sechs Monate lang an ihn gedacht. Nicht ständig, aber immer wieder. Er hat sie in den Schlaf verfolgt, ist in ihren Träumen aufgetaucht und ihr durch den Kopf gespukt, wenn sie in Meetings einnickte. Um ehrlich zu sein, war das etwas verstörend. Jahrelang war in ihrem Gehirn nur

Platz für Essen, Sport und Arbeit gewesen. Essen, Sport, Arbeit. Essen, Sport, Arbeit. Aber als Ginny am Morgen nach jener New Yorker Nacht aufgewacht war, hatte sich in ihrem Gehirn ein neues Fach aufgetan. Und in dieses Fach war Adrian Silvas geschlüpft.

Sie hatte nicht versucht, diese Fantasien zu unterdrücken. Das Schöne an Adrian war ja unter anderem, dass er tausend Meilen entfernt lebte – weshalb ihre Beziehung keine Zukunft hatte. Darin lag für sie eine gewisse Sicherheit.

Aber dann bot ihr Unternehmen ihr endlich diesen neuen Job an – im New Yorker Büro für Corporate Strategy. Und damit rutschte Adrian Silvas plötzlich von der Fantasie in die Realität.

Nicht, dass sie ihn schon gesehen hätte. Aber sie wird ihn sehen. Das weiß sie.

Und sie kann es schon jetzt kaum erwarten, herauszufinden, was dann passiert.

Ihr erster Tag vergeht wie im Flug. In Minnesota kam sie immer um neun Uhr zur Arbeit, begrüßte ihre Kolleginnen und Kollegen, plauderte an der Kaffeemaschine und machte es sich dann für einen ruhigen Arbeitstag hinter ihrem Schreibtisch gemütlich. Das New Yorker Büro ist sternenweit davon entfernt, in jeder Hinsicht. Helle Lichter. Großzügige Sitzgelegenheiten. Gläserne Meetingräume. Jederzeit verfügbarer Cold Brew und ein Kühlschrank voller Freibier. Die Kolleginnen und Kollegen wuseln mit Laptops und Salatboxen durch die Räume. Ständig steht jemand auf, um einen Anruf entgegenzunehmen oder dringend in eine wichtige Besprechung zu hetzen, und zwar jetzt, in dieser Sekunde, *ich bin gleich wieder da.*

Es ist der helle Wahnsinn. Ein Bienenstock, in dem es vor Produktivität nur so brummt.

Ginny liebt es.

Und sie ist eine gute Mitarbeiterin, man kann es nicht anders sagen. Mit derselben manischen Besessenheit, mit der sie sich durch ihr Studium gepflügt hat, stürzt sie sich jetzt in den ersten Arbeitsauftrag, den sie von ihrer neuen Chefin Kam bekommt. Sie zieht ihre Schreibtischplatte auf Stehpultniveau hoch, so kann sie tippen und gleichzeitig stehend Kalorien verbrennen: Multitasking. Dann öffnet sie Slack und Outlook und vergräbt sich bis zur Mittagspause in die Aufgabe.

Als Global Manager of Communications soll Ginny den Newsletter erstellen, der einmal pro Woche an das gesamte Unternehmen verschickt wird. Sie hat freie Hand, was Konzeption und Gestaltung betrifft. Es ist ein Test, das ist ihr klar. Schafft sie es, der Kommunikation in einem so heterogenen Konzern Struktur zu verleihen? Wie tief ist sie bereit einzutauchen? Wie zum Teufel will sie herausfinden, was in einem Laden mit über zweitausend Mitarbeitern und Büros auf fünf verschiedenen Kontinenten vor sich geht?

Aber Ginny bereitet diese Aufgabe kein Kopfzerbrechen. Sie hatte Topnoten in der Highschool. Ihre Abschlussarbeit am College wurde mit Magna cum Laude bewertet. Sie hat es geschafft, zehn Kilo abzunehmen – in einem Bundesstaat, dessen Hauptnahrungsmittel *Tater Tots* und *Cheese Curds* sind. Sie hat keine Scheibe Brot angerührt. Ist jeden Morgen gelaufen.

Sie kann alles schaffen.

Nach der Arbeit trifft sich Ginny mit den Jungs auf ein paar Drinks im Washington Square Park. Eigentlich ist es verboten, im Freien zu trinken, aber wie Clay immer so schön sagt: »Alles ist erlaubt, solange es in einer Papiertüte steckt.«

»Auf unser Mädchen in der Großstadt«, ruft er jetzt und hebt seine Tüte hoch über die Picknickdecke.

»Auf unser Mädchen!«, rufen Finch und Tristan und stoßen mit ihren Tüten an. Ginny grinst und nimmt einen großen Schluck aus ihrer Flasche.

Es ist fast acht Uhr. Die Aprilsonne geht gerade unter und zeichnet ihr Grüppchen als langen Schatten auf das verfilzte Gras. Keiner von ihnen hat zu Abend gegessen.

»Was nehmen wir, Thai oder Schawarma?«, fragt Tristan und scrollt durch sein Handy.

»Willst du dir ernsthaft Essen in den Park liefern lassen?«, fragt Finch.

Tristan winkt ab. »Zahlt der Hedgefonds.«

»Ich bin für Thailändisch«, sagt Clay. »Ich hab Lust auf Pad See Ew.«

Finch wischt sich eine unsichtbare Träne weg. »Hach, unser kleiner mäkeliger Esser, plötzlich ganz erwachsen.«

Womit er recht hat. In ihrem ersten Harvard-Jahr hat Clay nichts angerührt, was nicht wie ein Cheeseburger aussah. Jetzt isst er zweimal pro Woche Sushi.

»Gin, was willst du?« Tristan tippt bereits in sein Handy.

»Hähnchen mit Cashews«, antwortet sie automatisch. »Mit viel Gemüse.«

Clay verzieht das Gesicht.

Ginny braucht eine Sekunde, bis es ihr peinlich ist. Da ist sie wieder, die alte Ginny, die Proteine und Gemüse bestellt. Hatte sie sich nicht geschworen, dass in New York alles anders wird? Wollte sie nicht ein neues Kapitel aufschlagen?

»Ich hab heute mitten im Seminar eine Nachricht von Hannah bekommen«, erzählt Finch und zupft ein paar Noten auf seiner Gitarre. »Sie war auf der Party von irgendeiner Studentenverbindung. An einem Mittwoch, wohlgemerkt. Ich sag's euch, im letzten College-Jahr müsste man sein! Na, jedenfalls hat sie dort mit dem Sohn des CEO von Beck Pharmaceuticals eine Bierbong getrunken, ohne Scheiß. Und dann haben sie sich wohl einen heftigen Streit über Patentrechte geliefert.«

»Wundert mich überhaupt nicht.« Clay lacht. »Hannah könnte sich mit einem Stein über das Gesundheitswesen streiten.«

»Beck Pharma?«, sagt Tristan. »Das ist ein kleiner Fisch. Vergleich mal deren Aktienkurs mit dem von Pfizer, dann siehst du, dass sie nicht annähernd in derselben Liga ...«

»Halt die Klappe, Tristan«, sagen Clay und Ginny, ohne ihn auch nur anzusehen.

Vierzig Minuten später kommt das Essen, in einer Tüte, die am Handgelenk eines gehetzt wirkenden Fahrradkuriers baumelt. Tristan verteilt die Schachteln. Am anderen Ende der Picknickdecke leuchtet Clays Handy mit einer Nachricht auf. Er hangelt danach und scrollt. »Silvas wird bei der Arbeit mal wieder zermahlen.«

Ginny verschluckt sich fast an ihrer Paprika.

»Silvas, hm?« Ein seltsames Grinsen umspielt Finchs Mund. »Hast du ihn schon gesehen, Gin?«

Sie tippt sich auf die Brust. »Hallo? Ich bin erst vor zwei Tagen hergezogen.«

»Aber du wirst ihn doch sehen, oder?«

Ginny hasst es, wenn Finch so ist. Wenn er sie drängt, andere Männer zu daten, ihr Glück zu suchen – als ob das, was er getan hat, dadurch irgendwie ungeschehen gemacht würde.

»Vielleicht«, sagt sie.

»Vielleicht.« Finch verdreht die Augen. »Ich wette, nächsten Freitag liegt sie in seinem Bett.«

Ginny widersteht dem Drang, ihm eine zu scheuern.

Obwohl sie natürlich insgeheim hofft, dass er recht hat. Aber das wird sie ihnen kaum auf die Nase binden.

Am nächsten Morgen steht Ginny an ihrem Stehpult und versucht, sich auf den Newsletter zu konzentrieren. Sie war bereits um acht Uhr im Büro – wie geplant eine halbe Stunde vor Kam – und hat die erste Stunde damit verbracht, Slack zu durchforsten und herauszufinden, wer für welche Biermarke arbeitet. In der zweiten Stunde hat sie die Sofra-Moreno-Angestellten auf LinkedIn gestalkt, hat sich notiert, welche großen Erfolge sie gepostet haben, und ihre Fotos geklaut, um sie in den Newsletter zu kopieren. *Alles ist Content*, sagt sie sich.

Es dauert nicht lange, bis sie ihren ersten toten Punkt hat. Heute Morgen ist sie drei Meilen gelaufen und hat nicht gefrühstückt. Um zehn lässt ihre Konzentration nach. Ihre Gedanken werden unscharf, ihr Sichtfeld verschwimmt an den Rändern. Immer wieder schaut sie auf ihr iPhone. Es liegt mit dem Display nach unten auf dem Stehpult – und gibt leider keinen Mucks von sich. Es ist erst ihr dritter Tag in der Stadt, aber aus irgendeinem Grund will sie Adrian unbedingt eine Nachricht schreiben.

Hör auf, rüffelt sie sich. *Du stehst doch gar nicht auf Nachrichtenschreiben.*

Es gab mal eine Zeit, in der sie wie verrückt getextet hat. Bevor sie aufs College kam. Bevor das Essen jeden Winkel ihres mentalen Raums einnahm. In der Highschool war sie mit Jungs zusammen gewesen – am längsten mit Andy –, und sie hatte das Nachrichten-Flirten geliebt. Dieses ununterbrochene Hin und Her über nichts. Diese regelmäßigen Erinnerungen daran, dass jemand an sie dachte. Dass sie etwas wert war. Dass sie begehrt wurde.

Die letzte Person, mit der sie sich auf diese Weise geschrieben hatte, ist Finch gewesen, natürlich. Und was war daraus geworden?

Sie wirft einen Blick auf ihr Telefon. Und dann wieder auf ihren Laptop.

Stopp.

Sie greift nach dem Handy und dreht es um. Das Display ist

dunkel. Sie entsperrt es, klickt auf Nachrichten und gibt Adrians Namen ein.

GINNY: Hallo! Was machst du

Sie hält inne. Tut sie das gerade wirklich? Als sie ihm letzten Oktober ihre Telefonnummer gegeben hatte, war sie davon ausgegangen, wenigstens ab und zu von ihm zu hören. Aber sie hat nicht eine einzige Nachricht bekommen. War seine ganze Freundlichkeit – seine sanften Berührungen, der Kuss, der noch Wochen später auf ihren Lippen brannte – nur Show gewesen?

Ihr Daumen wandert über den blauen Pfeil. Es ist zehn Uhr morgens. Wahrscheinlich ist er schon bei der Arbeit.

Wenn man mit Ängsten zu kämpfen hat, fühlt sich jede Nachricht, die man verschickt, so an, als würde man ohne Fallschirm aus einem Flugzeug springen.

GINNY: Hi! Was machst du Freitagabend?

Sie drückt auf Senden.

Die Sprechblase ploppt dunkelblau auf. Was bedeutet: *Ja, das hast du wirklich geschickt, das kannst du nicht mehr zurücknehmen.* Ginny dreht ihr Handy wieder um und schiebt es so weit wie möglich von ihrem Laptop weg.

Der einzige Vorteil an seinem Investment-Job ist, abgesehen natürlich vom Geld, dass Adrian selten vor zehn Uhr im Büro erscheinen muss. Das macht niemand. Klar, sie kommen ja meist auch nicht vor vier Uhr morgens ins Bett.

Wann immer er kann, steht Adrian früh auf, um zu laufen. Sport war für ihn schon immer der einfachste Weg, bei klarem Verstand zu bleiben. Draußen an der Luft, der Körper in Bewegung, der Geist fokussiert. In Budapest ist er mit dem Fahrrad die Donau entlanggestrampelt, im College ist er auf dem Charles gerudert, jetzt rennt er den Hudson rauf und runter.

Gestern war ein absoluter Höllentag gewesen. Und als er heute früh von einer Nachricht des Vice President geweckt wurde, er bräuchte kein schlechtes Gewissen zu haben, sofern er vor zwölf Uhr da wäre, hat er seine Laufschuhe geschnürt und sich auf den Weg zum Fluss gemacht. Als er jetzt beim Battery Bikeway ankommt, vibriert sein Handy erneut. In Erwartung einer weiteren Nachricht, die ihn – *ASAP, sorry* – ins Büro zitiert, holt er es aus der Tasche.

GINNY: Hi! Was machst du Freitagabend?

Ginny. Interessant. Adrian steckt das Handy weg. Er wird antworten, aber nicht jetzt.

Er rennt weiter. Höchstwahrscheinlich wird er Freitag nicht ausgehen können. Seit Monaten hat er das Büro nicht vor neun Uhr verlassen. Aber falls sein Kollege ihn nicht mit etwas Neuem zuschüttet …

Wäre vielleicht ganz schön, sie zu sehen, und sei es nur für eine Stunde.

Der Gedanke überrascht ihn. Normalerweise sehnt er sich danach, allein zu sein. Aber nach einem Monat in seinem kleinen Apartment hat er gemerkt, dass ihm zu viel Alleinsein nicht guttut. Seine Gedanken rasen, während er am Hudson entlangjoggt, springen hin und her wie eine Motte, die von einer Lichtquelle zur nächsten flattert.

Und zu seinem Erstaunen kehren sie beharrlich zu Ginny zurück. Zu ihrem Lächeln, neben ihm auf dem Kopfkissen. Er weiß noch genau, wie sich ihr Lachen angehört hat. Er erinnert sich an ihren Geschmack: zitronig, vom Corona, und minzig, von der Zahnpasta.

Adrian schüttelt den Kopf. Seit jener Nacht hat er kaum an Ginny gedacht.

Besser, wenn er jetzt nicht damit anfängt.

Es dauert zwölf Stunden, aber er antwortet. Und nach weiteren zwei Stunden verabreden sie sich auf einen Drink im *Dante*, West Village.

Ginny schwebt durch den Rest der Woche. Jeden Morgen frühstückt sie. Zwar nicht viel, aber immerhin. Mittags geht sie mit ihren Kollegen ins *Tacombi*, Tacos essen. Abends gönnt sie sich eine Handvoll Kohlenhydrate. Und an einem der Nachmittage begleitet sie Clay sogar zum Eisessen.

Adrian hat sich mit seiner Antwort absichtlich so lange Zeit gelassen. Für ihn ist die Sache mit Ginny nichts Ernstes. Sie ist wie Zuckerwatte: süß, wunderlich und flüchtig. Dazu bestimmt, sich aufzulösen, sobald sie auf die Zunge trifft.

Was er nicht wissen kann, ist, dass Ginny ihn umso mehr will, je länger er sie zappeln lässt.

Am Freitagabend ist er als Erster im *Dante*. Er knöpft seine Jacke auf, lässt sich auf einen der wackeligen Holzstühle auf der Terrasse fallen und bestellt einen Aperol Spritz. Er hat für neun Uhr reserviert, und jetzt ist es fünf nach neun, aber Ginny wirkt auf ihn wie eine, die sich regelmäßig zehn Minuten verspätet, egal wo.

Adrian hat eigentlich keine Ahnung, warum er sich auf dieses Date eingelassen hat. Er hat momentan weder Zeit noch Interesse an einer ernsthaften Beziehung. Wahrscheinlich wäre es höflicher gewesen, abzusagen.

Aber …

Aber irgendwie hat Ginny Murphy etwas Bezauberndes an sich. Liegt es an ihren schulterlangen, gestuften Haaren? An ihren zarten Handgelenken? Ihrer cremefarbenen Haut? Oder daran, dass sie gerade die MacDougal Street heruntergesaust kommt, auf *Rollerblades*, die Haare unter einen Helm gestopft, der über und über mit Stickern beklebt ist?

Sie ist wirklich verrückt.

Adrian hat sich den Luxus, verrückt zu sein, nie erlaubt. Wie auch? Er ist mit neun Jahren nach Amerika gekommen, ohne ein einziges Wort Englisch zu sprechen. Er hat die Vorpubertät – eine der sensibelsten Lebensphasen, in der Kinder hemmungslos grausam und ausgrenzend sein können – damit zugebracht, die neue Kultur zu verstehen, in die er hineingeworfen worden war. Für ihn hing sein Erfolg von seiner Anpassung ab. Er musste die Sprache lernen, Freunde finden und sich einfügen.

Jetzt rollt Ginny an seinen Tisch. »Hey!«

»Äh. Hi.«

»Sorry für mein Transportmittel.« Sie lässt sich auf den Stuhl gegenüber plumpsen und öffnet die Schnallen ihrer Rollerblades.

»Du bist von SoHo hierher geskatet?«

»Von der Arbeit, um genau zu sein.« Sie streift den ersten Rollschuh ab und wackelt eine Weile mit ihrem sockigen Fuß, bevor sie einen Sneaker aus ihrem Rucksack zieht und hineinschlüpft. »Ich bin heute lange geblieben. War meine erste Woche, wir haben unseren Newsletter verschickt.«

»Von der Arbeit? Warte – arbeitest du nicht oben im Flatiron District?«

»Jep.« Sie streift den zweiten Rollschuh ab.

»Aber das sind doch …«

»Dreiundzwanzig Blocks, ich weiß.« Sie grinst. »Macht Spaß.«

Adrian schüttelt amüsiert den Kopf.

»Okay, was trinken wir?«

Er hält ihr die Speisekarte hin, einen abgegriffenen Papierlappen. »Ich hab einen Aperol Spritz bestellt.«

Ginny rümpft die Nase. »Wie europäisch.«

»Wenn man's genau nimmt, bin ich Europäer.«

»Weiß ich doch.«

Eine ganze Weile schweigen sie.

»Ich glaube, ich nehme ein Bier«, sagt Ginny schließlich.

Als der Kellner kommt, bestellt Adrian einen Burger, Ginny ein Bier und einen Grünkohlsalat.

»Das ist alles?«, fragt Adrian und gibt dem Kellner die Speisekarte zurück.

»Ja. Ich bin nicht so hungrig.«

Adrian findet, sie sieht aus, als hätte sie schon seit Jahren Hunger.

»Okay«, Ginny stützt ihr Kinn auf eine Hand, »erzähl mir von Ungarn.«

Der Satz bringt Adrian völlig aus dem Konzept. Er hätte gedacht, dass sie ihn nach der Arbeit fragt oder danach, was er letztes Wochenende gemacht hat. Dinge, über die Leute in ihrem Alter eben so reden. Die Kommilitonen, die ihn während der vier Harvard-Jahre nach seiner Kindheit gefragt haben, kann er an einer Hand abzählen.

»Wie …? Über das Land?«, fragt er.

Sie zuckt die Achseln. »Was immer du mir erzählen willst.«

»Okay.« Adrian lehnt sich in seinem Stuhl zurück, als der Kellner mit ihren Getränken kommt und sie auf den Holztisch stellt. »Vor allem ist es unfassbar korrupt. Der Premierminister, Viktor Orbán, ist seit ungefähr zwanzig Jahren an der Macht, obwohl er ganz ungeniert Geld an seine Anhänger verteilt und die Infrastruktur des Landes verfallen lässt. Viele Leute halten ihn für einen Diktator.«

Ginny sagt nichts, aber sie hört zu, das sieht er.

»Davon hab ich natürlich nichts mitbekommen, als ich Kind war. Ich habe mit meinen Großeltern in einem kleinen Künstlerdorf gelebt. Wir waren ziemlich abgekoppelt von der Politik in der Hauptstadt.«

Adrian weiß nicht, warum er das Bedürfnis hat, das zu sagen. Er spricht nicht viel über seine Vergangenheit, aber etwas in Ginnys Augen gibt ihm das Gefühl, dass sie es wissen will.

Sie wirkt, als hätte sie ihr ganzes Leben lang auf diese Information gewartet.

»Du hast nicht bei deinen Eltern gewohnt?«, fragt sie.

Adrian nimmt einen Schluck Aperol. Er ist kühl und bitter. »Ab und zu habe ich bei meiner Mutter gewohnt, aber sie hat eigentlich immer nur gearbeitet. Und mein Vater … ist schon vor langer Zeit gestorben.«

Bestürzung und Schmerz spiegeln sich in Ginnys Augen. Adrian weiß, was jetzt kommt – das unweigerliche Mitgefühl und eine Entschuldigung, überhaupt nach den Eltern gefragt zu haben. Er verspürt einen vertrauten Drang: aufzustehen und zu gehen. Der Sache ein Ende zu setzen, bevor sie beginnt. Er versteht nicht, wie sie auf dieses Thema kommen konnten – bei ihrem ersten Date, schon nach zehn Minuten.

Aber Ginny entschuldigt sich nicht. Stattdessen fragt sie: »Wie ist er gestorben?«

»Bei einem Autounfall.« Als Ginny nicht reagiert, fährt er fort: »Es war Winter und … die Brücke war vereist.« In seiner Familie werden diese Worte selten laut ausgesprochen, doch im Stillen hat sich Adrian die Geschichte schon tausendmal erzählt. Und jedes Mal hat er nach einem anderen Ende gesucht. Was wäre gewesen, wenn sein Vater eine andere Route genommen hätte? Wenn es draußen nicht dunkel gewesen wäre …? »Es ist kurz vor meiner Geburt passiert.«

Ginny blinzelt. »Nicht dein Ernst!«

»Doch.«

»Das ist … eine der tragischsten Geschichten, die ich je gehört habe.«

Adrian schaut in sein Glas. Jetzt kommt's. *Es tut mir so leid, ich kann mir gar nicht vorstellen, wie …*

»Wie war er denn so?«

Er blickt auf. »Wer? Mein Vater?«

Sie nickt.

Adrian muss fast lachen. »Hast du nicht gehört, was ich gerade gesagt habe? Ich hab ihn nie kennengelernt.«

»Nein, ich meine – was weißt du über ihn?«

Gott, die Frau liebt es wirklich, Fragen zu stellen. Adrian erinnert sich nicht, jemals einen Menschen getroffen zu haben, der seine Nase so beharrlich in Dinge steckt, die ihn nichts angehen. Er wartet auf seinen Unmut. Darauf, dass er sich zurückzieht, wie immer, wenn ihm Leute zu nahekommen. Doch als er in Ginnys große grüne Augen blickt, so offen, so neugierig, so aufrichtig und ohne zu urteilen, merkt er, dass er weitererzählen möchte. Über seinen Vater. Über Ungarn. Über alles.

Was zum Teufel ist hier los?

»Er war Professor«, sagt er.

»Professor für was?«

»Mathematik.«

Adrian denkt an die wenigen Male, die er seine *Anya*, seine Mutter, nach seinem Vater gefragt hat. An die Art, wie sie die Augen geschlossen, sich in ihr Inneres zurückgezogen hat. Ihre knappen Antworten, nie mehr als ein oder zwei Worte. Als ob es ihr körperlich wehtun würde, mehr preiszugeben.

Sie haben sich sehr geliebt. So viel weiß Adrian.

Und dann hat sie ihn verloren.

Adrian denkt jeden Tag an seinen Vater. Aber meistens nebenbei, en passant. Wie ein Straßenschild ragt der Gedanke an seinen Vater dann auf dem Weg seiner Gedanken auf. Doch Adrian verweilt nicht, denn wenn er das tut, öffnet sich die Tür zur Schuld. Klebrige schwarze Schuld, zähflüssig wie Teer. Sie sickert in seine Brust, überzieht seine Adern und Knochen. Und jedes Mal kratzt er sie schnell wieder ab, wischt sie weg, bis nur noch ein dünner Film übrig bleibt.

Seine Mutter hat genau ein Foto seines Vaters aufbewahrt, aber soweit Adrian weiß, sieht sie es sich nie an. Er hat das Foto als Kind entdeckt, als er unter dem Waschbecken nach dem

Spray gesucht hat, mit dem er den verschütteten Orangensaft aus dem Teppich entfernen konnte, ehe Scott den Fleck sah. Unter einer Packung Swiffer-Tüchern, versteckt zwischen Plastiktüten und Reinigungsmitteln, lag eine Bibel.

Und das machte ihn stutzig. Denn seine Mutter ist eine gläubige Katholikin; bis heute besucht sie jeden Nachmittag die Messe und hat einen regenbogenbunten Stapel Bibeln im Wohnzimmer, wo jeder sie sehen kann. Ein verstecktes Exemplar – das war merkwürdig.

Noch merkwürdiger: Als er sie aufschlug, war das Innere ausgehöhlt, die Seiten waren mit einem Messer herausgeschnitten, nur ein Rahmen war übrig.

Seine Mutter hatte eine Bibel verunstaltet?

Und dort, in diesem Rahmen: sein Vater.

Adrian wusste sofort, dass er es war. Er hatte ihn noch nie gesehen, aber er wusste es. Wegen der Bücher, die unter seinem rechten Arm klemmten, den langen Fingern, die auf der Tür eines blassgelben Autos ruhten, dem zerzausten dunklen Haar und den braunen Augen, so dunkel, dass sie fast schwarz waren. Genau so hatte er sich seinen Vater immer vorgestellt. Als er das Foto umdrehte, stand links unten, in der engen, gedrängten Großbuchstabenschrift seiner Mutter: *ADRI, 1992*.

Adrian steckte das Bild in die Tasche seiner kurzen Hose, knallte den Schrank zu und rannte die Treppe zu seinem Zimmer hinauf. Er würde das Foto später zurücklegen, jetzt wollte er seinen Vater erst mal für sich haben.

»Er war bestimmt brillant«, sagt Ginny.

»Das war er. Und sehr angesehen.« Adrian lächelt, als er an die Geschichten seiner Großmutter denkt. Anders als seine Mutter strahlt *Nagyanya* jedes Mal vor Stolz, wenn die Rede auf ihren Sohn kommt. »Praktisch die ganze Stadt war bei seiner Beerdigung.« Er deutet auf ihr Glas. »Du hast ja dein Bier noch gar nicht angerührt.«

»Doch, hab ich.« Sie hebt es an den Mund und nimmt einen langen Schluck. Als sie es wieder absetzt, hängt Schaum an ihrer Oberlippe. »Siehst du?«

Adrian lacht. Er hätte sich am liebsten über den Tisch gebeugt und ihr den Schaum vom Mund geküsst. Stattdessen nimmt er seine Serviette vom Schoß und reicht sie ihr. »Du hast da was …«

»*Hab ich?*« Ginny schnappt nach Luft und hält sich den Mund zu. »Gott, wie peinlich!«

Das bringt Adrian noch mehr zum Lachen.

Ginny grinst und wischt sich mit ihrer eigenen Serviette den Schaum von der Lippe. »So.« Sie lässt die Serviette zurück in ihren Schoß fallen. »Und wie war die Schule in Ungarn?«

»Schule?«

»Ja, Schule.«

»Hm.« Adrian nippt an seinem Aperol und überlegt. »Ziemlich ähnlich wie die Schule in Amerika.«

»Echt?«

»Na ja.« Zum ersten Mal seit Jahren denkt er an sein altes Schulhaus am Stadtrand von Budapest zurück. Sieht die Tische und Tafeln wieder vor sich. Die Schließfächer und Flure. Erinnert sich an einen besonders strengen Lehrer. An die gestärkte Baumwolluniform.

Aber ihm fallen auch andere Dinge wieder ein. Die schmucklose sowjetische Architektur. Die kastenförmigen beigefarbenen Mahlzeiten. Die Zimmerdecken, die einem auf den Kopf zu fallen drohten. Das Marschieren.

»Wir sind marschiert.« Er überrascht sich selbst mit diesem Satz. »Im Sportunterricht.«

»Ihr seid … was?«

»Wir sind marschiert. Ungefähr dreißig Minuten lang. Das war unser Sport.«

Einen langen Moment starrt Ginny ihn mit großen Augen

an. Er denkt, dass er sie vielleicht erschreckt hat, aber dann wirft sie den Kopf zurück und lacht so laut, dass es über die ganze Terrasse schallt.

»Was?«, fragt Adrian verblüfft.

»Das ist …« Ginny wischt sich über die Augen, die jetzt noch grüner leuchten. »Das ist das Ostblockigste, was ich je gehört habe.«

Ein Lächeln schleicht sich auf Adrians Gesicht. »Da kannst du recht haben.«

»Hat dich noch nie jemand nach diesem Zeug gefragt?«

»Nicht wirklich.«

Sie schüttelt den Kopf. »Und wie war das dann, als du mit neun in die USA gezogen bist?«

»Hart«, sagt er. »Ich hab nur Bahnhof verstanden, wenn die Leute redeten.«

»Du musst Budapest wahnsinnig vermisst haben.«

»Hab ich.«

»Ich kann gar nicht glauben, dass dich nie jemand über diese Dinge ausfragt. Du hast echt das faszinierendste Leben von allen, die ich kenne!«

Adrian lacht. »Wenn das stimmt, musst du wirklich mehr rauskommen.«

Ginny lacht nicht. Stattdessen trinkt sie einen weiteren Schluck Bier. Mustert ihn.

»Nein«, sagt sie schließlich. »Nein, ich glaube nicht, dass ich das muss.«

Als sie mit Essen fertig sind, hat Adrian zu seiner eigenen Überraschung noch gar keine Lust, das Date zu beenden.

»Tja dann …«, sagt Ginny, während sie die MacDougal Street hinuntergehen. »Das war wirklich …«

»Möchtest du noch mit zu mir kommen und was trinken?«

Ginny bleibt stehen. »Okay.«

»Lass mich die tragen.« Adrian greift nach den Rollerblades.

»Sicher?«

»Klar.«

In Chelsea schließt Adrian die Eingangstür auf und führt Ginny die Treppe zu seiner kleinen Wohnung hoch. Er hat noch nie eine Frau einfach so mit zu sich genommen, nur zum Reden. Nicht, dass es ihm an Gelegenheiten fehlen würde. In Bars werfen sich ihm die Mädchen praktisch an den Hals. Aber wenn sie ihn nach Hause begleiten, dann nur für eine Sache – und bei der muss man nicht viel reden.

Adrians Apartment ist das einzige über einem kleinen Restaurant. Es hat nur ein Zimmer, doch das ist geräumig, mit einem Bett, das unter die großen Erkerfenster gerückt ist, direkt an die weiße Vertäfelung. In der einen Ecke steht ein nicht funktionierender Kamin, in der anderen eine große Couch. Aber sein Lieblingsplatz, der Ort, der ihm hilft, an langen einsamen Arbeitswochenenden nicht durchzudrehen, ist die Dachterrasse. Durch eine Doppeltür direkt neben dem Bett gelangt man dorthin.

»Wow«, sagt Ginny und stellt ihren Rucksack ab. »Das stellt mein Drecksloch ja ganz schön in den Schatten.«

»Hey, ich hab auch mal in dem Drecksloch gewohnt.«

Sie grinst. »Ich weiß.«

»Was willst du trinken?« Adrian geht zur Küchenzeile. »Ich habe Tequila, Whiskey …« Er öffnet den Schrank über dem Kühlschrank und erblickt die Zwei-Liter-Colaflasche in der Ecke. Kurz zögert er, dann holt er die Flasche heraus. »Und ich hab noch …«

»Was ist das?« Ginny wirft einen Blick über seine Schulter.

»Selbst gemachter Sauerkirschwein. Meine Großmutter hat ihn mir geschickt.«

Ihre Augen weiten sich. »Den hat sie selbst gemacht? In Ungarn?«

Wieder zögert Adrian. Als die Flasche mit der Post kam, hatte er nicht vorgehabt, sie mit irgendjemandem zu teilen. Er hatte sich ausgemalt, wie er sie nach langen Arbeitstagen trinkt, immer nur ein Glas, um so lange wie möglich davon zu haben. Aber irgendetwas sagt ihm, dass Ginny den Wein wertschätzen würde. »Ja, der ist selbst gemacht.«

Nachdem er zwei Gläser eingegossen hat, führt er Ginny hinaus auf die Terrasse. Sie atmet tief ein, lässt ihren Blick über die hohen Backsteinmauern, die Lichterkette und das Outdoor-Sofa mit den vielen Kissen schweifen.

»Unglaublich, dass du hier wohnst!«

»Ich kann's auch nicht glauben«, sagt er, und es fällt ihm tatsächlich schwer. Die Wohnung ist ein absolutes Schnäppchen, ein gut gehütetes Geheimnis, das bei Goldman von Analyst zu Analyst weitergegeben wird.

Sie setzen sich aufs Sofa. Ginny schlägt die Beine übereinander und stellt das Glas auf ihr Knie. »Also, wenn ich mich richtig erinnere, hasst du deinen Job.«

Adrian denkt an die vielen Arbeitstage, die bis vier Uhr früh dauern, an das Trommelfeuer der E-Mails, an all die Aufgaben, die so mechanisch und nervtötend sind, dass er manchmal glaubt, sein Gehirn würde ihm zu den Ohren herauskommen. Manchmal wünscht er sich sogar, das würde passieren. »Ja, stimmt.«

»Warum kündigst du dann nicht?«

»Ich überlege es mir jeden Morgen.«

»Echt?«

»Ja.« Er starrt durch die Doppeltür auf das Bett, in dem er seit seinem College-Abschluss viel zu wenig Zeit verbracht hat. »Im Bankwesen will ich ganz sicher nicht alt werden.«

Ginny rückt näher heran. »Was willst du dann machen?«

Bilder ploppen in seinem Kopf auf: ein gewebter Teppich auf dem Holzboden im Haus seiner Großeltern. Eine Flasche

Bambi-Orange. Der alte Zepter-Fernseher, auf dem er jeden Samstagmorgen ungarische Zeichentrickfilme und synchronisierte Disney-Streifen sehen durfte. Als kleines Bonbon. Aber nie länger als ein, zwei Stunden. Dann schickte seine *Nagyanya* ihn wieder raus, aufs Fahrrad.

Und als er nach Amerika kam: ein anderer Fußboden, ein anderes Fernsehgerät. Beschienen von der diesigen Sonne Indianas. Zeichentrickfiguren, die in sperrigen, ungeschliffenen Silben plapperten – Lichtjahre entfernt von seiner Muttersprache, vollkommen unverständlich. Anfangs war sein Versuch, amerikanisches Fernsehen zu verstehen, genauso frustrierend wie die langen Tage in der Schule, wo seine Klassenkameraden extralaut und mit übertriebenen Lippenbewegungen sprachen, als sei er schwerhörig. Aber mit der Zeit wurde der Fernseher zu seiner Zuflucht. Ein Ort, wo er Englisch üben konnte, ohne Angst vor Fehlern haben zu müssen. Ein Ort, an dem er sich verstecken konnte.

»Filme«, sagt Adrian.

»Was?«

»Ich wollte schon immer bei Film und Fernsehen arbeiten.«

»Ernsthaft?« Ginnys Gesicht leuchtet auf.

»Ja. Als ich von Budapest nach Indiana gezogen bin, hat mir das Fernsehen das Leben gerettet. Ich hab kein Wort verstanden, wenn sich die Kinder in der Schule unterhalten haben, und ich hatte Angst, sie überhaupt anzusprechen. Aber Fernsehen – das war ein sicherer Weg, die Sprache zu lernen.«

»Wie spannend!«, sagt Ginny.

Adrian lächelt. Einen langen Moment starren sie sich an, sagen nichts, und Adrian ist überrascht, wie gerne er sie küssen möchte. Er hat es doch schon mal gemacht, oder? *Gesicht in die Hände nehmen, hinunterbeugen, Lippen aufeinanderdrücken.* Ganz einfach. Warum schafft er es jetzt nicht? Warum fühlen sich die zwanzig Zentimeter zwischen ihnen nach so viel mehr an?

»Und …« Ginny räuspert sich und schaut zu Boden. »Hattest du jemals eine feste Freundin?«

Adrian verschluckt sich fast an seinem Wein. »Du redest wirklich nicht lange um den heißen Brei, oder?«

Sie zuckt die Achseln. »Du bist grottenschlecht im Nachrichtenschreiben. Meiner Erfahrung nach ist das typisch für Leute, die noch nie jemanden hatten, mit dem sie sich ständig schreiben.«

»Falsch«, sagt er. »Ich bin schlecht im Texten, weil ich es hasse. Das würde sich auch nicht ändern, wenn ich eine Freundin hätte.« Er sieht Ginny an. »Ich werde mich nicht ändern, nur um jemandem zu gefallen.«

Ginnys Augenlider flattern.

Küss sie. Die Worte dringen aus einer verborgenen Nische seines Geistes zu ihm.

Ich trau mich nicht, denkt er. *Noch nicht. Ich brauch noch einen Drink. Nur einen noch.*

Dann.

»Warst du denn schon mal verliebt?«, fragt Ginny.

Adrian hätte fast laut gelacht. Er war nicht nur noch nie verliebt, er hat auch noch nie jemanden so nah an sich herangelassen, dass er an Liebe auch nur hätte denken können. Immer, wenn eine Beziehung über zwei, drei Dates hinausging, hat er die Sache beendet. Er hat noch nie jemanden so sehr gemocht, dass er den Drang verspürte, es weitergehen zu lassen. Und wenn er sich nicht hundertprozentig sicher ist, verliebt zu sein, dann bleibt er lieber allein.

Wahrscheinlich wird es mit Ginny genauso laufen.

Aber im Moment genießt er das Gespräch. Er mag es, wie sie in den Nachthimmel schaut, als sähe sie ihn zum ersten Mal, immer wieder aufs Neue. Ihre Anwesenheit wirkt wie ein erfrischendes Elixier, ein Stärkungsmittel. Für das Leben, das ihm Goldman absaugt.

In Ginnys Gegenwart fühlt er sich nicht ganz so leer. Bei ihr fühlt er sich merkwürdig aufgehoben.

Ginny begreift nicht, was los ist. Es ist inzwischen nach Mitternacht. Fast vier Stunden hat sie mit Adrian verbracht. Sie haben beide drei Gläser Sauerkirschwein getrunken, und er hat nicht ein einziges Mal versucht, ihre Hand zu halten.

Einfach nur traurig, findet Ginny. Frustrierend. Warum ist sie überhaupt noch hier? Er ist doch eindeutig nicht an ihr interessiert. Welcher Mann hat sich je die Gelegenheit entgehen lassen, eine Frau zu küssen, die seit fast zwei Stunden auf seiner Couch sitzt? Es sei denn, er findet sie nicht attraktiv.

Auf der anderen Seite … wie kann er nicht fühlen, was sie fühlt? Dieses zarte Prickeln zwischen ihnen, die Luft dick wie Smog? Ihr jedenfalls schnürt sie die Kehle zu, macht sie schwindlig. Jedes Mal, wenn sie ihn ansieht, zieht sich ihre Brust zusammen. Sie sehnt sich so danach, die Hand nach ihm auszustrecken. Sie auf seinen Oberkörper zu legen. Ihre Lippen auf seine zu pressen.

Aber sie würde sich nur lächerlich machen.

Also steht sie auf und klopft sich die Hose ab – die sie vor ein paar Stunden angezogen hat, in der Erwartung, dass er sie ihr später ausziehen würde. Wie bescheuert.

»Ich glaube, ich geh dann mal«, sagt sie.

»Was? Du willst schon los?« Er wirkt überrascht.

Bitte mich zu bleiben. »Ja.«

Adrian schaut in sein Weinglas. »Okay.«

»Okay«, wiederholt Ginny.

Er zögert. Dann steht er auf und sagt, er würde sie noch runterbringen. Als sie den Treppenabsatz erreichen, bleibt sie stehen und wartet, ob er sich zu ihr herunterbeugt und sie küsst. Er tut es nicht. Stattdessen zieht er sie in eine Umarmung. Sein Griff ist schlaff. Er enthält nichts – keine versteckten Botschaften, keine nachklingende Bedeutung. Es ist die Art von Umarmung, schießt es ihr durch den Kopf, in der man ausdörren und sterben könnte.

»Bye«, sagt sie.

»Bye.«

Sie löst sich von ihm und tritt durch die Haustür. Ohne sich noch einmal umzudrehen.

Draußen ist es für Chelsea untypisch ruhig. Die Bars, in denen es normalerweise laut und trubelig zugeht, liegen still an ihren Straßenecken. Ginny überquert die Seventh und geht Richtung Süden. In ihrer Brust öffnet sich ein Loch. Ein Loch, das die Jahre in der sicheren Einsamkeit zugeschüttet hatten.

Ablehnung. Sie hat das Gefühl, an dem Wort zu ersticken. Sie kann nicht fassen, dass sie sechs Monate lang über jemanden nachgegrübelt hat, der ihr nicht mal einen Gutenachtkuss geben will.

»Scheiß drauf«, sagt sie laut.

»Ja, scheiß drauf«, echot ein Obdachloser auf der anderen Straßenseite und ballt die Faust.

Ginny weint. Warme Tränen fließen ihr über die Wangen und rinnen in ihren offenen Mund, durch den sie keuchend Luft holt. Ein vertrauter Salzgeschmack verteilt sich auf ihrer Zunge. Sie weint, bis ihr Kopf schmerzt und ihre Wangen fleckig sind. Sie weint, bis sie die simple, schmerzhafte Wahrheit akzeptiert: dass Adrian offensichtlich kein Interesse an ihr hat.

Sie hätte sich am liebsten selbst verprügelt. Mit ihrem Wegzug aus Minnesota hatte sie der Weinerei eigentlich ein Ende setzen wollen. New York sollte sie heilen.

»Scheiß drauf«, sagt sie wieder, diesmal ganz leise, nur zu sich selbst.

Warum habe ich sie nicht geküsst?

Adrian starrt auf die geschlossene Haustür. Auf das kalte Metall, das eben noch Ginnys warmes Lächeln umrahmt hat.

Zurück in der Sullivan Street, stößt Ginny die Tür zur Wohnung 5E auf. Sie zieht ihre Schuhe aus und schlingt die Arme um sich, als könnten die sie vor ihren Ängsten schützen.

An der Westküste, wo Heather ihr perfektes Leben mit ihrem perfekten Mann lebt, ist es jetzt kurz nach elf. Ginny könnte sie per FaceTime anrufen, sie würde wahrscheinlich rangehen. Aber sie ruft nicht an. Sie meldet sich nie bei ihrer Familie, wenn sie traurig ist oder ihre Ängste hochkommen. Sie will nicht, dass sie es erfahren.

In ihrem Zimmer zieht sie sich nackt aus und stellt sich vor den Spiegel. Die Veränderungen springen ihr nur so entgegen: die zwei wachsenden Hügel ihrer Brüste, die Wölbungen an der Hüfte und – am allerschlimmsten – die weiche Fettschicht am Bauch.

Fünf Jahre sind es gewesen. Fünf Jahre, in denen sie ihr Gewicht gerade so niedrig gehalten hat, dass ihr Körper sich dauerhaft unwohl fühlte, aber nicht zu niedrig. Nicht so, dass es aufgefallen wäre. Sie war nie ein gruseliger Hungerhaken. Sie hat nur ihren Hintern, ihre Brüste, den Bauch und die Oberschenkel dezimiert. Gerade so viel, dass es ihre tiefe Sehnsucht nach Leere befriedigte.

Als sie am Ende des zweiten Studienjahrs nach Hause kam, öffnete ihre Mutter mit einem breiten Lächeln die Tür. Es rutschte ihr aus dem Gesicht, als sie ihre Tochter sah.

»Du hast abgenommen«, sagte sie.

»Na und?« Ginny wuchtete die Reisetasche an ihrer Mutter vorbei.

»Ich dachte, auf dem College nimmt man zu.«

»Das sind Ammenmärchen.«

Ihre Mutter nahm ihr die Tasche ab. »Du hast doch nun wirklich nichts zuzusetzen, Häschen.« Ginny versteifte sich. So nannte ihre Mutter sie schon seit Jahren nicht mehr.

Zu Schulzeiten hatte sie ihrer ständig besorgten Mom aus dem Weg gehen können. *Aus den Augen, aus dem Sinn.* Schließlich wohnten noch zwei weitere Geschwister zu Hause, um die sich ihre Mutter kümmern musste. Aber wann immer sie jetzt heimkam, tauchte das Thema wieder auf.

In den zwei Wochen zwischen Minnesota und New York, die sie zu Hause verbracht hatte, spitzte es sich zu. Ihre Mutter versuchte, reihenweise Kohlenhydrate in sie hineinzustopfen. Sie tischte all die Leckereien auf, die Ginny als Kind geliebt hatte: Hefezöpfe mit Zuckerguss von *The Queen's Tarts*, Muffins von *Thyne's*, Brownies, aus denen pure Schokolade quoll, wenn sie aus dem Ofen kamen. Ginny wiederum setzte alles daran, nichts davon zu essen. Mal erfand sie Ausreden oder täuschte Bauchschmerzen vor. Mal steckte sie sich ein Stück in den Mund, kaute und lächelte ihre Mutter an, nur um es in die Spüle zu spucken, wenn niemand hinsah. Ginny wurde eine versierte Lügnerin. Eine Meisterin der Täuschung.

Als sie am Ende der zwei Wochen die Taschen für New York packte, sah ihre Mutter sie mit Tränen in den Augen an. »Ich begreif's nicht«, sagte sie mit brüchiger Stimme. »Ich habe dir so viel zu essen gemacht.«

Heather war in dieser Zeit auch zu Hause und fuhr sie zum Flughafen. Als sie Ginny absetzte, sah sie ihr in die Augen und sagte: »Reiß dich verdammt noch mal zusammen und pack dir ein paar Pfunde auf die Rippen, oder ich fliege nach New York und versohle dir den Hintern. Hast du mich verstanden?«

Ginny hatte verstanden.

Auf dem Flug nach New York, in diesem Schwebezustand

über den Wolken, in dem alles möglich zu sein scheint, legte sie einen Schwur ab: *Nie wieder.* Diese Phase ihres Lebens war vorbei. Sie würde ihre Mauern niederreißen. Würde Brot und Reis und Süßigkeiten und die ganzen anderen Sachen essen, die sie seit Jahren nicht anrührte.

Das Zimmer um sie herum verschwimmt. Was zum Teufel hatte sie geritten? Sie kennt doch die Tücken von Kohlenhydraten. Sie weiß doch, dass ihr Körper von Burgern, Bagels und Bier aus den Fugen gerät.

Und trotzdem ist sie nachlässig geworden, bequem. Hat sich unter dem Vorwand, dass in New York alles neu ist, lauter Köstlichkeiten gegönnt – ohne Sport zu treiben. Sie ist weder gelaufen noch Rad gefahren, sie hat keine Gewichte gestemmt und auch sonst nichts unternommen, um ihren Körper, bis vor Kurzem noch ein hartes, muskulöses Brett, in Form zu halten. Das Einzige, das sie gemacht hat, war ab und zu Rollerbladen, aber das reicht natürlich nicht. Kein Wunder, dass sie dick geworden ist. Sie hat es sich selbst zuzuschreiben. Es ist allein ihre Schuld.

Ginny ist schwindelig. Sie fühlt sich benebelt. Ihr Körper im Spiegel verzerrt sich. Verschwimmt. Sie spürt, wie der Alkohol in ihrer Speiseröhre aufsteigt. *Scheiße.* Sie weiß, was als Nächstes passiert. Sie hat es so oft gesehen – bei so vielen betrunkenen College-Kids, die ihren Mageninhalt quer über die Mt. Auburn Street gereihert haben.

Und jetzt macht sie das Gleiche. Sie rennt ins Bad, umklammert die Klobrille und kotzt.

Ginnys erster Gang am nächsten Morgen führt sie direkt wieder vor den Spiegel. Sie trägt nur einen Spitzenslip und ein ausgeleiertes Baumwoll-T-Shirt. Sie hebt den Saum des Shirts an und dreht sich zur Seite, um ihren Bauch zu beäugen.

Erleichtert stellt sie fest, dass die Wölbung verschwunden

ist. Ihr nächtliches Erbrechen hat den Schaden offenbar behoben.

Hm, überlegt sie. *Eigentlich eine ziemlich elegante Lösung.*

»Wie bitte? Ihr wart gestern Nacht vier Stunden zusammen, und er hat dich nicht geküsst?«

Es ist Samstagmorgen. Ginny hat den Jungs Bagels von *Blackseed* geholt. Jetzt sitzen sie um den Couchtisch, streichen Frischkäse auf ihre Bagels und analysieren Ginnys Abend. In der Couchecke kämpfen Tristan und Finch wortlos um die Herrschaft über das Aux-Kabel – ihr tägliches Ritual. Finch steht auf Indie-Bands, die keiner von ihnen kennt, und Tristan will nichts anderes als Doja Cat hören.

Ginny streicht sich eine trostlose Messerspitze Schnittlauchfrischkäse auf ihren Bagel. »Nein.«

»Aber ihr habt doch schon mal im selben Bett geschlafen«, sagt Tristan über die Schulter, während er erfolglos versucht, Finch das Kabel zu entreißen.

»Ich weiß.«

»Und damals hatte er kein Problem damit, dich zu küssen.«

»Ich *weiß*.«

»Ist halt Silvas, über den wir hier reden.« Clay beißt von seinem Sesam-Bagel ab. »Keiner weiß, warum er was tut.«

Ginny furcht mit dem Messer ein langes Tal in ihren Frischkäse. Sie will den Bagel nicht essen. Sie will überhaupt nichts essen. »Vielleicht steht er einfach nicht auf mich.«

Clay winkt ab. »Kein Mann verbringt vier Stunden mit einer Frau, auf die er nicht steht.«

Ginny schüttelt den Kopf. Auch wenn es Jahre her ist, dass sie zuletzt von jemandem begehrt wurde, weiß sie noch gut, wie das Spiel funktioniert. Sie erinnert sich daran, wie es bei Andy und Finch war. Sie weiß, dass Berührungen – Küssen, Streicheln, Sex – handfeste Beweise dafür sind, dass sich ein

Mann von einer Frau angezogen fühlt. Wenn Adrian sie nicht geküsst hat, wie soll sie etwas anderes darin sehen als Desinteresse?

Als Jugendliche hatte Ginny sich nie wegen ihres Äußeren gesorgt, sich nie Gedanken um ihre Attraktivität gemacht. Sie wusste auch so, dass die Jungs sie gut fanden, mit ihrem symmetrischen Gesicht, ihrer ebenmäßigen Haut, den blonden Strähnen, ihrer schmalen Taille und der kurvigen Hüfte. Nicht mal als Andy mit ihr Schluss gemacht hatte, war diese Gewissheit erschüttert worden – denn er war weiterhin scharf darauf, mit ihr zu schlafen. Für sie Beweis genug, dass sie trotzdem noch gefragt, dass sie etwas wert war, zumindest sexuell.

Die ersten Zweifel kamen Ginny im ersten College-Jahr. Da beschlich sie der Gedanke, dass irgendetwas mit ihr vielleicht nicht stimmte. Es war ein leiser Gedanke, klein wie ein Samenkorn, aber in ihrer Psyche fiel er auf fruchtbaren Boden und begann zu keimen.

Und nachdem sie sich der inneren Diktatur der Magersucht unterworfen hatte, verschwanden die Männer ganz aus ihrem Kopf. Es gab darin keinen Platz mehr für sie. Das Thema Essen füllte ihre Gedanken vollständig aus. Sie warf einen Haufen Matsch auf das Samenkorn und tat so, als wäre es nicht da. Und tatsächlich: Es funktionierte.

Bis jetzt.

»Mach dir keinen Stress, Gin«, sagt Finch, sein erster Satz überhaupt in diesem Gespräch. Ginny sieht zu ihm. Er erwidert ihren Blick nicht, sondern scrollt durch die Playlist seines Handys. »Silvas ist ein toller Typ, aber bei Dates ergreift er keine Initiative. Macht er nie.« Er klickt auf einen Song, und sofort dringen schrille Gitarrenriffs aus der Box. Dann sieht er endlich zu ihr. »Du brauchst jemanden, der um dich kämpft.«

Ginny funkelt ihn an. *Du meinst so, wie du es nie getan hast?*

Auf dem Tisch vibriert ihr Handy. Alle starren es an.

Es ist Adrian.

Ginny bekommt Schluckauf.

»Na, sieh mal einer an.« Clay lässt sich in die Couch zurücksinken und verschränkt die Hände hinter seinen roten Haaren. »Jetzt kommen die Dinge ins Rollen.«

Ginny liegt auf ihrem Bett und schaut Netflix, als sie plötzlich spürt, wie der Bagel ihren Hals hochwandert. Es fühlt sich seltsam an – ein Klumpen in der Speiseröhre, der an eine Tür direkt unter ihrem Kinn zu klopfen scheint. *Hallo! Da bin ich wieder.*

Sie drückt zwei Finger auf ihren Kehlkopf. Was ist da los? Warum rutscht das Essen nicht runter? Ist es der Frischkäse? Sie weiß, dass sie Milchprodukte nicht so gut verträgt. Oder liegt es an der nächtlichen Kotzerei? Ist ihre Speiseröhre noch auf Rückwärtsgang gestellt?

Hilflos schweift ihr Blick durchs Zimmer. Auf dem Schreibtisch steht ihre leere Trinkflasche. Da ihr auf die Schnelle nichts anderes einfällt, schraubt sie den Deckel ab und presst ihre Lippen um die Öffnung. Dann spannt sie die Halsmuskeln an und würgt, ganz leicht nur …

Kaum verdaute Essensbrocken platschen auf den Boden der Trinkflasche. Sie späht hinein.

Das Zeug ist dickflüssig, wie eine Leiche im Zustand fortgeschrittener Verwesung. Es dauert nicht lange, bis es erneut an der kleinen Rachentür klopft.

Insgesamt sechsmal muss sie pressen. Sechsmal würgen, sechsmal platschen. Eine Schlange aus Magensäure, die kopfüber aus ihrem Mund stürzt. Ihr wiedergeborenes Essen sammelt sich auf dem Flaschenboden. Es ist so einfach. *Zu* einfach. *Irgendetwas stimmt nicht mit mir*, wird ihr klar. *Ist das Sodbrennen?*

Als sich ihr Magen leer anfühlt, hält sie die Flasche hoch und beäugt den gelblich beigen Brei darin. Sie wird die Flasche später ausspülen.

Erst mal stopft sie sie in ihren Rucksack und schließt den Reißverschluss, damit niemand sie sieht.

Für Ginny gibt es kein Verschnaufen zwischen Magersucht und Bulimie, keine Atempause. Der Übergang vollzieht sich so nahtlos wie die Übergabe eines Staffelstabs. Ihr Leben, ein Staffellauf – mit einer Mannschaft aus verschiedenen psychischen Erkrankungen.

Es ist schon wieder Montag. Nachmittags. Adrian überarbeitet gerade seine fünfte Excel-Tabelle, als sein Handy vibriert. Er dreht es um, in Erwartung einer Nachricht von Ginny. Aber es ist eine E-Mail. Nicht an seinen Firmen-Account, sondern an seinen privaten.

Betreff: [DELPHIC] Analysten gesucht – Leute, kommt zu Disney!

Adrian spürt seinen Herzschlag bis in die Ohren. Er wirft einen Blick über die Schulter, um zu sehen, ob seine Kollegin in der Nähe ist. Ist sie nicht. Er schluckt den Speichel herunter, der sich in seinem Mund gesammelt hat, und klickt auf Öffnen.

Hallo zusammen,
ich möchte euch über ein Jobangebot bei Disney im Bereich Internationale Strategie informieren. Die vollständige Stellenbeschreibung findet ihr unten. Ich bin seit meinem Abschluss hier und kann mir keinen besseren Arbeitgeber vorstellen ...

»Na, am Flirten mit deiner Freundin?«, tönt eine Stimme hinter ihm.

Adrian zuckt zusammen und tippt hektisch auf seinem Handy herum. Es rutscht ihm aus den Fingern und fällt auf den Boden.

»Scheiße.« Er kriecht über den Teppich. Als er wieder auftaucht, steht Chad, sein Schreibtischnachbar, hinter seinem Stuhl, eine Plastikschale mit Salat in der Hand.

Chad zieht eine Augenbraue hoch. »Schon okay, Mann. Wir gucken alle Pornos bei der Arbeit.«

Adrian wird rot. »Ich hab kei…«

»Egal, ich sag nichts, wenn du nichts sagst.« Er zwinkert ihm zu und klopft ihm auf die Schulter.

Seufzend sinkt Adrian auf seinen Stuhl. Er traut sich nicht, die Mail zu Ende zu lesen. Zu riskant. Das muss warten, bis er zu Hause ist. Er legt das Telefon mit dem Display nach unten auf seinen Schreibtisch und versucht, sich wieder auf die Excel-Tabelle zu konzentrieren.

Als Ginny an diesem Tag erschöpft und ausgelaugt von der Arbeit nach Hause kommt, hockt Finch in seinem moosgrünen Lieblingssessel.

»Oh.« Sie stellt ihren Rucksack auf den Boden. »Hi.«

Er winkt ihr zu. »Hi.«

»Schon zurück von der Uni?«

»Ich hab selten länger als bis vier Uhr Vorlesungen.« Er zeigt auf das aufgeschlagene Lehrbuch auf dem Couchtisch. »Aber bei Clay und Tristan wird's heute spät, deshalb …«

»Verstehe.«

»Deshalb sind wir allein.«

Als Ginny sich entschieden hat, bei den Jungs einzuziehen, war ihr klar gewesen, dass sie viel Zeit mit Finch verbringen würde. Sie hatte nur nicht damit gerechnet, dass sie einen Großteil davon allein sein würden, ohne die zwei anderen als Puffer.

»Ich wollte ein Wokgericht zum Abendessen machen. Hast du Hunger?«, fragt sie.

»Großen.«

Sie legt ein paar Zwiebeln neben den Wok und geht im Geiste die ersten Arbeitsschritte durch. *Schälen, halbieren, hacken.*

Sie gräbt ihre Fingernägel unter die Zwiebelhaut und zieht sie Schicht für Schicht ab.

Kochtechnisch ist Ginny ziemlich aus der Übung. Im College hatte sie ihren Freunden jede Woche extravagante Gerichte aufgetischt, aber in Minnesota hat sie sich nur noch Rührei und Pfannengemüse gemacht. Wozu für sich alleine ein ganzes Huhn entbeinen?

Stattdessen hat sie die leeren Stunden nach der Arbeit mit Schreiben verbracht. Das Schreiben hat sie vor dem Durchdrehen bewahrt. Es war der einzige Weg für sie, es irgendwie bis zur Schlafenszeit zu schaffen. Und sie konnte aus einer fast endlosen Flut von Ideen schöpfen. Wenn sie während der Arbeit aus dem Bürofenster starrte, versunken in das Schneegestöber hinter der Scheibe, fielen ihr komplette Dialoge ein. In Dauerschleife liefen sie durch ihren Kopf, wie der Text eines Ohrwurms. Sie notierte sie in ihrem Handy, in einem Word-Dokument, auf der Rückseite eines Entwurfs für eine Bedienungsanleitung. Manche Geschichten erstreckten sich über ein halbes Dutzend Dokumente. Auch ihr Tagebuch hatte sie immer griffbereit und hielt darin die Gedanken fest, die ihr über ihr eigenes Leben kamen. Oft genug fanden die Tagebuchnotizen Eingang in ihre Erzählungen. Die Realität drang in die Fiktion ein, mit verschwommenen Konturen.

Als alle Zwiebeln geschält sind, nimmt Ginny ihr Kochmesser und halbiert sie.

Früher, zu Hause, hatte sie oft für ihre Familie am Herd gestanden. Es war nicht so, dass ihre Mutter nicht gerne kochte, aber Ginny kochte lieber. Sie liebte es, die begeisterten Gesichter ihrer Brüder zu sehen, wenn sie ein Blech frisch gebackener Kekse, Pizzataschen oder Brezelbruch mit Käsesoße aus dem Ofen holte. Die Jungs kamen in die Küche gestürmt und stolperten fast übereinander, um ein paar Bissen zu ergattern, solange sie noch heiß waren.

Heather verdrehte natürlich die Augen und sagte, sie würde keine Kekse, Pizzataschen oder was auch immer Ginny servierte, mögen. Aber wenn Ginny am nächsten Morgen in die Küche kam, fehlte immer ein Keks.

In Harvard gab ihr das Kochen Halt. Es lenkte sie vom Prüfungsstress ab. Vom Druck des Sozial- und des Liebeslebens – oder deren Nichtvorhandensein. Sie liebte es, ein scharfes Messer in der Hand zu halten und sich ganz auf das Hacken von Knoblauch und Korianderblättern zu konzentrieren. Sie liebte das Strahlen in den Augen ihrer Mitbewohner, wenn sie ihnen eine große Schüssel Guacamole vorsetzte.

Genau das *will ich machen*, dachte sie immer, wenn sich ihre Jungs auf das Essen stürzten und sich mit vollem Mund bei ihr bedankten. *Das und nichts anderes.*

Und deshalb hatte sie sich nach dem ersten Studienjahr, als die meisten ihrer Kommilitonen Praktika bei Banken, Start-ups oder Beratungsfirmen machten, zu einem Kochkurs angemeldet.

Sie legt die Zwiebelhälften mit der Schnittfläche nach unten auf das Hackbrett, setzt die Messerspitze auf das Holz und schneidet die Zwiebeln blitzschnell. Kleine Halbmonde stieben nach rechts und links.

Die erste Regel, die sie in der Kochschule in Sault Ste. Marie gelernt hatte: Ein scharfes Messer ist das A und O. Es ist der Schlüssel zum guten Kochen. Je schärfer das Messer, desto leichter lässt sich das Fleisch vom Knochen lösen. Jeden Morgen, bevor ihr Kochlehrer seine Künste vorführte, hatte er erst einmal ein großes schwarzes Lederetui hervorgeholt. Es war länglich, ziemlich schwer und gesichert durch ein kleines silbernes Schloss. Er legte es vor sie auf den Küchentresen und klappte es zu beiden Seiten auf, bis es die Größe einer Zeitschriftendoppelseite hatte.

Dann begann er, die Klingen seiner Messer zu schärfen.

Mit dem Messerrücken schabt Ginny die Zwiebeln in den Wok.

So paradox es klingt, aber die Kochschule war der Ort, an dem sie am meisten Gewicht verloren hat. Zurück auf dem College war sie von allen Seiten darauf angesprochen worden:

»Verdammt, hast du nicht einen Kochkurs gemacht? Wie kann man da abnehmen?«

Das konnte man, und es war tatsächlich gar nicht schwer gewesen. In dem Sommer damals lief Ginny jeden Morgen zwei Meilen zur Kochschule und war dann fast sechs Stunden lang in der Übungsküche auf den Beinen. Nichts von dem, was sie zubereiteten, durften sie essen. Wenn sie sich trotzdem etwas in den Mund steckten, rief der Koch: »Wir sind hier nicht im Restaurant!«

Die Mittagspause dauerte eine halbe Stunde. Kaum genug Zeit, um den Salat zu essen, den sie sich eingepackt hatte. Ginny war eigentlich keine Kaffeetrinkerin, aber in der Kochschule fing sie an, Espresso herunterzustürzen wie Wasser. Espresso brachte sie durch den Tag.

Am Ende der ersten Woche hatte sie verstanden, warum so viele Köche koksen.

Ginny bemerkte kaum, dass sie dünner wurde. Und wenn, dann nur mit staunender Genugtuung. Sie mochte den Gedanken, dass sie, während sie an ihren Kochkünsten feilte, gleichzeitig ihren Körper modellierte.

Sie gibt Knoblauch, Maiskölbchen und Zuckererbsen zu den Zwiebeln in den Wok.

Als Ginny dann zurück auf dem Campus war, fühlte sie sich unbesiegbar. Vorher war sie immer sicherer Teil einer Gruppe gewesen: eine von vielen Geschwistern, eine, die von vielen Mitschülern gemocht wurde, eine von unzähligen Harvard-Studierenden. Und auf einmal hob sie sich mit einer eigenen Identität von der Masse ab. Sie war plötzlich »die Köchin«. Klar, wer möchte nicht diejenige sein, die das leckerste Essen auftischt? Wer möchte nicht ganze Nachmittage damit verbringen, für seine besten Freunde zu kochen? Ihnen dreigängige Gourmet-Menüs auf Papptellern zu servieren, in einem Wohnheimzimmer ohne Esstisch, und darauf zu bestehen, dass sie alles aufessen? Wobei Ginny selbst nie einen Bissen zu sich nahm.

Ginny muss an den Schwur denken, den sie auf dem Flug nach New York abgelegt hat: *Reiß deine Mauern nieder. Iss Brot und Reis und Süßigkeiten und die ganzen anderen Sachen, die du seit Jahren nicht angerührt hast.* Ja, kein Problem, das geht jetzt. Sie wird Reis zum Wokgemüse essen.

Sie kann ihn danach ja wieder auskotzen.

Als sie mit Kochen fertig ist, steht genug Essen für eine siebenköpfige Familie auf dem Herd.

»Wow.« Finch setzt seine Gitarre ab. »Bekommen wir Besuch?«

»Nein. Ich hab nur zu viel gekocht.«

Er reckt den Hals in Richtung Küchenzeile. »Oha!«

»Na dann, guten Appetit.« Ginny füllt sich eine kleine Portion in ihre Schale und macht sich auf den Weg in ihr Zimmer.

»Moment.« Finch stemmt sich aus seinem Sessel. »Wollen wir nicht zusammen essen?«

»Ähm.« Sie stochert mit ihrer Gabel in der Schale. »Sicher?«

»Klar.«

Also lässt sie sich auf der Couch nieder, in ausreichendem Abstand zu Finch.

Er greift nach der Fernbedienung. »Willst du was gucken?«

»Ja, warum nicht?«

»Du magst doch *New Girl*, oder?«

»Stimmt.«

»Cool.« Er drückt die mittlere Taste auf der Fernbedienung und klickt eine Folge der dritten Staffel an. Die ersten zehn Minuten essen sie schweigend und lachen in den passenden Momenten. Dann, während einer längeren Szene, in der die Mitbewohner Winstons Katze suchen, dreht sich Finch zu ihr. »Und, wie ist deine Chefin so?«

»Die ist ein verdammter Roboter.«

Er lacht. »Wirklich?«

»Wirklich! Also, nicht dass sie nicht absolut fantastisch wäre in dem, was sie tut. Die Frau lebt und atmet Kommunikation, und sie leitet unser Team wie eine gut geölte Maschine. Aber sie erkennt Kreativität nicht mal dann, wenn sie ihr mit 'nem Sattelschlepper über den Fuß fährt.«

»Oh, Scheiße.« Finch lehnt sich in seinem Sessel zurück. »Das muss für jemanden wie dich ja echt frustrierend sein.«

Ginny stellt ihre leere Schale auf den Couchtisch. »Wie meinst du das?«

»Na ja, so kreativ, wie du bist? Und das warst du ja schon immer. Es ist eines der Dinge, die ich am meisten an dir mag.«

Sie wedelt das Kompliment mit der Hand weg. »Nein, frustrierend ist es nicht. Im Gegenteil, ihr Mangel an Kreativität gibt mir die Möglichkeit, umso mehr zu glänzen.«

»Logisch.« Er grinst. »Aber mal im Ernst: Die Geschichte, die du in Minnesota geschrieben hast …«

»Moment.« Sie hebt eine Augenbraue. »Clay hat sie dir gezeigt?«

»Natürlich. Mir und Tristan.«

Ginny reibt sich die Stirn. »Den bring ich um.«

»Wieso? Die Geschichte war doch gut. Sie war sogar genial. Du solltest deine Zeit nicht in so einem Konzern verschwenden. Du solltest deinen Traum verfolgen.«

»Ich hab keinen Traum.«

»Nein?«

»Nicht wirklich.«

»Das glaub ich dir nicht.«

»Glaub, was du willst. Im Moment konzentriere ich mich auf meine Karriere. Ich versuche, so viel wie möglich über Kommunikation zu lernen, meine Chefin zu beeindrucken, die Karriereleiter hochzuklettern. Du weißt schon …« Sie stupst mit ihrem Zeh gegen sein Bein – ihr erster Körperkontakt seit der steifen Umarmung am Tag ihres Einzugs. »… der ganze Scheiß, den man macht, um Liebling der oberen Etagen zu werden.«

Finch reißt beide Hände hoch. »Okay, verstehe.«

Sie wechselt das Thema und fragt ihn nach seinem Medizinstudium. Je länger sie sich unterhalten, desto weiter gleiten sie in ihre unbefangene Beziehung von vor fünf Jahren zurück, als sie auf seinem klapprigen Bett im Studentenwohnheim saßen und sich über all die schrägen Typen amüsierten, die sie in Harvard kennengelernt hatten. Es fühlt sich so an, als wäre überhaupt keine Zeit vergangen, stellt Ginny überrascht fest.

Die *New-Girl*-Folge endet und die nächste beginnt, aber Ginny guckt nicht mehr hin. Sie ist ganz auf Finch konzentriert, auf seine Schilderung, wie er zum ersten Mal im OP stand.

Schließlich verstummt ihr Gespräch. Ginny schaut auf den Bildschirm, aber sie spürt Finchs Blick auf sich.

»Ich vermisse dich, Gin.«

Ihr Herz rast. Sie sieht ihn immer noch nicht an. »Das ist absurd. Wir wohnen zusammen.«

»Du weißt, was ich meine.«

Natürlich weiß sie es. Sie muss an ihre Spaziergänge am Charles River denken. Daran, wie er für sie gesungen hat, meistens Eric Clapton oder John Mayer. An ihre stundenlangen Gespräche, bei denen ihnen nie die Themen ausgingen.

In den ersten Uni-Monaten war er ihr bester Freund. Nicht Clay. Nicht Tristan. Sondern Finch.

Endlich begegnet sie seinem Blick. »Was genau willst du damit sagen?«

»Dass ich es noch einmal versuchen will.« Finch rückt näher an sie heran. »Ich möchte, dass wir befreundet sind. *Richtig* befreundet, so wie früher.«

Ginny betrachtet ihre leere Schale auf dem Couchtisch. Die verschmierte Sojasoße am Rand, das rote Pfefferkorn, das darin klebt. Schließlich sieht sie wieder auf. »Okay.« Sie lächelt. »Das möchte ich auch.«

Aber noch während sie das sagt, völlig hingerissen von seinem unbeholfenen Lächeln, meldet sich eine leise Stimme in ihrem Hinterkopf: Waren wir überhaupt jemals *richtig* befreundet?

Studienbeginn in Harvard. Ginny zieht ins Wohnheim. Ihr Zimmer liegt unter dem Zimmer dreier Jungs, die sie schnell als vierte Mitbewohnerin adoptieren. Sie verbringt fast jeden Abend oben bei ihnen auf dem Futon, trinkt mit ihnen Keystone Light, spielt Mario Kart und bestellt um zwei Uhr morgens Pizza bei *Domino's*.

Ihre Brüder vermisst sie nicht. Sie hat drei neue gefunden.

Studienbeginn in Harvard. Adrian weint nicht, als seine Mutter ihn vor dem Wohnheim absetzt. Wie so oft versucht er, sich seinen Vater an ihrer Seite vorzustellen, aber das Bild wirkt wie verwackelt. Und es verschwindet schnell wieder, wird vertrieben von den Schuldgefühlen, die in Adrian aufsteigen, sobald er zu lange an den Mann denkt, den er nie kennengelernt hat. Er wünscht, seine Großeltern wären da.

In seinem Wohnheimzimmer packt er als Erstes seinen Computer aus und skyped mit seiner *Nagyanya.*

Bei ihren wöchentlichen Video-Anrufen reden er und seine Großeltern immer über dieselben drei Themen: das Wetter (bewölkt), ihre Verwandten (alles gut) und die ungarische Politik (korrupt). Nach einem Jahrzehnt der immer gleichen Gespräche könnte Adrian das Skypen vielleicht etwas reduzieren – unter dem Vorwand, er sei gerade beschäftigt, er würde es nächste Woche versuchen.

Aber dann würde er das Sonnenlicht nicht sehen, das durchs Küchenfenster fällt. Und auch nicht die Gläser mit dem eingeweckten Gemüse auf der Fensterbank. Nicht die Fältchen rund um die Nase seiner Großmutter und die Hand seines Großvaters auf ihrer Schulter, schwielig vom Bau des Hauses. Ihm würde der sichtbare Beweis dafür fehlen, dass es Liebe gibt. Und er würde keinen Blick mehr erhaschen auf das Leben, das er hätte führen können.

Erstes Studienjahr, Herbst. Finch beginnt, Interesse an Ginny zu zeigen. Sie vermeidet den Zusammenstoß so lange wie möglich, verzichtet auf gemeinsame Abende oder geht früh in ihr Zimmer, schiebt irgendwelche Hausaufgaben oder Müdigkeit vor. Sie hat Angst, die Dynamik ihrer Freundesgruppe zu zerstören. Sie will nicht die ersten besten Freunde verlieren, die sie je hatte.

Aber Finch ist hartnäckig. Er kämpft um sie.

Und dazu kommt: Sie mag ihn auch.

Erstes Studienjahr, Herbst. Die Mädchen stehen auf Adrian. Sehr sogar. Auf Partys fallen sie regelrecht über ihn her. Mindestens zweimal pro Monat vergießt irgendeine von ihnen Tränen, weil er keine Lust hat, mit ihr zu schlafen.

Seine neuen Freunde sehen ihn entgeistert an. Warum zum Teufel greift er bei dieser grandiosen Auswahl nicht zu? Sie verstehen ihn nicht. Sie haben keine Ahnung, wie es ist, in seinem Körper zu stecken. Wie es ist, einfach dem Lauf des Lebens zu folgen, nur selten getrieben von Verlangen. So wie eine Wasserpflanze, die sich der Strömung des Flusses hingibt.

Erstes Studienjahr, Herbst. Finch und Ginny haben Sex. Er ist der zweite Mann, den sie in sich hat. Nach Andy.
Danach liegen sie aneinandergekuschelt auf seinem Bett im Studentenwohnheim. Finch singt sie in den Schlaf.

Erstes Studienjahr, Herbst. Adrian schläft mit drei verschiedenen Frauen, und allen dreien sagt er, dass er nichts Ernstes will.

In seinem Alter sind die meisten Menschen schon mindestens einmal verliebt gewesen – oder glauben zumindest, es gewesen zu sein. Adrian weiß, dass er es nicht war. Er beginnt gerade erst zu ahnen, was später offenkundig werden wird: dass er gar nicht in der Lage ist, sich zu verlieben. Dass die Liebe eine Handvoll Sand ist, die ihm durch die Finger rieselt, egal wie sehr er sich bemüht, sie festzuhalten.

Erstes Studienjahr, Herbst. In den Thanksgiving-Ferien fahren sie alle nach Hause.

Dort kommt Finch wieder mit seiner Ex zusammen.

Er erzählt es Ginny am ersten Abend nach seiner Rückkehr ins Wohnheim. Im Schneidersitz hockt er auf dem Bett, in dem sie eine Woche zuvor Sex hatten. Seine Worte dröhnen in ihren Ohren – wie ein Sommergewitter über dem Lake Superior.

Sie beteuert, dass das für sie kein Problem ist. Alles okay. Sie steckt es weg, all den Schmerz, die Kränkung. Stopft es in irgendeine Tasche. Sie tut es um ihrer Freundesgruppe willen. Um ihre Jungs nicht zu verlieren.

Am nächsten Tag isst sie ein hart gekochtes Ei zum Frühstück und sonst nichts, bis zum Abendessen.

Als sie sich das erste Mal verabreden, essen sie bei *Shake Shack* im Madison Square Park zu Mittag. Die NYU Med School befindet sich in Gramercy, Ginnys Büro im Flatiron District. Sie haben sich für ein Treffen in der Mitte entschieden.

Der Madison Square Park brummt nur so vor Aktivität. Männer führen Hunde aus. Tagesmütter schieben Buggys. Kickbox-Trainerinnen leiten verschwitzte Frauengruppen an. Ein Mann, der nicht viel jünger als siebzig sein kann, kurvt mit seinem Skateboard die gewundenen Wege entlang. Ginny schlängelt sich durch das Treiben, bahnt sich ihren Weg in Richtung Parkmitte.

Als das *Shake Shack* schließlich in Sicht kommt, entdeckt sie auch Finch. Er sitzt an einem der grünen Tische, direkt unter einer Lichterkette, und winkt. Ginny winkt zurück.

»Hungrig?«, fragt er und steht auf.

»Am Verhungern.«

Finch bestellt ein Hähnchensandwich, einen Shackburger, Pommes und einen Milchshake. Ginny muss sich beherrschen, um ihr Burger-Patty nicht in Salat eingewickelt zu bestellen, und ringt sich zu einem Brötchen durch. Dann tragen sie ihre Tabletts zu ihrem Tisch zurück und setzen sich einander gegenüber.

»Also dann: Freundschafts-Testlauf, Tag eins«, sagt Finch und schwenkt sein Hähnchensandwich.

Ginny lächelt und nimmt einen Schluck Wasser aus ihrem Plastikbecher. »So kann man's wohl nennen.«

»Was könnte denn unsere erste Bewährungsprobe sein?

Sollen wir über Bekannte lästern und schauen, ob wir einer Meinung sind?«

»Komm, das wäre geschummelt. Natürlich sind wir einer Meinung, das weißt du doch.«

»Okay, hast recht.« Finch nickt und beißt von seinem Sandwich ab. »Wahrscheinlich haben wir uns in Harvard genau deshalb so schnell angefreundet. Weißt du noch, wie wir bei den Partys im Wigglesworth immer in der Ecke standen und die Gäste psychoanalysiert haben?«

Ginny lacht. »Natürlich! Tristan wär fast auf dich losgegangen, als er mitbekommen hat, dass du ihn einen ›ödipalen Irren‹ genannt hast.«

Finch hebt die Hände. »Hey, der Typ stinkt geradezu nach dem unterdrückten Wunsch, seinen Vater zu ermorden – was kann ich dafür?«

»Ich glaube, es war eher der Mit-der-Mutter-schlafen-wollen-Teil, der ihn gestört hat, Alex.«

Finch lehnt sich zurück. »Alex«, sagt er. »Kein Mensch nennt mich mehr Alex.«

»Auch nicht Hannah?«

Finch nimmt sich eine Pommes, legt sie jedoch gleich wieder zurück in die Schachtel. »Sie ist die Einzige.« Seine Augen huschen über Ginnys Gesicht. »Na ja, und du offensichtlich.«

»Nur wenn du möchtest.«

»Ja, möchte ich.«

»Okay.«

Schweigend sitzen sie da. Ginny beobachtet die Familie am linken Nachbartisch. Die Mutter und der Vater trinken Cranberrysaft aus Plastikflaschen, zwei Kinder essen Erdnussbuttersandwiches, ein drittes rennt im Kreis um sie herum.

»Hast du was von Adrian gehört?«, fragt Finch.

Sie schüttelt den Kopf. »Vielleicht texte ich ihn mal an und frage, ob er am Wochenende mit mir ausgehen will.«

»Tatsächlich?« Finch lehnt sich zurück und presst eine Hand auf sein Herz. »Meine Güte, Virginia Murphy, was für eine unglaublich moderne Frau du doch bist!«

Die Frau am Nachbartisch hat ihren Cranberrysaft ausgetrunken. Ihr Mann beugt sich vor und schüttet einen Schluck aus seiner Flasche in ihre.

»Weil es ja so unglaublich modern ist, sich wie ein verzweifeltes, liebeskrankes Hündchen zu verhalten.«

»Du verhältst dich nicht verzweifelt. Du lädst ihn ein, mit dir was zu machen. Ist doch jetzt auch nicht *die* große Sache.«

»Fühlt sich aber so an.«

»Das kommt dir nur so vor, weil du in den Kerl verliebt bist.«

»Ich bin in niemanden verliebt, vielen Dank.«

Finch trinkt einen großen Schluck von seinem Milchshake. »Tja, das ist wirklich ein Jammer.«

Am Donnerstag, während der 18-Uhr-Kaffeepause, zieht Adrian sein vibrierendes Telefon aus der Tasche. Er hofft, dass es eine Antwort auf die Disney-Bewerbung ist, die er vor ein paar Tagen abgeschickt hat. Obwohl, eigentlich ist es dafür noch zu früh …

Es ist eine Nachricht von Ginny.

GINNY: Hi, Lust auf Brunch dieses Wochenende?

Er hält inne. Er hat die Wahl. Er kann Ginny abblitzen lassen, so wie er es bei den meisten anderen tun würde. Ganz einfach. Drei Worte, mit den Daumen ins Handy getippt. *Sorry, muss arbeiten.* Er hat den Satz schon zigmal geschrieben.

Aber dann muss er an Ginnys Lachen denken. An ihre großen grünen Augen, die ihn fixieren. Als ob sie seine Haut durchdringen wollten, um zu sehen, was darunterliegt. Er muss daran denken, wie dick und gesättigt sich die Luft anfühlt, wenn sie in seiner Nähe ist. An die Faust in seiner Mitte. Sein Verlangen.

ADRIAN: Wie wär's um 12 Uhr?

Am nächsten Wochenende bruncht Ginny sehr ausgiebig mit Adrian im East Village. Vor allem trinkt sie zu viele Mimosas, und Adrian lacht, als sie danach durch den Tompkins Square Park tänzelt.

Sie holen sich Kaffee an einem Straßenstand und setzen sich auf eine Parkbank.

»Und?«, fragt Ginny. »Wann hast du deine Jungfräulichkeit verloren?«

Adrian verschluckt sich fast an seinem Kaffee. »Nicht dein Ernst!«

»Mein voller Ernst.«

Er denkt einen Moment nach. »Als ich achtzehn war.«

»Mit wem?«

»Einem Mädchen von zu Hause.«

»Deiner Freundin?«

Er schüttelt den Kopf. »Und du?«

»Ich war siebzehn. Mit meinem Freund.«

»Das klingt schön.«

»War es aber nicht.«

Ginny würde ihre Jungfräulichkeit an ihrem Geburtstag verlieren – darauf hatten sie und Andy sich geeinigt. Er hätte es natürlich lieber früher gewollt, aber zu seiner Ehrenrettung muss gesagt werden, dass er sie nie gedrängt hat. Er hat nicht einmal gefragt. Sie war diejenige, die den Termin festgelegt hat. Sie war diejenige, die fand: Siebzehn, das ist ein gutes Alter. Mit siebzehn ist man reif genug.

Tief drinnen hatte Ginny jedoch Zweifel. Manchmal, wenn

sie sich auf seinem Bett küssten, war sie sich plötzlich sicher, schrecklich sicher, dass sie mit ihm Schluss machen musste. Und zwar sofort. *Er ist nicht der Richtige*, flüsterte eine innere Stimme.

Aber ich mag ihn, flüsterte sie zurück.

Tust du das wirklich?

Es war ihre Angst, die da flüsterte, das wusste sie. Angst ist wie eine Chirurgin – darauf spezialisiert, Dinge zu zerlegen und ans Licht zu zerren, die eigentlich nicht angerührt werden sollten. Angst begutachtet ein Menschenleben von allen Seiten, sucht nach Rissen, Abschürfungen, Schwachstellen und Zweifeln. Und sobald sie fündig wird, nimmt sie alles auseinander, Knochen für Knochen, Sorge für Sorge, bis man Wahrheit und Fiktion nicht mehr unterscheiden kann.

Und so war es auch beim Sex.

Damals hatte Ginny noch an Schuldgefühlen zu kauen gehabt, die eineinhalb Jahrzehnte Katholizismus in ihren Körper gepflanzt hatten. Sie mochte zwar die *Vorstellung* von Sex. Sie mochte, wie es sich anfühlte, wenn sie sich mit einem bestimmten Teil ihres Beckens an einem bestimmten Teil von Andys Oberschenkel rieb, aber sie wusste, dass es schlecht war. Unanständig. Dazu kam, dass alle Bücher, die sie las, alle Filme, die sie sah, und alle Artikel in der *Seventeen* den Eindruck vermittelten, als sei der Verlust der Jungfräulichkeit eine Art Schwelle: einmal überschritten, gab es kein Zurück mehr. Danach war man nicht mehr dieselbe. Würde es nie mehr sein.

Je näher ihr siebzehnter Geburtstag rückte, desto panischer wurde Ginny.

Sie begann zu grübeln. Sehr intensiv zu grübeln. Erstellte eine Liste mit den Vor- und Nachteilen: *Es lieber jetzt tun oder besser warten?* Sie schrieb Nachrichten an Andy. Löschte sie. Verfasste neue. Löschte auch diese. Die Chirurgin war fleißig bei der Arbeit. Am Ende konnte Ginny nicht mehr sagen, warum sie überhaupt Sex haben wollte.

Mit der Angst ist es so eine Sache: Wenn sie einen wegen irgendeines Problems erst einmal in den Fängen hat, kann man sich mit Vernunft und Argumenten nicht mehr aus ihrem Griff lösen. Angst ist das seelische Pendant zu Rasern auf der Autobahn, die einem im Nacken sitzen.

Am Abend ihres Geburtstags, als Andys Hand über ihren Bauch kroch, geriet Ginny in Panik. Fing an zu schwitzen. »Hm, eigentlich …«, sagte sie. »Können wir nicht einfach …?«

Er machte ein langes Gesicht.

In den folgenden sechs Wochen stritten sie mehr als im ganzen vorigen Jahr zusammen. Ginny überlegte hin und her. Schließlich beschloss sie, es durchzuziehen, nur um kurz darauf wieder zurückzurudern. Und dann, an einem regnerischen Nachmittag neben dem Fußballplatz, machte er Schluss.

»Warst du verliebt?«, fragt Adrian.

Waren sie verliebt gewesen? Lange Zeit hatte Ginny das geglaubt. Sie denkt an das erste Jahr mit Andy zurück – an ausgedehnte Spaziergänge am Lake Michigan. Das Knutschen im stacheligen Dünengras. An lange Sommertage im Pool seiner Eltern, mit Bier, das sie seinem Vater aus dem Kühlschrank geklaut hatten. An endlose Sommernächte auf dem Lollapalooza, sie auf seinen Schultern sitzend, den Körper voller Glitzer, den gefälschten Ausweis in der Tasche ihrer abgeschnittenen Jeans.

»Du bist anders als die anderen Mädchen, Ginny«, hatte Andy immer gesagt. »Du bist magisch.«

Nachdem er mit ihr Schluss gemacht hatte, verbrachte sie das komplette Wochenende im Bett. Sie sagte ihren Brüdern, sie sei krank, und ihren Jungsfreunden, sie brauche Zeit. Dann legte sie ihr Handy auf den Nachttisch und starrte achtundvierzig Stunden lang auf das Display, in der Hoffnung, Andys Name würde aufleuchten.

Aber das passierte nicht.

Mit jeder Stunde, die verstrich, rutschte Ginny tiefer in die Depression. Sie hatte das Gefühl, als würde sich langsam ein Loch in ihrer Brust, in ihrem Leben auftun.

Ich liebe ihn, begriff sie. *Ich hab ihn die ganze Zeit geliebt.*

Sonntagabend nahm sie ihr Telefon und schickte ihm eine Nachricht.

GINNY: Wir müssen reden ...

ANDY: wann?

GINNY: jetzt

Sie schnappte sich den Volvo ihrer Eltern und fuhr zu seinem Haus. Schlich sich durch die Garage runter in den Keller, wo Andy sein Zimmer hatte. Von dort ging sie direkt in die benachbarte kleine Kammer und machte ihm ein Zeichen, ihr zu folgen. Sie hatte Angst, seine Eltern könnten herunterkommen.

Drinnen hing eine nackte Glühbirne an einer Schnur von der Decke. Whiskeyflaschen und Zigarrenschachteln säumten die Regale.

»Und?«, fragte Andy.

Ginny holte tief Luft. »Ich möchte mit dir schlafen.«

»Was?«

»Ich will Sex mit dir«, sagte sie.

Also taten sie es. Sie überließ sich ihm, und er nahm sie sich, schwerfällig und ruppig – in der Besenkammer, wo sein Vater den Whiskey und die Zigarren aufbewahrte.

Sie denkt an diese Nacht zurück. An die langen roten Schürfwunden auf ihrem Rücken, die sie sich, gegen eines der Regale gepresst, zugezogen hatte und die zu bleibenden Narben geworden waren. Ginny hatte Andy nicht gesagt, dass es ihr wehtat. Sie hatte es nicht einmal bemerkt. Denn zwischen ihren Beinen pulsierte ein anderer Schmerz, heftiger, spitzer, fremdartiger.

So ging es monatelang. Ginny schlich sich zu ihm nach Hause, sie hatten Sex, und dann verschwand sie wieder. Aber jedes Mal, wenn sie fragte, ob sie wieder zusammenkommen könnten, sagte er, er sei noch nicht so weit.

Es war ein seltsames Gefühl, sich wie eine Diebin in ein Haus zu stehlen, in dem sie so lange willkommen gewesen war. Auf dem Weg dorthin, im Wissen, dass sie bald in seinen Armen liegen würde, füllte sich das Loch in ihrer Brust mit einer porösen, provisorischen Kittmasse. Aber schon auf dem Heimweg bröckelte der Kitt wieder heraus. Dann weinte Ginny. Und hasste sich selbst. Aber sie konnte nicht aufhören. Sie liebte ihn. Und weil sie ihn liebte, musste sie in seiner Nähe sein – und der Sex war die einzige Möglichkeit.

»Nein«, beantwortet sie schließlich Adrians Frage. »Nein, das war keine Liebe. Damals hab ich es für Liebe gehalten, aber jetzt …«

Adrian drängt sie nicht, weiterzureden. Er akzeptiert, dass sie ihren Satz schweigend beendet.

Zwei Stunden verbringen sie auf der Parkbank. Ginny löchert Adrian mit Fragen und lauscht kniewippend seinen Antworten.

Ihr rauscht das Blut vom Kaffee. Oder liegt es daran, dass Adrian so dicht neben ihr sitzt? Eine winzige Lücke trennt ihre Beine voneinander, und dazwischen britzelt der Strom. Wie gerne würde sie die Lücke schließen.

Nach einer Weile dreht Adrian den Spieß um und fragt Ginny aus. »Wie waren die Sommer in Michigan? Ähnlich wie in Indiana?«

Ginny lächelt. Es gibt nichts, was einem Sommer in Michigan ähnelt. Das Zirpen der Zikaden. Das Leuchten der Glühwürmchen. Die feucht-schwüle Luft, die das Wasser der Großen Seen aufsaugt wie Limo durch einen Strohhalm. Jeden Sommer haben Ginny und ihre Brüder die komplette Nachbarschaft auf die Ladefläche ihres Dodge Ram gepackt und sind raus zu einem der Sandstrände des Lake Huron gefahren.

Wenn Heather ausnahmsweise mal mitkam, schnappte sie sich immer den Beifahrersitz und zwang Ginny, Willie und Crash, sich auf die Rückbank zu quetschen. Sie hatten Fußbälle und Franzia-Rosé im Tetrapak dabei, alle betranken sich und alle tobten in den Wellen. Ginny trug lila Bikinis. Die meisten Jungs wussten, dass sie tabu war. Und die, die es nicht wussten, lernten ihre Lektion schnell. Obwohl er der Jüngste und der Kleinste in der Gruppe war, saßen Crashs Fäuste ziemlich locker.

Ginny gibt sich Mühe, Adrian das alles zu erklären. Er hört ihr aufmerksam zu, die Augen zu schmalen Schlitzen verengt. Als sie fertig ist, bittet er: »Erzähl mir mehr von deinen Brüdern.«

Schon sehr früh war klar, wo ihre Brüder einmal landen würden. Tom würde Anwalt werden und in Detroit arbeiten. Willie würde Theater spielen, und zwar bei keiner geringeren Truppe als der Second City in Chicago. Und Crash – bei Crash hofften alle, dass er es halbwegs unversehrt bis zum achtzehnten Lebensjahr schaffen würde. Zusammengenommen bedeutete das, dass für Ginny nicht mehr viel übrig blieb in Soo.

Also konzentrierte sie sich aufs Lernen.

Sie tat sich leicht in der Schule. In jedem Unterrichtsfach saß sie in der letzten Reihe, wo sie sich ungestört zu ihren Jungsfreunden hinüberbeugen konnte, um mit ihnen auf zerknitterten Zetteln Galgenmännchen zu spielen oder ihnen bei schwierigen Aufgaben zu helfen. Unter der Woche ging sie nie aus. Die Hausaufgaben waren ihr wichtiger als alles andere. Die Jungs verpassten ihr den Spitznamen *Harvard*.

Andererseits konnte sie eine Dose Busch Light genauso schnell exen wie sie. Und sie schminkte sich nie. Sie mochte George Strait und Bob Dylan und liebte es, ihren Freunden mitten auf dem Schulflur einen Hosenzieher zu verpassen. Ihr eilte der Ruf voraus, eine Art vierter Murphy-Bruder zu sein.

Was nicht heißen soll, dass sie nicht auch mit ihrer Schwester verglichen wurde. Natürlich wurde sie das. Heather Murphy war das schönste Mädchen, das je auf den Fluren der Soo High gesichtet worden war – ausschließlich in selbst geschneiderten Kleidern. Sie hatte in jedem Schulmusical mitgespielt. Sie war die Gigi Hadid der Oberen Halbinsel. Nach ihrem Abschluss ging sie an die Modeschule in Los Angeles, und jetzt lebt sie ein glamouröses Leben an der Westküste, mit viel Sonne, Supermodels und zweihunderttausend Followern auf ihrem Instagram-Business-Account.

Es heißt, dass sich Menschen oft weniger durch ihre Gemeinsamkeiten definieren als durch ihre Unterschiede. Und so war es auch bei Ginny und Heather. Genau wie ihre Schwester wollte Ginny Soo verlassen – aber sie wollte es auf ihre Weise schaffen, mit ihren eigenen Fähigkeiten.

Ihr schwebte ein geisteswissenschaftliches Studium vor. An der Universität von Michigan oder Indiana oder – mit viel Glück – an der Northwestern. Ihre Harvard-Bewerbung war eher ein Gag wegen ihres jahrelangen Spitznamens. Sie hätte nicht im Traum damit gerechnet, angenommen zu werden, und schon gar nicht, ein Stipendium zu bekommen.

Das alles erzählt Ginny Adrian. Sie rückt näher an ihn heran, streift sein Knie mit ihrem, legt eine Hand auf seine Schulter. Tut alles, um ihr Interesse zu zeigen. Inzwischen zittert sie vor Erwartung. Schauder laufen ihr über die Arme, sobald er lächelt. Dann leuchtet sein Gesicht für einen kurzen, flüchtigen Moment auf und jede müde Linie verschwindet. Sein Körper hat eine seltsame Macht über sie. Sie nimmt jede noch so kleine

Gefühlsverschiebung bei ihm wahr. Und sie ist sich sicher, dass das auf Gegenseitigkeit beruht.

Aber als die Sonne ein ganzes Stück über den Himmel gewandert ist und die prickelnde Wirkung der Mimosas nachlässt, macht sich Enttäuschung in Ginny breit. Adrian hat nicht ein einziges Mal nach ihrer Hand gegriffen. Er hat ihre Wange nicht gestreichelt. Er wird sie nicht küssen. Wahrscheinlich mag er sie nicht mal. Ginny weiß nicht, was das hier ist, aber ein Date ist es ganz sicher nicht. Sie steht auf und sagt, sie müsse jetzt langsam mal los.

Zu ihrer Überraschung springt Adrian auf. »Ich begleite dich.«

Als sie vor ihrer Haustür in SoHo stehen, wartet sie wieder. Betreibt Smalltalk und tippt mit ihren Absätzen auf die Steinstufen. Aber Adrian macht immer noch keine Anstalten, sie zu küssen. Also verabschiedet sie sich und steckt den Schlüssel in die Tür. Sie fühlt, wie sich das Loch in ihrer Brust vergrößert.

»Warte!« Adrian greift nach ihrem Handgelenk.

Ginny hält inne.

Und noch bevor sie sich ganz zu ihm umgedreht hat, sind seine Lippen auf ihren. Überrascht weicht sie zurück und prallt gegen die Tür. Adrian fängt sie auf und zieht sie zu sich. Sie schmiegt sich an ihn. Mit einem Körper, der flüssig zu sein scheint. Nicht mehr fest.

Viel zu schnell löst er sich von ihr.

»Tschüss«, flüstert er, und dann geht er die Sullivan Street hinunter, verschwindet in SoHo. Ginny presst ihre Finger auf den Mund. Sie fühlt sich, als würde sie gleich davonfließen.

Kaum hat sie die Wohnung betreten, wird sie von Clay und Tristan belagert, beide mit einem Glas Weißwein in der Hand. Über die Schultern der Jungs hinweg erspäht Ginny eine offene Flasche Chardonnay auf dem ramponierten Couchtisch.

»Und?«, fragt Tristan.

»Wie ist es gelaufen?«, drängt Clay.

»Hat er dich geküsst?«

»Du warst ja *ziemlich* lange weg.«

»Hat er dich eingeladen?«

»Du warst *auffallend* lange weg.«

»Sag nicht, dass er die Rechnung teilen wollte!«

»Du warst lange genug weg, um …«

»Jungs.« Ginny scheucht sie lachend weg. »Lasst mich doch erst mal richtig reinkommen.«

Sie durchquert den kurzen Flur, Clay und Tristan im Schlepptau. Sie löchern sie immer noch mit Fragen. Tristan will allen Ernstes wissen, welche Kreditkarte Adrian hat. Ginny knufft ihn. In der Wohnzimmertür schaut sie lachend zurück. Als sie sich wieder umdreht, bleibt sie abrupt stehen. Clay läuft in sie hinein und verschüttet seinen Wein.

Finch sitzt in seinem Lieblingssessel und zupft an seiner Gitarre. Er sieht kühl auf, als würde er gerade erst bemerken, dass Ginny zurück ist. »Hey.«

Sie zögert. »Hi.«

Er wendet sich wieder seiner Gitarre zu. »Wie war dein Date?«

Adrians Kuss prickelt noch immer auf ihren Lippen.

Sie hebt die Finger, will ihn spüren, sich an seine Wärme erinnern, doch die löst sich in der Kälte auf, die Finch verströmt. »Gut.«

Finch nickt, ohne aufzublicken.

Clay und Tristan, die nichts von der Anspannung mitbekommen, ziehen Ginny zur Couch und schenken ihr ein Glas Wein ein. Dann lassen sie sich rechts und links von ihr in die Polster fallen und wippen aufgeregt auf und ab.

»Also?«, drängt Clay.

Ginny schaut in ihr Glas mit dem billigen Chardonnay.

Aus dem Augenwinkel sieht sie, dass Finch sie mustert. »Also was?«

»Na, wie ist es gelaufen?«, fragt Clay. »Besser als beim letzten Mal?«

Sie beobachtet, wie die blassgelbe Flüssigkeit in ihrem Glas kreist. Finchs Blick brennt sich wie ein kalter Lichtstrahl in ihre Wange. Was ist das? Wut? Eifersucht? Weder noch? Sie weiß nur eines: Was sie jetzt sagt, ist wichtig. Es bedeutet ihm etwas.

Sie weiß nur nicht, was.

Endlich hebt sie den Kopf und sieht in Clays warme blaue Augen. Sie sind von unzähligen kleinen Fältchen umgeben, eine Folge seines fast dauerhaften Lächelns. Diese Augen tauen sie wieder auf, verdrängen die Kälte von Finchs Blick.

Ginny lächelt. »Es war perfekt.«

Es ist Samstag und Adrian arbeitet. Wieder einmal. Eine Berechnung des internen Zinsfußes, wahnsinnig dringend, sagt sein Kollege. Er brauche die Zahlen gleich morgen früh, *sonst …*

Das Handy plingt. Eine Nachricht von Ginny. Sie fragt, ob er Lust auf einen Kaffee im *ELK* in der Charles Street hat. Natürlich hat er. Nichts würde er lieber tun, als einen Kaffee trinken zu gehen, aber er ist an seinen winzigen Schreibtisch in seiner winzigen Wohnung gefesselt. Er hat keine Wahl.

Ginny wird enttäuscht sein, das weiß er. Ihre Gefühle springen einem ins Auge wie ein bunt gemusterter Schal. Sie sind das Erste, was man bemerkt, wenn man sich ihr nähert, und das Letzte, was man sieht, wenn man sich wieder abwendet. Ihre Farben erfüllen den ganzen Raum.

Sie hatten jetzt schon zwei Dates. Damit nähert sich Adrian langsam seiner Grenze. Dem Punkt, an dem er normalerweise Schluss macht. Wahrscheinlich sollte er das auch bei Ginny tun. Mit den gleichen Ausflüchten wie sonst.

Aber …

Aber keine der anderen Frauen ist so gewesen wie Ginny. Keine hat so gelacht wie sie. Keine ist mit Rollerblades durch Manhattan gesaust oder hat in ihrer Freizeit Romane geschrieben. Keine von ihnen hat ihn so beharrlich mit Fragen über Ungarn gelöchert, dass ihm die Geschichten ausgingen. Keine hat ihm je das Gefühl gegeben, er bräuchte sich nicht zu verstellen.

Ginny ist die Erste, bei der er innehalten und bleiben möchte.

Aber das kann er nicht. Jedenfalls nicht in seiner jetzigen Situation. Die vielen Verabredungen, die er schon absagen musste, sind Beweis genug, dass er mit seinem Job keine ernsthafte Beziehung führen kann. Schon rein physisch ist das nicht möglich.

Nur, warum ist er dann noch bei Goldman? Es ist ja nicht so, dass er die Karriereleiter hochklettern will. Erst Partner werden, dann Vice President, dann Senior Vice President, dann Managing Director. Ein Haus in Fairfield kaufen und Kinder haben, die er nie zu sehen bekommt. Er würde gern beim Film arbeiten, hat er Ginny gesagt, aber manchmal ist er sich nicht mal in dem Punkt sicher. Manchmal ist er sich bei gar nichts mehr sicher.

Als seine Mutter die Familie entwurzelt und über den Ozean verpflanzt hatte, hatte sie Adrian weder vorgewarnt noch nach seiner Meinung gefragt. Ihm war nichts anderes übrig geblieben, als ins Flugzeug zu steigen und sein neues Leben zu akzeptieren. An dem Tag hatte er verstanden, dass dies der natürliche Lauf der Dinge ist. Dass der Mensch keine Kontrolle über sein Leben hat. Dass er wie ein Blatt im Wind ist, das von der stärksten Böe fortgetragen wird.

Vielleicht war er deshalb noch nie verliebt. Vielleicht ist Liebe eine Entscheidung. Eine, die er nie wird treffen können.

Ginny ist stolz auf ihren aktuellen Newsletter. Sie hat die üblichen drei Rubriken – klassische Artikel, Personalmitteilungen, Erfolgsstory der Woche – um zwei Interviews mit Mitarbeitern ergänzt und Zitate daraus als Schlaglichter eingestreut. Ganz ohne Kams Rat und Hilfe. Sie hat alles allein entschieden und umgesetzt.

Worte sind seit jeher Ginnys Leidenschaft. Schon als Kind hatte sie immer ein Notizbuch dabei. Sie hat es mit Anekdoten über ihre Brüder gefüllt, mit Eindrücken, die sie an der Brücke nach Kanada oder dem Karamellladen an der Interstate 75 gesammelt hat. Alles, einfach alles, hat sie aufgeschrieben – eine Hüterin von Details und Erinnerungen, die davon träumte, eines Tages Bücher zu schreiben, richtige Bücher mit langen Geschichten.

In Harvard hat sie ihr Notizbuch gegen einen Collegeblock eingetauscht. Sie musste Essays schreiben und Fachbücher durchackern. Sie hatte ein neues, unmittelbareres Ziel: sich über Wasser zu halten. Sie ließ ihren alten Traum in den Charles River fallen und weit, weit wegtreiben.

Jetzt, in New York, macht Ginny dasselbe. Sie legt die Kurzgeschichten, mit denen sie sich die Zeit in Minnesota vertrieben hat, beiseite und taucht in E-Mails, Newsletter und stundenlange Besprechungen mit den beauftragten PR-Firmen ab. Sie bleibt lange im Büro. Sie will ihren Job gut machen. Sie will Kam beeindrucken.

Zwischen den Meetings findet sie Gelegenheiten, unauffällig zu kotzen.

Es ist viel einfacher, Erbrochenes loszuwerden, als man denkt. In Filmen ist Kotzen immer eine Riesensache: zum Bad stürzen, Tür aufreißen, auf die Knie fallen und das Gesicht gerade noch rechtzeitig über die Kloschüssel halten, um einen Riesenschwall rötlich grüner Magensäure auszuspeien, meistens zur Hälfte dann doch auf die Brille oder das weiße Porzellan. Aber so läuft es nicht, überhaupt nicht. Zumindest nicht bei Ginny.

Der Trick besteht darin, *keine* Riesensache daraus zu machen. Im Sturmschritt zur Restauranttoilette laufen und kübeln wie ein Reiher? Das ist amateurhaft. Ginny kann eine ganze Schüssel Popcorn in eine Kaffeetasse erbrechen, während sie neben ihren Mitbewohnern auf dem Sofa kuschelt. Ganz im Ernst. Sie öffnet einfach still ihre Speiseröhre und lässt den Brei aufsteigen, zurück in den Mund. Dann führt sie die Tasse an die Lippen und tut so, als würde sie einen Schluck nehmen, während sie in Wirklichkeit das halb verdaute Popcorn hineingleiten lässt. Immer und immer wieder. So oft, bis ihr Magen leer ist, wie durch ein Wunder.

Mehr ist es nicht. Das ist alles.

Fürs Büro hat sie sich eine blickdichte Trinkflasche gekauft. Die bewahrt sie, genau wie Kam, in ihrem Schreibtisch auf. Aber statt mit Kaffee oder Wasser füllt sie sie nach und nach mit ihrem Frühstück oder Mittagessen. So lange, bis sie innerlich wieder sauber ist.

Obwohl sie die Flasche jeden Abend mit Spülmittel schrubbt, geht der strenge Geruch von Erbrochenem nie ganz weg.

Adrian kann sich ihr einfach nicht entziehen. Er versucht es. Er bemüht sich wirklich. Die ganze folgende Woche stürzt er sich in Arbeit, tut alles, um sich von ihr abzulenken. Aber Ginny ist wie schwarze Tinte im klaren Wasser seiner Gedanken. Ein einziger Tropfen hat gereicht.

Am folgenden Wochenende ist sein Terminkalender leer. Er muss weder Pitch-Decks erstellen noch Excel-Tabellen bearbeiten. Nachdem er viel zu lange geschlafen hat, kauft er zwei Iced Latte und trifft sich mit Ginny auf dem West Side Highway.

Der Hudson River ist ruhig heute. Fähren und Schlepper zeichnen glatte Linien auf seine Oberfläche. Auf dem Uferweg laufen Jogger vorbei, so wie Adrian sonst. Draußen am Pier 45 liegen Pärchen mit Plastikbechern und Rosé-Flaschen auf Decken.

»Was glaubst du, wie es ist, verliebt zu sein?«, fragt Ginny.

Adrian blickt über den Fluss, lässt seine vergangenen Beziehungen Revue passieren. In all den Jahren hat keine länger als ein paar Wochen gehalten. »Ich hab nicht die geringste Ahnung.«

»Ich hab gelesen, es ist, wie auf Droge zu sein«, sagt Ginny. »Man ist total euphorisch, wenn man verliebt ist: Schwindelgefühl, gesteigerte Energie, Dopaminrausch. Und dann, wenn die Verliebtheit weg ist, bricht man zusammen und will diesen Zustand sofort zurückhaben.«

»Klingt wie das Gegenteil von stabil und gefestigt.«

Ginny zuckt die Achseln.

»Ich dachte, Liebe hat mit Geborgenheit und Sicherheit zu tun.« Adrian steckt die Hände in die Hosentaschen. »Ich hab mir immer vorgestellt, dass du es einfach spürst, wenn du eines Tages jemandem begegnest. Dass du hundertprozentig sicher bist, mit diesem Menschen den Rest deines Lebens verbringen zu wollen.«

»Vielleicht. Vielleicht stimmt ja beides.«

Am Ende des Piers reicht ein schwitzender Mann seiner Freundin eine Hand an und führt sie zum Geländer.

»Auf jeden Fall müsstest du es besser wissen als ich«, sagt Adrian.

»Wieso?«

»Du hast doch schon mal geglaubt, verliebt zu sein. In deinen Highschool-Freund, stimmt's?«

Ginny schaut zu Boden. »Stimmt.«

»Und wie hat es sich angefühlt?«

Eine ganze Weile schweigt sie, den Blick auf ihre Füße gerichtet, die sie genau auf die Ritzen zwischen den Gehwegplatten zu setzen versucht. Ungefähr eine Minute vergeht, und Adrian glaubt schon nicht mehr, dass sie noch antwortet, aber dann sagt sie: »Es hat wehgetan.«

Er atmet scharf ein. Seine Hand ballt sich zur Faust.

»Und ich hab zugelassen, dass er mir wehtut, immer und immer wieder«, fährt Ginny fort. »Weil ich dachte, ich liebe ihn, und ich wollte so verzweifelt, dass er mich auch liebt.«

Adrian antwortet nicht. Er würde gerne, aber seine Kehle macht nicht mit. Sie ist verstopft von einem dicken Brocken Wut und Aggression. Von dem Wunsch, den Kerl zu finden, der Ginny verletzt hat, und ihm seine Faust ins Gesicht zu rammen.

Der Impuls erschreckt ihn. Er ist absolut kein gewalttätiger Typ.

Auf dem Pier kramt der schwitzende Mann in seiner Tasche.

Adrian räuspert sich. »Und … wo hast du das alles gelesen? Über die Liebe und das Dopamin und so weiter?«

»Im Internet, wo sonst?«

»Sehr zuverlässige Quelle.«

Ginny lacht. »Ich frage aber auch Leute«, sagt sie. »Leute, die schon mal verliebt waren. Meine Mutter, meine Brüder, meine Schwester, Clay, Finch … Sie sagen alle das Gleiche: dass sie es einfach wussten.« Sie seufzt. »Nicht sehr hilfreich.«

Auf dem Pier schließt sich die Hand des schwitzenden Typen um eine kleine Samtschachtel.

»Du interessierst dich wirklich für dieses Thema, oder?«, fragt Adrian.

Ginny kickt einen Kieselstein weg. »Ich hab einfach Angst, weißt du? Dass ich die Liebe nicht erkenne. Nicht mal dann, wenn sie direkt vor meiner Nase steht.«

Adrians Blick schweift wieder zum Pier. Er sieht einen Schwarm Möwen, eine aufziehende Gewitterwolke, einen Mann und eine Frau, die am Geländer lehnen. Der Mann hat seine Hand in der Hosentasche versenkt.

Adrian kommt zu dem Schluss, dass er keine Angst hat, die Liebe nicht zu erkennen. Warum sollte er? Er weiß doch, dass er Gefühle dieser Art nicht empfinden kann.

Als sie von ihrem Spaziergang zurückkehren, ist es vier Uhr – diese seltsame Zwischenzeit, zu spät zum Mittagessen, zu früh zum Abendessen. Die Wolken verbergen die Sonne. Die Wände einer kleinen Wohnung verbergen Ginny und Adrian.

Sie sind bei ihm zu Hause. Wie immer. Wegen der Ungestörtheit, sagen sie. Weil die WG in der Sullivan Street so sehr von den Jungs vereinnahmt wird. Und auf eine Weise stimmt das auch. Es ist wegen der Ungestörtheit. Allerdings verkennen sie, worum es bei dieser Ungestörtheit *eigentlich* geht: um Unsichtbarkeit. Um die Gewissheit, dass, falls die Sache in die Brüche geht, niemand überhaupt von der Beziehung weiß. Um die Möglichkeit, so zu tun, als hätte es sie nie gegeben.

Als Ginny an diesem Nachmittag Adrians kleine Wohnung betritt, hat sie das Gefühl, dass der gesamte Raum in diese Vier-Uhr-Zwischenatmosphäre gehüllt ist. Dass sie wie eine Staubschicht auf jeder Oberfläche, jedem Gegenstand liegt. Eine diffuse Unterbrechung der Realität.

In diesem Moment weiß sie, dass sie miteinander schlafen werden.

Ihr letztes Mal ist lange her. Je mehr sie ihre Kalorienzufuhr auf dem College reduziert hatte, desto weniger waren ihre Gedanken um Jungs gekreist. In nüchternem Zustand konnte sie nur ans Essen denken, daran, was sie als Nächstes zu sich nehmen würde und was sie bei der letzten Mahlzeit hätte weglassen sollen. Aber wenn sie betrunken war, schweiften ihre

Gedanken wild umher. Dann fielen ihr die süßen Jungs in den Final Clubs auf. Dann nahm sie über das Dach des *Felipe's* hinweg Blickkontakt mit Typen auf. Wenn sie sich dann allerdings küssten, spürte sie nichts. Keine Schmetterlinge. Keine Erregung.

Manchmal gingen sie sogar in ihr Wohnheimzimmer. Aber sobald Ginny mit einem Jungen im Bett lag, geriet sie in Panik. Sie spulte in ihrem Kopf vor, wie er ihr die Hose ausziehen und in sie eindringen würde, und sofort war ihr Rücken schweißnass und ihre Kehle wie zugeschnürt. Am liebsten hätte sie das Weite gesucht, aber sie wusste nicht, wie sie das machen sollte, ohne unhöflich zu sein. Und Ginny hasst es, unhöflich zu sein.

Also zog sie es durch. Machte die typischen Sexbewegungen mit, auch das Stöhnen und schwere Atmen, obwohl nichts in ihr es wollte. Obwohl ihre Brustwarzen nicht hart wurden, sie knochentrocken war und sich innerlich kalt und steif fühlte. Obwohl sie vor Ekel fast würgen musste bei der Vorstellung, etwas in ihrem Körper zu haben.

Bis jetzt.

Ginny setzt sich ans Fußende von Adrians Bett.

»Willst du ein Wasser?«, fragt er und holt zwei Gläser aus dem Schrank.

»Mmm.«

Er kommt mit den Gläsern, stellt sie auf den Nachttisch und setzt sich neben sie, wie immer mit einer Handbreit Abstand. Er öffnet den Mund, wahrscheinlich um irgendwas zu fragen wie, ob es zieht und er das Fenster schließen soll, aber bevor er auch nur ein Wort herausbringen kann, packt Ginny ihn am Kragen und zieht seine Lippen auf ihre.

Adrians Mund fühlt sich warm und vertraut an. Seine Lippen sind voll und so zart, als hätte er gerade Labello benutzt. Er schmeckt nach Kaffee. Er fasst sie nicht an, jedenfalls nicht gleich. Er fährt ihr nicht durch die Haare oder legt seine Hände um ihre Brüste. Ja, er bleibt so ruhig, dass Ginny sich fragt, ob er noch atmet.

Ginny dagegen berührt ihn fast überall, würde am liebsten jeden Teil seines Körpers spüren. Sie möchte seine Haare zurückstreichen, sein Hemd aufknöpfen und die Konturen seines Kiefers nachzeichnen. Aber Adrian lenkt sie nicht, in keine Richtung. Und so krabbelt sie kurzerhand aufs Bett, schwingt ein Bein über seinen Schoß und setzt sich rittlings auf ihn. Sie tastet nach dem Saum seines Shirts und zieht es ihm über den Kopf. Obwohl es über zwanzig Grad warm ist, entdeckt sie nicht eine Schweißperle auf seinem Körper. Er scheint nie zu schwitzen. Ginny fragt sich, wohin sein ganzer Schweiß verschwindet.

Dieser simple Akt – das Abstreifen und Beiseitewerfen einer Kleidungsschicht – bewirkt etwas bei Adrian. Macht ihn lockerer. Er legt seine Hände auf ihre Hüfte. Zieht sie sanft auf sein Becken. Sein Blick ist verschleiert, seine Augen sind dunkel, noch näher an Schwarz als sonst.

Ginny legt eine Hand auf seine Brust und drückt ihn nach hinten, bis er flach auf dem Rücken liegt. Er sagt kein Wort. Sieht nur zu, wie sie sich ihr Shirt über den Kopf zieht. Sie trägt keinen BH. Tut sie nie. Das braucht sie bei ihren kleinen Brüsten nicht. Ihr Bauch wirft eine Falte, ganz unten. Sie hofft, dass er es nicht bemerkt.

Adrian lässt langsam eine Hand ihren Oberkörper hinabgleiten, vom Schlüsselbein bis zum Becken. Ginny schließt die Augen und streckt sich seiner Berührung entgegen. Sein Streicheln fühlt sich völlig fremd an, als hätte sie noch nie zuvor Finger auf ihrer nackten Haut gespürt.

»Mach das noch mal«, flüstert sie, ohne die Augen zu öffnen.

»Okay.«

Aber diesmal beginnen seine Finger nicht am Schlüsselbein, sondern ziehen langsame Kreise auf ihren Brüsten. Ihre Nippel werden hart. Ginny stöhnt leise.

Normalerweise wäre das der Moment, in dem sie in Panik gerät. In dem sie sich fragt, ob sie überhaupt mit diesem Menschen schlafen will oder ob sie es nur tut, weil es von ihr erwartet wird. Normalerweise hätte sich Ginny längst so weit in ihren Kopf zurückgezogen, dass ihr Körper leer und verlassen wäre.

Sie macht die Augen auf. »Zieh die Hose aus.«

Adrian öffnet seinen Gürtel und streift die dunkle Jeans ab. Darunter trägt er einen eng anliegenden schwarzen Slip. Wieder fällt ihr auf, wie dünn er ist. Die Rippen stehen hervor, und sein Bauch ist wie eine Kuhle. Sie verspürt den Drang, sich an ihn zu pressen und diese Kuhle mit ihren Brüsten zu füllen. Als komplementäre Form zu ihm. Die Illusion zweier Körper, die miteinander verschmelzen.

Sie legt eine Handfläche auf seine Brust und beginnt, sich zu bewegen. Ihr Rock bauscht sich über seiner Hüfte. Seine Hände wandern an ihren Beinen hinauf, unter den Rock. Während sie sich bewegt, baut sich ein Druck in ihrem Becken auf. Eine Wärme, längst vergessen und doch vertraut. Sie drückt ihr Becken gegen die lange, harte Wölbung in seinem Slip. Aber das reicht nicht. Das ist zu wenig.

Sie spürt keine Angst vor dem, was zwischen ihnen passiert. Sie zweifelt nicht. Hat kein schlechtes Gewissen. Adrians Lippen öffnen sich. Sie möchte ihn sprechen hören. Möchte, dass er ihren Namen sagt. Hat er ihn schon jemals laut ausgesprochen?, fragt sie sich plötzlich. Sie kann sich nicht daran erinnern.

»Hast du ein Kondom?«, flüstert sie.

Adrian hält inne, seine warmen Hände ruhen noch immer auf ihren Beinen. »Bist du dir sicher?«

»Ja.«

Und das ist sie. Zum ersten Mal in ihrem Leben ist sie sich absolut sicher.

Adrian kriegt die Kondomverpackung nicht auf. Er ist nackt, genau wie Ginny, und bekommt das verdammte Ding nicht auf.

»Lass mich mal.« Ginny beugt sich zu ihm. Sie küsst seine Schulter, dann nimmt sie ihm das Kondom aus der Hand und reißt es mit den Zähnen auf.

Adrian ist nicht triebgesteuert. Jedenfalls nicht so wie viele andere Männer. Natürlich mag er Sex, aber er stellt Frauen nicht wochenlang nach, nur um sie ins Bett zu bekommen. Er hatte nicht einmal vorgehabt, heute mit Ginny zu schlafen. Aber jetzt, wo es passiert, fühlt es sich fast wie ein Naturgesetz an, wie eine Welle, die endlich auf den Strand trifft.

Fast alle Frauen, mit denen Adrian geschlafen hat, waren One-Night-Stands. Kennengelernt hat er sie in einer Bar oder im Delphic, und er hat nie eine emotionale Bindung zu ihnen aufgebaut. Es war schlichtes, alkoholgetriebenes Verlangen.

Mit Ginny ist es anders.

Sie positioniert sich über ihm und hält seinen Penis sanft fest. Als er sie ansieht, merkt er, dass das, was er empfindet, kein bloßes Verlangen ist. Er denkt weder an ihre Brüste noch an ihre Hüften oder ihre sanft geschwungenen Lippen. Er fragt sich, ob ihr kalt ist, ob er die Klimaanlage zu hoch eingestellt hat. Ob sie sich wohlfühlt, ob ihr diese Stellung gefällt. Er denkt an die vielen gemeinsam verbrachten Momente im letzten Monat. An all die Fragen, die sie ihm gestellt, die Geheimnisse, die sie ihm anvertraut hat. An ihre Art zuzuhören, wenn er erzählt. Daran, wie sie ihm das Gefühl gibt, sich endlich in seiner Haut wohlfühlen zu dürfen.

Doch all diese Gedanken sind wie weggeblasen, als Ginny sich langsam auf ihn herabgleiten lässt und er in sie eindringt.

Ginny biegt ihren Kopf nach hinten, ihre Haare fallen ihr über die Schultern. Dann spannt sie ihre muskulösen Oberschenkel an und hebt und senkt ihren Körper. Adrian kann kaum mehr denken, aber eines weiß er: Er will sie nicht die ganze Arbeit alleine machen lassen. Also setzt er sich auf, schlingt seine Arme um ihren Rücken und drückt sie fest an seine Brust. Ginny legt ihre Arme um seinen Hals und senkt die Stirn auf seine Schulter. Wellen der Lust rollen von seinem Becken hinauf in seinen Bauch, seine Brust, bis zu all den Stellen, die Ginnys Hände berühren. Gemeinsam bewegen sie ihren Körper auf und ab, auf und ab, bis sie beide schweißnass sind und stöhnen.

»Adrian«, flüstert sie.

Der Klang seines Namens aus ihrem Mund löst etwas in ihm aus. Er zieht sie noch näher zu sich. Eine seltsame Spannung baut sich in ihm auf – anders als sonst, anders als die übliche Steigerung vor der Erlösung. Diese Spannung fühlt sich warm und dicht an, so als würden die Wurzeln einer Pflanze Halt im Boden suchen. Er kann das Gefühl nicht identifizieren, und etwas daran macht ihm Angst.

Er kippt Ginny auf den Rücken, sodass ihr Kopf sanft auf seinem Kissen landet, und schmiegt seine Brust an ihre. Die Wärme ihrer Haut dringt bis in seinen Magen vor. Das hier fühlt sich nicht wie normaler Sex an. Es fehlt die Show, das theatralische Stöhnen. Es gibt nur ihn und Ginny und die zarte Musik ihres Atems.

Die Wellen der Lust werden stärker, bis sie überwältigend, kaum noch auszuhalten sind. Er versucht, es zu kontrollieren, nicht vor Ginny zu kommen, aber es ist so absolut berauschend, dass er sich nicht länger zurückhalten kann. Als er fertig ist, fühlt es sich nicht so an, als würde die Spannung in ihm verpuffen. In die Luft, ins Nichts, so wie sonst. Es ist eher so, als würde sie von seinem Körper in Ginnys übergehen. Als würde Ginny jetzt ein Stück von ihm in sich tragen.

Er rollt sich von ihr herunter auf das zerknitterte Bettlaken, streckt einen Arm aus, und Ginny schmiegt sich darunter, legt ihren Kopf auf seine Brust. Ihre Zehen gleiten seine Wade hinab, ein Bein schiebt sich zwischen seine Schenkel.

»Das war schön«, flüstert sie.

»Ja.« Er lächelt und zeichnet Kreise auf ihre Schulter. »Das war es.«

Danach sind sie still. Zwei Körper, die auf einem ruhigen Meer treiben. Adrian schließt die Augen. Er ist müde. Er ist immer müde. Aber von allen Situationen, in denen er seit seinem Umzug nach New York eingeschlafen ist – in seinem Bett, auf der Couch, an seinem Schreibtisch, auf dem Heimweg in der Subway –, ist ihm diese die liebste.

Danach gibt sich Ginny betont locker und unverkrampft. Sie verkneift sich jede Bemerkung darüber, *was* sie beide jetzt sind, und erzählt auch nichts von der dumpfen Traurigkeit, die sie normalerweise erfasst, wenn sie mit jemandem geschlafen hat. Sie präsentiert Adrian die leichte Version von Ginny. Die gleiche Version, die sie allen anderen präsentiert.

Aber es ist ein aussichtsloses Bemühen, das weiß sie. Denn Ginny ist zu verschwenderisch im Verschenken von Liebe. Sie verteilt sie wie Flugblätter am Straßenrand. Sie akzeptiert jeden, unterstützt alles, ist immer wohlwollend. Und am Ende, nachdem sie jedes Gramm Liebe verteilt hat, bleibt für sie selbst nichts mehr übrig.

Nach diesem Wochenende sehen sie sich immer öfter. Adrians ungarischer Lieblingsfotograf hat eine Ausstellung in einer Galerie in SoHo, und Ginny starrt die Fotos so intensiv an, dass Adrian sich wundert, warum sie nicht in Flammen aufgehen.

Sie sausen durch den Central Park, Adrian auf dem Fahrrad, Ginny auf ihren Rollerblades, schlängeln sich durch Hochzeitsgesellschaften und an Müttern mit Kinderwagen vorbei. Wenn sie an einen Hügel kommen, hält Ginny sich an Adrians Sattel fest und er zieht sie hinauf.

Sie gehen in ein Café in Brooklyn, in dem Brett- und Kartenspiele auf niedrigen Tischen und alten Truhen ausgebreitet sind. Sie trinken drei Tassen Kaffee, und zum Schluss wippt Ginnys Bein schneller als der Kopf eines Spechts. Als sie bei Yahtzee gewinnt, schreit sie so laut »Yes, Motherfucker!«, dass sich der halbe Laden nach ihnen umdreht.

Jedes Mal, wenn Ginny ihn fragt, ob sie sich treffen können, liegt Adrian ein Nein auf der Zunge, aber dann sagt er doch Ja.

Trotzdem widerstrebt es ihm, sich und Ginny als Paar zu sehen. Er ist nach Harvard gegangen, weil es die folgerichtige Entscheidung war. Er hat für den Vizevorsitz seines Final Clubs kandidiert, weil es die folgerichtige Entscheidung war. Er hat den Job bei Goldman angenommen, weil es die folgerichtige Entscheidung war. Er wird sich ganz sicher nicht in eine Beziehung stürzen, weil es die folgerichtige Entscheidung ist. Er wird auf die Liebe warten, egal wie lange. Selbst dann, wenn er sich am Ende als liebesunfähig erweist und allein bleibt.

Als Ginny morgens ins Büro kommt, hat sie nicht einen Happen Frühstück im Magen, dafür den Kopf voller Endorphine vom Laufband im Keller, auf dem sie sich eine Stunde lang den Schlaf aus dem Körper gerannt hat. Sie geht zu ihrem Stehpult, nickt den Kolleginnen und Kollegen zu und klappt den Laptop auf. Sie beantwortet ein paar E-Mails und überfliegt ihre To-do-Liste für den Tag.

Pünktlich um elf schickt Finch ihr eine Nachricht. *Shake Shack?*

Das ist zu ihrem Ritual geworden. Einmal die Woche treffen sie sich mittags im Madison Square Park, wo sie schnell Burger und Pommes verschlingen und sich dann ihre Coke Zero schnappen, um eine Runde durchs Labyrinth der gepflasterten Wege zu drehen.

Und dabei reden sie.

Und reden.

Wobei sie auch vor unbequemen, schmerzhaften Themen nicht zurückschrecken. Keine Beziehung, kein Liebeskummer, kein zutiefst bereuter Moment wird ausgespart. Mittlerweile kennen sie die Namen aller Verflossenen des anderen fast auswendig.

»War Cara die, die versucht hat, Hannah zu ohrfeigen?«, fragt Ginny.

»Nein, das war Miranda. Weil ich mit ihr in der Woche vor dem Homecoming-Ball Schluss gemacht hab.«

Jahrelang hätte Ginny Clay und Tristan als ihre besten Freunde bezeichnet. Aber Dinge ändern sich. Sie *haben* sich geändert.

»Weißt du, warum es so cool ist, mit dir Zeit zu verbringen?«, fragt Finch an diesem Montag, als sie eine eingezäunte Grünfläche umrunden, auf der sich ein Mann und eine Frau mit Boxhandschuhen einen Schlagabtausch liefern. »Ich hab das Gefühl, mich in dir zu sehen. Wenn ich dich anschaue, ist es, als ob ich in einen glasklaren Teich starre.«

»Wie meinst du das?«

»Ich meine – es ist anders, als in einen Spiegel zu schauen. Ich sehe mich selbst, aber ich sehe auch noch andere Dinge. Unter der Wasseroberfläche. So als ob du mir hilfst, Teile von mir zu erkennen, von denen ich nicht einmal wusste, dass sie existieren. Verstehst du, was ich meine?«

»Absolut.« Ginny verkneift sich ein Lächeln. »Denn mir geht's bei dir genauso.«

»Wir waren so blöd, oder?« Finch kaut auf seinem Strohhalm. »All die Jahre, die wir damit verschwendet haben, uns aus dem Weg zu gehen, obwohl es wie jetzt hätte sein können.«

»Ja, das war blöd.« Sie machen einen letzten Schwenk und kehren dann zum Flatiron-Gebäude zurück. »Aber wenigstens verschwenden wir jetzt keine Zeit mehr, oder?«

»Zum Glück.«

Ginny weiß, dass sie die Zeit mit Finch viel zu sehr genießt und dass das falsch ist. Es ist falsch, dass ihr Herz flattert, wenn sie ihre wöchentliche Lunch-Nachricht bekommt. Es ist falsch, dass sie nach jedem Treffen so voller Energie, Adrenalin und Endorphinen ist. Als wäre er eine Droge. Er hat eine Freundin – und sie trifft sich mit Adrian. Es ist falsch.

Auf der anderen Seite: Sie machen ja nichts, oder? Sie umarmen sich nicht, sie küssen sich nicht, sie berühren sich nicht mal.

Vielleicht ist es so, wenn man seinen Seelenverwandten gefunden hat, überlegt Ginny. Die perfekte platonische Beziehung. Einen besten Freund, dessen bloße Anwesenheit einen aus dem schwärzesten Loch holen kann und mit purer Freude erfüllt.

Was macht es schon, wenn sie sich ab und zu eine Sekunde zu lange anschauen? Wenn er sie »schön« nennt, natürlich nur ganz harmlos? *Du bist so schön – kein Wunder, dass Adrian mit dir zusammen sein will?* Was soll's? Es hat ja nichts zu bedeuten.

Sie sind bloß befreundet, nichts weiter.

Das Abendessen ist für Ginny immer die größte Mahlzeit. Zwar isst sie tagsüber jetzt deutlich mehr als in den vergangenen fünf Jahren, aber da mindestens die Hälfte davon wieder hochkommt, hat sie abends um neun immer absoluten Heißhunger.

Nach dem Essen hockt Finch meistens im Wohnzimmer, was für Ginny ein Problem ist. Jedes Mal ins Bad zu gehen, wäre zu auffällig, also hat sie eine raffinierte Methode entwickelt, um sich unbemerkt zu entleeren: Sie dreht den Küchenwasserhahn auf, würgt leise das Essen hoch, dreht den Kopf zur Seite und tut so, als würde sie aus dem Hahn trinken. Stattdessen lässt sie den Essensbrei aus dem Mundwinkel in den Abfluss gleiten, sorgfältig darauf bedacht, dass ihr Kopf den anderen die Sicht darauf verdeckt.

Für Ginny ist das Beste am Erbrechen, dass es so einfach geworden ist.

Die Magersucht dagegen war hart. Sie erforderte eine radikale Selbstbeherrschung, die totale Unterdrückung normaler menschlicher Instinkte. Am Anfang war auch die Bulimie hart, aber jetzt? Sie muss nicht einmal mehr groß würgen. Sie stellt sich einfach vor die Toilette, drückt das Essen mit den Halsmuskeln hoch, und schwups, kommt es heraus – stückig, manchmal sogar fast ganz. Oder sie stellt sich vor die Spüle und spuckt in den Abfluss, während sie das dreckige Geschirr unter den Wasserhahn hält. Oder sie steht vom Esstisch auf, verabschiedet sich zu einem kleinen Verdauungsspaziergang und verteilt die Speisereste wie ein Rasensprenger in die Büsche. Sie ist erfinderisch, wenn es ums Kotzen geht.

Das Gute: Sie verspürt keine Übelkeit. Sie hat weder diesen fiesen metallischen Geschmack im Mund noch muss sie innere Turbulenzen wegatmen. Ihr Körper leitet alles selbst in die Wege. Wenn das Essen bereit ist aufzusteigen, drückt es in die Speiseröhre, fertig – reine Routine. Sie hat den Bogen raus. Alles, was runtergeht, kommt auch wieder hoch.

Trotzdem ist sie keine echte Bulimikerin, wirklich nicht. Okay, ja, sie erbricht mindestens einmal am Tag, meistens zweimal, aber sie zwingt sich nicht dazu. Es kommt von selbst hoch, ganz automatisch. Es ist so einfach wie das Aufdrehen eines Wasserhahns.

Und Fressanfälle hat sie auch nicht. Laut *Diagnostic and Statistical Manual of Mental Disorders*, wo sie kurz nach dem ersten Erbrechen nachgeschlagen hat, gehören zur Bulimie auch Heißhungerattacken. Sie sind die eine Hälfte der Bulimie: erst das Reinstopfen, dann das Entleeren. Wenn überhaupt, ist Ginny also nur halb bulimisch. Bulimie light.

Eines späten Samstagmorgens meldet sich ihre Schwester Heather per FaceTime, und zum ersten Mal seit Wochen geht Ginny ran.

»Na endlich!« Gewelltes blondes Haar. Bronzefarbene Wangenknochen. Das Gesicht gemalt wie ein klassisches französisches Porträt. Heathers engelsgleichem Aussehen kann nicht einmal ein iPhone-Display etwas anhaben. »Ich hab dich ungefähr siebenundvierzigmal angerufen, seit du in New York wohnst.«

Ginny setzt sich im Bett auf, schüttelt ihre Haare und zieht schnell ihr Doppelkinn ein. »Tja, und das achtundvierzigste Mal hat's geklappt.«

»Du bist so eine Einsiedlerin. Gehst du jemals aus?«

»Nur in den Keller. Und da hab ich selten Empfang.«

Distanz. Das war alles, was Ginny und Heather gebraucht hatten, um sich nicht mehr zu streiten. Nachdem Heather Michigan verlassen hatte, um an der Modeschule zu studieren, rief sie ihre kleine Schwester plötzlich jede Woche an. Tratschte mit ihr über die Mädchen in ihren Kursen und über die Jungs, mit denen sie auf Partys knutschte. Ginny konnte es nicht fassen. In den ersten Monaten stellte sie jedes Mal, wenn Heather anrief, das Handy auf laut, legte es flach in ihre Handfläche und starrte einfach nur. Beobachtete. Wartete mit angehaltenem Atem – als wäre die Stimme ihrer Schwester eine Bombe, die jeden Moment hochgehen konnte.

Bis heute weiß Ginny nicht, was Heathers Sinneswandel ausgelöst hat. War es Heimweh? Sehnsucht? Oder lag es daran, dass Heather sich – dank der dreitausend Meilen zwischen ihnen – nicht mehr für Ginnys offensichtlichen Mangel an Weiblichkeit zu schämen brauchte?

Jedenfalls ruft Heather seitdem jeden Samstag vor ihrer täglichen Joggingrunde per FaceTime an, während sie mit ihrem Mann im Bett sitzt und Kaffee trinkt. In Minnesota hat Ginny das Gespräch immer angenommen. Aber seit sie in New York lebt … sie weiß auch nicht … Irgendetwas hat sich verändert.

»Wie gefällt dir die neue Wohnung?«, fragt Heather.

»Ich liebe sie.« Ginny dreht ihr Handy um und zeigt Heather den kleinen Kleiderschrank und die gerahmten Bilder über ihrem Schreibtisch. »Mein Zimmer ist winzig, wie nicht anders zu erwarten in New York.«

»Und der Job?«

»Ich hab immer noch keine Ahnung, was zum Teufel ich da mache.« Ginny bläst sich eine Haarsträhne aus der Stirn. »Aber der Gratis-Kaffee ist okay.«

Heather lacht schnaubend. Im Hintergrund rascheln die Laken, und Ginny weiß, dass ihre Schwester aus dem Bett steigt, um sich für den Tag zu schminken. »Hier ist die Hölle los.« Die Kamera wackelt, als Heather den Flur ihrer Eigentumswohnung in Venice entlangschlendert. »Unsere Kooperation mit dieser YouTube-Influencerin ist der Wahnsinn. Die Verkäufe gehen durch die Decke. Innerhalb von – keine Ahnung – fünf Minuten war alles weg.«

»Krass.«

Heather legt das Telefon auf ihrem Toilettentisch ab. »Und was macht dein Appetit?«

Ginny seufzt. Heather formuliert die Frage immer gleich – so als wäre das Essen ein Lebewesen, das zu Ginny gehört, ein Lebewesen, dem es gut oder schlecht gehen kann.

»Gut«, sagt sie, und das ist nicht gelogen. Sie hat Appetit. Sie isst.

Sie kotzt es nur hinterher wieder aus.

»Schön.« Heather fährt sich mit einer Bürste durch die Haare. »Soll ich dir ein paar Muster aus unserer nächsten Kollektion schicken?«

Heather ist verheiratet. Heather führt ihre eigene Firma. Heather isst Pizza zum Abendessen und Muffins zum Nachtisch und nimmt kein Gramm zu. Irgendwann wird sie ein Baby bekommen und das Gewicht drei Tage später wieder los sein.

»Unbedingt«, sagt Ginny, die einfach nicht dafür gemacht ist, wie ihre Schwester zu sein – aber nie aufgehört hat, es zu versuchen.

Das erste telefonische Bewerbungsgespräch mit Disney verläuft gut. Adrian kommt in die zweite Runde, dann in die dritte. Die Gespräche sind lang und zermürbend und voller Tests, die zeigen sollen, ob er in die Konzernkultur passt. Er absolviert sie in Cafés, in leeren Konferenzräumen und manchmal sogar in einer Abstellkammer. Sollten seine Kollegen Wind davon bekommen, was er treibt, werden sie ihm das Leben zur Hölle machen.

Ginny ist ihm eine bemerkenswerte Stütze. Sie meldet sich regelmäßig bei ihm, fragt, wie die Gespräche gelaufen sind, oder hilft ihm, Adjektive zu finden, mit denen er sich beschreiben kann. Und tatsächlich freut er sich über ihre Aufmunterungen und Tipps. Es ist schön, sie an seiner Seite zu wissen.

Je mehr Zeit er allerdings mit ihr verbringt, desto weniger versteht er sie. Obwohl sie meistens strahlend, überbordend und quirlig ist, schleicht sich manchmal … eine gewisse Distanz in ihre Augen. So als würde sie sich an einen geheimen Ort zurückziehen. Es passiert zum Beispiel nach dem Essen oder mitten im Gespräch oder wenn sie nach dem Sex im Bett liegen. Dann blinzelt sie plötzlich und ihr Blick kehrt sich nach innen. In diesen Momenten erfasst ihn eine dumpfe Angst, dass sie irgendwohin gegangen sein könnte, von wo er sie nicht mehr zurückholen kann.

Jedes Mal, wenn er mit Ginny schläft, fühlt es sich seltsam fremd an. Als würde er versuchen, den Text eines brandneuen Songs zu lernen. Im Bett ist sie ganz anders als sonst, wo sich alles an ihr so *groß* anfühlt – ihr Strahlen, ihr Lachen, ihre Familie, ihre Geschichten. Im Bett, wenn seine Hände über ihre weiche Haut streichen, wird ihm bewusst, wie klein sie ist. Wie zerbrechlich. Er weiß nie, wie weit sie gehen möchte. Er will nicht automatisch davon ausgehen, dass sie, nur weil sie schon miteinander geschlafen haben, es jederzeit wieder tun will.

Die ganze Beziehung – sie ist einfach sonderbar. Ständig taucht Ginny in seinem Kopf auf. Ständig beginnen seine Gedanken urplötzlich zu rasen, springen von einem Punkt zum nächsten, wie eine defekte CD, so als wäre Ginny nachträglich in den Soundtrack seines Lebens hinzugefügt worden. Alle paar Minuten ist sie plötzlich da. Und jedes Mal muss er sie abschütteln, damit er zu dem zurückkehren kann, was er vorher getan hat.

Als Adrian irgendwann – der Bewerbungsmarathon geht schon in die dritte Woche – aus der Abstellkammer kommt, beäugt Chad ihn argwöhnisch. »Ist das dein Privatklo oder so was?«

»Brauchte nur einen kleinen Tapetenwechsel.«

»Aha. Brauchen wir den nicht alle?« Chad klickt mit seinem Kugelschreiber.

Und als Adrian seinen Laptop auf den Schreibtisch stellt, verrenkt er sich fast den Hals, um einen Blick auf den Bildschirm zu erhaschen. Doch Adrian verdeckt ihn mit seinem Körper.

Ginny weiß, dass sie es bleiben lassen sollte. Sie weiß es wirklich. Aber sie kann nicht anders.

Sie läuft Adrian hinterher.

Sie weiß nicht, warum er sie so fasziniert. Vielleicht sind es seine sanften Berührungen. Vielleicht die Art, wie seine Wimpern flattern, schnell wie Kolibriflügel, wenn er über eine ihrer vielen Fragen nachdenkt. Was auch immer es ist, Ginny fühlt sich jedenfalls nicht leer, wenn Adrian sie berührt, sondern von den Zehenspitzen bis zum Scheitel mit einer vibrierenden Wärme erfüllt.

Bei ihren Dates schaut Adrian alle Viertelstunde auf sein Handy, ob er womöglich ins Büro zitiert wird. Er ist müde. Das merkt Ginny. Die Schatten unter seinen Augen sind lilagrau und schwer, scheinen seinen Oberkörper, seine Schultern nach unten zu ziehen. Ein Ertrinkender, der langsam untergeht. Manchmal sagt Adrian kurz vor ihrer Verabredung ab – mit der Begründung, einer der Partner hätte ihn um ein Pitch Deck oder eine Analyse gebeten. Doch die Angst flüstert Ginny ein, dass das Ausreden sind. Entschuldigungen, die beweisen, dass Adrian sie doch nicht mag. Aber irgendwie schafft sie es, diese Einflüsterungen zu verdrängen. Und ihm am nächsten Wochenende wieder zu schreiben.

Manchmal ist es ihr peinlich. Mädchen sollten Jungs nicht hinterherrennen. Sie sollten schüchtern sein, die Unnahbare spielen und ihren Verehrern mit einem perfekten Augenaufschlag sagen: *Vielleicht ein andermal*. Wie verzweifelt muss Ginny sein.

Aber sie hat es eben nie richtig verstanden, ein Mädchen zu sein. Sie war schon immer das Gegenteil von Heather mit ihren Bikinis, den blonden Haaren und ellenlangen Fingernägeln. Und ehrlich gesagt *wollte* Ginny das Mädchensein auch gar nicht verstehen. Bis sie Adrian kennengelernt hat. Bis dahin hatte es ihr immer Spaß gemacht, ihre Weiblichkeit nicht zu betonen, sich die Haare kurz zu schneiden, Videospiele zu spielen und auf Partys mit ihren Jungs zusammenzuhocken und über Mädchen in High Heels und Miniröcken zu lachen: *Wetten, dass die alle auf dem Wellesley-College sind?*

Jetzt fragt sie sich, ob es an ihrem Fremdeln mit dem Frausein liegt, dass Adrian sie immer noch nicht richtig geküsst hat.

Aus eigener Erfahrung weiß Ginny, dass eine Barriere fällt, sobald sie und ein Junge sich zum ersten Mal richtig geküsst haben, vor allem, wenn sie schon miteinander geschlafen haben. Für sie hat es sich angefühlt wie das Überschreiten einer Schwelle. Danach waren sie jedes Mal freier, ungezwungener und großzügiger mit ihren Küssen gewesen.

Nicht so bei Adrian. Bei manchen Dates wartet sie stundenlang darauf, dass er sie küsst. Dann sitzen sie am Fußende seines Bettes und reden über Gott und die Welt, und Ginny starrt auf seine Lippen und fleht ihn innerlich an, sich doch endlich zu ihr zu beugen.

Jedes Mal, wenn sie mit ihm schläft, fühlt es sich wie das erste Mal an. Er ist so still, so verschlossen, dass sie, wenn sie ihn auszieht, immer wieder vor einem Rätsel steht. *Wo soll ich ihn anfassen? Was gefällt ihm?* Sein Körper scheint nur aus Muskeln und Knochen zu bestehen – ein Relief aus Kanten und Winkeln, das sich nie vertraut anfühlt, egal wie oft sie es berührt.

Mit Adrian Silvas zusammen zu sein ist das Gegenteil von Routine und Langeweile. Wenn seine Finger über ihre Wirbelsäule streichen, erschauert sie. Wenn er in ihren Mund stöhnt, wünscht sie sich, sie könnte seine Befriedigung einatmen. Sie einfangen und zu einem Teil ihres eigenen Körpers machen. Wenn er ihre empfindlichsten Stellen berührt, entfacht er solche Flammen in ihr, dass sie ihre Schreie unterdrückt, aus Angst, sie könnten ihn verscheuchen.

Ständig entdeckt sie ihn neu – erforscht all die Teile, die er vor dem Rest der Welt verbirgt.

Aber trotz des Feuers, das immer stärker in ihr lodert, bleibt Ginny kühl. Lässig. Zwar ist sie diejenige, die ihre Verabredungen anstößt, aber sie würde ihn nie dazu drängen, sie als Dates anzusehen. Sie will ihn nicht unter Druck setzen. Sie will nicht mehr von ihm verlangen, als er geben kann.

Eines Abends, nach dem täglichen Abendessen-Loswerden, schnappt sich Ginny ihr Handy und scrollt durch die Instagram-Seite ihrer Schwester. Sie schaut sich die Models an, die sich in den winzigen Bikinis räkeln, die Heather entwirft. Betrachtet die schlanken Taillen, die schmalen Hüften und markanten Wangenknochen. Frauen, die für ihre makellose Weiblichkeit bezahlt werden. Heather ist mit ihnen zusammen auf den Fotos und lacht, als ob ihre Schönheit der lustigste Witz wäre, den sie je gehört hat.

Ginny weiß, dass sie nie auf einem dieser Fotos auftauchen wird.

Sie versucht, sich zu entspannen. Worüber muss sie sich denn eigentlich Sorgen machen? Die Arbeit läuft gut. Sie wohnt mit ihren drei besten Freunden zusammen. Sie mag einen Mann, der sie manchmal auch zu mögen scheint.

Aber um all das schert sich ihre Angst nicht. In dem Moment, in dem die Angst merkt, dass Ginny herumsitzt, ohne irgendeine Ablenkung oder eine Gefahr, die es abzuwenden gilt, beginnt sie zu wühlen und zu suchen: nach etwas Falschem.

Denn die Angst ist ein trickreicher kleiner Teufel. Sie gibt sich als deine Freundin aus, als notwendige Lebensbegleiterin.

Und als solche schreibt sie dir vor, wo du hingehen, was du essen, mit wem du dich anfreunden und was du meiden sollst. Ihr Einfluss ist so groß, weil sie dir weismacht, dass sie dich beschützt. Dass sie nach Tigern Ausschau hält – dabei haben die Menschen den Dschungel schon vor Jahrhunderten verlassen.

Das ist der Grund, warum es in Minnesota so schlimm wurde. Weil Ginny allein war und nichts und niemanden hatte, der sie von ihren Gedanken ablenken konnte, übernahm die Angst die Kontrolle. Und sie entdeckte überall Tiger: in zu vielen Drinks, zu vielen Bissen, zu wenig Bewegung. Sie kontrollierte jedes Detail von Ginnys Leben, vom morgendlichen Aufstehen bis zur Anzahl der Netflix-Folgen, die sie abends sehen durfte.

Angst ist eine Diktatorin.

Aber wenn Ginny mit Adrian zusammen ist, passiert etwas Seltsames. Dann schweigt ihre Angst. Dann verspürt sie nicht den Zwang, jede Minute ihres Tages durchzuplanen. Dann kann sie die Arbeit vergessen. Auch essen kann sie. Und solange sie in seiner Nähe ist, hat sie kein Verlangen, das Gegessene wieder loszuwerden.

Erneut schnappt sie sich ihr Handy. Scrollt zu Adrians Kontakt. Ihr Finger schwebt über dem Anruf-Button. Das hat sie noch nie gemacht. Ob er es komisch finden wird? Lästig? Klammernd?

Sie drückt auf ANRUFEN.

Es ist halb zwölf Uhr nachts. Gut möglich, dass er noch im Büro ist. Dann könnte er nicht rangehen, selbst wenn er wollte.

»Hallo?«

Ginnys Herz springt ihr in den Hals. »Adrian?«

»Ja, hi.«

»Bist du im Büro?«

»Nein, zu Hause. Ich hab früher Feierabend gemacht.«

»Oh, wie schön.«

»Ja.«

Sie schaut sich in ihrem Zimmer um, das früher sein Zimmer war. Überlegt krampfhaft, was sie sagen soll. Und dann, nach längerem Schweigen, fragt sie unvermittelt: »Hat die Nachbarin, als du hier gewohnt hast, auch mitten in der Nacht Tonleitern geübt?«

Adrian lacht überrascht auf. »Ja. Hat sie.«

»Sie spielt furchtbar, oder?«

»Entsetzlich. Ich musste ständig Kopfhörer aufsetzen.«

»Neulich wusste ich mir nicht anders zu helfen, als gegen die Wand zu hämmern und laute Sexgeräusche zu machen. Da hat sie irgendwann aufgehört.«

»Ich wette, deine Mitbewohner hatten ihren Spaß.«

»Na ja, Finch mit seiner Gitarre war noch lauter.«

»Gott, das hab ich ja ganz verdrängt«, stöhnt Adrian. »Ich frage mich, wie ich in der Bude zwischen Finch und der Nachbarin überhaupt je ein Auge zubekommen hab.«

»Das hast du nicht, weil du immer bei der Arbeit warst.«

»Stimmt auch wieder.« Adrian scheint noch etwas sagen zu wollen, aber er schweigt.

Nicht ungewöhnlich für ihn. Während ihrer gesamten Highschoolzeit stand Ginny auf Jungs wie Andy und Finch – redselig, selbstbewusst, immer bereit, ihren Senf dazuzugeben. Adrian ist anders. Adrian geizt mit Wörtern – so wie man in Kriegszeiten Lebensmittel rationiert. Er benutzt nur so viele, wie er braucht, keine Silbe mehr.

Am Anfang hatte Ginny das Gefühl, dass sie jedes Schweigen ausfüllen muss. Mit einer Frage, einer Geschichte, irgendetwas, was von dem Mangel an Worten zwischen ihnen ablenkt. Aber je mehr Zeit sie mit ihm verbringt, desto klarer wird ihr, dass dieses Lückenfüllen gar nicht nötig ist. Wenn sie wartet – wenn sie geduldig ist –, sagt er irgendwann, was ihm durch den Sinn geht.

»Warst du schon mal im *Morgenstern's*?«, fragt Adrian.

»Nein. Was ist das?«

»Meine Kollegen behaupten, dort bekommt man das beste Eis in New York.«

»Dann sollten wir es wohl mal probieren.«

»Ich schätze, das sollten wir.«

Wieder schweigen sie.

Die Stille ist ein Teil von Adrian. Genauso wie seine Haare oder seine Vergangenheit oder die Art, wie er die Stirn runzelt, kurz bevor er sie zu sich zieht. Falls Ginny ihn haben möchte, muss sie auch sein Schweigen nehmen.

An diesem letzten Juni-Wochenende holen sie sich ein Eis bei *Morgenstern's* und setzen sich auf eine Bank im Washington Square Park.

»Was wäre dein Traumjob beim Film?«, fragt Ginny. »Produzent? Regisseur?«

»Ich weiß es nicht«, sagt Adrian.

»Völlig okay, wir sind ja erst dreiundzwanzig.« Ginny hält ihre Waffel schräg und leckt das schmelzende Eis vom Rand. Mittlerweile macht sie sich keine Gedanken mehr über die Kalorien, die sie zu sich nimmt. Wozu? Sie weiß ja, dass sie am Ende alles wieder auskotzen kann. »Wie sollen wir jetzt schon wissen, wie wir den Rest unseres Lebens verbringen wollen?«

Adrian beißt sich auf die Unterlippe.

»Was?«, fragt Ginny.

Er zögert. »Ich hab's bei Disney in die Endrunde geschafft.«

»Du … *was?*« Sie dreht sich zu ihm. »Ist das dein verdammter Ernst? Wann hast du das erfahren?«

»Ich hab die Mail letzte Woche bekommen.«

»Heilige Scheiße.« Ihr Gesicht verzieht sich zu einem breiten Grinsen. »Mein Gott, ich bin so stolz auf dich. Das ist ja unglaublich!«

»Na ja … dafür ist es noch zu früh. Ich weiß nicht, wie viele Kandidaten noch im Rennen sind, aber …« Er lächelt hinter seiner Mintchip-Eiskugel. Hach, wie Ginny dieses Lächeln liebt. »Aber es wär schon cool, wenn ich die Stelle bekäme.«

Bevor sie groß darüber nachdenken kann, beugt sich Ginny vor und küsst ihn auf die Wange. »Du bekommst sie.«

Noch im selben Moment bereut sie ihren Impuls. Sie zeigen ihre Zuneigung nie öffentlich. Sie küssen sich fast nie, und wenn, dann nur in seiner Wohnung.

Aber falls ihn der Kuss stört, lässt er es sich nicht anmerken. Er leckt an seinem Eis und fragt: »Wie läuft's denn mit dem Schreiben?«

»Hm …« Ginny blickt auf ihre tropfende Waffel. »Ich hab in letzter Zeit kaum geschrieben.«

»Nicht?«

»Nein. Meine Arbeit hält mich ziemlich auf Trab. Du weißt schon, Karriereleiter raufklettern und so.«

»Ah.«

Die Antwort scheint Adrian merkwürdigerweise zu bestürzen, und Ginny schämt sich ein bisschen. Schnell lenkt sie das Gespräch wieder auf Disney. »Wann findet die Endrunde denn statt?«

»Nächsten Mittwoch.«

»Ich bin ganz sicher, dass du es schaffst«, sagt sie, und nach einer Pause fügt sie hinzu: »Wenn du den Job bekommst, hast du wahrscheinlich mehr Freizeit als jetzt, oder?«

»Ich schätze schon, ja.«

Ein Funken Hoffnung flackert in Ginny auf. Im Moment ist er schlicht zu eingespannt für eine feste Beziehung. Aber mit dem neuen Job …

Schnell reißt sie sich von dem Gedanken los.

»Was willst du mit der ganzen freien Zeit machen?«, fragt sie.

Adrian beißt von seiner Waffel ab. »Schlafen.«

Ginny lacht. »Abgesehen davon, meine ich.«

Sein Blick schweift über den Park und bleibt an der Wasserfontäne in der Mitte hängen. »Lesen«, sagt er schließlich. »Ich würde so viel lesen, wie ich kann.«

»Wirklich?« Sie rutscht auf der harten Bank hin und her. »Was zum Beispiel? Romane?«

»Auf jeden Fall. Oder Kurzgeschichten. Die lese ich eigentlich am liebsten.«

»Ah, okay.« Ginny betrachtet die geschmolzene Kugel Cookies 'n' Cream in ihrer Waffel. *Los, trau dich*, meldet sich eine innere Stimme. *Biete es ihm einfach an*. Sie holt tief Luft und blickt wieder auf. »Du könntest meine lesen. Also, wenn du willst …«

Adrian dreht sich mit großen Augen zu ihr. In seinem Mundwinkel kleben Waffelkrümel. Er wirkt wie ein erschrockenes Kind. »Wirklich?«

»Ja, natürlich.« Verlegen dreht sie sich weg, in Richtung Park, der Hot-Dog-Wagen und der alten Männer, die an den steinernen Schachtischen sitzen und Touristen zu Partien herausfordern, und sagt: »Ich meine … wirklich nur wenn du willst. Ich möchte sie dir nicht aufdrängen …«

»Ja!«

Ginny dreht sich zu ihm zurück. »Ja?«

Ein seltenes Lächeln umspielt seine Lippen. »Ja. Natürlich will ich einen Blick in deinen brillanten Kopf werfen, unbedingt!« Mit zwei Fingern seiner freien Hand streicht er ihr über die Schläfe – und jagt ihr damit einen prickelnden Schauer über den Rücken.

Auf dem Heimweg stößt Ginny ihr halbverdautes Eis in kleinen Rülpsern auf, wie ein Kind. Sie sammelt es im Mund, bis sie einen Häuserblock ohne Fußgänger erreicht, dann beugt sie sich über den Bordstein und spuckt das Zeug aus.

Quer durch die Stadt hinterlässt sie kleine bräunlich weiße Pfützen, in Büschen, an Straßenecken, hinter parkenden Lastwagen. Die Pfützen markieren ihren Weg nach Hause – eine Spur, der alle folgen könnten, die wüssten, wo sie hinschauen müssen.

Freiwilliges Erbrechen hat nichts mit dem Übergeben bei einem Magen-Darm-Infekt zu tun. Auch nichts mit dem Kotzen nach einem Alkoholexzess oder nach verdorbenem Sushi. Da schwappt etwas in dir, was dort nicht hingehört. Etwas Falsches, Gefährliches. Dein Körper tut in diesen Fällen, was er tun muss, um es loszuwerden. Er presst das Zeug die Speiseröhre hoch und entlädt es in einem Schwall nach draußen. Er kämpft, um sich zu retten.

Wenn du anfängst, freiwillig zu erbrechen, ist dein Körper erst einmal verwirrt. Warum tust du so, als seist du krank? Als hättest du irgendein Gift in dir? Das hast du doch gar nicht. Es ist doch nur Essen. Kohlenhydrate, Fette und Proteine. Nichts Falsches. Nichts Gefährliches.

Und doch redest du dir ein, dass Essen falsch ist. Gefährlich. Eine Bedrohung für dein Wohlbefinden. Dass es dich krank macht. Dass du es schleunigst aus deinem Körper entfernen musst, um gesund zu werden. Dass am besten ist, leer zu sein, ganz leer.

Also tust du es. Du steckst dir einen Finger in den Hals oder drückst das Essen die Speiseröhre hinauf oder wählst eine andere Methode, um das Krankmachende aus deinem Körper zu holen.

Am Anfang ist das nicht leicht. Immerhin musst du einen elementaren Prozess umkehren, der sich über Jahrmillionen der Evolution herausgebildet hat. Nahrung ist dazu da, nach unten zu gehen, nicht nach oben. Dein Mageninhalt kommt nicht freiwillig wieder rauf. Er wehrt sich mit aller Macht, klammert sich unten fest, muss gegen seinen Willen hochbefördert werden.

Aber du gibst nicht auf. Du machst deinem Körper weis, dass er krank ist. Du sagst es ihm immer und immer wieder.

Bis er dir schließlich glaubt.

Es ist seltsam für Adrian, die Treppe zu seiner alten Wohnung hinaufzusteigen. Noch seltsamer ist es, sie vor acht Uhr abends hochzugehen. Er kann die Male, in denen er es im Hellen nach Hause geschafft hat, an einer Hand abzählen.

Zuhause.

Dabei ist diese Wohnung nicht mehr sein Zuhause. Es ist das Zuhause von Ginny.

Er weiß nicht so recht, was er davon halten soll.

Wo ist sein Zuhause überhaupt? Ist es seine kleine Einzimmerwohnung? Ist es Harvard? Indiana? Vielleicht. Mittlerweile mag er Indiana, aber am Anfang war er dort kreuzunglücklich. Englisch zu lernen war ein einziger Albtraum. Die verwaschenen Konsonanten und die Vokale, die in jedem Wort anders klingen – das krasse Gegenteil von Ungarisch. Einen ganzen Monat lang redeten Adrians Klassenkameraden in dieser hässlichen neuen Sprache auf ihn ein, und er verstand nichts, konnte nur lächeln. In Amerika begann er zu lernen, wie man Gefühle vortäuscht. Wie man Glück, Wut oder Freude simuliert, obwohl man in Wirklichkeit nichts fühlt.

Und dann war da natürlich noch sein Stiefvater.

In Budapest hatte Adrian sich nie zum Lächeln zwingen müssen. Seine *Nagyanya* war streng, aber liebevoll. Und sein *Nagyapa* war ein begeisterter Handwerker, immer mit einem Hammer oder Schraubenschlüssel in der Hand. Die beiden nahmen Adrian so, wie er gerade war – gut gelaunt, schlecht gelaunt oder irgendwo dazwischen.

Für seine Schwester war die Eingewöhnung viel leichter

als für ihn. Denn anders als er hatte Beatrix tatsächlich beim Englischunterricht mitgemacht, zu dem ihre Mutter sie vor dem Umzug geschickt hatte. Als sie in Indianapolis ankamen, konnte sie jeden Gegenstand in ihrem neuen Garten benennen. Wenn sie und Adrian sich samstagmorgens im Wohnzimmer Zeichentrickfilme ansahen, übersetzte sie für ihn, damit er – etwas zeitverzögert – auch lachen konnte.

Nein. Wenn er ehrlich ist, hat er das stärkste Heimatgefühl, wenn er auf dem Flughafen Budapest Liszt Ferenc landet.

Sein Zuhause ist Budapest. Das war es schon immer.

Doch für seine ungarischen Freunde, für Jozsef Borza zum Beispiel, ist Adrian einer, der weggegangen ist. Der in Amerika aufgewachsen ist. Der in Harvard studiert hat. Er gehört nicht mehr dorthin. Er gehört nirgendwohin.

Als er an seine alte Wohnungstür klopft, eine Flasche Rotwein in der Hand, fragt sich Adrian, ob sich andere Mittzwanziger auch so fühlen wie er. Ohne Bindung. Auf der Suche nach einem Zuhause.

Ginny öffnet die Tür – eine Mehlwolke, aus der zwei Ofenhandschuhe herausschauen. Weißer Puder bestäubt ihre Wangen und ihren Nasenrücken, als hätte sie Kokain geschnupft, statt zu kochen. Ihr Haar ist zu einem chaotischen Dutt hochgesteckt. Sie zieht ihn in eine Umarmung, dann dreht sie sich um und winkt ihn mit einem Handschuh in die Wohnung.

»Komm rein, komm rein.« Während sie den kurzen Flur durchqueren, zurrt sie ihre Schürze fester. »Du kommst gerade rechtzeitig für die Appetithäppchen.«

»Appetithäppchen?«

»Ganz genau. Wir haben ein stattliches Festmahl vor uns.«

Sein Magen knurrt zustimmend. Seit dem Salat am Mittag hat er nichts gegessen.

»Alter!« Der rote Haarwust springt ihm zuerst ins Auge.

Clay. Wie immer umarmt er Adrian so fest, dass ihm fast die Eingeweide rausquellen. Als Nächstes kommt Tristan und klopft ihm kräftig auf den Rücken. Und dann – Finch. Er sitzt in seinem Stammsessel, die Gitarre auf den Beinen. Er steht nicht auf. Zupft einfach weiter und nickt kurz. »Alles klar, Mann?«

»Schön, dich zu sehen«, erwidert Adrian, obwohl das eigentlich gelogen ist.

Auf den ersten Blick wirkt die Wohnung genauso, wie er sie in Erinnerung hat. Erst bei näherem Hinsehen bemerkt er die Spuren von Ginnys Anwesenheit: eine künstliche Pflanze auf der Fensterbank, Platten von Johnny Cash und Bob Dylan in den Regalen, ein beeindruckendes Kochmesserset neben der Mikrowelle.

Und natürlich der Geruch.

Die Luft ist voll davon – Oregano, Petersilie, gebratenes Fleisch, geschmorte Tomaten. Auf einmal ist Adrian wieder sechs Jahre alt und sitzt am Küchentisch seiner *Nagyanya*, die immer etwas auf dem Herd köcheln hatte. Sein Griff um den Flaschenhals wird fester. Er hat Angst, den Wein fallen zu lassen.

Als ob sie seine Gedanken lesen könnte, wendet sich Ginny vom Herd ab, und ihr Blick streift die Flasche. »Du hast Wein mitgebracht?«

»Ja. Ich weiß, du bist eine Bier-Frau, aber ich dachte, eine kleine Abwechslung könnte nicht schaden.«

Sie grinst. »Ich liebe Wein. Zeig mal her.« Er reicht ihr die Flasche, und sie betrachtet das Etikett. Ein schöner Sechs-Dollar-Jahrgangswein von *Trader Joe's*. »Der passt perfekt zu den Spaghetti. Vielen Dank, Adrian.«

Sie lächeln sich verlegen an. Adrian fragt sich, ob sie den gleichen Gedanken hat wie er: Das ist das erste Mal, dass sie mit ihren Freunden zusammen sind, seit alles angefangen hat.

»Es gibt Spaghetti?« Adrian beugt sich vor und beäugt die dampfenden Töpfe auf dem Herd.

»Ja.« Sie wirkt nervös. »Ich hoffe, das ist okay?«

»Das ist großartig«, versichert er. »Ich wusste gar nicht, dass du kochst.«

»Wie bitte? Das wusstest du nicht?«, ruft Clay von der Couch, den Mund voller Heidelbeer-Ziegenkäse. »Kochen ist sozusagen ihre Persönlichkeit, Mann.«

»Na, ich hoffe, über mich gibt's noch ein bisschen mehr zu sagen«, entgegnet Ginny, aber der Stolz in ihrer Stimme ist unüberhörbar.

»Im Ernst. Sie war sogar auf der Kochschule.«

»Was, echt?«, fragt Adrian.

»Oh ja«, antwortet Clay. »Im Sommer nach dem ersten Studienjahr.«

Tristan dippt einen Körner-Cracker in ein Schälchen mit geschmolzenem Brie. »Als sie zurückkam, hat sie uns jeden Mittwoch ein fantastisches Abendessen gekocht. Ein richtig schickes französisches Dinner. Vom Allerfeinsten.«

Adrian sieht die vier vor sich, wie sie um den abgewetzten Couchtisch hocken, den sie beim Harvard-Welcome-Flohmarkt gekauft haben und der viel zu schmutzig ist, um dem Festmahl gerecht zu werden. Er sieht Jogginghosen vor sich, Plastikbecher mit billigem Wein, Ginny, die riesige Portionen verteilt, mit einem Pfannenwender, den sie aus der Mensa geklaut hat. Er kann es sich so gut vorstellen: wie sie ein tristes Wohnheimzimmer mit Wärme füllt, mit Butter und Zucker, mit dem Geruch von Zuhause.

Die Jungs kreisen um sie, denkt Adrian. *Ginny ist die Sonne.*

»Das wäre die beste Art, im Training zu bleiben, hat sie gesagt«, fügt Finch hinzu, »aber ich bin mir ziemlich sicher, dass sie nur angeben wollte.«

Ginny dreht sich grinsend um und streckt ihm die Zunge

raus. Finch grinst zurück. Es ist dasselbe Grinsen, mit dem er Adrian immer provoziert hat, als er noch hier wohnte. Ginny widmet sich wieder dem Herd, und das Grinsen verschwindet aus Finchs Gesicht, aber er wendet den Blick nicht ab. Er beobachtet Ginny beim Kochen. Und während er das tut, verändert sich sein Blick. Er wird weicher. Fast wehmütig.

Ehe Adrian zu sehr darüber nachdenken kann, was dieser Ausdruck bedeutet, stellt Ginny die offene Rotweinflasche auf den Tisch. »Trinkt, Jungs«, sagt sie. »Ich will, dass eure Kehlen geölt sind, wenn das Essen kommt.«

Jetzt mal Hand aufs Herz, Gin.« Clay lässt seine Gabel auf den leeren Teller fallen und lehnt sich ins Sofa zurück. »Wie gefällt's dir in unserer Männer-WG?«

Ginny schnaubt. »Wieso? Ich hab doch schon die halbe College-Zeit über mit euch Idioten zusammengewohnt.«

»Echt?«, fragt Adrian.

»Oh ja.« Ginny rückt auf der Couch näher an ihn heran. Sie haben die Flasche Wein geleert, bevor das Abendessen überhaupt aufgetischt war. Jetzt steht eine bunte Mischung aus Hefeweizen und IPAs auf dem Couchtisch, alle aus Ginnys persönlicher Sammlung. Der Alkohol hat getan, was er immer tut – er hat ihr die Angst genommen, die Zunge gelockert, die Stimmung aufgehellt … und sie dazu gebracht, ganz nah neben Adrian sitzen zu wollen. »Das erste Jahr noch nicht, aber für die restlichen drei Jahre haben wir vier im Lowell-Wohnheim zusammengewohnt.«

»Im Ernst? Mochtest du die Mädchen in Harvard nicht?«

Ginny nippt an ihrem Bier. »Mädchen waren noch nie wirklich mein Ding.«

»Echt?«

»Nein. Wie du weißt, bin ich mit drei Brüdern aufgewachsen. Ich hab die meiste Zeit damit verbracht, Videospiele zu spielen oder mir Schlamm ins Gesicht zu schmieren.« Sie zuckt die Achseln. »Ich schätze, das hat mich geprägt.«

Finch beugt sich grinsend vor. »Gin ist das absolute Jungsmädchen.«

Ginny wirft ihm eine Nudel ins Gesicht.

Lachend weicht er aus. »Was? Ist doch so. Du weißt einfach, wie man mit Jungs abhängt.« Er stützt das Kinn auf die Hände und klimpert mit den Wimpern. »Erzähl mal, du Expertin, wie lebt sich's so als *Guy's Girl*?«

»Oh, nichts leichter als das.« Ginny streckt den Rücken durch, strafft die Schultern und legt ihre Hände auf die Knie. »Als Jungsmädchen musst du einfach nur eine verdammt gute Lügnerin sein. Als ersten Schritt empfehle ich, dich vor den Spiegel zu stellen und diese Worte aufzusagen.« Sie räuspert sich: *»Keiner von ihnen will mich ficken.«*

Clay prustet los.

»Wiederhole diese Lüge so lange, bis du sie mindestens zu vierzig Prozent glaubst«, fährt Ginny fort. *»Keiner von ihnen will mich ficken, keiner von ihnen will mich ficken, keiner von ihnen …«*

»Hör auf.« Clay winkt ab. »Ich kann nicht hören, dass Männer dich ficken wollen, ohne dass ich sie windelweich prügeln will.« Er hält inne und zwinkert Adrian zu. »Anwesende natürlich ausgenommen.«

Ginny schlägt Clay mit dem Kochlöffel.

»Hey«, sagt Tristan. »Lass mir bitte ein paar Adrian-Ginny-Anzüglichkeiten übrig, ja?«

Jetzt schwingt Ginny den Löffel in seine Richtung.

Sie sieht Adrian dabei nicht an, aus Angst vor seinem Gesichtsausdruck. »Schnellstmöglicher Themenwechsel!«, ruft sie. »Jetzt, wo wir fast ein Jahr aus dem College raus sind, was denkt ihr über euer Leben nach dem Abschluss?«

»Was genau meinst du?«, fragt Finch.

»Ich hab einfach den Eindruck, dass … ach, ich weiß auch nicht. Als ich nach Minnesota gezogen bin, hatte ich ständig das miese Gefühl, dass ich Dinge nicht tue, die ich eigentlich tun sollte.«

»Du meinst so was wie … Arbeit mit nach Hause nehmen?«, fragt Clay. »Komm schon, Gin. Sag nicht, dass du das vermisst.«

»Nein, so was meine ich nicht. Na ja, vielleicht. Ich weiß es nicht. Alles, was ich weiß, ist … mein ganzes Leben lang war mein Weg vorgezeichnet: Grade School, Highschool, College. Und dann? Dann werden wir in die Welt hinausgestoßen und können tun und lassen, was wir wollen, vorausgesetzt wir bezahlen unsere Rechnungen.«

»Na ja, tun, was wir wollen – *ganz* so ist es ja auch nicht«, wendet Tristan ein.

Ginny verdreht die Augen. »Okay, ich meine alle, die *nicht* Tristan heißen und aus dem Mutterleib geflutscht sind, um fremdfinanzierte Übernahmen zu modellieren …«

»Hach, ich liebe es, wenn du schmutzige Sachen sagst«, flötet Tristan.

»Aber es stimmt doch. Wir können im Grunde alles machen. Wir können einen Job in einem Unternehmen annehmen oder Medizin studieren oder für die Regierung arbeiten oder in einem verdammten Zelt am Strand leben und unser Essen mit der Harpune schießen. Alles möglich. Findet ihr das nicht verwirrend? Überfordernd? Fühlt sich das für euch nicht nach *zu viel* an? In Minnesota bin ich oft von der Arbeit gekommen, hab mich auf meine Couch gesetzt und gedacht: *Und was zum Teufel jetzt?*« Sie seufzt. »Genau deshalb hab ich mit dem Schreiben angefangen. Um die Stunden zu füllen.«

»Ich weiß genau, was du meinst, Gin«, sagt Finch, und sie sieht ihm über den Tisch hinweg in die Augen. »Bei mir ist es die Musik. Wenn ich nicht gerade lerne oder Vorlesungen habe, muss ich etwas tun, das wenigstens halbwegs produktiv ist. Bloß auf meinem Hintern sitzen, das kann ich nicht.«

»Ja, genau das ist es.« Ginny haut auf den Tisch. »Ich schaffe es einfach nicht, mir Auszeiten zu gönnen.«

»Das ist mir völlig fremd«, schaltet sich Clay ein. »Alles, was ich will, sind Auszeiten.«

»Ich würde für einen freien Samstag töten«, sagt Tristan.

»Nein, würdest du nicht«, kontert Clay. »Du würdest für mehr Überstunden töten, in denen du deinem Chef in den Arsch kriechen kannst.«

Aber Ginny hört nicht mehr auf ihr Hickhack. Sie ist zu sehr damit beschäftigt, Finch anzustarren.

Sie liebt diese Seite an ihm. Die Seite, die zuhört. Die versteht. Im ersten Jahr in Harvard lag sie stundenlang mit dem Kopf auf Finchs Schoß, während sie ihre Kindheit und Jugend, ihre traurigen Momente und ihre Unsicherheiten auseinandernahmen und zu begreifen versuchten, warum sie so waren, wie sie waren. Nie ging ihnen der Gesprächsstoff aus.

Ihr Blick huscht zur Seite, zu Adrian, dann wieder zu Finch.

Nein. Stopp. Das führt zu nichts. Zu nichts Gutem!

Sie reißt sich von ihren Gedanken los. »Vielleicht liegt es auch daran, dass wir in meiner Familie früher so eng waren. Und später, im College, grübelt man nicht allzu viel darüber nach, wo man gerade steht oder stehen sollte. Aber in Minnesota hat es sich angefühlt wie … ich weiß auch nicht. Als ob ich kein Zuhause mehr hätte.« Sie schüttelt den Kopf. »Versteht ihr, was ich meine?«

»Ja«, sagt Adrian, sein erstes Wort seit ein paar Minuten.

Überrascht blickt Ginny ihn an. Adrian ist während des gesamten Abendessens ziemlich ruhig gewesen. Sie hatte schon Sorge, dass er sich vielleicht nicht amüsiert. Einen langen Moment sehen sie sich in die Augen. In seinem Blick liegt etwas, das sie nicht deuten kann.

»Aber das ist ja jetzt kein Thema mehr, Ginny.« Tristan macht eine ausladende Geste, die die gesamte Wohnung einschließt, doch Ginny bemerkt es gar nicht, weil sie immer noch Adrian anschaut. »Du bist jetzt in der großen Stadt. Keine Zeit mehr zum Grübeln, geschweige denn für eine Lebenskrise.«

»Gott sei Dank«, sagt Ginny und löst ihren Blick von Adrian.

»Ich würde mein letztes Erspartes geben, wenn ich nicht mehr grübeln müsste.«

Tristan schüttelt missbilligend den Kopf. »Also, da wüsste ich lukrativere Anlagemöglichkeiten für dein Geld.«

»Klappe, Tristan!«, rufen Ginny und Clay wie aus einem Mund.

»Warum sagst du das?«, fragt Adrian. »Ich meine, dass du nicht mehr grübeln willst?«

»Weil ich …«, Ginny tippt an ihr Glas und sucht nach den richtigen Worten, »… ziemlich ängstlich bin.«

Adrians Augenbrauen schnellen in die Höhe. »Wirklich?«

Ängstlich ist eine krasse Untertreibung. Ginnys Angst ist allesverzehrend, eine Art innere Checkliste, die ihr Gehirn jeden Tag durchgehen muss, Hunderte Male. Wenn alle Punkte auf der Checkliste abgehakt sind, gibt die Angst vorübergehend Ruhe, und Ginny kann sich auf andere Dinge konzentrieren. Ist sie nicht abgehakt, verbringt Ginny die nächsten drei Stunden damit, jedes Lebensmittel, das sie wider besseres Wissen in ihren Körper gesteckt hat, im Kopf durchzugehen. Ginny kann sich an keinen einzigen Gedanken erinnern, den sie nicht zigmal wiedergekäut hätte. Neun Zehntel des Tages lebt sie mit dem Gefühl, dass sie gleich sterben wird – ohne dass es irgendeinen konkreten Grund dafür gäbe.

Das Schwierigste an einer Angststörung ist, dass das, wovor man Angst hat, oft gar nicht existiert. Zum Beispiel Ablehnung. Oder Einsamkeit. Deshalb kann man seine Angst auch nicht einfach dadurch heilen, dass man in die Welt hinausgeht und aktiv nach dem Stressfaktor sucht (obwohl alle, die das können, es in jedem Fall tun sollten).

»Ich war schon immer so«, sagt Ginny. »Mein ganz normaler Angstlevel ist etwa zwölfmal so hoch wie bei anderen. Das hat, grob gesagt, so ziemlich jeden Bereich meines Lebens ruiniert.«

Alle lachen, außer Adrian. Er reibt mit dem Daumen über den Rand seiner Bierflasche. »Das hätte ich nie gedacht.«

Ginny zuckt die Achseln. »Ich geh damit ja auch nicht gerade hausieren.«

»Nein, das tust du nicht.«

Er wirft ihr einen undefinierbaren Blick zu. Sie wird rot, schaut weg und fragt sich, ob sie zu viel erzählt hat.

Bei den Murphys im Mittleren Westen gab es nur ganz wenige Geheimnisse. Sie waren eine extrem offene Familie, mit übervollen Tellern beim Abendessen und zu wenig Diskretion beim Stuhlgang. »Was für 'n Kaliber war's? Fünf oder sechs Klopapierblätter?«, fragte Willie seinen Bruder Crash gerne, wenn der nach zwanzig Minuten auf dem Scheißhaus an den Tisch zurückkam.

»Sieben.« Crash ließ sich auf seinen Stuhl plumpsen und faltete die Serviette auseinander.

Die kleinen Geschwister johlten und klatschten. Heather seufzte und schüttelte den Kopf.

»Jungs! Keine Körperfunktionen bei Tisch!«, rief ihre Mutter in die Runde, und niemand außer Heather machte sich die Mühe, sie darauf hinzuweisen, dass nicht nur Jungs mit am Tisch saßen.

Ginny hat den Verdacht, dass sich Adrians Familie ziemlich von den Murphys unterscheidet. Sie würde fast darauf wetten, dass bei ihnen niemand auch nur auf die Idee kommen würde, beim Essen über Körperfunktionen zu sprechen.

»So ist sie eben, unsere Gin.« Tristan schlingt seinen Arm um ihren Kopf, verdeckt ihr Gesicht. »Ein ängstlicher kleiner Schmetterling.«

»Fick dich, du Depp«, sagt sie in seinen Ellbogen.

»Ich würde jetzt erwidern, fick dich selbst, aber da Adrian heute hier ist, kann ich mir das wahrscheinlich sparen.«

Am nächsten Freitag kommt, mit der Zuverlässigkeit eines Uhrwerks, eine Nachricht von Ginny.

GINNY: Hey. Ich gehe morgen Nachmittag mit den Jungs was trinken. Magst du mitkommen?

Unnötig zu fragen, welche Jungs sie meint.

ADRIAN: ja

In der 3rd Street in Williamsburg, zwischen einem Lagerhaus und einem Café, gibt es eine Bar namens *Freehold*. Kein sonderlich schicker Laden, aber auch keine Spelunke. Zweistöckig, mit Plätzen drinnen und im Innenhof. Über die Wände ziehen sich orangefarbene Malereien, der Boden klebt von verschüttetem Wodka. Die Margaritas kosten sechzehn Dollar und schmecken wässrig, die Mädchen tragen Plateausandalen, und die Typen schnupfen um vierzehn Uhr auf der Toilette Koks. Vor allem aber ist sie bevölkert von Leuten, die gerade ihr Studium beendet haben, von Berufseinsteigern und Praktikanten, und immer mal verirrt sich auch ein gruseliger Vierzigjähriger hierher.

Die Art von Bar gehört nicht zu Adrians Lieblingslocations, aber es gibt auch deutlich schlimmere. Sie liegt in der Mitte der Skala, irgendwo zwischen »Warten auf die Bahn« und »Zuschauen, wie im Washington Square Park Theaterstücke in zwei Akten aufgeführt werden«. Zumindest kann man im

Freehold gut Leute beobachten, auch wenn einen der Laden ansonsten in Depressionen stürzt.

»Adrian!«

Er entdeckt seine Freunde an der Bar. Clay bezahlt gerade die erste Runde Drinks. Finch scannt den Raum, als würde er nach einem bekannten Gesicht suchen. Tristan betrachtet den klebrigen Boden, die Lippen angewidert verzogen.

Und Ginny. Sie winkt Adrian breit lächelnd und aufgeregt hüpfend zu sich, wobei ihre Margarita über den Rand des Plastikglases schwappt.

»Hey, Alter, was geht«, begrüßt ihn Clay und steckt seine Kreditkarte wieder ein.

»Wieso mussten wir uns ausgerechnet hier treffen?« Tristan seufzt. »Es gibt so viele andere Läden. Kennt ihr diese geniale Rooftop-Bar oben auf dem William Vale Hotel …?«

»Halt die Klappe, Tristan«, unterbrechen ihn die anderen.

Ginny hüpft an Adrians Seite und stupst ihn mit der Hüfte an. »Hi.«

»Hi.«

»Hast du Lust zu tanzen?«

Er nickt in Richtung Bar. »Ich brauch erst ein oder zwei Drinks, bevor ich mich auf die Tanzfläche wage.«

»Okay, verstehe.« Ginny runzelt kurz die Stirn und wendet sich dann an Clay. »Du?«

»Logisch.« Clay nimmt ihre Hand und zieht sie in die Menge.

»Hey, wartet!« Tristan hat offenbar schon vergessen, dass er eigentlich überall lieber wäre als in dieser Bar.

»Soso, du und Ginny also, ja?«, sagt Finch zu Adrian, der den drei anderen nachblickt.

Adrian nippt an seiner Margarita. »Hm, ja, mehr oder weniger.«

»Mehr oder weniger?« Finch schnaubt. »Ihr zwei steckt doch ständig zusammen.«

Adrian zuckt die Achseln. »Sie ist toll.«

»Ja. Sie ist toll.«

Adrian hält das Gespräch schon für beendet, aber nach einer Pause fügt Finch hinzu: »Gib einfach … auf sie acht, okay?«

Adrian sieht ihn fragend an. »Wie meinst du das?«

»Ich meine, dass … Ginny hat ein wirklich großes Herz, weißt du? Ein viel zu großes. Könnte sein, dass sie nicht ganz so locker über diese Beziehung denkt wie du.«

»Ah.« Adrian sucht die Menge nach Ginny, Clay und Tristan ab. Er entdeckt sie genau in der Mitte der Tanzfläche, wo sie zu Lil Nas X swingen. »Glaubst du?«

»Ich weiß nicht. Ich weiß nur, dass nach allem, was im ersten Harvard-Jahr passiert ist …«

»Im ersten Harvard-Jahr?«

»Hat sie's dir nicht erzählt?« Finch wischt einen Tropfen von seinem Plastikglas. »Wir waren zusammen. Mehr oder weniger.«

»Nein, das hat sie mir nicht erzählt.«

Finch winkt ab. »Na, wie auch immer. Wahrscheinlich wollte sie dich nicht verunsichern.«

»Wieso? Was ist passiert?«

Finch fährt sich durch die Haare. »Ich mochte sie. Sehr sogar. Aber letztlich konnte ich ihr nicht das geben, was sie wollte.« Er seufzt. »Das hätte uns fast unsere Freundschaft gekostet. Zum Glück haben wir die Kurve gekriegt, aber … ich weiß nicht. Ich hätte von Anfang an ehrlich zu ihr sein sollen.«

»Verstehe.« Adrians Herz beginnt zu rasen.

Finch legt ihm eine Hand auf die Schulter. »Aber was ich damals verbockt habe, muss ja nicht dein Problem sein, Mann. Du scheinst zu wissen, was du tust.«

Adrian beobachtet, wie Clay und Tristan Ginny herumwirbeln, wie sie lachend ihren Kopf zurückwirft.

Nein, denkt er. *Das weiß ich nicht. Absolut nicht.*

In seiner Wohnung liegen Ginny und Adrian eng aneinandergeschmiegt in den weichen Baumwolllaken seines Queensize-Betts.

Es ist erst fünf, aber Adrian ist erschöpft. So geht es ihm immer, wenn er tagsüber trinkt – einem kurzen Kick folgt eine lange Schwächelphase, wenn sowohl der Alkohol als auch die Energie aus seinem System schwinden. Er glaubt, dass Ginny unter seinem Arm bereits eingeschlafen ist. Gedankenverloren streichelt er ihr Haar. Ein warmes Gefühl durchströmt ihn, füllt ihn aus wie beim ersten Mal, als sie Sex hatten. Er schließt die Augen.

Kurz bevor ihn der Schlaf überkommt, flüstert Ginny:

»Ich mag dich, Adrian.«

Seine Lider flattern auf. Inzwischen ist die Dämmerung in die Wohnung eingedrungen. Die letzten Sonnenstrahlen beleuchten die Küchenzeile, das Sofa, die ungeöffneten Whiskeyflaschen, den spärlich gefüllten Kühlschrank. Adrian ist so selten in dieser Wohnung. Gebaut für eine einzelne Person und normalerweise leerstehend, beherbergt sie nun plötzlich zwei.

Finchs Worte hallen in seinem Kopf nach: *Ich hätte von Anfang an ehrlich zu ihr sein sollen.*

Er mag Ginny. *Sehr* sogar. Sie ist unglaublich witzig. Sie steckt voller Überraschungen. Sie versetzt ihn in einen zarten Rausch, selbst wenn er stocknüchtern ist. Aber ob sie wirklich eine gemeinsame Zukunft haben – das weiß er noch nicht. Das müsste er erst herausfinden. Dazu bräuchte er Zeit.

Nur dass Zeit leider das Erste war, was ihm das Investmentbanking geraubt hat.

Außerdem ist er müde. So schrecklich müde.

»Ginny.« Er dreht sich um und sieht ihr direkt in die Augen. Er wird es nur einmal sagen, und er hofft, dass sie es hört. »Ich mag dich auch. Wirklich.« Eine Pause. »Aber mein Leben ist momentan noch die Hölle. Ehrlich gesagt weiß ich nicht einmal, wie ich überhaupt noch die Augen offen halten kann. Ich hab zurzeit nicht ... Ich hab nicht die mentale Kapazität für eine richtige Beziehung.«

Es ist, als würde er einer Blume dabei zusehen, wie sie ihren Blütenkelch schließt.

»Aber das heißt nicht, dass ...« Adrian sucht nach den richtigen Worten. Er hat Beziehungen immer nur beendet. Er hat ihnen nie eine Chance gegeben. Nie zugelassen, dass sie wachsen. Er weiß nicht, wie das geht. »Ich mag dich wirklich sehr. Ich will nicht, dass wir uns nicht mehr treffen.«

Einen Moment lang wirkt Ginny völlig leer und ausdruckslos. Ihr Kiefer erschlafft. Ihr Blick rutscht weg. Ihre Brust bewegt sich nicht mehr, sie liegt so still da wie eine Puppe auf dem Dachboden, die langsam zustaubt.

Panik erfasst ihn. Jeden Moment wird sie anfangen zu weinen, denkt er. Sie liegt nackt in seinem Bett und wird in Tränen ausbrechen. Er will schon nach ihrer Hand greifen, aber dann hält er inne. Wendet den Blick ab. Das ist nicht seine Absicht gewesen. Er wollte doch nur, dass sie es versteht. Dass sie weiß, was sie erwartet. Er wollte nicht, dass sie in diese Beziehung geht und sich mehr erhofft, als er geben kann.

Doch bevor seine Panik weiter anschwellen kann, blinzelt Ginny zweimal und erwacht wieder zum Leben. »Sorry, tut mir leid. Ich hab nur ...« Sie räuspert sich. Lächelt. Stupst seinen Arm an. »Hast du noch was von diesem Kirschwein?«

Nach nur einem Glas Wein, das sie nackt unter der Bettdecke trinken, sagt Ginny, dass sie jetzt besser gehen sollte.

»Wirklich?« Adrian setzt sich auf, die Decke rutscht nach unten und schmiegt sich um seine Taille.

»Ja. Ich muss … Ich arbeite an einer neuen Rubrik für den Newsletter nächste Woche«, lügt sie.

Er blinzelt. »Ah, okay.«

Ginny schlüpft in ihr Crop-Top, den Slip, ihren Rock und die weißen Plateauschuhe. Sie beeilt sich, denn sie weiß, je länger sie bleibt, desto größer ist die Gefahr, dass sie in Tränen ausbricht. Sie hat sich so lange wie irgend möglich zusammengerissen, aber jetzt geht es nicht mehr. Sie spürt, wie sie langsam auseinanderfällt. Zuerst sieht Adrian nur verwirrt zu. Dann steht er auf und beginnt sich ebenfalls anzuziehen. Er schafft es allerdings nur bis zur Unterhose, denn Ginny hat sich bereits ihre Tasche über die Schulter geworfen, bereit zu gehen.

»Danke für den Wein«, sagt sie.

Adrian steht mit einem Fuß in der Küchenzeile, sein langer, nackter Oberkörper schwankt. Er scheint nicht zu wissen, was er mit seinen Händen machen soll. »Gern.«

Ginny macht einen Schritt auf ihn zu und umarmt ihn, schnell und fest. »Wir sehen uns.«

»Okay. Bis dann.«

Und schon ist sie aus der Tür und hastet die Treppe hinunter.

Sie rennt. Von Querstraße zu Querstraße, von einer Markise zur nächsten. Sie achtet kaum auf die Passanten. Menschen auf dem Weg zu einem Dinner oder einem Drink, in Outfits, die sie sechsmal anprobiert haben, für einen Abend voller Verheißungen.

Ginny hat vergessen, den Reißverschluss ihres Rocks zu schließen. Jetzt rutscht er ihr über die Hüfte.

Vier Jahre lang hat sie nicht mehr so für einen Mann empfunden, und jetzt fühlt es sich an, als würde das Leben aus ihrem Körper weichen. Sie kann nicht fassen, wie sehr es wehtut.

Aber sie hätte es wissen müssen. Seine vielen Absagen, das ewige Warten auf seine Antworten. Und immer musste *sie* die Verabredungen anstoßen. Natürlich hat er kein Interesse an einer Beziehung. Dieser ganze Quatsch mit dem ständigen Stress und Zeitmangel? Nichts als eine bequeme Ausrede. Schließlich ist er nicht der erste Mann, der »Ich will im Moment keine Freundin« anstatt »Ich will *dich* nicht als Freundin« sagt.

Tief in ihrem Inneren überrascht es sie nicht einmal. Es bestätigt nur, was sie sowieso schon weiß: dass sie kaputt ist. Irgendetwas an ihr verhindert, dass sie Liebe verdient – etwas Grundlegendes, etwas, das in ihr Knochenmark, ihre Muskelfasern eingeschrieben ist.

Liebe.

Es kann doch unmöglich Liebe sein, die sie für Adrian empfindet, oder? Zwei Monate. Es sind nur zwei Monate gewesen. Wenn Liebe ein Feuer ist, dann war er nur eine Kerze.

Aber selbst eine Kerze kann ein Inferno entfachen.

Ginny biegt um die letzte Ecke in die Sullivan Street. Die bekannten Schilder ziehen vorbei: *Brigadeiro*, *Pepe Rosso's*, *The Dutch*. Sie hätte nicht für möglich gehalten, dass man sich so leer fühlen kann.

Ihr halbes Leben lang hat sie sich das Essen verkniffen, um sich leer zu fühlen. Sie hat nicht geahnt, dass sie einfach nur ihr Herz hätte verschenken müssen – an jemanden, der es nicht will.

In Chelsea sitzt Adrian auf der Couch und macht einen Film an. Versucht, sich darauf zu konzentrieren. Sich von Ginny abzulenken.

Aber es klappt nicht. Er kann einfach nicht aufhören, an sie zu denken. Wie der Schmerz in sie gefahren ist. Wie ihr Blick plötzlich leer wurde. Wie schnell sie sich angezogen hat, als könnte sie seine Nähe nicht eine Sekunde länger ertragen. Dabei wollte er ihr nur klarmachen, wo er gerade steht – nicht die Sache endgültig beenden.

Ein furchtbarer Schmerz flammt in seiner Brust auf. Er krallt eine Hand in sein Hemd, knüllt den Stoff in seiner Faust. *Was ist das? Was zum Teufel passiert mit mir? Bin ich etwa …?*

Nein. Er will das Wort nicht einmal denken. Er kann es nicht. Er weiß, was passiert, wenn Liebe ins Spiel kommt. Er weiß, wie flüchtig sie ist. Wie glitschig. In der Liebe ist nichts verbindlich. Nichts sicher.

Wer wüsste das besser als er? Sein Stiefvater hat es ihm ja schon vor Jahren beigebracht.

Er hat nur den Blick für die Wahrheit verloren.

Adrian dachte, seine Mutter hätte aus Liebe geheiratet. So macht man das doch, oder? Man verliebt sich, man heiratet. Das war die Gleichung, die in Adrians neunjährigem Gehirn existierte. Als seine Mutter verkündete, dass sie nach Amerika ziehen würden, weil sie einen Mann namens Scott heiraten wolle, nahm er daher an, dass sie verliebt sei.

Er freute sich für sie. Sein ganzes Leben lang hatte seine

Anya nichts anderes getan, als zu schuften. Zu schuften und in die Kirche zu gehen. Selbst mit neun Jahren verstand er, dass das ihre Art war, mit dem frühen Tod seines Vaters fertig zu werden. Seine *Nagyanya* hatte das oft gesagt. Und obwohl ihm davor grauste, sein geliebtes Ungarn für ein fremdes neues Land zu verlassen, hoffte er, dass seine *Anya* dort Liebe finden und endlich glücklich werden würde. Vielleicht würde eine verliebte Mutter ja hin und wieder zu Hause sein. Vielleicht würde sie lächeln.

Damals glaubte er noch an die Liebe. Natürlich tat er das – schließlich hatte er den Großteil seiner Zeit mit *Nagyanya* und *Nagyapa* verbracht, die seit fünfzig Jahren verheiratet waren und immer noch Händchen hielten, wohin sie auch gingen. Ganz abgesehen davon, dass sie bei jeder Gelegenheit von der Liebe ihres verstorbenen Sohnes zu Adrians Mutter sprachen. Wie rein sie gewesen sei. Wie perfekt. Wie tragisch es war, als sie jäh zerriss. »Ihre Liebe hätte ein Leben lang gehalten«, pflegte *Nagyanya* zu sagen.

Die Hochzeit in Indiana war so ganz anders, als Adrian sie sich vorgestellt hatte. Er dachte, es würde Blumen geben, einen zärtlichen Austausch von Gelübden, eine Schar fröhlicher, Reis werfender Gäste. Stattdessen eine leere Kirche. Ein grauer Montagnachmittag. Ein Priester, dessen Stimme dumpf von den Wänden widerhallte und der die Zeremonie abhielt, als würde er aus einem Fachbuch vorlesen. Es gab keine Blumen. Keinen Reis. Nur einen kurzen Gottesdienst und ein verkrampftes Mittagessen in einem Restaurant mit klebrigen, holzvertäfelten Sitznischen und plastiklaminierten Speisekarten.

Trotzdem hatte Adrian noch Hoffnung. Ja, okay, seine Mutter hielt weder Scotts Hand noch schaute sie ihm liebevoll in die Augen, aber als sie schließlich die Tür zu seinem roten Backsteinhaus in der Meridian Street öffnete, als sie ihren Koffer abstellte und ihr Blick über den Treppenläufer und das Gemälde mit den drei Birnen schweifte, glaubte Adrian, ein kleines Lächeln auf ihrem Gesicht zu sehen.

Eine Woche verging. Zwei. Adrian richtete sich in seinem Zimmer ein und las zum wiederholten Mal seine Lieblingsbücher. Beatrix verließ jeden Morgen das Haus und kam erst zum Abendessen zurück. Sie hatte bereits Freunde gefunden. Sie gewöhnte sich ein. Manchmal sah er sie durch sein Fenster, wie sie mit einer Horde von Kindern auf Fahrrädern die Meridian Street hinunterfuhr. Ihr silberner Helm und ihr brauner Pferdeschwanz fügten sich perfekt in das Gruppenbild ein.

Adrian traute sich nicht, mitzumachen. Er hatte Angst. Und so verbrachte er seine Tage zu Hause bei Scott und seiner Mutter. Ihre Ehe war eine seltsame Angelegenheit. Sein Stiefvater sprach kein Ungarisch und seine Mutter nur rudimentäres Englisch. Ihre Unterhaltungen bestanden meist aus Nicken, einfachen Gesten und Schweigen. Manchmal lächelte seine Mutter über etwas, das Scott sagte. Einmal sah Adrian sogar, wie sie seine Hand drückte.

Ende August begann die Schule.

Adrian und Beatrix kletterten aus dem Fond von Scotts Wagen. Ihre Mutter saß am Steuer, da ihr Stiefvater mit seinem »Job« beschäftigt war, von dem immer nur so vage geredet wurde, dass Adrian keine Vorstellung hatte, womit Scott sein Geld verdiente. Sie trugen nagelneue JanSport-Rucksäcke auf dem Rücken. Beatrix nahm seine Hand und führte ihn über die Straße in Richtung der Steinmauer mit dem schmiedeeisernen Tor. Als sie sich dem Haupteingang der Park Tudor näherten, winkte Beatrix ihren neuen Freunden zu. Adrian fand, dass das Gebäude weniger wie ein Schulhaus aussah, sondern viel mehr wie eine Einrichtung, an die ein König seine Kinder schicken würde.

Der Unterricht war eine Katastrophe. Adrians Lehrerin

zwang ihn, sich vorzustellen, woraufhin er ein paar Sätze stotterte, die er am Morgen auf dem Klo auswendig gelernt hatte: »Mein Name ist Adrian Silvas. Ich bin neun Jahre alt. Ich komme aus Budapest.« Dann setzte er sich schnell auf seinen Stuhl mitten im Raum. Seine Klassenkameraden starrten ihn unverhohlen an. Den ganzen Vormittag über versuchte er, sich Notizen zu machen, aber er konnte seinen Blick nicht von den Lippen der Lehrerin lösen, die in rasendem Englisch einen Satz nach dem anderen abfeuerte. Sein Stift schwebte unbenutzt über dem leeren Notizbuch.

In der Mittagspause wollte sich Adrian eigentlich in die hinterste Ecke der Cafeteria verkriechen, einen seiner ungarischen Romane hervorholen und so tun, als würde er lernen. Doch kaum hatte er die Cafeteria betreten, war er umringt.

Und zwar von Mädchen. Dutzenden von Mädchen. Alle in Indiana geboren und aufgewachsen. Aufgeregt schnatterten sie auf ihn ein, berührten ehrfurchtsvoll seine Schultern und Arme. Als er sein Tablett nahm und zur Essensschlange ging, folgten sie ihm. Und als er das Tablett zu einem leeren Tisch trug, folgten sie ihm ebenfalls. Sie füllten die Bänke. Eine Riesenschar von Mädchen – und alle starrten sie ihn mit großen, neugierigen Augen an, eifrig tuschelnd. Ein paar Brocken schnappte er auf: »so süß« und »dieser Akzent!«. Sie buhlten um seine Aufmerksamkeit. Klimperten mit den Wimpern. Spielten mit ihren Haaren. Er hatte keine Ahnung, was er mit alldem anfangen sollte. Deshalb lächelte er die meiste Zeit und nickte in die Runde. Als die Glocke läutete, nahm ein hübsches Mädchen mit kurzen blonden Haaren seine Hand, und er dachte, er hätte vielleicht ohne sein Zutun seine erste Freundin gefunden.

Gut gelaunt ging er in die nächste Pause. Wenn die Mädchen ihn so schnell akzeptiert hatten, würden es die Jungen bestimmt auch tun.

Doch Fehlanzeige.

Draußen auf dem Schulhof fingen die Jungs an, »Soccer« zu spielen, die amerikanische Version von Fußball. Adrian mochte Fußball, in Ungarn hatte er oft mit seinem besten Freund Jozsef gekickt. Erwartungsvoll lächelnd betrat er den Bolzplatz.

Als er auf Ungarisch fragte, ob er mitspielen dürfe, bekam er keine Antwort. Die Jungs kehrten ihm den Rücken zu, während sie sich in Teams aufteilten. Als er versuchte, sich einzufügen, schubsten sie ihn aus dem Weg und liefen dann in ihre jeweiligen Spielfeldhälften. Der Einzige, der ihn überhaupt beachtete, war ein schlaksiger Viertklässler mit grüner Zahnspange. Er ließ sein Metallgebiss sehen, zischte etwas, das sich wie ein Schlag in die Magengrube anhörte, und spuckte Adrian auf die Schuhe.

Zu Hause kämpfte sich Adrian durch seine Hausaufgaben. Irgendwann gab er auf und schaltete den Fernseher ein. Er wechselte die Kanäle, bis ein Zeichentrickfilm erschien. Dann machte er es sich gemütlich und hoffte inständig, dass der Film auf magische Weise Englisch in sein Gehirn schaufeln würde.

Ein Monat verging. Zwei. In der Schule scharwenzelten die Mädchen weiterhin um ihn herum wie um eine Museumsattraktion. Die Blonde hörte auf, seine Hand zu halten, wurde aber schnell durch eine Rothaarige mit funkelnden Bernsteinaugen ersetzt. Die Jungen ignorierten ihn weiterhin.

Langsam und mühsam lernte er Englisch. Sein leeres Notizbuch füllte sich nach und nach mit halb verstandenen Sätzen. Einige Sätze lernte er schneller als andere, vor allem die, die er immer wieder hörte, wie »Keine Sorge, der versteht dich eh nicht« oder »Das kannst du dem Ausländer geben«.

Jeden Tag nach der Schule machte er seine Hausaufgaben, schaute ein paar Stunden fern und aß mit Beatrix und seiner *Anya* zu Abend. Scott war die ganze Zeit über weg. Bei der Arbeit. So groß, wie das Haus war, musste er einen wichtigen Job haben, dachte Adrian, aber er fand nicht heraus, worin der bestand. Und wenn er seine *Anya* fragte, wich sie immer aus.

War Scott doch mal zu Hause, beobachtete Adrian aufmerksam, wie er und seine Mutter miteinander umgingen. Wie sie sich umkreisten, wie sie in getrennten Schlafzimmern verschwanden, wie sie sich gelegentlich zulächelten. Er beobachtete sie und fragte sich: Ist das Liebe?

Es muss Liebe sein, sagte er sich. Warum sonst hätte seine Mutter ihn und Beatrix aus ihrem glücklichen Leben in Budapest reißen sollen? Warum sonst würde sie ihn dem Unterricht in einer völlig unverständlichen Sprache aussetzen – und Kindern, die über sein holpriges Englisch lachten und ihm Zettel zuwarfen, auf denen Wörter mit Bleistift gekritzelt waren? Wörter wie »langsam«, »zurückgeblieben« und »Nazi«, die er damals noch nicht verstand. All das würde sie ihm doch nicht antun, wenn es nicht um wahre Liebe ginge. Sein Leid musste doch etwas wert sein.

Das war Adrians feste Überzeugung. Und deshalb verstand er die Welt nicht mehr, als er zwei Jahre später – er hatte sich endlich an das Leben in den USA gewöhnt, die Stänkerer hatten von ihm abgelassen und er hatte Freunde gefunden – von der Schule kam und seine Mutter auf dem Bordstein vorfand, die Augen rot und verquollen, ihr Hab und Gut in Kartons neben sich. Er verstand nicht, warum sie an Beatrix' Schulter zusammensackte. Er verstand nicht, als sie sagte: »Ich habe heute die letzte Zahlung geleistet.« Und erst recht verstand er nicht, als sie sagte: »Er ist jetzt fertig mit uns. Er schmeißt uns raus.«

Einen ganzen Monat lang kam seine Mutter nicht aus dem Bett.

Nachdem Scott sie aus dem Haus in der Meridian Street geworfen hatte, zogen sie in eine winzige Doppelhaushälfte mit zwei Zimmern in der Westside, dem einzigen Viertel, das sie sich leisten konnten. Adrian flehte seine Mutter an, mit ihnen zurück nach Budapest zu gehen. »Warum sollten wir noch bleiben?«, fragte er auf Ungarisch, während er die Kisten auspackte. Seine Mutter lag bereits im Bett. Kein Laken, keine Bezüge, nur eine karge Matratze. »Jetzt, wo deine Ehe vorbei ist, was hält uns denn noch hier?«

»Nichts«, sagte sie auf Ungarisch.

»Und?«

»Das war's mit meinen Ersparnissen, Adrian. Alles ist weg.« Ihre Stimme wurde brüchig. »Er hat das Geld bekommen, damit er mich heiratet. Wovon soll ich uns Rückflugtickets kaufen?« Dann rollte sie sich auf die Seite und schloss die Augen.

Zu dem Zeitpunkt war Adrian elf. Zwei Jahre klüger. Er übernahm es, sich um seine Mutter zu kümmern. Beatrix war keine Hilfe. Sie war inzwischen fünfzehn, ging spät aus dem Haus und kam noch später wieder heim, leicht säuerlich nach Alkohol riechend.

Westside war keine sichere Gegend. Verfallene Häuser. Bröckelnde Ziegel. Müll in den Vorgärten. Schrotflinten in den Schränken. »Jeder hat eine«, sagte ein Junge, den er im Viertel traf. »Man bekommt sie im Walmart. Mein großer Bruder hat uns auch welche gekauft.«

Abends saß Adrian bei seiner Mutter und las ihr auf Ungarisch vor. Bücher für Erwachsene, für die er selbst noch zu jung war. Dabei dämmerte seine *Anya* immer wieder weg. Wenn sie wach war, reagierte sie selten auf die Geschichten, aber er hoffte, dass sie trotzdem zuhörte.

So geht es einem, wenn man sein Vertrauen in einen anderen Menschen setzt, dachte er, während er beobachtete, wie sie im Schlaf zuckte, die Fäuste auf dem Laken geballt, als wäre sie in einem Albtraum gefangen. *Das ist es, was einem die Liebe beschert.* Er hatte gehofft, seine Schuldgefühle am Tod seines Vaters überwinden zu können, indem er die neue Liebe seiner Mutter akzeptierte, sie in ihrem verdienten Glück unterstützte.

Stattdessen wurden seine Schuldgefühle nur noch größer.

Er strich seiner Mutter eine Haarsträhne hinters Ohr. Sie wimmerte leise.

Mir soll so was nicht passieren, dachte er. *Ich will das nicht, nie.*

Ginny schlurft den Flur entlang ins Wohnzimmer. Sie hat nicht damit gerechnet, dass noch jemand wach ist, und ist überrascht, Finch auf der Couch sitzen zu sehen, die Füße auf dem niedrigen Tisch.

»Hey, wie war dein Da…?« Finch verstummt, als er ihr verquollenes Gesicht sieht. »Gin? Scheiße – bist du okay?«

»Alles gut.« Der letzte Mensch, mit dem sie jetzt reden will, ist Finch. Oder vielleicht ist er der Erste, mit dem sie reden will, was noch schlimmer wäre. Sie wendet sich ab und steuert auf ihr Zimmer zu, aber Finch ist schneller und stellt sich vor die Tür.

»Was ist passiert?«, fragt er.

»Nichts.«

»Du lügst.«

Sie versucht, sich an ihm vorbeizudrängen. Wieder stellt er sich ihr in den Weg.

»War es Adrian?« Er klingt jetzt wütend. »Was hat er dir angetan?«

Ruckartig hebt sie den Kopf und sieht ihn an. »Was kümmert dich das?«, schnauzt sie. »Auf dem College war ich dir doch auch egal. Seit wann bin ich dein Problem?«

Er weicht zurück. »Was redest du da? Du bist meine engste Freun…«

»Wage es bloß nicht, das zu sagen.« Liegt es daran, dass sie zu viel getrunken hat? Sie merkt selbst, wie der Wein und die Margaritas in ihrem Kopf strudeln und sie Worte ausspucken lassen, die sie nüchtern nicht sagen würde. »Wage es bloß nicht, uns als engste Freunde zu bezeichnen. Ja, wir sind in derselben Clique. Ja, wir tun so, als hättest du mich nicht zweimal für deine Ex-Freundin weggeworfen.« Sie schluckt. »Wir tun so – aber wir wissen beide, dass es nicht stimmt.«

Und da ist sie wieder. Die besagte Nacht im letzten Studienjahr. Die Nacht, die sie sich beide nicht eingestehen wollen. Die Nacht, als Ginny auf einer Party zu viel getrunken hatte und in Finchs Zimmer gelandet war, auf seinem Bett, und ihm schluchzend und nach Luft ringend ihre unterdrückten Gefühle der letzten drei Jahre gestand. Die Nacht, in der er ihr gesagt hatte, dass er ihre Gefühle nicht erwiderte. Dass sie allein war. Wie immer.

»Ginny …«, beginnt er.

»Nein.« Sie weicht zurück. »Lass es, Alex. Mir reicht's auch so schon.«

Er öffnet den Mund. Greift mit einer Hand von oben an seine Augenbraue und reibt sie – ein nervöser Tick von ihm. Die Hand kommt wieder herunter. »Das weiß ich. Und deshalb mache ich mir Sorgen.«

»Ach, wirklich? Halte ich dich nachts vom Schlafen ab?«

»Mehr, als du glaubst.«

Wieder versucht sie, an ihm vorbeizukommen, aber Finch hält sie am Ellbogen fest. Ihr stockt der Atem. Sie weiß, sie sollte ihn wegstoßen, aber … »Was ist?«

Er blickt sich im Wohnzimmer um. »Komm. Setz dich.« Er geht zum Barwagen, schenkt zwei Gläser Whiskey ein und reicht ihr eines. »Erzähl mir, was passiert ist.«

Sie will schon abwinken. Ihm sagen, er solle sich zu Hannah verpissen. So wie immer. Aber was würde ihr das bringen? Also lässt sie sich auf die Couch sinken und nimmt einen Schluck Whiskey. Sie spürt ein glutvolles Brennen, anders als bei Wodka oder Tequila. »Er will nicht mit mir zusammen sein.«

Finchs Gesicht verzieht sich vor Mitleid. So ist er – absolut inbrünstig im Ausdrücken seiner Gefühle. »Das tut mir leid, Gin!«

»Es tut weh.«

»Ich weiß.«

»Und ich …« Sie legt den Kopf zurück und kippt den Whiskey in einem Zug runter. »Ich hab's einfach satt, verstehst du? Ich hab's satt, immer diejenige zu sein, die niemand will.«

Finch blickt zu Boden. Bleiernes Schweigen breitet sich zwischen ihnen aus, aber Ginny ist das egal. Soll er sich doch schlecht fühlen. Soll er ruhig wissen, wie sehr er sie verletzt hat.

»Ich hab dich angelogen«, sagt er leise. »Du weißt schon, damals in der Nacht im letzten Studienjahr. Ich hab gelogen.«

»Du …« Sie hält inne. »Was?«

»Als du gesagt hast, du magst mich. Hab ich gelogen. Ich … ich hab dasselbe gefühlt.« Er stellt sein Glas auf seinem Knie ab und fasst sie wieder am Ellenbogen. »Mein Gott, natürlich habe ich dasselbe gefühlt, Gin.«

»Und warum hast du dann nichts …?«

»An dem Morgen hatten Hannah und ich gerade telefoniert und beschlossen, es noch einmal zu versuchen.« Er schluckt. »Ich konnte … Ich konnte es dir nicht sagen, ohne sie zu hintergehen.«

Sie schüttelt den Kopf. »Das … Ich wusste nicht …«

»Ich weiß.« Die Farbe seiner Augen – so vertraut – erinnert sie an Treibholz. »Ich hab's bereut, sobald du aus der Tür warst.«

Ihre Brust hebt und senkt sich, Luft strömt ein und aus, wie Wasser durch einen gebrochenen Damm. »Wie lange?«, fragt sie. »Wie lange fühlst du schon so?«

Ein trauriges Lächeln umspielt seine Mundwinkel. »Von Anfang an. Seit ich dich kenne.« Als er ihren Ellbogen loslässt, wogt warme Sommerluft an die Stelle, wo er eben noch war.

»Es ist seltsam.« Er schaut weg, sein Fuß tippt auf den Teppich. »Bevor ich auf die Uni ging, dachte ich, ich hätte einen Plan. Ich dachte, Hannah und ich würden heiraten, ich würde arbeiten und nebenbei Musik machen, und wir würden einen Haufen Kinder bekommen und bis ans Ende unserer Tage glücklich zusammenleben.« Er sucht Ginnys Blick. »Und dann bist du in mein Leben geplatzt.«

Sie nimmt die Whiskeyflasche und schenkt sich noch ein Glas ein.

»Du hast alle meine Pläne durchkreuzt«, sagt er.

»Tut mir leid.«

»Mir nicht.« Er lächelt. Dann steht er auf und steuert auf sein Zimmer zu. Als er die Tür schon geöffnet hat, hält er noch einmal inne. »Ich bin glücklich mit Hannah. Das bin ich wirklich. Aber manchmal …« Er blickt über seine Schulter und sieht sie nur eine Sekunde zu lange an. »Manchmal frage ich mich, ob ich mich richtig entschieden habe.«

Nachdem Finch in seinem Zimmer verschwunden ist, sitzt Ginny mindestens fünf Minuten lang da, starrt auf seine Tür und hört seinen letzten Satz in Endlosschleife.

Manchmal frage ich mich, ob ich mich richtig entschieden habe.

War das eine Andeutung? Hat er vor, mit Hannah Schluss zu machen? Ginny hat Finchs Freundin ein- oder zweimal gesehen, als sie ihn in Harvard besucht hatte. Sie ist nett. Ginny wünscht ihr nichts Schlechtes, nur …

In ihrer Brust flattert eine zarte, aber berauschende Hoffnung auf.

Sie weiß, dass sie es nicht tun sollte: dass sie ihr Herz nicht in die Hände von jemandem legen sollte, den sie nicht haben kann.

Aber wenn sie an die Alternative denkt, an das Meer aus Dunkelheit, in dem sie auf dem Heimweg zu versinken drohte, verkrampft sich jeder einzelne Muskel ihres Körpers. Sie erträgt die Traurigkeit nicht, die in ihr aufsteigt, sobald sie an Adrian denkt. Sie will nicht darin ertrinken.

Warum sollte sie sich also nicht eine neue Verliebtheit gönnen? Warum nicht nach dem Rettungsring greifen, der so dicht vor ihr treibt – zumal der Betreffende ja schon vergeben ist und ihre Beziehung nirgends hinführen kann?

Sie atmet ein. Atmet aus.

Okay, Schluss, das war's. Sie wird Adrian nicht mehr hinterherlaufen. Sie wird ihm keine Nachrichten mehr schicken, nicht mehr auf seine Instagram-Storys reagieren. Wenn er sie wirklich mag, wird er sich bei ihr melden. Und wenn er sich nicht meldet?

Dann hat sie ihre Antwort.

Nachdem auch Ginny sich in ihr Zimmer verzogen hat, holt sie zum ersten Mal seit Wochen ihr Tagebuch hervor. Sie starrt auf die weißen Seiten. Alle Blätter leer. Seit ihrer Ankunft in New York hat sie nichts geschrieben. Sie hat keine Geschichte, die sie aufschreiben könnte. Weder hat sie eine Figur noch eine Handlung noch einen Schauplatz. Sie hat nur einen einzigen Satz. Zwölf Wörter, die ihr im Kopf herumschwirren. Sie kritzelt sie auf eine der Seiten. Als sie aus ihrem Körper heraus sind, klappt sie das Tagebuch erschöpft wieder zu.

Wir sagen uns die Wahrheit erst, wenn es schon zu spät ist.

Zwei Wochen später.

Egal, wie sehr Adrian sich auf die Arbeit konzentriert, sein Blick schweift immer wieder zu seinem Handy, seine Gedanken wandern zu Ginny.

Das geht schon seit Tagen so. Das Fragenkarussell dreht und dreht sich: *Warum ist sie bei ihrem letzten Date so überstürzt gegangen? Warum hat sie ihm seither nicht mehr geschrieben? War es wirklich wegen dem, was er gesagt hat?* Es ist nicht so, dass er sich plötzlich anders entschieden hätte – *für* eine Beziehung. Das wäre mit seinem Terminkalender einfach nicht zu machen. Aber ihre Anwesenheit ist ihm so vertraut geworden, ihr Lächeln, die Wärme ihres Körpers. Er empfindet ihre Abwesenheit als Schock. Als wäre ein alter Freund weggezogen, ohne vorher ein Wort darüber zu verlieren.

Sein Telefon vibriert. Er wirft einen Blick aufs Display. Es ist eine Mail an seinen privaten Account – von der Abteilungsleiterin für Internationale Strategie bei Disney, mit der er gestern sein Endrunden-Gespräch geführt hat.

Hallo Adrian,
ich fand Sie in unserer gestrigen Unterhaltung sehr überzeugend. Inzwischen habe ich mit meinem Team gesprochen, und wir sind uns einig, dass Sie gut zu uns passen würden. Ich freue mich deshalb, Ihnen ein offizielles Stellenangebot als Analyst für unsere Osteuropa-Abteilung zu unterbreiten. Sie werden von unserem New Yorker Firmensitz aus arbeiten. Sollten Sie sich entscheiden, das Angebot anzunehmen …

Adrians Herz beginnt zu hämmern. Hektisch öffnet er die Nachrichten-App, um es Ginny mitzuteilen. Er ist frei. *Er ist endlich frei!* Er scrollt nach unten, zu ihrem Kontakt – und dann fällt es ihm wieder ein.

TEIL 3

EIN JAHR SPÄTER

E*igentlich müsste ich viel nervöser sein*, denkt Adrian. Er sitzt auf der rissigen Lederrückbank eines 1974er Suburban, dessen betagter Taxifahrer ihn vom Ferenc Liszt International Airport zu Tristans Haus in Hegyvidék kutschiert, dem noblen zwölften Bezirk von Budapest.

Es fühlt sich seltsam an, nicht direkt zum Haus seiner Großeltern in Szentendre zu fahren. Der Stadtteil, den sie gerade durchqueren, hat nichts mit der Künstlerkolonie gemein, in der er aufgewachsen ist. Hier sind die Grundstücke von hohen Zäunen umgeben. Riesige Privatanwesen in einer hügeligen Landschaft, gesichert von Wachpersonal. In den Auffahrten europäische Sportwagen. Er kann den Reichtum, der von den Hanggrundstücken herüberweht, praktisch riechen, selbst durch die geschlossenen Fenster des Suburban.

»Besitzen Sie ein Haus hier?«, fragt der Fahrer auf Ungarisch.

»*Nem*. Aber ein Freund von mir. Oder besser gesagt, seine Eltern.«

Die Einladung seiner ehemaligen Mitbewohner, sie auf ihrem einwöchigen Ungarn-Trip zu begleiten, hatte Adrian überrascht. Seit es mit Ginny vorbei ist, hat er die Jungs kaum noch gesehen. Es ist nichts Persönliches. Der neue Job bei Disney füllt sein Sozialleben komplett aus. Sein Kalender ist vollgepackt mit Happy Hours, Workshops und Teambuilding-Seminaren. Für seine College-Freunde bleibt schlicht keine Zeit. Umso erstaunlicher, dass sie nach seinen vielen Absagen noch Lust haben, mit ihm zu verreisen.

Vielleicht hatten sie aber auch nur Skrupel, ohne ihren ungarischen Freund nach Ungarn zu fliegen.

Für ihn hätte die Reise jedenfalls zu keinem besseren Zeitpunkt kommen können. Gerade hat er sein erstes großes Projekt bei Disney abgeschlossen. In einem zehnmonatigen Kraftakt hat er eine Strategie für den neuen Streaming-Dienst in Übersee entwickelt, mit besonderem Fokus auf Osteuropa inklusive Ungarn.

Für Disney zu arbeiten klingt sexy, aber das ist es nicht. Auf der Leinwand sind Disney-Inhalte fast magisch, doch hinter den Kulissen arbeitet ein Milliardenkonzern. Und diese Arbeit besteht – wie bei anderen Konzernen auch – vor allem aus Bürokratie, Bonus-Zahlungen und Bullshit.

Trotzdem liebt Adrian jede einzelne Sekunde davon.

Denn auch wenn er die Leinwandträume nicht selbst produziert – *er* macht sie Kindern zugänglich. Kindern, wie er früher eines war. Kindern, die in den Häusern ihrer Großeltern in Ungarn, Bulgarien oder Rumänien auf dem Fußboden liegen und Zeichentrickfilme sehen wollen.

Der Streaming-Dienst war vor zwei Wochen weltweit angekündigt worden. Der krönende Abschluss fast eines Jahres harter Arbeit und für Adrian die perfekte Gelegenheit, Urlaub zu machen. Drei Wochen hat er sich freigenommen: eine für seine Freunde, zwei für seine Großeltern.

Das Haus, zu dem er gerade fährt, gehört Tristans Vater, der es den Monat über seinen Mitarbeitern zur Verfügung gestellt hatte. Ein Company-Retreat. Offenbar bietet er ihnen jedes Jahr andere attraktive Locations: Costa Rica, Singapur, London … Er ist unfassbar erfolgreich. Er leitet einen der größten Hedgefonds in New York und wurde einmal vom Wall Street Journal wegen seiner Angewohnheit porträtiert, unliebsame Sitzungen abzukürzen, indem er sich im Konferenzraum auf den Boden legt und schlafend stellt. Es ist kein Geheimnis, dass

Tristan sein bisheriges Leben damit verbracht hat, dem Erfolg seines Vaters nachzueifern. Man muss ihn nur betrunken machen, dann redet er freimütig darüber.

Aber Adrian ist nicht wegen Tristan aufgeregt, sondern wegen Ginny. Ginny, die mit den drei anderen in dem Haus sitzt, trinkt und auf ihn wartet.

Seit dem Abend, an dem Adrian ihr gesagt hat, dass er sich eine feste Beziehung nicht vorstellen kann, hat sie sich nicht mehr bei ihm gemeldet. Und obwohl er eigentlich erleichtert sein sollte – wie jemand, der einer Pistolenkugel ausgewichen ist –, fühlt er sich seit der Funkstille seltsam leer und beraubt. Es kommt ihm vor, als hätte er etwas verloren, von dem er nicht gewusst hatte, dass er es besitzt.

Jetzt werden sie also eine Woche gemeinsam verbringen, und er hat keine Ahnung, wie sie sich ihm gegenüber verhalten wird. Wird sie herzlich sein? Oder abweisend? Wird er in ihrer Gegenwart die gleiche wundersame Wohligkeit spüren wie früher – wie von einer warmen, kuscheligen Decke umhüllt? Oder wird es einfach nur peinlich und unangenehm? Vor ein paar Wochen hat er gehört, Finch und Ginny seien jetzt ein Paar, und dann wieder hieß es, dass Finch noch immer mit seiner Highschool-Freundin zusammen sei. Er weiß nicht, was stimmt.

Aber er wird es wohl bald herausfinden.

Ginny ist geradezu süchtig nach Finch. Während sie an der Terrassenbar zwei Gläser Wein einschenkt, schielt sie immer wieder zu seinem Liegestuhl am Pool, sie kann nicht anders. Und jedes Mal, wenn sie das tut, fängt sie seinen Blick auf, weil auch er sie ansieht.

Dann schaut sie schnell weg, bevor Clay und Tristan es bemerken. Nicht, dass es die beiden überraschen würde. Sie wissen genau, was zwischen ihr und Finch läuft, auch wenn sie es mit keinem Wort erwähnen.

Hinter einem der vielen Hügel von Hegyvidék geht allmählich die Sonne unter und taucht Budapest in goldenes Licht. Das Haus schmiegt sich oben an einen Bergkamm. Von der Poolterrasse haben sie einen perfekten Blick über das Tal. Sanfte grüne Wellen, gespickt mit Pinien und bunten Dächern.

Von der Terrasse führt eine Steintreppe hinunter zum Pool, in den sich ein dreistufiger Wasserfall ergießt. An seinem oberen Ende befindet sich ein Whirlpool. Hinter dem Schwimmbecken liegt der Garten mit schattenspendenden Apfel- und Kirschbäumen. Es ist mit Abstand das schönste Anwesen, auf das Ginny je einen Fuß gesetzt hat.

Sie ist mit Camping-Urlauben groß geworden. Die Murphys haben ihre Ferien am liebsten in einem aufgemotzten Wohnwagenauflieger verbracht, Baujahr 1995, mit drei Etagenbetten. Alle fünf Kinder und ein Hund fanden darin Platz. Mit diesem Camper erkundeten sie jeden Winkel der Vereinigten Staaten. Die Motels oder Frühstückspensionen, in denen sie hin und wieder übernachteten, hatten nie mehr als drei Sterne,

Abendessen gab's im *Applebee's* schräg gegenüber, und die Mitternachtssnacks kamen aus dem Automaten.

Dieses Haus hier – und überhaupt das ganze Leben, das Ginny jetzt führt – ist eine überraschende Konsequenz ihres Harvard-Stipendiums. Ginny hatte sich so zielstrebig darauf konzentriert, das Richtige zu tun – den richtigen Weg einzuschlagen, die richtigen Noten zu bekommen, den richtigen Sport zu treiben, an der richtigen Uni aufgenommen zu werden –, dass sie nie darüber nachgedacht hat, wie drastisch sich ihr Leben allein durch die Menschen verändern könnte, die sie dabei kennenlernen würde.

Sie zückt ihr Handy und schreibt ihrer Mutter kurz, dass sie gut angekommen ist und immer noch vorhat, am kommenden Samstag nach New York zurückzufliegen. Wenn Ginny erstaunt ist, welche Wendung ihr Leben genommen hat, dann ist ihre Mutter geradezu beseelt davon: Ihrer Tochter steht die Welt offen, sie hat Möglichkeiten, die sie selbst nie hatte.

Ginny steckt das Handy zurück, schnappt sich die Weingläser, schließt die Kühlschranktür mit einem Hüftschwung und verlässt die Bar, eine Insel aus Granit samt Pizza-Steinofen und Grill. Zurück bei den Jungs setzt sie sich aufs Fußende von Finchs Liegestuhl, verschränkt die Beine und reicht ihm ein Glas. Er zwinkert ihr zu.

Dieser Urlaub kommt genau zur richtigen Zeit. Nachdem sie sich ein Jahr lang den Arsch aufgerissen hat, um Kam zu beeindrucken, hat ihre Chefin sie endlich zum Personalgespräch eingeladen – und tatsächlich zur Senior Managerin befördert. Alles läuft nach Plan.

Außer, wenn es das nicht tut.

Ginny weiß, dass es falsch ist, wie nahe sie und Finch sich gekommen sind. Nicht, weil Männer und Frauen nicht befreundet sein können. Sie selbst hat diesen Mythos oft genug widerlegt. Nein – es ist falsch, weil Finch immer noch mit Hannah zusammen ist. Und weil Finch und Ginny eben weit mehr sind als nur befreundet, auch wenn sie sich nach außen hin so geben.

In ihrer Freundschaft liegt etwas Verlockendes, Verführerisches. Vielleicht ist es die Art, wie sie sich ansehen – immer einen Tick zu lange, immer mit etwas Hintergründigem im Blick. Vielleicht ist es aber auch das ständige Hin und Her und Auf und Ab. Die Art und Weise, wie Ginny an einem Tag beschließt, die Sache zu beenden, nur um am nächsten Tag auf Finchs Bett zu sitzen und so viel zu lachen wie die ganze Woche nicht.

Finch ist der Erste, den sie anruft, wenn etwas schiefgeht, und der Erste, dem sie schreibt, wenn etwas gut läuft. Früher waren Clay und Tristan ihre ersten Ansprechpartner, aber von ihnen, ihren beiden engsten Freunden, hat sie sich nach und nach immer weiter entfernt. Das ist traurig, aber so etwas passiert wohl, wenn man erwachsen wird. Freundschaften verändern sich. Werden enger oder lösen sich langsam. Zwischen ihr und Finch – das ist jedenfalls etwas Besonderes.

In der Sullivan Street sitzt sie immer neben ihm auf der Couch. Er hat ihre Lieblings-Country-Songs auf der Gitarre einstudiert, und sie singen sie gemeinsam, wobei ihre Stimme neben seiner erstaunlich rau und tief klingt. Sie verbringen so viel Zeit miteinander, dass sie genauso gut eine Beziehung haben könnten. Und emotional betrachtet haben sie das auch.

Nachts, wenn sie sich selbst befriedigt, stellt sie sich vor, wie Finch nur wenige Meter entfernt ebenfalls wachliegt. Sie malt sich aus, wie sie aus dem Bett steigt, mit nichts als ihrem BH am Leib, und zu ihm rüberhuscht. Wie sie zu ihm ins Bett kriecht. Seine Boxershorts auszieht. Ihn in sich gleiten lässt. Sie kann sich niemand anderen vorstellen. Sie will keinen anderen. Und sie weiß, dass er sich das Gleiche vorstellt.

»Ginny, er hat eine Freundin«, sagte Clay eines Abends, als sie im *Dream Baby* auf ihre Shots warteten. Die letzte halbe Stunde hatten Ginny und Finch nonstop und ziemlich eng miteinander getanzt, immer in Kreisen um ihren Tisch.

»Ich weiß«, sagte sie und sah zu, wie der Barkeeper je eine Limettenspalte auf ihre Gläser legte. »Wir sind nur Freunde.«

»Ach ja?«

»Ja, natürlich. Oder hast du uns schon mal knutschen sehen?«

»Nein.« Clay beugte sich über die Rechnung und gab dem Barmann ein Trinkgeld. »Ich mach mir einfach nur Sorgen um dich, verstehst du?«

»Ach, komm schon, wir reden hier über Finch – einen deiner besten Freunde.«

»Stimmt. Und du bist meine beste Freundin. Und so, wie Finch mit Mädchen umspringt …«

Ginny hielt Clay den Tequila hin. »Du machst dir zu viele Gedanken.«

Aber natürlich hatte er den wunden Punkt genau getroffen. Sie wusste allerdings, dass es nichts bringen würde, ihm zu erklären, welche besondere Energie zwischen ihr und Finch floss und was ihre Beziehung ausmachte – er würde es nicht verstehen. Sie verstand es ja selbst kaum. Sie wusste nur, dass die Zeit in Finchs Gegenwart nicht existierte. Dass Stunden zu Minuten werden konnten.

Es gab aber auch schwierige Momente. Finch ist launisch. So schnell, wie er lacht und Geschichten hervorsprudelt, so schnell kann er auch sarkastisch und zynisch, ja, fast grausam werden. Ginny hasst es, wenn diese Seite zum Vorschein kommt. Dann vermisst sie ihren besten Freund.

»Adrian ist gleich da«, sagt Clay und legt sein Handy zurück auf den Steintisch neben seinem Lounge-Sessel.

»Na endlich«, sagt Tristan. »Ich kann's nicht fassen, dass er nur wegen der Arbeit einen Tag später kommt. Er ist doch gar nicht mehr in der Finanzbranche.«

Adrian.

Adrian steht gleich vor der Tür. Ginny spürt ein nervöses Ziehen in der Magengegend. Nur ganz leicht – kein Vergleich zu dem panischen Schraubzwingen-Gefühl von vor Monaten. Seit Finch hat sich alles verändert.

Ihre Beziehung zu ihm ist ganz anders als die zu Adrian. Es gibt kein langes Schweigen mehr. Sie sitzen nicht herum und fragen sich, was der andere denkt. Sie erzählen sich alles. Sie erzählen sich sogar zu viel. Adrian ist wie ein weit entfernter Traum. Ginny kann nicht glauben, dass sie jemals Tränen wegen ihm vergossen hat. Wie konnte sie das, was zwischen ihnen war, für Leidenschaft halten? Wie konnte sie nur glauben, dass es Liebe war?

Das heißt aber nicht, dass es sie nicht nervös macht, ihn gleich wiederzusehen.

»Soll ich den Grill anschmeißen?«, fragt Clay. Mit ihren vierundzwanzig Jahren lieben die vier es, sich erwachsen zu geben, Wein zu trinken und sich ihr Abendessen selbst zuzubereiten. In einem Haus zu wohnen, das einem ihrer Väter gehört.

»Klar.« Tristan steht auf und stellt sein Rotweinglas auf den Tisch. »Komm, wir suchen das Fleisch aus.«

Clay und Tristan gehen zu der großen Fenstertür, die ins Haupthaus führt. Als sie außer Sicht sind, dreht sich Finch zu Ginny um. »So. Adrian also«, sagt er.

Sie streicht sich ein unsichtbares Haar vom Arm. »Was ist mit ihm?«

»Glaubst du, ihr bandelt in dieser Woche wieder an?«

Sie lässt ihre Hand sinken und schaut in den Sonnenuntergang. »Vielleicht.«

»Verstehe.«

So läuft es, das Spiel, das sie spielen. Sie tun so, als wäre es völlig egal, was der oder die andere tut. *Wie gut kann ich Lässigkeit vortäuschen? Wie weit kann ich dich wegstoßen, bevor wir wieder aufeinander zufliegen?*

Es ist ein toxisches Spiel. Ein zerstörerisches.

Ginny ist völlig süchtig danach.

Kies knirscht unter den Reifen des Suburban, als sie in die Auffahrt einbiegen. Adrian späht durch die Windschutzscheibe. Hoch über ihnen thront eine Villa, die aussieht wie die Residenz des Paten höchstpersönlich: Stuckverzierungen, Erkerfenster, ein doppeltüriges Eingangsportal und auf der Ostseite eine lauschige Frühstücksterrasse.

Adrian kann nicht glauben, dass er eine ganze Woche in diesem Haus verbringen wird.

Der Fahrer parkt den Wagen. Adrian öffnet die Seitentür und lässt die Abenddämmerung ins Wageninnere. Als er die Kiesauffahrt betritt, hört er ein Geräusch vom Haus, und als er hochblickt, sieht er, dass die Eingangstür weit aufschwingt.

»Alter!« Clay joggt als Erster heraus, ein Wirbel roter Haare. »Du hast es geschafft!«

Adrian grinst, als Clay ihn umarmt. »Knapp.«

»Hat Walt dich so hart rangenommen?«

»Du weißt schon, dass er seit ungefähr fünfzig Jahren tot ist?«

Clay geht zum Kofferraum und schnappt sich Adrians Gepäck. »Ach komm, der traktiert seinen Vorstand doch bestimmt noch mit Anweisungen aus dem Jenseits.«

»Und Gates liefert die passende Software.« Adrian schultert seinen Rucksack.

»Die neueste Version: Microsoft Afterlife.«

»Outlook Beyond.«

»Moment, gründet ihr zwei Freaks etwa gerade ein Unternehmen? Ohne mich?«, tönt es vom Eingang. Tristan lehnt mit einem Glas Rotwein im marmornen Türrahmen.

»Würde uns nie einfallen«, sagt Adrian.

»Dann ist ja gut.« Tristan stößt sich vom Türrahmen ab und schlendert seinen Freunden entgegen. »Ohne meine Finanzweisheit wärt ihr nämlich aufgeschmissen.«

»Schon klar.«

Sie umarmen sich, dann führt Tristan ihn hinein und deutet mit seinem Weinglas auf die verschiedenen Flügel des Hauses. Als er beiläufig erwähnt, wie viel der Mr. Brainwash im zweiten Stock wert ist, droht Clay Tristan, ihm den Mund mit Zahnseide zuzunähen. Adrian wird bei dem Geplänkel ganz warm ums Herz. Er fühlt sich an die zahllosen Abende rund um den Couchtisch in der Sullivan Street erinnert.

»Und das hier ist die Küche.«

Tristans Stimme lenkt Adrians Aufmerksamkeit auf den riesigen Raum, den sie gerade betreten. Der Boden besteht aus Marmor, die hohe Decke aus Holz. In der Mitte befindet sich eine grau-weiß gekachelte Kochinsel, an den Wänden reihen sich Dutzende Schränke und Side-by-Side-Kühlschränke mit Mattglastüren aneinander. Der blitzblanke Bertazzoni-Herd sieht aus, als käme er frisch aus einer Profi-Küche in der Emilia-Romagna. Und so, wie Adrian Tristan kennt, tut er das wahrscheinlich auch.

»Nicht schlecht«, sagt Adrian, als er ins angrenzende Wohnzimmer späht. Die Couch dort bietet wahrscheinlich bequem fünfundzwanzig Personen Platz.

Als er sich umdreht, bleibt sein Blick an zwei Gestalten hängen, die dicht nebeneinander auf einem Liegestuhl am Pool sitzen. Ginny und Finch.

Adrians linke Faust zuckt.

Clay folgt seinem Blick. »Ah«, sagt er. »Ja. Das glückliche Paar.«

»Dann sind sie also …?«

»Nein.« Clay schüttelt den Kopf. »Finch ist immer noch mit Hannah zusammen. Frag nicht, warum, keine Ahnung. Er ist eindeutig in Ginny verknallt.«

»Ziemlich eindeutig …«, murmelt Adrian.

Clay wirft ihm einen Seitenblick zu, als wolle er noch etwas sagen, aber das tut er nicht. Und Adrian ist ihm dankbar dafür, denn genau in diesem Moment sieht Ginny auf und entdeckt ihn durch die Fenstertür. Ihre Augen werden groß. Sie löst ihre Füße aus der Verknotung mit Finchs Beinen, springt auf, rennt zur Tür und stößt sie auf. Ihre schulterlangen Haare fliegen um ihr Gesicht, ihre Wangen sind rosig, die Zähne blitzen. Noch nie hat Adrian jemanden erlebt, der sich so aufrichtig freut, ihn zu sehen.

Doch als sein Blick an ihrem Körper hinabwandert, wird ihm kalt.

Ginny hat abgenommen, seit er sie das letzte Mal gesehen hat. Ihre Wangen wirken wie frisch ausgehobene Gruben, die Wangenknochen ragen heraus wie die zurückgelassenen Spaten. Ihre Schlüsselbeine treten so deutlich hervor, als wollten sie die Körperhülle sprengen.

Wo ist ihr Gewicht geblieben?, fragt sich Adrian. *Sie hatte doch sowieso kein Gramm zu viel am Leib.*

Es spielt sich alles innerhalb einer Sekunde ab, einer einzigen. In dem Moment, in dem ihr Blick auf Adrian fällt, ist jede Gewissheit, jede Überzeugung, die sie noch kurz zuvor gehabt hatte, wie weggefegt. *Ich bin über ihn hinweg. Ich fühle nichts. Wie konnte ich mir überhaupt einbilden, etwas zu fühlen?* Alles weg.

Stattdessen …

Freier Fall.

Adrian sieht gut aus. Nein, Blödsinn, er sieht absolut fantastisch aus, wie ein völlig anderer Mensch. Seine Brust und seine Arme sind kräftiger geworden. Seine Haare sind länger und vom Flug verstrubbelt. Die dunklen Ringe unter seinen Augen sind verschwunden, ebenso die kränkliche Blässe seiner perfekten Haut. Sein Gesicht sieht weich aus und irgendwie perlmuttartig, wie frisch aufgeschütteter Sand. Das muss an dem neuen Job liegen. Daran, dass er dem Investmentbanking entkommen ist. Adrian wirkt, als sei eine flackernde innere Glühbirne endlich ausgewechselt worden.

Ginny muss sich bei seinem Anblick extrem zusammenreißen, um nicht zu stolpern oder abrupt stehen zu bleiben. Sie ringt sich ein zittriges Lächeln ab und hofft, dass es ihre Panik überspielt.

Adrian ist da. Hier, direkt vor ihr.

Und er ist so viel schöner, als sie ihn in Erinnerung hatte.

»Adrian! Hallo!«, ruft sie, und ihre Stimme klingt merkwürdig schrill. Sie reißt die Arme hoch und schlingt sie um seine Schultern, obwohl er mindestens dreißig Zentimeter größer ist als sie. Als sie schließlich einen Schritt zurücktritt, hält sie sich an seinen Armen fest, aus Angst, umzukippen. »Wir haben uns seit fast einem Jahr nicht mehr gesehen – ich kann's nicht glauben!«

»Geht mir genauso«, sagt er.

Sie lässt seine Arme los. »Verrückt, dass man erst das Land verlassen muss, um jemanden zu treffen, der gleich um die Ecke wohnt. Typisch Manhattan, oder?«

Er lächelt nicht. Sein Blick huscht immer wieder über ihren Körper, als würde er nach etwas suchen. Ihr ist bewusst, dass sie auf dem Flug zu viel gegessen hat, aber das meiste davon hat sie in der winzigen Flugzeugtoilette wieder ausgekotzt. Hat sie trotzdem zugenommen?

»Ja, wahrscheinlich«, sagt er.

Sie kämpft gegen den Impuls an, ihre Arme vor der Brust zu verschränken. »Egal«, sagt sie und läuft zur Kücheninsel, wo auf einem Schneidebrett Avocados, Zwiebeln, Knoblauch und Koriander bereitliegen. »Ich wollte gerade ein paar Häppchen machen. Hast du Hunger?«

Noch immer spürt sie, dass er sie ansieht.

»Ich *sterbe* vor Hunger.«

Die Art, wie er das sagt, bringt ihr Blut zum Rasen. Sein Blick ist wie ein Infrarotstrahler, der jeden Quadratzentimeter ihrer nackten Haut wärmt. *Entspann dich*, schärft sie sich ein. *Alles ist gut. Tu so, als ob nichts wäre. Als würdest du nichts für ihn empfinden. Dann verschwindet dieses merkwürdige Gefühl von ganz alleine.*

»Geh dich ruhig frischmachen.« Sie versenkt das Schneidemesser im weichen Fleisch einer Avocado. »Wenn du fertig bist, ist das Essen auch fertig, dann kann der Abend beginnen.«

Die grünen Avocados. Der noch grünere Koriander. Die weißen, fast durchsichtigen Zwiebeln – ein Hauch von Nichts. Wie gerne wäre Ginny das auch: durchsichtig. Nichts.

Durch die offenen Türen hört sie das Brutzeln der Steaks und das Lachen der Jungs. Finchs Lachen geht ihr durch Mark und Bein – kurz und abgehackt, wie Steppschuhe auf Holz.

Vielleicht ist es aber auch nur der Schock, Adrian wiederzusehen.

Ginny hebt die gehackten Zwiebelstücke mit der Messerklinge vom Brett und gibt sie in die Schüssel. *Konzentrier dich. Denk nicht an Adrian. Du hast schon genug Gefühlschaos. Zupf deinen Koriander, schieb die Blätter zusammen und hacke sie.*

Während sie das Messer abwischt, blickt sie hinaus zu den Jungs. Finch mustert sie prüfend. Ihr Magen schlägt einen Salto.

Ginny ist eine wahre Meisterin darin geworden, ihr Verlangen zu unterdrücken, mit Finch zusammen zu sein – *richtig* mit ihm zusammen zu sein. Wenn sie ihn nicht verlieren will, geht es nicht anders. Also hält sie ihr Verlangen auf niedrigster Stufe – einem leisen, blubbernden Simmern tief unten in ihrem Magen. Weit weg von ihrem Herzen.

Aber alle paar Wochen kocht es über, und ihre Ängste werden schlimmer. Dann hält Finch ihre Hand, sieht sie mit seinen großen Treibholzaugen an und versichert ihr, dass alles gut wird. Woraufhin ihre Gefühle für ihn so heftig aufwallen, dass sie sicher ist, darin zu ertrinken.

Leider ändert das alles nichts an der Tatsache, dass er immer noch mit Hannah zusammen ist.

In der Woche vor dieser Reise hatte sich alles zugespitzt. Sie hatten sich wie immer zum Mittagessen im Madison Square Park getroffen, und Finch hatte ihr etwas über Radiusfrakturen erzählt. Doch Ginny hatte eine kleine Panikattacke bekommen und nicht zugehört. Sie hatte einfach nur auf die Madison Avenue gestarrt.

Mitten in seiner Ausführung über Gipsverbände und die Reposition von Knochen drehte sich Ginny zu ihm und sagte: »Ich liebe dich.«

Finch verstummte. Starrte sie an. »Was?«

»Ich liebe dich.« Ginny nippte an ihrem Cold Brew ohne Eis. »Ich erwarte nicht, dass du mir jetzt auch eine Liebeserklärung machst, ich weiß, dass du das nicht kannst. Aber ich musste es dir einfach sagen. Das ist alles.«

Dann stand sie auf und ging die vier Blocks zurück in ihr Büro.

Ginny wusste genau, was sie da tat. Sie ist sich absolut sicher, dass Finch sie ebenfalls liebt. Dass er nur einen Schubs braucht, um über die Ziellinie zu kommen. Einen kleinen Kraftschub, um mit Hannah Schluss zu machen. Sie weiß, dass er sich am Ende für sie entscheiden wird.

Und sie hat den starken Verdacht, dass es auf dieser Reise passiert.

Ginny deckt den Tisch im Freien und kommt sich dabei sehr erwachsen vor. Sie stellt sowohl Wein- als auch Wassergläser bereit. Nimmt Stoffservietten und schimmerndes Porzellan statt Plastikgeschirr oder labberige Pappteller. Dann schneidet sie Tomaten und legt die Scheiben zu einem saftigen Fächer auf der gemusterten Servierplatte aus. Die anderen bieten an, ihr zu helfen, aber sie winkt ab, sagt, sie sollen sich um die Steaks kümmern und noch etwas trinken.

Als sie das letzte Messer hinlegt, kommt Adrian aus dem Haus. Seine Haare glänzen feucht, genau wie an dem Abend, als sie zum ersten Mal in seinem Bett geschlafen hat. Er kratzt sich am Kiefer, dort, wo sie immer mit dem Finger entlanggefahren ist, wenn sie nach dem Sex zusammenlagen. Sie tut so, als würde sie es nicht bemerken.

»Wow!« Adrian kommt herüber und legt seine Hand auf die Rückenlehne eines der Stühle. »Wofür soll das denn alles sein?«

»Unser Willkommensessen.« Sie glättet eine Falte in einer

Serviette. »Unsere Budapest-Premiere. Na ja.« Sie lächelt zu ihm hoch. »Zumindest für Clay, Finch und mich.«

Adrian streicht über den vergoldeten Rand eines Tellers. »Das hier ist definitiv nicht das Budapest, das ich kenne.«

Ginny lässt ihren Blick über das weitläufige Anwesen schweifen. »Es ist wie gar nichts, was ich kenne.«

Er folgt ihrem Blick. »Nein, absolut nicht.«

Eine Weile schweigen sie und beobachten, wie sich die Sonne über das Tal senkt.

»Besuchst du deine Großeltern, während du hier bist?«, fragt Ginny.

»Natürlich. Wenn ihr wieder abgereist seid, bin ich zwei Wochen bei ihnen.«

»Leben sie immer noch in diesem Künstlerdorf Zen-irgendwas?«

»Szentendre.« Adrian lächelt überrascht. »Das weißt du noch?«

»Na ja.« Sie zuckt mit den Schultern und spürt, wie ihre Wangen heiß werden.

»Die Steaks sind fertig!«, ruft Clay vom Grill.

Froh über die Unterbrechung, schnappt sich Ginny die Servierplatte und läuft zu ihm.

Als die Steaks verteilt sind, setzen sich alle an den Tisch und reichen die Schüsseln herum. Ginny stürzt sich auf das Kartoffelpüree, in das sie zwei große Stücke Butter eingerührt hat. Sie weiß ja, dass sie es später wieder loswerden kann.

»Also ...« Clay schneidet ein Stück von seinem Steak ab. »Was steht diese Woche auf dem Programm?«

»Ich hab mir gedacht, wir lassen es morgen, an unserem ersten Tag, erst mal ruhig angehen ...« Tristan pikst seine Gabel in eine Spargelstange. »Mit einer Besichtigung der Budaer Burg, einem Spaziergang über die Kettenbrücke, einem Mittagessen in der Váci-Straße, einer Radtour am Donauufer, einem

Abendessen im *Mazel Tov* und zum Abschluss einer Tour durch die Ruinenbars.«

»Meinst du, wir könnten noch eine Zehn-Kilometer-Wanderung und einen Hubschrauberflug einschieben?«, fragt Finch.

Tristan denkt kurz nach. »Bestimmt, wenn wir früh genug zur Burg aufbrechen …«

»Mann, ich verarsch dich doch bloß.«

Tristan wirkt pikiert.

»Das klingt nach einem tollen Programm«, sagt Adrian schnell.

»Gebongt«, nuschelt Clay, den Mund voller Kartoffelbrei. »Bei allem, was die Worte ›Bar‹ und ›Tour‹ enthält, bin ich dabei.«

»Moment mal.« Ginny deutet auf Adrian. »Sollte nicht der uns herumführen, der hier aufgewachsen ist?«

»Nein … schon gut.« Adrian schüttelt den Kopf.

»Stimmt, Gin hat recht«, sagt Clay. »Adrian, lass dir das Zepter nicht von dem Ausländer aus der Hand nehmen.«

»Hey!«, ruft Tristan. »Ich bin mit fünfzehn zum ersten Mal hier gewesen. Ich bin absolut ortskundig.«

Finch seufzt. »Bist du wirklich so ignorant, wie du klingst?«

»Ganz ehrlich: Er hat die wichtigen Touri-Spots auf seiner Liste«, sagt Adrian.

»Und was ist mit den *nicht* touristischen Orten?«, fragt Ginny. »Ich für meinen Teil würde gern sehen, wo du aufgewachsen bist.«

»Ich auch«, stimmt Clay zu.

Adrian sieht Ginny an. Seine Augenlider flattern – ein Zeichen dafür, dass er intensiv nachdenkt, das kennt sie noch. Mit seinen so schrecklich vertrauten braun-schwarzen Augen hält er ihren Blick fest. Ginny versucht zu ignorieren, wie sich ihr Magen verkrampft.

»Ich glaube, das kriegen wir hin«, sagt er, ohne den Blick abzuwenden.

Ginny räuspert sich. »Was ist mit deinen ungarischen Freunden? Hätten die Lust, sich mit uns zu treffen?«

Er lächelt. »Ganz bestimmt.«

Gegen Ende des Essens, als die Steaks vertilgt sind und die Unterhaltung ruhiger wird, legt Finch seine Gabel neben seinen Teller und tupft sich mit der Serviette den Mund ab. »Hört mal. Ich hab euch was zu sagen.«

Ginny reißt ihren Kopf herum.

Heilige Scheiße, denkt sie. *Jetzt ist es so weit.* Der Moment, in dem er es ihnen erzählt. Der Moment, in dem er verkündet, dass er mit Hannah Schluss macht. Der Moment, in dem sie ihre Beziehung endlich offiziell machen können. Ihre Hände tauchen unter den Tisch und umklammern ihre Knie. Ihre Fingernägel graben sich in die Haut.

Finch steckt eine Hand in seine Hosentasche. Als er sie wieder hervorzieht, liegt ein kleines Samtkästchen auf seiner Handfläche.

Moment.

Er klappt das Kästchen auf. In einem Satinkissen steckt ein weißgoldener Ring mit einem fetten Edelstein.

Moment.

Wie bitte?

Grinsend blickt Finch in die Runde.

»Alter!«, entfährt es Clay.

Eine Sekunde lang hat Ginnys Gehirn einen Kurzschluss. Sie kann den Anblick des Rings, der über dem Tisch schwebt, nicht verarbeiten. Auch mit den Essensresten auf den Tellern kann sie nichts anfangen. Oder mit der Mimik der Jungs, ihren vom Rotwein verfärbten Lippen, den Haaren, die in der Brise wehen. Der Informationsfluss in ihrem Gehirn …

… stockt.

»Ich werde Hannah einen Heiratsantrag machen.« Finchs Grinsen wird breiter. »Nächste Woche, direkt nach meiner Rückkehr.«

Das ist der Moment, in dem sich Ginnys Gehirn endgültig abschaltet.

Kaum ist der Satz draußen, schaut Adrian zu Ginny. Ihr Gesicht ist völlig ausdruckslos. Ihre Lippen sind leicht geöffnet, die Augen auf den Ring gerichtet. Es ist nicht so, dass sie bestürzt aussieht. Sie sieht aus, als wäre alles Leben aus ihr gewichen und in einer Pfütze zu ihren Füßen zusammengeflossen. Fast hätte sich Adrian gebückt und unter dem Tisch nachgeschaut.

Clay und Tristan springen auf und klatschen Finch auf den Rücken, laut lachend, weil er sich endlich durchgerungen hat, ein Ehrenmann zu werden. Ginny und Adrian bleiben sitzen. Ginnys Blick senkt sich auf den Tisch. Ihre Schultern zittern. Adrian hebt eine Hand – er weiß selbst nicht, warum, vielleicht, um sie auf eine dieser bebenden Schultern zu legen. Doch plötzlich steht auch Ginny auf. Ihr Kopf schnellt hoch, und sie schiebt den Stuhl so ruckartig zurück, dass er umkippt.

Die Jungs verstummen. Sie drehen sich um und sehen sie an.

Ginnys Brustkorb hebt und senkt sich stoßweise. Sie lächelt. Es ist ein zerklüftetes, scharfkantiges Lächeln, das ihr Gesicht bis auf die Schädelknochen aufzureißen scheint. »Glückwunsch, Finch.« Sie beugt sich vor, nimmt ihren Teller und hastet durch die Fenstertür in die Küche.

Adrian blickt ihr hinterher. Als er sich wieder zum Tisch umdreht, reibt sich Tristan den Nacken. Clay sieht aus, als würde er körperliche Qualen leiden. Und Finch starrt Ginny nach, die Mundwinkel nach unten gezogen – wie ein Vater, dessen Kind sich mal wieder danebenbenommen hat.

Nach dem Essen öffnen sie eine Flasche Champagner und steigen die Außentreppe zur Panoramaterrasse im zweiten Stock hoch. Alle außer Ginny, die behauptet, sie könne es nicht ertragen, die Küche schmutzig zu hinterlassen.

Adrian zögert. »Ich helfe dir«, sagt er.

Aber Ginny winkt ab. »Geh feiern«, sagt sie. »Ich will das alleine machen.«

»Na gut.«

Adrian tritt durch die Glastür und steuert auf die Terrakotta-Treppe zu. Bevor er einen Fuß auf die erste Stufe setzt, dreht er sich noch einmal um und betrachtet Ginny durch die Fenster. Sie schrubbt an irgendeinem Teil herum, energisch, mit gesenktem Kopf. Plötzlich neigt sie sich ein Stück zur Seite und spuckt ins linke Spülbecken. Obwohl er es durch die Scheibe nicht richtig erkennen kann, hat er den Eindruck, dass es kein Speichel ist. Es ist eher stückig und grünlich braun, ein bisschen wie Hundefutter. Er zögert. Blinzelt. Hat er das richtig gesehen? Er schaut noch einmal, aber Ginny schrubbt und schrubbt, als ob nichts gewesen wäre.

Kopfschüttelnd steigt Adrian die Treppe hinauf.

Du kannst es ruhig sagen.«

Ginny und Clay sind die beiden Letzten, die noch unten sind. Adrian hat sich früh ins Bett verzogen, und Tristan und Finch sind nach ausgiebigem Champagnertrinken und einem Streit über Bitcoin und Ethereum ebenfalls in ihren Zimmern verschwunden. Jetzt sitzen Ginny und Clay am Terrassentisch, wo sie zu Abend gegessen haben, und blicken auf die Lichter im Tal.

»Was sagen?« Clay schenkt sich einen kleinen Schluck Whiskey nach.

»Hab ich's dir nicht prophezeit?«

Clay seufzt. »Das werde ich nicht sagen, Gin.«

»Kannst du aber.«

»Werde ich aber nicht, okay? Du bist meine beste Freundin. Ich empfinde keine Genugtuung über etwas, das dir Kummer macht.«

»Mir macht nichts Kummer. Ich hab's mir selbst eingebrockt.« Sie meidet seinen Blick, schaut weiter auf die vielen kleinen Lichtpunkte im Tal. »Ich hab mir in die eigene Tasche gelogen. Hab mich zu tief reinziehen lassen. Hab mich fallen lassen, obwohl ich wusste, dass ich das nicht durfte. Es ist genau wie damals am College.«

»Blödsinn. Finch hat ja wohl genauso viel Anteil daran wie du. Er wusste genau, was er da gemacht hat.« Clay schnipst gegen den Rand seines Glases. *Ping-ping.* »Ich … keine Ahnung. Ich liebe den Kerl, aber aus seinen Entscheidungen werde ich echt nicht schlau.«

Ginny schweigt. »Ich liebe ihn auch«, sagt sie schließlich leise.

»Oh Gin.« Clay greift über den Tisch und nimmt ihre Hände. »Und er liebt dich.«

»Nein.« Ihre Augenlider flattern. »Nein, tut er nicht.«

»Doch, tut er. Aber er ist verwirrt.«

»Wenn er verwirrt wäre, hätte er diesen Ring nicht gekauft.«

»Wenn er *nicht* verwirrt wäre, hätte er den Ring nicht gekauft.«

Sie verstummen. Clay drückt Ginnys Hand. Sie kämpft gegen die Tränen an, die sich in ihren Augenwinkeln sammeln. Die anderen drei können jederzeit wieder nach unten kommen, und das Letzte, was sie jetzt braucht, ist Finch, der sie mit verheulten Augen sieht.

»Was ist mit Adrian?«

Blinzelnd sieht Ginny zu Clay. Zwei Tränen laufen ihr über die Wangen. Sie wischt sie mit ihrem Sweatshirtärmel weg. »Was soll mit ihm sein?«

»Du bist ihm wichtig.«

Ihr Herz krampft sich zusammen, als sie sich Adrian vorstellt – die zärtliche Art, wie er sie immer berührt hat, sein leises Stöhnen während ihrer gemeinsamen Nächte. Aber dann denkt sie an den seltsamen, fast angewiderten Ausdruck auf seinem Gesicht, als er ihr heute gegenüberstand – zum ersten Mal seit einem Jahr. Sie stößt ein bitteres Lachen aus. »Klar.«

»Natürlich bist du ihm wichtig.« Das Licht der Terrassenlampe fällt auf ihren Tisch und zieht einen hellen Streifen über Clays sommersprossiges Gesicht. »Und er ist einer von den Guten.«

»Im Gegensatz zu Finch?«

Clay hält beide Hände hoch. »Ich spreche nie schlecht über meine Freunde.«

»Außer über Tristan.«

Er grinst. »Außer über Tristan.«

Sie seufzt und reibt sich die Stirn. »Was glaubst du, wie haben wir beide das geschafft?«

»Was geschafft?«

»Freunde zu bleiben?« Sie stützt das Kinn auf eine Handfläche. »Und ich meine, wirklich *nur* Freunde. Keine unterdrückte sexuelle Spannung, kein gar nichts.«

Clay zuckt die Achseln. »Dafür bist du mir zu wichtig.«

»Du mir auch. Und genau das hab ich versucht, Finch damals klarzumachen. Ich hab ihn gewarnt, dass das passieren würde. Ich hatte solche Angst, euch zu verlieren.« Sie beißt sich auf die Lippe. »Und das hab ich immer noch.«

»Du wirst niemanden verlieren, Ginny.« Clay lächelt, und um seine Augen bilden sich kleine Krähenfüße. »Du bleibst eine von uns, ob es dir gefällt oder nicht.«

Sie wartet, bis alle schlafen – bis auch Clay oben verschwunden ist, das Licht in Tristans Zimmer ausgeht und sie Finch schnarchen hört. Als es endlich still ist im Haus, schleicht sie sich in die Küche. Auf dem Tresen steht eine Plastiktüte mit Süßigkeiten vom Flughafen. Wahrscheinlich von Tristan. Der Mann ist ein geradezu aggressives Schleckermaul.

Zögernd starrt sie auf die Snickers, Milky Ways, Twix und Reese's in der zerknitterten Tüte. Sie geht näher. Wie lange ist es her, dass sie den letzten Schokoriegel gegessen hat? Wie viele Jahre? Wie sehr hat sie sich in dieser Zeit eingeschränkt, wie viele süße Teilchen gekaut und wieder ausgespuckt?

Sie denkt daran, wie beschissen der Tag war. Ja, sie hat etwas Süßes verdient!

Bevor sie es sich anders überlegen kann, greift sie in die Tüte, schnappt sich ein Mini-Snickers und nimmt es mit in ihr Schlafzimmer im ersten Stock. Sie schließt die Tür, setzt sich aufs Bett, schlägt die Beine übereinander und wickelt den Riegel aus. Legt ihn auf ihre Handfläche und betrachtet ihn: Schokolade, Karamell, Erdnüsse und Nougat. Fünfundachtzig Kalorien, reiner Zucker. Köstlich. Süchtig machend. Absolut verboten.

Ginny stopft sich das Snickers in den Mund.

Der Zucker haut sie um, ein süßer Strom, der ihr auf der Zunge zerfließt. In ihrem Hirn leuchtet das Genusszentrum auf, schärft und fokussiert ihre Sinne, bis sich jeder Teil ihres Seins nur noch auf ihren Mund konzentriert. Sie schluckt.

»Woah«, sagt sie laut.

Mehr!

Instinktiv schüttelt sie den Kopf. Eins ist schon zu viel.

Aber eine andere Stimme flüstert: *Mach dir keinen Stress, du musst es ja nicht in dir behalten.*

Und die Stimme hat recht, findet sie. Das muss sie nicht. Sie kann das Beste aus beiden Welten haben. Sie kann etwas, das sie sich lange verkniffen hat, genießen und es danach einfach ausspucken.

Wieder schleicht sie sich in die Küche, und diesmal kehrt sie mit einer ganzen Handvoll Riegel in ihr Bett zurück. Als Erstes wickelt sie ein Reese's aus. Steckt es in den Mund. Kaut und schluckt. Es ist genauso köstlich wie das Snickers. Sie reißt einen weiteren Riegel auf. Dann noch einen. Und noch einen. Und bevor sie überhaupt weiß, wie ihr geschieht, sind fünf Riegel weg.

Aber das reicht nicht. Sie will mehr. Also holt sie sich noch eine Handvoll. Und verschlingt sie, ohne mit der Wimper zu zucken.

Als sie zum vierten Mal in der Küche steht, wird sie schwach und krallt sich die ganze Tüte. Zurück in ihrem Zimmer schließt sie die Tür ab.

Zehn, elf, zwölf Schokoriegel. Dreizehn, vierzehn, fünfzehn. Neben ihrem linken Knie wächst der Verpackungshaufen. Doch sie hört nicht auf. Sie kann nicht. *Was zum Teufel passiert hier?* Sie fühlt sich … wie außer Kontrolle. Als hätten sich ihre Hände und ihr Mund selbstständig gemacht. *Stopp, hör auf!*, ermahnt sie sich, *fünfzehn Riegel sind genug, mehr als genug!* Aber dann nimmt sie sich doch noch einen. Und noch einen. Welcher Mechanismus auch immer dem Hirn signalisiert, dass der Körper satt ist, dass er aufhören kann zu essen – bei ihr scheint er kaputt zu sein. Sie ist kaputt.

Das ist eine Fressattacke.

Der Gedanke dringt von weit her zu ihr durch, wie ein Lichtflimmern in einem langen, dunklen Tunnel.

Ich habe eine Fressattacke.

Erst als die Tüte leer ist, hört sie auf. Ihre Hände flattern über der schokoverschmierten Bettdecke. Aber selbst nach zweiunddreißig Schokoriegeln und obwohl sie durch den vielen Zucker bereits zittert, hat sie noch nicht genug. Sie will mehr.

Mehr.

Mehr.

Sie steht auf und schleicht sich in die Küche. Öffnet einen der Kühlschränke. Reißt jeden Schrank auf. Fahndet nach etwas Süßem, egal was. Kekse. Eiscreme. Honigüberzogene Erdnüsse. Doch sie findet nichts.

Ihr Blick wandert zur Treppe. Sie würde jeden Cent ihrer Ersparnisse darauf verwetten, dass Tristan ein paar King-Size-Snickers in seinem Nachttisch hat. Und er schläft. Ihre Finger zucken. Kann sie es riskieren, sich in sein Zimmer zu schleichen?

Wie angewurzelt steht sie da, unschlüssig. Ihr Atem geht flach und stoßweise.

Während sie die Riegel in sich reingestopft hat, hat sie sich seltsam betäubt gefühlt. Als würde sie sich von außen sehen: ein Mädchen, das in einem wunderschönen Schlafzimmer leckere Süßigkeiten nascht. Nur durch das sanfte Gewicht der Schokobissen auf ihrer Zunge und das süße Schlucken hat sie sich mit ihrem Körper verbunden gefühlt. Im Zuckerrausch war es leicht gewesen, sich von der Realität zu lösen. Auszublenden, was sie da alles in sich hineinstopfte. Was es mit ihr machen würde.

Doch jetzt, wo sie nicht mehr stopft, ist es mit der Betäubung vorbei.

Und sie ist fassungslos: Fünf lange Jahre hat sie sich radikal beherrscht – aus Angst, dass zu viel oder falsches Essen ihr Leben ruinieren würde. Und dann futtert sie innerhalb weniger Minuten sämtliche Süßigkeiten weg, die sie in die Finger bekommt.

Panik erfasst sie, überrollt sie in langen Wellen. *Was zum Teufel war das eben? Was habe ich getan? Was habe ich nur getan?* Jede Welle saugt sie ein, zieht sie weiter nach unten, verschließt ihr Nase und Mund, blockiert ihre Atmung.

Sie stürzt ins Bad, schließt die Tür, stellt die Dusche an und wartet.

Normalerweise wäre dies der Moment, in dem das Essen wieder hochkommt. Normalerweise braucht Ginny nur ihre Halsmuskeln anzuspannen – und ihr Mageninhalt ist zur Stelle, schwallt bereitwillig in die Welt zurück. Aber sosehr sie sich müht, nichts passiert. Das Schokozeug kommt nicht hoch. Ebenso wenig wie der Alkohol und alles andere.

»Na los!«, zischt Ginny, die Toilettenschüssel mit beiden Händen umklammernd.

Aber es passiert nichts. Ihr Hals hat Nachtruhe.

Also tut Ginny das, wovor sie immer zurückgeschreckt ist. Sie überschreitet die Grenze, von der sie dachte, sie hätte sie klar und unmissverständlich gezogen.

Sie steckt sich die Finger in den Hals.

Diese Art des Erbrechens ist das Gegenteil von diskret und

leise. Nicht zu vergleichen mit dem unauffälligen Spucken hinter einem Busch oder dem Versenken des Speisebreis in eine Kaffeetasse. Dieses Erbrechen ist krampfartig. Brutal. Man muss den Mittel- und Zeigefinger immer wieder gegen das Zäpfchen drücken, tief hinten in der Kehle. Sind die Fingernägel nicht geschnitten, kratzen sie an der zarten Schleimhaut und hinterlassen Wunden, die niemand je sehen wird. Trotzdem darf man nicht aufhören. Muss die Finger immer tiefer hineinrammen, um den Auslöser zu finden, der das Tor zwischen Magen und Mund öffnet. Egal wie sehr der Körper fleht, doch bitte aufzuhören. Man darf es nicht. Man muss weitermachen. Muss sich selbst Gewalt antun. Es ist wie eine Bestrafung. Eine Vergewaltigung.

Essstörungen sind wie missbräuchliche Beziehungen. Sie locken dich mit Küssen und Liebesversprechen. Sie beteuern, dass sie dich gut behandeln werden. Dass nur sie dich richtig zu lieben wissen. Sie geben dir Versprechen über Versprechen. Und eine Weile halten sie diese auch ein. Sie halten dich schlank. Sie sorgen dafür, dass dir gefällt, was du im Spiegel siehst. Dass du dich gut fühlst.

Aber es ist nie genug. Du kannst nur scheitern. Denn irgendwann wirst du essen. Es geht nicht anders, wenn du überleben willst. Und wenn du es tust, wird die Essstörung dich bestrafen. Sie wird dich anbrüllen. Und schlagen. Sie wird dir sagen, dass du ohne sie nichts bist. Dass du ohne sie hässlich und fett bist. Der Liebe unwürdig. Und du wirst ihr glauben. Wirst zu ihr zurückkehren. Immer und immer wieder.

Am nächsten Morgen hocken die Jungs in der Küche, die Hightech-Kaffeemaschine in der Ecke blubbert. Adrian hat drei Anläufe gebraucht, um das Teil in Gang zu setzen. Tristan, der aus unerfindlichen Gründen keinen Kaffee trinkt, war ihm dabei keine große Hilfe.

Sie sind langsam eingetrudelt an diesem Morgen – zuerst Clay, dann Adrian, dann Tristan, dann Finch. Laut Clay ist Ginny vor allen anderen aufgestanden und sofort zu einer Wanderung aufgebrochen. Adrian fragt sich, warum sie nicht gewartet hat, wenigstens auf einen von ihnen. Allein zu gehen, das passt so gar nicht zu Ginny.

Nach einer Weile schlendern sie ins Wohnzimmer und fläzen sich auf die gigantische Eckcouch. Adrian hockt in der Mitte und trinkt in großen Schlucken aus seinem Kaffeebecher. Finch liest Zeitung auf seinem Handy. Clay telefoniert mit der Konditorei um die Ecke. Tristan liegt auf einem Kissen, die Hände hinter dem Kopf verschränkt, und ruft Clay Gebäckbestellungen zu.

Plötzlich fliegt die Haustür auf, und Sekunden später platzt eine rotgesichtige Ginny in den Raum. Ihr Pferdeschwanz klebt zersaust an ihrem schweißnassen Hals. Sie atmet tief und schwer, so wie Adrian, wenn er von seiner Laufrunde über die Brooklyn Bridge kommt.

»Warst du etwa …?« Tristan hält inne. »Bist du *laufen* gewesen?«

Ginny beugt sich vornüber, stützt die Hände auf die Knie und nickt.

Entgeistert starrt Tristan sie an. »Aber … wir sind hier auf einem Scheißberg, Gin. Es ist total steil, ein einziges Rauf und Runter.«

Wieder nickt sie, ohne den Blick vom Boden zu lösen.

»Alter Schwede.« Clay setzt sich auf und schwingt seine Füße auf den Couchtisch.

»Du bist echt verrückt«, sagt Tristan.

Finch taucht noch tiefer in sein Handy ab.

»Ich brauch 'ne Dusche.« Keuchend richtet Ginny sich auf und humpelt zur Treppe, lässt die Jungs ihren Kaffee alleine trinken.

Das Auto von Tristans Vater ist ein roter Audi Cabrio. Als Tristan es aus der Garage holt, ist Ginny weder überrascht noch freudig aufgeregt. Eigentlich fühlt sie gar nichts, denn sie hat gerade vier der bestellten Gebäckteilchen gegessen und alle vier wieder ausgekotzt.

Niemand war in der Küche, als sie die Schachtel entdeckt hat. Die Jungs standen unter der Dusche, rasierten sich oder machten sich anderweitig fertig. Sie hatte nur ein Schokocroissant essen wollen. Eigentlich sogar nur ein halbes. Aber genau wie am Abend zuvor konnte sie nicht aufhören, als sie es erst auf der Zunge hatte.

Innerhalb von Sekunden war das Croissant in ihr verschwunden. Dann war ein Muffin dran. Gefolgt von einem Stück Kuchen. Erst als das letzte Teilchen, eine Art sahnegefülltes Brötchen, weg war, konnte sie aufhören. Sie klappte die Schachtel zu, warf sie in den Müll und rannte hoch in ihr Bad.

Jetzt spürt sie nur noch den leichten, entspannten Rausch, der auf eine gründliche Magenentleerung folgt.

Sie steigen ins Auto, Clay setzt sich auf den Beifahrersitz, Ginny muss sich hinten zwischen Adrian und Finch quetschen.

Na toll.

Während der Wagen knirschend die Auffahrt hinunterrollt und auf die Straße fährt, rückt Ginny dichter an Adrian heran, sorgsam darauf bedacht, dass ihr Oberschenkel nicht einen Millimeter von Finchs nackter Haut berührt. Vielleicht bildet sie es sich nur ein, aber irgendwie scheint auch Adrian näher gerückt zu sein. Vorne koppelt Clay sein Handy mit dem Radio und startet seine Playlist: *Friday Beers Tasty Licks*. Sie fahren eine Straße namens Béla király út hinunter, gesäumt von Villen hinter hohen Zäunen, bis sie an eine Kurve kommen, hinter der die Bebauung abrupt aufhört und sie freie Sicht auf Budapest haben, mit der Donau in der Mitte.

Clay stößt einen anerkennenden Pfiff aus.

»Aus dem Hubschrauber ist der Blick noch besser«, sagt Tristan.

»Halt die Klappe, Tristan«, tönt es von den restlichen Sitzen.

Während der fünfundvierzigminütigen Fahrt in die Stadt unternimmt Finch mindestens zehn Versuche, mit Ginny ins Gespräch zu kommen. Aber sie weicht jedes Mal aus, antwortet einsilbig, singt demonstrativ zur Playlist mit, redet über ihn hinweg oder ignoriert ihn einfach. Sie hat beschlossen, auf erwachsene Art und Weise mit dieser Situation umzugehen: indem sie so tut, als gäbe es Finch gar nicht.

Wie sich herausstellt, ist die Playlist ziemlich gut. Ginny geht auf dem Rücksitz mit – sie wiegt sich in den Hüften, wirft die Arme über den Kopf, lässt den Fahrtwind durch ihre Finger streichen. Ein paarmal packt sie sogar Adrians Hand und zieht ihn mit. Es ist ihr egal, ob er das komisch findet. Sie braucht sich für nichts mehr zu schämen. Die größte aller Demütigungen hat sie bereits hinter sich.

Die Fahrt durch Hegyvidék ist wunderschön. Die Straße windet sich wie eine Schlange durchs Tal, vorbei an üppigen Laubbäumen.

Bald darauf erreichen sie die Burg von Buda. Tristan fährt auf den Ganztagsparkplatz und sagt, sie würden den Wagen später wieder abholen, nach der Kneipentour.

»Du meinst, wenn wir alle total besoffen sind?«, fragt Clay.

Tristan winkt ab. »Wenn wir die Karre über Nacht hierlassen müssen, dann ist das eben so.«

Ginny und Clay wechseln einen Blick, beide gleichermaßen entgeistert, wie man ein so absurd teures Auto so entspannt herumstehen lassen kann.

Die Burg von Buda ist nach der Seite des Flusses benannt, an der sie liegt. Adrian erklärt auf dem Weg zum Eingang, dass Budapest zweigeteilt ist: in Buda am westlichen Donauufer und Pest am östlichen. Für Ginny sieht das Gebäude weniger wie eine Burg aus als wie eine riesige Bibliothek oder vielleicht ein prunkvolles Gefängnis, ganz aus grauem Stein, mit einer endlosen Reihe von Fenstern und grün schimmernden neobarocken Dächern.

»Sollen wir eine Führung buchen?«, fragt Clay und nickt in Richtung Ticketschalter.

»Auf keinen Fall!« Ginny hakt sich bei Adrian unter. »Dieser Mann hier kann uns tausendmal mehr erzählen als jeder Tour-Guide.«

»Das stimmt ni…«, protestiert Adrian, aber Ginny zieht ihn schon in die Burg.

Noch nie hat Adrian seine Stadt ausländischen Besuchern gezeigt. Wenn er in den letzten Jahren hier war, hat er sich nur mit seinen Großeltern oder Kindheitsfreunden getroffen, und natürlich war keiner von denen an Sightseeing interessiert.

Adrian hat die Burg einmal auf einem Schulausflug besichtigt. Er weiß noch, wie seine Klassenkameraden in ihren Matrosenanzügen hineinstürmten. Sein bester Freund Jozsef hat die Gruppe angeführt, Adrian im Schlepptau. Er sieht auch ihren Lehrer noch vor sich, wie er ihnen die lange Geschichte der Burg erklärt. All die Zerstörungen und Wiederaufbauten.

Adrian führt sie direkt zu seinem Lieblingsort in der Burg, der Stelle, von wo aus man einen fantastischen Blick über die Donau hat. Man kann alles sehen: die Kettenbrücke, das riesige Parlamentsgebäude mit der roten Kuppel, den Gresham-Palast, die Fischerbastei und die Eötvös-Loránd-Universität ganz im Süden. Sein Blick bleibt an den Unigebäuden hängen. Instinktiv sucht er die Turmspitze der mathematisch-naturwissenschaftlichen Fakultät.

»Ich kann euch gar nicht so viel über die Burg erzählen.« Räuspernd dreht sich Adrian wieder zu seinen Freunden, die staunend die Aussicht genießen. »Ich weiß nur noch, dass sie um 1300 als Festung gebaut wurde. Und als man Sigismund um 1400 zum Kaiser des Heiligen Römischen Reiches gekrönt hat, ist Buda zur politischen Hauptstadt Europas ernannt worden. Einer meiner Lehrer hat mal gesagt, Europa hätte drei Kronjuwelen: Venedig auf dem Wasser, Florenz in der Ebene und Buda auf den Hügeln.«

»Hey, du weißt ja viel mehr, als du zugibst«, sagt Clay und schirmt seine Augen mit der Hand ab.

Adrian zuckt die Achseln. »Ja, vielleicht.« Dann deutet er auf die markanten Bauten der Stadt und erzählt ausführlich über das Parlament und die Korruption in der ungarischen Politik. Er redet sich langsam warm, erinnert sich plötzlich an Details, die seine Freunde und Großeltern irgendwann erwähnt haben. An Geschichten von Königinnen und Königen, an Invasionen, Affären und skandalöse Hofintrigen.

Während die Jungs Selfies vor dem Panoramablick machen, lehnt sich Ginny an Adrians Schulter und fragt leise: »Eötvös-Loránd-Universität – hat dein Vater dort gelehrt?«

Adrian hält inne. Sein Blick wandert von Ginny zum Universitätsgebäude. »Ja.«

Ginny nickt. Schweigend stehen sie beieinander und starren auf die Dächer und Uhrtürme der Uni.

Schließlich wendet sich Adrian wieder der Gruppe zu: »Ich muss euch etwas zeigen.«

Er führt sie zurück ins Burginnere, durch eine Reihe von Gängen und dann eine Treppe hinunter, einem Schild mit der Aufschrift »Labyrinth« folgend.

»Was ist das hier?« Clay fährt mit der Hand an der rauen Steinwand entlang.

Je tiefer sie hinabsteigen, desto kühler wird es.

»Unter diesem Teil der Stadt gibt es ein weit verzweigtes Tunnelsystem«, erklärt Adrian, als sie einen langen, gewölbten Gang betreten, der von unheimlichen orangen Lichtspots im Boden erhellt wird. »Hier haben sich früher Verbrecher vor der Polizei versteckt.« Adrians Stimme hallt von den Steinwänden wider. »Und Vampire. Das wollte mein Großvater mir jedenfalls weismachen, als ich klein war. Er hat gesagt, Dracula persönlich sei von Transsylvanien hergezogen, weil er das Budapester Klima so mochte.«

Ginny lacht. Es ist ein unerwartetes Geräusch, das als Echo von den Tunnelwänden zurückgeworfen wird. Adrian sieht sie an. Ihre gestuften Haare leuchten orange. Sie wirkt glücklich. Im Auto hat sie getanzt und wie ein Wasserfall geredet. Den Weg zur Burg ist sie fast hinaufgehüpft. Aber Adrian nimmt ihr ihre Freude nicht ab. Nicht nach der letzten Nacht. Es ist eine feindselige Art von Fröhlichkeit, ein Sägezahnlächeln, zuckersüße Worte mit Widerhaken in der Mitte. Im schummrigen Licht sieht ihr lachender Mund aus wie eine schwarz klaffende Erdspalte.

Während sie durch das Labyrinth wandern, erzählt Adrian von seinem Freund Jozsef, der sich damals, bei ihrem Schulausflug, hinter einer Statue versteckt hatte, um mitten im Vortrag des Burgführers über Vampire und Schauermärchen hervorzuspringen – was den Führer so erschreckte, dass er sich in die Hose machte. Der Streich brachte Jozsef den johlenden Beifall seiner Mitschüler ein – und eine Woche Nachsitzen. Aber Jozsef hatte nur trocken gesagt: *Érdemes.* Das war es wert.

Adrian lässt Ginny während des Erzählens nicht aus den Augen. Er registriert die Gleichgültigkeit in ihrem sonst so wachen Blick. Das Zittern ihrer Finger, als sie den steinernen Wasserspeier am Eingang zu Draculas Kammer streift. Falls die Gerüchte über sie und Finch stimmen, wie hält sie es bloß aus, jetzt in seiner Nähe zu sein? Wie schafft sie es, sich ein Lächeln – egal wie aggressiv und schmerzverzerrt – aufs Gesicht zu kleben?

Sie beschließen, in der Váci útca zu essen, so wie Tristan es vorgeschlagen hat. Die Straße ist, wen wundert's, eine totale Touristenfalle, aber die Caféterrassen sind perfekt, um Leute zu beobachten. Außerdem kennt Adrian ein Café, das ausgezeichnetes *Paprikás Csirke* serviert.

Auf dem Weg dorthin kommen sie an der riesigen Statue

von Mihály Vörösmarty vorbei, einem berühmten ungarischen Dichter und Dramatiker. Die Jungs gehen an dem Denkmal vorbei, ohne auch nur einen Blick darauf zu werfen, aber Ginny bleibt stehen und legt staunend den Kopf in den Nacken. Vörösmarty thront hoch oben auf einem Podest, umgeben von einer in Stein gehauenen Menschenschar – Arbeitern, Paaren, Familien. Repräsentanten der Bevölkerung, die er mit seinen Texten berührt hat.

»Das wurde … nur für einen Dichter errichtet?«, fragt Ginny nach einer Weile.

»Er war nicht nur ein Dichter.« Adrian blickt sich nach den Jungs um. Sie haben den Platz bereits überquert und scheinen nicht gemerkt zu haben, dass sie nur noch zu dritt sind. Er wendet sich wieder Ginny zu. »Er war ein echter Vaterlandsfreund, einer, den alle liebten. Eine Art ungarischer Shakespeare.«

»Und deshalb haben sie ihm dieses Denkmal gesetzt.«

»Genau.«

Ginny staunt immer noch. Zum ersten Mal an diesem Morgen wirkt sie fokussiert und vollkommen präsent. Vorsichtig klettert sie auf das Podest und fährt mit der Hand über die Inschrift unter der Statue.

»*Von Lieb und Treu zum Vaterland bleib, Ungar, stets erfüllt*«, übersetzt Adrian. »Die erste Zeile eines seiner Gedichte. Eine Art zweite Nationalhymne.«

»Eine Art zweite Nationalhymne«, wiederholt Ginny, immer noch auf dem Podest. Dann schweigt sie. Ihre eine Hand schwebt über den Worten, die andere hängt locker herunter, die Finger reiben aneinander, als wollten sie nach etwas greifen.

Beim Mittagessen reden sie über Traumata.

»Ich finde, es wird einfach zu viel Wirbel darum gemacht.« Tristan nimmt sich einen Cracker aus der Schale in der Tischmitte. »Tut mir leid, aber nicht jeder, der es behauptet, ist traumatisiert.«

»Sorry, Alter, aber du vergisst, dass Traumata viele Gesichter haben. Sie können jeden anders treffen«, sagt Clay.

Sie sitzen auf der Terrasse eines kleinen Cafés in der Nähe der Váci útca. Obwohl das Essen noch nicht da ist, haben sie bereits eine Flasche Weißwein geleert, und Clay gibt dem Kellner gerade ein Zeichen, noch eine zu bringen.

»Alle glauben immer, dass Posttraumatische Belastungsstörungen nur bei Kriegsveteranen auftreten«, fährt er fort. »Bei Männern, die mitansehen mussten, wie ihre Freunde in die Luft gesprengt wurden. Und die zu Hause dann nicht schlafen können, weil sie die Bilder nicht mehr aus dem Kopf kriegen und alles ständig wieder durchleben, immer und immer wieder. Und ja, stimmt, viele Veteranen haben PTBS. Aber der Tod ist nicht das einzige Trauma, das Gott sich für uns ausgedacht hat. Er hat noch jede Menge andere im Angebot.«

Adrian muss an seinen Vater denken. An seinen Tod, der eintrat, als Adrian noch im Bauch seiner Mutter war. Kann dieser Tod ein Trauma für ihn sein? Kann er für sich beanspruchen zu trauern, obwohl er und sein Vater nie in derselben Welt gelebt haben?

Nein, natürlich nicht.

Zumal er schuld ist am Tod seines Vaters.

Als er sich aus seinen Gedanken reißt, hört er, wie Tristan Finch fragt: »Und? Wie ist dein Plan? Wo willst du es machen?«

Adrian bemerkt, wie sich Ginny neben Tristan versteift.

Er blinzelt. Am liebsten hätte er Tristan getreten, denn wie immer ist er der Einzige am Tisch, der nichts mitbekommt. Der die Spannung zwischen Ginny und Finch nicht spürt. Eine Spannung, die sich – wie eine gefährliche Unterwasserströmung – nur durch ein leichtes Kräuseln der Oberfläche verrät.

Finch fährt mit einer Hand über seine Jackentasche, als würde der Ring immer noch darin stecken. Als hätte er ihn ständig dabei. »Weil wir uns im zweiten Highschool-Jahr beim Vorsprechen für die *West Side Story* kennengelernt haben, dachte ich, ich könnte es vielleicht dort machen. Im Theater.«

»Auf der Bühne?«

»Ja.«

Ginny schnaubt in ihr Weinglas.

Finch zieht die Augenbrauen hoch. »Wolltest du etwas sagen, Gin?«

»Nö.«

»Adrian, ich bin ja echt beeindruckt, wie nahtlos Disney die ganzen Marvel-Sachen auf Streaming umgestellt hat«, sagt Clay laut, während er nervös an einer Ecke der laminierten Speisekarte herumfummelt.

Dankbar greift Adrian den Themenwechsel auf. »Ich auch, Mann. Ich wünschte, ich könnte es mir auf die Fahne schreiben, aber das geht aufs Konto einer ganz anderen Abteilung.«

»Um noch mal aufs Trauma-Thema zurückzukommen ...« Tristan redet noch lauter als sonst, was zweifellos dem dritten Weinglas geschuldet ist, das er gerade geleert hat. »Ich meine, soll ich einfach brav nicken, wenn mir mein Therapeut erklärt, wie *traumatisch* es war, dass mir jemand mitten auf dem Schulflur die Unterhose in die Arschritze gezogen hat? Das ist doch nicht annähernd so schlimm wie ein Kampfeinsatz beim Militär.«

»Trauma hat nichts damit zu tun, wie ›schlimm‹ etwas ist«, schaltet sich Ginny ein – ihre erste Wortmeldung, seit sie zusammensitzen. Bis jetzt hat sie nur getrunken. Ununterbrochen.

Alle Köpfe drehen sich zu ihr.

»Ein Trauma entsteht, wenn man sich die Gefühle, die in einem bestimmten Moment über einen hereinbrechen, nicht eingesteht oder sie nicht verarbeitet.« Sie nimmt einen weiteren Schluck Wein. »Wenn man verletzt wird und den Schmerz unterdrückt. Wenn einem etwas Angst macht und man den Schrecken verdrängt.«

»Woher weißt du das?«, fragt Tristan.

Ginny zuckt mit den Schultern. »Ich lese nicht nur Romane.«

»Aber wenn Männer mit PTBS …«

»Männer *und* Frauen«, korrigiert Ginny. »Tatsächlich sind heute, in diesem Moment, viel mehr Frauen von PTBS betroffen als Männer.« Sie leert ihr Glas in zwei Schlucken und schenkt es sich wieder voll. Ihre Wangen sind leicht gerötet, genauso, wie Adrian sie von ihren Dates in Erinnerung hat. »Denkt mal an die Leute, die ihr kennt. Wie viele Männer sind dabei, die tatsächlich im Krieg waren und mitansehen mussten, wie ihre besten Freunde in die Luft gejagt wurden? Auch nur ein einziger? Und wie viele Frauen kennt ihr, die vergewaltigt oder sexuell belästigt wurden?«

Niemand antwortet.

»Ich schätze, dass fast jede Frau in eurem Bekanntenkreis schon mal eine Erfahrung dieser Art gemacht hat, in irgendeiner Form. Und ihr glaubt ja wohl nicht ernsthaft, dass all diese Frauen einfach so weitermachen, oder? Dass ihnen der Vorfall nicht immer und immer wieder durch den Kopf spukt? Und zwar nicht nur dann, wenn sie versuchen, einzuschlafen. Nein. PTBS ist total unvorhersehbar. Absolut heimtückisch. Die Bilder überfallen einen mitten im Alltag, am Schreibtisch, wenn man Wäsche zusammenlegt oder Blumen in einer verdammten Vase arrangiert.«

»Ginny«, sagt Finch.

»Nein.« Zum ersten Mal an diesem Tag blickt sie Finch direkt an. »Nein, *du* sagst jetzt nichts. *Du* hältst deine verdammte Klappe, ist das klar?«

Und das tut er.

Das tun sie alle.

Ginny kommt Adrian vor wie ein Kreisel, der sich immer schneller dreht und langsam außer Kontrolle gerät, zu trudeln beginnt. Er möchte sie so gerne auffangen, bevor sie vom Tisch kippt.

Er räuspert sich. »Ginny?«

Die anderen schauen ihn überrascht an.

»Hast du Lust … spazieren zu gehen?«

Aber Ginny sieht nicht so aus, als hätte sie Lust auf einen Spaziergang. Sie sieht aus, als wollte sie jemanden umbringen – vorzugsweise Finch, und wenn das nicht geht, dann eben jemand anderen. Ihre Augen lodern, scheinen Funken zu sprühen. Einen Moment lang schwebt seine Frage in dem unbehaglichen Schweigen zwischen ihnen.

Schließlich atmet sie aus. »Ja. Okay.«

Sie springt auf und stürmt die kleine Gasse hinunter in Richtung Fluss. Adrian nickt den Jungs zu, bevor er ihr folgt. Finch bemerkt es nicht. Er starrt Ginny mit einem seltsamen Gesichtsausdruck hinterher.

Im Stadtzentrum wirkt die Donau schmutzig. Ginny geht am Ufer entlang, den Blick auf den Staub gerichtet, den ihre weißen Sneaker bei jedem Schritt aufwirbeln. Adrian ist jetzt an ihrer Seite, passt sich schweigend ihrem Tempo an. Obwohl sie schnell geht, mit energischen Armbewegungen, kann Adrian mit seinen langen Beinen fast gemütlich schlendern.

»Also.« Adrian räuspert sich. »Sollen wir darüber reden?«

»Nein.«

»Okay. Sollen wir lieber über Tristans massives Hochstapler-Syndrom sprechen?«

»Was?« Ginny bleibt abrupt stehen, überrumpelt von der Frage.

»Ich meine, hallo …« Adrian grinst. *Hol sie zurück*, denkt er. *Hol sie um Himmels willen zurück.* »Sag nicht, dir ist nicht aufgefallen, wie er in den letzten zwei Tagen zum Europäer mutiert ist.«

Sie runzelt die Stirn. »Jetzt, wo du's sagst: Er trägt völlig andere Klamotten als in New York.«

»Ich habe noch nie so viel Leinen an einem Fleck gesehen«, sagt er. »Nicht mal in Positano.«

Ginny lacht laut auf – und am liebsten würde Adrian ihren zarten Körper hochheben und herumwirbeln.

»Und dann das Getue mit der Bäckerei heute Morgen«, fährt er fort. »Seine Schwärmerei, wie berühmt sie ist! Und als die Bestellung dann kam, hat er mir lang und breit jedes einzelne Teil erklärt.«

»Klar, wo er doch der Ungarn-Experte unter uns ist.«

Adrian seufzt. »Ich hab's nicht übers Herz gebracht, ihm zu sagen, dass kein Mensch in Hegyvidék sein Frühstück per App bestellt.«

Wieder lacht Ginny, laut und ungehemmt, so wie immer. Und genau wie vor einem Jahr erfüllt ihr Lachen ihn an Stellen, von denen er gar nicht wusste, dass sie leer sind.

»Fühlst du dich besser?«, fragt er.

»Ja.« Sie lächelt zu ihm hoch. »Sollen wir noch ein Stück gehen?«

»Gern!«

Sie spazieren weiter am Fluss entlang und beobachten, wie das Sonnenlicht auf den Wellen tanzt.

»Ich wollte nur …« Ginny bricht ab und fängt noch einmal neu an. »Es ist bloß … Ich hab es einfach satt.«

»Was satt?«

Sie kickt einen kleinen Stein vor sich her. »Hast du eine Ahnung, wie es ist, das einzige Mädchen in einer Horde von Jungs zu sein?«

»Ich müsste lügen …«

Das bringt sie erneut zum Lachen. Kurz, kehlig. »Stimmt. Na

ja. Manchmal ist es großartig. Manchmal hab ich das Gefühl, endlich in den Geheimclub aufgenommen worden zu sein, in den ich schon mein ganzes Leben lang reinwollte. Ich meine, ich bin mit drei Brüdern aufgewachsen, einer Schwester, die mich gehasst hat, und einer Mutter, die lieber eine Wathose angezogen und mit meinem Vater geangelt hat, als sich auch nur einen Strich zu schminken. Weiblichkeit hat mich nie interessiert. *Mädchen* haben mich nie interessiert.«

Vor ihnen steigt die Straße an, und sie stapfen hoch.

»Als ich aufs College kam, waren die ersten Leute, die mir über den Weg gelaufen sind, die Jungs. Praktisch über Nacht waren wir beste Freunde. Es hat sich angefühlt wie eine weitere Bestätigung, wie ein Beweis. Als sei es einfach mein Schicksal, unter Männern zu leben.«

Je länger sie bergauf gehen, desto tiefer holt Adrian Luft.

»Aber das Problem einer Frau in einer Gruppe von Männern …« Ginny bleibt kurz stehen, um zu verschnaufen. »Das Problem, das du als Frau in einer Jungsgruppe hast, ist: Egal wie nahe du ihnen stehst, egal wie viele Geheimnisse sie mit dir teilen, egal wie ungezwungen sie in deiner Gegenwart sind, wie ungeniert sie furzen, rülpsen, fluchen und Scheiße reden – du bist und bleibst ein Mädchen. Und wegen dieser simplen, völlig willkürlichen Tatsache wirst du nie ganz Teil von ihnen sein.«

Ihre Worte tun Adrian weh. Er würde so gerne nach ihrer Hand greifen, um ihr Kraft zu geben – wofür auch immer. Aber er behält seine Hände bei sich, eng an den Körper gepresst.

»Manchmal heißt Einsamkeit nicht, dass du irgendwo alleine bist«, sagt Ginny. »Manchmal heißt Einsamkeit, dass du nur ein paar Zentimeter von dem entfernt bist, was du willst.«

Sie erreichen die Hügelkuppe. »Ginny …«, beginnt Adrian.

»Ich …« Sie schüttelt den Kopf. »Ich hab's einfach satt.«

»Satt, das einzige Mädchen zu sein?«

»Nein.« Sie schirmt ihre Augen mit einer Hand ab und sucht

Adrians Blick. »Satt, nie diejenige zu sein, für die man sich entscheidet.«

Ihr Gesicht wirkt so offen. Und so allein. Adrian würde ihr so gerne seine Hand auf die Wange legen. Ihr mit den Fingerspitzen über die nackte Schulter streichen, so wie damals, als sie nach dem Sex in seinem Bett lagen.

Ich würde mich für dich entscheiden.

Die Worte ploppen in Adrians Kopf auf. Ungefragt. Er versucht, sie wegzuschieben, die Risse in der Mauer zu stopfen, die er so fest gebaut hat. Er weiß, dass sie nicht wahr sind. Er kann sich nicht für Ginny entscheiden. Er kann sich für niemanden entscheiden.

Aber es ist schon zu spät.

»Was ist passiert?«, fragt Adrian leise, als wollte er den Gedanken zudecken. »Mit dir und Finch?«

Ein Auto rast vorbei. Ginnys Haare flattern um ihr Kinn. Sie wendet den Blick immer noch nicht von ihm. »Das Gleiche, was immer passiert«, antwortet sie. »Ich habe mich in jemanden verliebt, der mich nicht zurückliebt.«

Sie canceln die Tour durch die Ruinenbars.

»Wir holen das irgendwann diese Woche nach«, verspricht Tristan. »Ich glaube, heute haben wir alle noch zu sehr Jetlag.«

Heute haben wir alle noch zu sehr Jetlag, denkt Ginny. Eine andere Formulierung für: *Gin ist zu angefressen und zu betrunken.*

»Wir könnten morgen an den Plattensee fahren«, schlägt Adrian vor, als sie wieder in den Audi steigen. »Als Kind war das einer meiner Lieblingsausflüge. Und mit diesem Auto macht die Fahrt bestimmt Spaß. Wir könnten schwimmen und chillen und uns für eine ausgiebige Kneipentour übermorgen ausruhen.«

»Abgemacht«, sagt Tristan.

Auf der Rückfahrt, als Ginny langsam wieder nüchtern wird, beschleicht sie das Gefühl, dass sie Adrian bei ihrem Donauspaziergang zu viel erzählt hat. Sie betrachtet sein Profil, während er still aus dem Seitenfenster blickt. Merkwürdig, denkt sie, obwohl ich ihm von meinen ganzen Zweifeln und Unsicherheiten erzählt habe, hat er kaum mit der Wimper gezuckt.

So ist er einfach, wird Ginny klar. Gelassen. Durch nichts aus der Ruhe zu bringen. Immer freundlich. Wie ein großer Stein in einem breiten Fluss, der alles, was auf ihn zukommt, klaglos und unerschütterlich hinnimmt. Sie könnte Adrian wahrscheinlich gestehen, dass sie jemanden ermordet hat – er würde nur die Stirn runzeln und fragen, wie sie die Leiche losgeworden ist.

Der Plattensee ist genauso schön, wie Adrian ihn in Erinnerung hat. Mit einer Länge von fast achtzig Kilometern und einem kristallklaren, schwimmbadartigen Türkis ist er der größte Süßwassersee des Landes. Saftig grüne Hügel umgeben ihn, in die sich Dörfer mit roten Dächern und weitläufige Weingüter schmiegen. Kleine Häfen säumen das Seeufer, in denen Segel- und Schlauchboote vertäut sind.

Früher haben sie Familienausflüge hierher gemacht – Adrian, Beatrix, seine Mutter und seine Großeltern. Abgesehen von Weihnachten und Ostern gehören die Fahrten an den Plattensee zu den wenigen gemeinsam verbrachten Tagen, an die er sich erinnern kann. Als Kind hat er es sich damit erklärt, dass seine Mutter immer so viel zu tun hatte. Jetzt fragt er sich, ob es nicht vielleicht Absicht gewesen war – ob seine Großeltern seine Mutter nicht zu schmerzhaft an den Mann erinnerten, den sie verloren hatte.

Sie parken in der Nähe von Siófok, dem berüchtigten Partyort. Als sie vom Parkplatz zum Strand hinuntergehen, führt Adrian sie zu einem Stand, wo man Kajaks, SUP-Boards und riesige aufblasbare Flamingos ausleihen kann.

»Haben Sie drei SUPs und zwei Kajaks für uns?«, fragt Tristan den Verleiher auf Englisch.

»Zwei SUPs, nicht drei«, ruft Ginny über ihre Schulter, während sie hinaus auf die Wellen starrt. »Ich teile mir eins mit Adrian.«

Tristan blickt zu Adrian, der mit den Schultern zuckt. *Klar, warum nicht.*

Der Verleiher legt den Kopf schief, er versteht kein Wort. Adrian übersetzt und reicht ihm ein Bündel blauer und roter Forint-Scheine.

Während er ihr gemeinsames Board zum Strand trägt, rennt Ginny voraus in die Brandung. Sie hält weder inne noch kreischt sie, als ihre Füße die Wellen berühren, sondern hechtet einfach in die Fluten. Als sie wieder auftaucht, kleben ihre Haare am Kopf und das Wasser läuft ihr über Brust und Arme.

Adrian lässt das Brett in die Wellen fallen, und Ginny klettert wortlos darauf, setzt sich im Schneidersitz nach vorne. Adrian stellt sich hinter sie und paddelt mit gleichmäßigen Bewegungen vom Pier weg in ruhigeres Wasser.

Ein paar Minuten gleiten sie schweigend dahin. Dann sagt Ginny: »Das machen wir in Soo auch immer.«

»Was?«

»Stand-up-Paddling. Auf dem Huronsee. Da gibt es unglaublich viele kleine Buchten, in denen das Wasser total ruhig ist. Seicht, wie hier. Meine Brüder und ich treiben den ganzen Tag mit SUPs, Kajaks und Schwimmreifen auf dem See und trinken Bier.« Sie wirft einen Blick über ihre Schulter und setzt sich dann andersherum. »Komm«, sagt sie und klopft auf die freie Fläche vor sich.

Adrian lässt sich nieder und taucht seine Beine ins klare Wasser.

»Frag mich etwas. Egal was«, fordert sie ihn auf.

»Wie bitte?«

»Frag mich, was immer du willst. Ich bin ein offenes Buch, ich mein's ernst.«

Adrian schweigt einen Moment. Er weiß, dass das nicht nur so dahingesagt ist: Sie ist wirklich ein offenes Buch. Das ist eine der Eigenschaften, die er am meisten an ihr mag.

»Zu welchem deiner Brüder hast du das engste Verhältnis?«

Ginnys Augen leuchten auf. »Zu Tom. Dem Ältesten. Er hat

immer dafür gesorgt, dass ich bei allen Aktionen der Jungs dabei war, egal ob sie am Computer gezockt oder herumgekickt oder Crash davon abgehalten haben, die Katze unseres Nachbarn in die Luft zu jagen.«

»Steht ihr euch immer noch nahe?«

»Absolut. Wir haben einen Geschwister-Chat, und Tom ruft mich jede Woche an.«

»Das ist schön.« Adrian müsste Beatrix auch öfter anrufen. »Okay. Du bist dran.«

»Wirklich?« Sie reißt die Augen auf und sieht plötzlich aus wie ein Kind, das ein Geschenk mit einer großen roten Schleife bekommen hat.

»Klar.«

»Okay.« Sie legt den Kopf schief und blinzelt ihn an. »Wie hieß dein Vater?«

Das ist so ziemlich die letzte Frage, die er erwartet hätte. Nach kurzem Zögern sagt er: »Adrian. Abgekürzt Adri.«

»Wie haben er und deine Mutter sich kennengelernt?«

»Das sind zwei Fragen.«

»Du hast auch zwei gestellt.«

Er verdreht die Augen. »Sie waren ein Highschool-Pärchen.«

»Wirklich?«

»Wirklich. Damals waren die Kommunisten noch an der Macht, und die Schulen hatten praktisch kein Geld. Die Schüler mussten die Schulbücher, Bleistifte und so weiter gemeinsam benutzen. Meine Mutter und mein Vater saßen in der Klasse nebeneinander, und dort haben sie angefangen zu teilen: erst die Bücher, dann die Hausaufgaben, dann die gemeinsame Zeit und schließlich ihr Leben.«

Ginny blinzelt. »Das ist wirklich die süßeste Geschichte, die ich je gehört habe.«

»Eine süße Geschichte mit bitterem Ende.«

Sie nickt. »Ja, das stimmt.«

Adrian tritt mit dem Fuß in die Wellen und beobachtet, wie das Wasser an seinem Schienbein hinunterläuft.

»Du bist dran«, sagt Ginny.

Während er nachdenkt, paddelt Finch in einem knallroten Kajak durch sein Blickfeld. Er schießt mit voller Wucht auf Tristans SUP zu. Tristan dreht sich um, aber zu spät – das Kajak rammt sein Board, und Tristan kann gerade noch »Du Arsch!« brüllen, bevor er ins Wasser klatscht.

Ich hab's einfach satt. Ich hab's satt, nie diejenige zu sein, für die man sich entscheidet.

Ich würde mich für dich entscheiden.

»Erzähl mir etwas, das du noch nie jemandem erzählt hast«, bittet er.

Ginny schaut ins Wasser. Er weiß, dass sie bis auf den Grund sehen kann, so klar ist es. Bis zum Sand und Schlamm und den Steinen und den Wasserpflanzen. Eine ganze Weile hält sie den Blick gesenkt.

Dann, als hätte sie eine Entscheidung getroffen, sieht sie auf und sagt: »Ich war mal magersüchtig.«

»Du … was?«

»Ja.« Sie kaut auf ihrer Unterlippe. »Die ganze College-Zeit über. Und in dem Jahr in Minnesota auch. Es ist nicht so, dass ich … dass ich überhaupt nichts gegessen hätte. Das hab ich schon. Aber nur kleine Portionen. Und bestimmte Sachen hab ich ganz weggelassen. Brot zum Beispiel und andere Kohlenhydrate. So hab ich mich durchgemogelt. *Irgendetwas* muss man essen, sonst fangen die Leute an, Fragen zu stellen.«

Adrian schweigt, er spürt, dass sie noch mehr sagen will.

»Ich wusste, dass ich Hilfe brauche, aber ich hab's einfach nicht geschafft, es jemandem zu erzählen. Anorexie, das ist so ein *Mädchending*. Ich weiß, es gibt auch Männer, die darunter leiden, aber … ich konnte mir einfach nicht vorstellen, dass die

Jungs es verstehen würden. Oder meine Brüder. Ich dachte, es würde mich noch weiter von ihnen trennen. Und das denke ich immer noch.«

Adrian beugt sich vor, sucht ihren Blick. »Du weißt, dass das nicht stimmt, oder?«

Ginny zeichnet kleine Kreise auf die Kunststoffoberfläche des Boards. »Hast du manchmal Momente, in denen du das Gefühl hast, du wärst nicht liebenswert?«

»Ich … was?« Er blinzelt. »Glaubst du das von dir?«

Sie schaut ihm wieder in die Augen. »Ich hab dich zuerst gefragt.«

»Ginny, du bist …«

»Lass es.« Sie schüttelt ihre nassen Haare. »Sag mir jetzt bitte nicht, dass ich liebenswert bin. Ich werde es dir nicht glauben.« Sie schluckt. »Schon gar nicht dir.«

Du bist nicht nur liebenswert, du bist das Sonnenlicht in Person. Das hätte er ihr gerne gesagt.

Und er hätte jetzt fragen können, warum ausgerechnet er ihr nicht sagen darf, dass sie liebenswert ist, aber er kennt die Antwort bereits. Die Antwort liegt in ihrer beider Stöhnen zwischen seinen zerwühlten Bettlaken, in ihren warmen Körpern, die sich noch lange danach aneinanderschmiegen – und in Ginnys erlöschenden Augen, als er ihr sagt, er könnte ihr nicht geben, was sie will.

»Vergiss es einfach. Vergiss, dass ich dich irgendwas gefragt habe.« Sie beginnt, sich zu verschließen, sich abzuwenden. Sie umklammert das Board mit beiden Händen, um sich wieder umzudrehen, Blick nach vorne.

»Warte«, sagt Adrian.

Ginny hält inne.

»Ich kenne solche Momente.« Er reibt sich das Knie mit einer Hand. »Ich meine, ich weiß, wie es ist, sich nicht liebenswert zu fühlen.«

»Okay.«

»Ich … ich war noch nie verliebt. Ich glaube nicht, dass ich überhaupt in der Lage bin, mich zu verlieben. Und wenn ich das nicht kann … wenn ich keine Liebe geben kann, dann glaube ich nicht, dass ich's verdiene, welche zu bekommen.« Adrian hat diese Worte noch nie laut ausgesprochen. Sie schwirren seit Jahren in seinem Kopf herum, aber er hat sie nie jemandem gesagt. Es war ihm noch nie ein Bedürfnis.

Bis jetzt.

Bei jedem anderen Menschen hätte er Angst davor, wie diese Worte ankommen. Dass sie abschrecken könnten. Dass man ihn als herzlosen, kalten Roboter ansehen könnte. Bei Ginny hat er diese Angst nicht.

Sie setzt sich wieder zurecht und legt den Kopf schief. »Wieso glaubst du das?«

»Was? Dass ich unfähig bin, mich zu verlieben?«

Sie nickt.

»Weil es so ist.«

»Nein, ist es nicht.« Sie sagt es nicht streitlustig. Sie stellt es fest, wie eine Tatsache. »Du bist nicht unfähig zu lieben, Adrian. Keiner ist das.«

Er sieht sie einen Moment lang an. »Was glaubst du, wie dich die Leute sehen?«, fragt er dann. »Wenn du raten müsstest.«

»Hm.« Sie löst ihre Beine aus dem Schneidersitz, beugt sich vor und legt ihre Hände um die Seiten des Boards. »Ich glaube … die Jungs finden mich ziemlich albern. Emotional. Verrückt. Das Mädel, das für alle kocht und sich auf Partys zu sehr betrinkt. Das einfach keine feste Beziehung führen kann.« Sie schürzt die Lippen und atmet aus. »Für meine Brüder und meine Schwester bin ich die Schlaue, wenn auch etwas Schusselige. Ständig verliere ich Zeug. Nie gucke ich bei einem Zebrastreifen in beide Richtungen. Solche Sachen.«

Er beißt sich auf die Innenseite seiner Wange. *Verdammt, sie hat all ihre positiven Eigenschaften genommen und in negative verwandelt.* »So ... würde ich dich niemals beschreiben.«

»Nein? Wie würdest du mich denn beschreiben?«

Unbekümmert. Nachdenklich.

Wunderschön.

»Ist das deine offizielle Frage?«

»Nein.« Ginny kaut auf ihrer Unterlippe. »Okay. Ich habe eine: Was denkst du, in welchem Alter werden wir erwachsen?«

»Wie meinst du das?«

Sie zuckt die Achseln. »Na ja, früher war es ungefähr mit sechzehn, oder? Wäre ich früher auf einer Farm groß geworden, hätten mich meine Eltern mit sechzehn verheiratet und dafür eine Ladung Kühe und Schweine bekommen. Jetzt lernen Sechzehnjährige nur noch, wie man rückwärts einparkt. Und wie man Busch Light trinkt. Hoffentlich nicht zur selben Zeit.« Sie lächelt. »Also, was meinst du, wann werden wir erwachsen? So richtig erwachsen?«

Adrian denkt über die Frage nach. Sein eigenes Leben lässt sich, so wie er es sieht, in vier Teile unterteilen: Budapest, Indiana, Harvard und New York. Er musste erwachsen werden, als er nach Amerika gezogen ist. Er musste aber auch erwachsen werden, als er aufs College kam. Und erst recht musste er erwachsen werden, als er das College verlassen und sich auf eigene Füße gestellt hatte.

»Hängt davon ab, was man unter Erwachsenwerden versteht«, sagt er. »Für manche bedeutet es finanzielle Unabhängigkeit. Die kannst du theoretisch mit achtzehn oder zweiundzwanzig haben – oder nie, wie in Tristans Fall.«

Ginny lacht.

»Für andere bedeutet es, sich auf eine ernsthafte Beziehung einzulassen. Aber unsere Generation ist so verdammt unterentwickelt, wenn es um Liebe geht, deshalb weiß ich nicht, ob das der beste Maßstab ist.«

»*Unsere* Generation – haben *wir* gerade etwa im Majestätsplural gesprochen, Adrian?«

Die Bemerkung bringt ihn zum Lachen. »Was ich, glaube ich, sagen will: Es ist für jeden Menschen anders. Wir alle erleben in verschiedenen Phasen unseres Lebens Veränderungen oder Traumata, die uns zwingen, erwachsen zu werden. Das kann mit neun sein, mit sechzehn oder mit dreiundvierzig. Ich weiß es nicht.«

»Der Dreiundvierzigjährige wäre ein ziemlicher Spätzünder.« Ginny schweigt einen Moment, dann sagt sie: »Du hast Ungarn mit neun verlassen.«

»Das war einfach die erste Zahl, die mir in den Sinn gekommen ist.«

»Okay.« Sie mustert ihn eingehend und sagt dann: »Du bist dran.«

Adrian hat schon eine Frage parat. »Was glaubst du, was für eine Person du im Gefängnis wärst?«

»Wie bitte?« Sie verschluckt sich fast vor Überraschung.

»Na ja, du weißt doch sicher, dass es in Gefängnissen verschiedene Rollen gibt? Bandenchef, Informantin, Zigaretten-Dealer, so was.« Adrian hat sich warmgeredet. »Hast du noch nie drüber nachgedacht, wo du in dieser Hierarchie stehen würdest?«

»Nein, absolut nicht.«

»Na, dann denk mal nach.«

»Hm …« Ihr Blick wandert zum Ufer. »Zigaretten-Dealerin?«

»Niemals.« Er schüttelt den Kopf. »Komm, sei nicht so bescheiden. Du würdest dich ruckzuck mit allen Insassinnen anfreunden, ob sie wollen oder nicht, und schon nach kurzer Zeit ihre wohltätige Diktatorin sein.«

Langsam wiegt sie den Kopf, ihre nassen Haare schwingen hin und her. »Wer bist du und was hast du mit Adrian Silvas gemacht?«

Er zwinkert. »Du bist dran.«

»Gut.« Sie lehnt sich zurück, auf ihre Handflächen gestützt. »Letzte Frage: Was war das Schwierigste beim Englischlernen?«

»Oh, gute Frage.« Er stellt seine Füße aufs Board und zieht die Knie an. »Hm.« Nachdenklich tippt er sich ans Kinn. »Da gibt's einiges. Englisch ist eine verdammt komische Sprache.«

»Da hast du recht.«

»Okay.« Er klatscht in die Hände. »Das beantwortet die Frage zwar nicht wirklich, aber ich hab lange Zeit die Worte ›Hostel‹ und ›Bordell‹ verwechselt.«

Einen Moment lang starrt Ginny ihn an, dann prustet sie los. »Was um alles in der Welt«, japst sie, »hat ein Neunjähriger mit dem Wort ›Bordell‹ zu schaffen?«

Er zuckt die Achseln. »Kleine Jungs sind total lüstern.«

Sie spritzt ihn nass, und er schüttelt sich lachend.

»Unglaublich, dass du dich noch daran erinnerst, wie alt ich war, als ich in die Vereinigten Staaten gezogen bin«, sagt er.

Sie taucht einen Arm in den See und schaufelt eine Handvoll Wasser heraus. »Ich erinnere mich an alles über dich«, erwidert sie.

Und er bezweifelt nicht eine Sekunde, dass das stimmt.

Während Adrian das schaukelnde Brett zurück ans Ufer paddelt, beobachtet er Ginny. Jedes Mal, wenn eine Welle sie nass spritzt, lacht sie. Sie hat die Augen geschlossen, aber die Lippen weit geöffnet, als wollte sie das Wasser mit der Zunge auffangen. Ihre Zähne blitzen. *Ich würde alles geben, damit dieses Lächeln auf ihrem Gesicht bleibt.* Das wird ihm plötzlich klar. So klar, wie ein Wort das andere ergibt.

Als sie das Ufer erreichen, hilft Ginny ihm, das Brett auf den Strand zu ziehen. Dann richtet sie sich auf und dreht sich zu ihm.

»Was?«, fragt er.

»Ich hatte es ganz vergessen«, sagt sie.

»Was vergessen?«

»Wie einfach es ist, mit dir zu reden.«

»Oh.« Er zieht an seiner Badehose. »Mir geht's mit dir genauso.«

Ein schmales Lächeln huscht über ihr Gesicht. »Clay hat etwas Seltsames gesagt.«

»Was?«

»Er sagte, dass ich dir wichtig bin.«

»Du *bist* mir wichtig, Ginny.«

»Komisch.«

»Wieso?«

»Weil du gesagt hast ... damals, in deiner Wohnung, nachdem wir ...« Ihr scheinen mehrere Dinge gleichzeitig durch den Sinn zu gehen. Aber dann schließt sie die Augen und schüttelt den Kopf. »Weißt du was? Völlig egal. Scheiß drauf. Ich verbring gern Zeit mit dir.«

Adrian versucht, ihrem Gedankengang zu folgen, aber sie schießt von einem Punkt zum nächsten, schnell wie ein kleiner Fisch. Er kann nur schlucken und sagen: »Ich auch mit dir.«

Sie nickt, als hätten sie gerade übers Wetter gesprochen. »Schön«, sagt sie. »Dann sind wir also Freunde.«

Freunde. Das ist gut. Das ist es doch, was er will, oder? Das ist die sicherste Option. So kann er Ginny in seinem Leben behalten, ohne sich auf etwas Ernsthaftes einlassen zu müssen. Oder zu riskieren, dass ihnen alles um die Ohren fliegt und er sie für immer verliert.

»Freunde«, bekräftigt er.

Adrians bester Freund hat versprochen, sie zu begleiten, wenn sie durch Budapests Ruinenbars ziehen. Und nicht nur das – er hat die Kneipentour für sie geplant. *Ich zeig euch die wirklich angesagten Locations*, hat er Adrian geschrieben. *Nicht die albernen Touristenspots.*

Jozsef Borza ist nur halb so groß wie Clay, Tristan, Finch oder Adrian, hat aber doppelt so viel Persönlichkeit. Als er jetzt auf ihr Grüppchen zustürmt, ist das Erste, was Ginny an ihm wahrnimmt, seine zerzauste, wild flatternde blonde Haarmähne.

»*Haver!*«, schreit er und winkt überschwänglich. »*Haver!*«

Lächelnd beugt sich Adrian zu den anderen. »Das heißt Kumpel.«

Im nächsten Moment fliegt ihm sein bester Freund um den Hals. Adrian ist so viel größer als Jozsef, dass er ihn vom Bürgersteig hochhebt und im Kreis herumschwingt.

»Willkommen in Budapest!«, sagt Jozsef in die Runde, nachdem Adrian ihn abgesetzt hat. »Weltoffen, kultiviert und vollgestopft mit Politikern, die so korrupt sind, dass eure Senatoren vor Scham erröten würden.« Er zwinkert. »Aber Hauptsache, das Nachtleben rockt, oder?«

»Ich mag ihn jetzt schon«, sagt Clay.

Sie beginnen im *Szimpla Kert*, der berühmtesten Ruinenbar der Stadt. Laut Adrian und Jozsef sind die Ruinenkneipen zuerst im VII. Bezirk aufgetaucht, einem Stadtteil, der nach dem Zweiten Weltkrieg langsam vor sich hin verfiel. Im Laufe der Zeit entwickelte sich eine alternative Kneipenszene, mit ausgefallenen Bars, die in leer stehenden Geschäften, Lagerhallen und Häusern aufmachten. Von der Straße aus wirken die Gebäude unscheinbar und unauffällig. Nur ein paar flackernde Lichter und das gedämpfte Wummern von Musik deuten darauf hin, dass hinter den Mauern wild gefeiert wird.

Szimpla Kert ist der absolute Wahnsinn. Die Bar hat sich in einer alten Fabrik eingenistet, zwischen bröckelnden Ziegelwänden und verrosteten Metallgittern. Ein Sammelsurium aus ramponierten Hochtischen und klapprigen Hockern bildet das Inventar. Die Deko besteht aus üppigen Pflanzen, alten Neonröhren, Retro-Werbeplakaten und Stühlen, die an Kabeln von der Decke baumeln. Ginny schlendert mit offenem Mund durch das vollgestopfte Labyrinth. Jeder Raum ist anders: In einem steht ein Kickertisch, in einem anderen sind alte Badewannen zu Bänken umfunktioniert. Die Wände sind mit Farbe vollgesprüht oder mit Permanentmarker bekritzelt – Wolken aus Namen und Botschaften.

Für einen kurzen Moment vergisst Ginny Finch. Und Adrian. Sie vergisst das Erbrechen, die Magersucht, den ganzen Schmerz, der außerhalb dieser Mauern existiert. Sie sieht nur noch Farbe und Licht.

Jozsef führt sie hinaus in den von Hängelampen erleuchteten Innenhof. In der Mitte steht ein bemaltes, beklebtes, halb aufgesägtes und zur Sitznische umgewandeltes Auto. Eine Freundesgruppe hat sich hineingequetscht und amüsiert sich prächtig. Jozsef umrundet das Auto und deutet auf einen Picknicktisch.

»Die erste Runde geht auf mich«, ruft er und bahnt sich seinen Weg zur Bar.

Sie setzen sich. Ginny, Clay und Finch auf die eine Seite, Adrian und Tristan auf die andere. Aus den Augenwinkeln sieht Ginny, wie Finch sich zu Clay lehnt und ihm eindringlich etwas ins Ohr flüstert. Alle paar Augenblicke huscht sein Blick zu ihr. Sie ignoriert ihn geflissentlich.

Nach ein paar Minuten kommt Jozsef mit einem ganzen Schwung an Glaskrügen zurück. Er stellt sie in die Mitte des Tischs, zwängt sich zwischen Adrian und Tristan und erzählt ihnen brühwarm eine Geschichte über das Paar, das beim Getränkebestellen neben ihm stand.

Ginny mag seinen ungarischen Akzent. Er ist klar und präzise, die Silben sind deutlich voneinander getrennt. Jozsef nuschelt nicht wie die Amerikaner und verschluckt auch keine Konsonanten. Er artikuliert so sorgfältig wie ein Sprachcomputer.

Sein Erzähltemperament ist allerdings das krasse Gegenteil von mechanisch und präzise. Wenn er redet, wirkt er wie ein aufgeregtes Hündchen, und er hüpft so schnell von Thema zu Thema, dass Ginny kaum folgen kann. Jedes Mal, wenn er versucht, den Bogen zu schlagen und sich daran zu erinnern, wie er überhaupt zu seinem letzten Punkt gekommen ist, muss sie schallend lachen.

»Nenn mir mal ein Wort, das es nur im Ungarischen gibt«, bittet sie ihn, als er mal wieder mitten in einer Geschichte stecken bleibt.

»Wie meinst du das?«

»Zum Beispiel ... Es heißt immer, dass es im Deutschen absolut einzigartige Wörter für ganz bestimmte Gefühle oder Handlungen gibt. Wörter, die wir im Englischen so nicht haben.« In den Boxen an der Decke wechselt der Soundtrack von dröhnendem Pop zu einem Oldie-Remix. »Gibt es etwas Ähnliches auch im Ungarischen?«

»Hm, mal überlegen ...« Jozsef stützt den Kopf auf seine Handfläche und tippt sich nachdenklich mit dem Finger ans Kinn. »Hey, *Haver*, du könntest die Frage auch beantworten.«

»Nicht so gut wie du«, sagt Adrian.

Nach einer Weile leuchten Jozsefs Augen auf. »Ich hab eins! Hast du das Wort *elvágyódás* schon mal gehört?«

»Ah.« Adrian lächelt.

»Ich müsste lügen«, sagt Ginny.

»Es beschreibt ein ganz bestimmtes Gefühl.« Jozsef beugt sich vor. »Das intensive Verlangen, von dort wegzukommen, wo du dich gerade befindest.«

Ginnys Mund verzieht sich zu einem Lächeln. »*Elvágyódás*. Ein unglaubliches Wort.«

»Das ist es. Und ein sehr nützliches dazu.« Jozsef tippt zweimal mit dem Mittelfinger auf den Tisch. »Ich hab noch eins: *rosszarcú*. Es kann ein Substantiv oder ein Adjektiv sein und beschreibt jemanden mit einer miesen Ausstrahlung.«

Ginny legt den Kopf schief. »Also … eine miese Person?«

»Nicht unbedingt.« Jozsef schüttelt seine blonde Mähne. »Es geht um so was wie eine miese Ausstrahlung.«

Unwillkürlich schweift Ginnys Blick zu Finch, was Adrian nicht entgeht. Er muss lachen. Ginny wird rot, aber dann kichert auch sie.

»Was ist so lustig?«, fragt Clay.

»Nichts«, sagen Ginny und Adrian wie aus einem Mund und wechseln einen vielsagenden Blick.

Ein Grinsen breitet sich auf Clays Gesicht aus. »Ach ja?«

»Ja«, antwortet Adrian, dann wendet er sich an Ginny. »Ich hab auch noch ein Wort.«

»Welches?«

»*Szöszmötöl*. Es ist ein Verb und beschreibt eine Situation, in der du etwas tust und dich so sehr darauf einlässt, dass du die Welt um dich herum komplett vergisst.«

»Oh«, erwidert sie, und danach sagen sie beide eine Weile nichts. Adrians braun-schwarze Augen mustern sie so aufmerksam, dass ihr Magen ganz warm wird, langsam und gleichmäßig, vom Becken ausgehend. Ginny fühlt sich, als sei sie in seine Augen gekrochen – zwei warme, dunkle Höhlen, die sie vor der Außenwelt schützen. Sie versucht, ruhig zu bleiben, weder ihr Becken zu bewegen noch ihren Brustkorb zu heben, aber es ist fast unmöglich. In ihrem Inneren hat sich ein seltsames kleines Feuer entzündet.

Sie atmet aus. »Das ist … ein schönes Wort.«

»Ja, absolut.«

»Ich hab noch eins!« Jozsefs Stimme bricht die Höhle auf, in der Ginny kauert. Blinzelnd dreht sie sich zu ihm, als sei sein blonder Haarschopf ein gleißender Sonnenstrahl. »*Nincs.* Oder *Sincs.*«

»Wa…?« Ginny muss sich räuspern. »Was heißt das?«

»Wortwörtlich bezeichnet es die Abwesenheit von etwas. Ein Fehlen. Etwas, das nicht da ist, aber da sein sollte.«

»Ah.«

Und als Adrian wenige Sekunden später aufsteht, sich ein paar Krümel von der Jeans klopft und zur Bar geht, um eine weitere Runde Bier zu holen, weiß Ginny genau, was Jozsef meint. Sie hat es schon immer gewusst. Das Wort *nincs* beschreibt, was sie seit Langem in sich selbst spürt – eine Abwesenheit, ein Fehlen, etwas, das nicht da ist, aber da sein sollte.

Die nächste Bar ist gar keine Bar. Es ist eine kleine Gasse neben dem *Szimpla Kert* mit einer Ansammlung von Streetfood-Ständen. Kies knirscht unter Ginnys Schuhen, als sie einen hölzernen Torbogen durchquert, auf dem ein Neonschild mit der Aufschrift KARAVÁN prangt. Zu beiden Seiten der Gasse reihen sich Imbissbuden aneinander, dazwischen wimmelt es von Menschen, die sich um die vielen Holztische scharen oder Schlange stehen, um etwas zu bestellen.

Während sie sich durch die Menge schieben, schweift Ginnys Blick über das vielfältige Essensangebot: Gyros, frittierte Pfannkuchen, Burritos, Süßkartoffelpommes, Marshmallow-Eis, Burger mit Käse-Patties. Je weiter sie vordringen, desto schneller rast ihr Herz. Was soll sie bloß essen? Wie soll sie bei dieser Riesenauswahl eine Entscheidung treffen? Ihre Gedanken springen von einer Option zur nächsten, sie versucht, sich den Geschmack der einzelnen Speisen vorzustellen, sie im Geiste vorzukosten. Während die Jungs zu den einzelnen Ständen ausschwärmen, bleibt sie überfordert stehen, dreht sich ratlos im Kreis, reckt den Hals mal nach rechts, mal nach links. Von allen Seiten wird sie angerempelt. Sie sucht die Menge nach den Jungs ab, will sehen, was sie sich ausgesucht haben. Aber sie kann sie nirgends entdecken.

Seit dem Abend ihrer Ankunft ist Ginnys Hirn bei jeder Mahlzeit in höchster Alarmbereitschaft. Sie hat Angst vor einem erneuten Ausrutscher, davor, dass aus einem Bissen zwei werden und aus zwei tausend. Denn es ist ja bereits ein paarmal passiert. Sie ist in Kopflosigkeit verfallen, ein Kaninchen, das hektisch den Raum absucht, auf der Suche nach mehr, mehr, mehr …

Und sie will auf keinen Fall, dass sich das heute wiederholt. Die Stunde eben im *Szimpla Kert* war für sie die entspannteste seit Langem. Sie will dieses Gefühl nicht durch eine Heißhungerattacke zerstören. Will nicht wieder im totalen Kontrollverlust enden. Deshalb muss sie ihr Essen sorgfältig auswählen. Darf nichts nehmen, was sie irgendwie triggert.

»Kannst du dich nicht entscheiden?«

Ginny wirbelt herum. Hinter ihr steht Finch, einen Taco mit Käse und Hühnchen in der Hand.

Sie kneift die Augen zusammen. »Doch.« Sie dreht sich um und will zum nächsten Stand marschieren, aber Finch packt sie am Handgelenk.

»Ginny, warte.«

»*Was?*« Sie fährt herum. »Was ist, Finch? Was könntest du mir schon zu sagen haben?«

Vielleicht liegt es am Alkohol. An ihrem leichten Rausch. Vielleicht auch am Gedränge und der dröhnenden Musik, dem überbordenden Essensangebot ringsum. Was auch immer der Auslöser ist, Ginny hat das Gefühl, dass sie diese Konfrontation hier und jetzt braucht.

Nun, da er ihre Aufmerksamkeit hat, scheint Finch das Sprechen verlernt zu haben. Er blickt zu Boden. Tritt von einem Fuß auf den anderen. Der Taco rutscht auf seinem Teller hin und her. Als Finch wieder aufblickt, sind seine Augen so warm und traurig, dass es Ginny fast das Herz zerreißt.

»Ich vermisse dich«, sagt er.

Ginny lacht laut auf. Harsch und schneidend. »Netter Versuch. Kommt mir bekannt vor, hatten wir schon mal.«

»Ich meine es ernst.« Seine Worte klingen flehend. »Du kannst dir nicht vorstellen, wie schwer die Entscheidung für mich war.«

»Für dich?« Ginny tritt näher, wird lauter. »*Für dich?* Hör auf, mich zu verarschen, Finch. Du hast mir das ganze letzte Jahr etwas vorgemacht. Ich hätte wissen müssen, dass das alles nur Gelaber war.« Sie schüttelt den Kopf. »Es ist der gleiche Scheiß wie damals in Harvard. Der absolut gleiche.«

»Das ist es nicht.« Finch tritt näher an Ginny heran, nimmt ihre Hand und zieht sie an sich, bis sie nur noch wenige Zentimeter von seiner Brust entfernt ist. »Ich wollte wirklich mit dir zusammen sein. Ich *will* es. Aber ich muss an meine Zukunft denken. Mit Hannah Schluss zu machen – das würde ihr komplett den Boden unter den Füßen wegreißen. Und mir vielleicht auch. Ich weiß es nicht. Aber das heißt nicht ... ich kann nicht ...« Er senkt den Kopf. Nach einer langen Pause schaut er wieder auf und sucht ihren Blick. »Ich liebe dich auch, Ginny. Das hab ich immer, und das werde ich immer.«

Ginny atmet tief ein. Sie verspürt den Drang, beide Hände um sein Gesicht zu legen und seinen Mund auf ihren zu ziehen. Aber sie kämpft gegen den Impuls an und weicht stattdessen einen Schritt zurück. »Das ist nicht ...« Ihre Stimme bebt. »Das ist nicht fair.«

»Aber es stimmt. Es stimmt und ich ...« Finch streicht mit einer Hand über ihre Wange. »Gott, ich ...«

Dann beugt er sich herunter und presst seine Lippen auf ihre.

Ginny schnappt nach Luft. Instinktiv hebt sie die Hände und

greift in seine Haare, zieht ihn fester an sich. Dieser Kuss – er ist alles, wonach sie sich gesehnt hat. Alles, worauf sie gewartet hat.

Alles, was sie nicht haben kann.

Keuchend löst sie sich von ihm. Lässt seinen Kopf los und presst die Hände auf ihren Bauch.

»Ginny?«

Die Musik ist ihr plötzlich viel zu laut, der Essensgeruch so stark, dass sie das Gefühl hat, daran zu ersticken. »Ich kann nicht … ich weiß nicht …« Es gibt zu viel, was sie sagen möchte. Zu viele Gespräche, die sie sich in den letzten Tagen zurechtgelegt hat. Aber nichts davon kommt heraus. Sie fühlt sich ausgelaugt, leer. Und plötzlich verspürt sie den unbändigen Drang, diese Leere irgendwie zu füllen.

Sie macht auf dem Absatz kehrt und verschwindet in der Menge.

»Ginny …«

Sie rennt, bis seine Stimme in der Musik untergeht. Bis sie das Ende des *Karaván* erreicht, wo Lichterketten und Topfpflanzen von Metallträgern baumeln. Dort entdeckt sie die anderen – Clay, Tristan, Jozsef, Adrian. Sie haben sich um einen Stehtisch versammelt, zwischen sich eine ganze Palette von Papptellern.

Als Clay Ginny erspäht, winkt er sie herüber. »Da bist du ja! Wir haben uns gerade gefragt …« Er hält inne, als er ihr Gesicht sieht. »Was ist passiert?«

»Nichts.« Ginny bahnt sich einen Weg zu ihnen und zwängt sich in eine Lücke am Tisch. »Ich sterbe vor Hunger.« Sie steckt sich eine Süßkartoffelpommes in den Mund.

Die Jungs wechseln Blicke. »Wo ist Finch?«

»Wen interessiert das?«, fragt Ginny und schnappt sich drei weitere Pommes.

Die Jungs nehmen ihr Gespräch wieder auf, aber es wirkt etwas verkrampft. Zwischendrin essen sie von den Papptellern, wobei sie alles zu teilen scheinen. Also greift Ginny ebenfalls zu.

Zuerst redet sie sich ein, dass sie nur ein bisschen probiert. Dass sie bloß ein paar Happen braucht, um die Leere, das *Nincs*, in ihrem Inneren zu füllen. Aber sie merkt schnell, dass ihr ein paar Happen nicht reichen.

Die Völlerei, die jetzt folgt, ist keine bewusste Entscheidung. Ginny weiß nur, dass sie noch eine Handvoll Pommes braucht. Dann noch eine. Und noch eine. Und eine letzte. Und plötzlich ist die Schale leer. Genauso geht es mit den leckeren frittierten Pfannkuchen, die Adrian *Lángos* nennt. Eigentlich will sie nur einmal kurz abbeißen. Und dann nimmt sie noch einen Bissen. Und noch einen. Und noch einen. Bis nur noch Krümel auf dem Teller liegen. Sie steht auf, umrundet den Tisch und verdrückt, was die Jungs übrig gelassen haben. Essen ist plötzlich alles, was zählt. Sie schlingt es herunter. Sie mutiert zu einem erbärmlichen Fresssack.

Sie beobachten mich. Sie sehen, wie ich mich vollstopfe, völlig unkontrolliert.

Die Bulimie zerstört sie, genau wie zuvor die Magersucht. Die Magersucht hatte ihr befohlen zu hungern, bis sie am Ende nur noch von ihrem eigenen Körper zehren konnte. Bis sie von ihrer Substanz lebte – ganze Stücke von sich vertilgte, so wie man einen Apfel isst, Bissen für Bissen. Bis nur noch das Kerngehäuse übrig ist. Und jetzt sagt ihr die Bulimie, sie soll essen. Bis zum Anschlag, bis zur Schmerzgrenze. Bis sie sich nach dem tröstlichen Hungern sehnt.

Sie kann richtig spüren, wie der fressgierige Teil ihres Gehirns anspringt. Als würde ein Schalter umgelegt. So muss sich ein Werwolf fühlen, denkt sie, wenn seine innere Bestie an die Oberfläche drängt. Animalisch und triebhaft erwacht Ginnys unbändiger Hunger – und zerstört jedes Bemühen um Selbstbeherrschung.

Jeder Mensch hat eine Bestie in sich. Und wahrscheinlich giert jede Bestie nach etwas anderem – manche wollen Sex, manche Macht, manche chemisch induziertes Glück. Und Ginnys Bestie? Nun ja. Nach fünf Jahren, in denen sie gerade mal so viel gegessen hat, dass sie knapp über die Runden kam und ihre Schmerzen eben noch erträglich waren, und nach einem weiteren Jahr, in dem sie fast alles, was in ihren Körper gelangte, wieder ausgekotzt hat … nach all diesen Jahren will ihre Bestie endlich essen.

Adrian merkt als Erster, dass Ginny weg ist. Eine Viertelstunde zuvor hat sie sich entschuldigt, um zur Toilette zu gehen, und noch immer ist sie nicht zurück. Langsam wird er nervös. Ihm gefiel ihr fiebriger Blick nicht, als sie an ihrem Tisch auftauchte. Ihm gefiel nicht, dass sie kaum ein Wort gesagt, sondern nur gegessen hat. Gegessen, bis nichts mehr übrig war.

Zuerst hatte es ihn gefreut zu sehen, wie sie sich auf das Essen stürzte. Genauso wie es ihn gefreut hatte, als sie ihm von ihrer Magersucht erzählt hat – auch wenn er nicht ganz glauben konnte, dass die Krankheit tatsächlich so weit zurücklag. So dünn, wie Ginny ist … Als er sie beim Verdrücken einer ganzen Schale Süßkartoffelpommes beobachtete, dachte er jedenfalls: *Endlich, sie isst.* Es erfüllte ihn geradezu mit Euphorie. Und je mehr sie aß, desto euphorischer wurde er.

Als sie fertig war, sah Adrian aus dem Augenwinkel, wie sie sich mit einer Papierserviette den Mund abtupfte. Er wartete darauf, dass sie einen Moment zur Ruhe kam, satt, wohlig und zufrieden – so wie man sich nach einer leckeren Mahlzeit eben fühlt.

Doch das passierte nicht. Ginny lächelte nicht. Sie strich sich auch nicht über den Bauch oder lehnte sich kurz zurück. Nein, sie zog die Schultern hoch, ballte die Hände zu Fäusten und starrte mit leerem Blick vor sich hin – wie jemand, der weit, weit weg ist, versunken in die unerreichbaren Tiefen seines Geistes.

Adrian hätte ihr gerne eine Hand auf die Schulter gelegt. Ihren Namen geflüstert. Irgendetwas getan, um sie aus dem

Zustand herauszuholen, der für ihn nach erdrückender Angst oder Panik aussah.

Aber gerade als er den Arm nach ihr ausstreckte, kam Ginny wieder zu sich. Ihr Blick wurde scharf, ihr Kopf hob sich ruckartig. »Toilette«, murmelte sie, drehte sich um und verschwand.

Das war vor fünfzehn Minuten gewesen.

Kurzentschlossen sagt Adrian den anderen, dass er auch aufs Klo muss – und macht sich auf die Suche nach ihr.

Es dauert nicht lange, bis er sie findet. Sie läuft auf dem Bürgersteig vor dem *Karaván* hin und her, einen Pappbecher in der Hand. Alle paar Sekunden führt sie den Becher zum Mund und nippt daran. Ihr Handgelenk zittert leicht.

»Ginny?«

Sie zuckt so heftig zusammen, als hätte Adrian ihren Namen geschrien, dabei hat er ihn fast geflüstert, ganz sanft. Das Getränk im Pappbecher schwappt über den Rand. Zu Adrians Überraschung ist es kein Wasser, sondern eine seltsam zähflüssige gelblich orange Brühe. Wie Farbe spritzt sie auf den Bürgersteig.

Einen angespannten Moment lang starrt Ginny mit offenem Mund auf die Pfütze.

»Was ist das …?« Er tritt vor und guckt ebenfalls. »Was trinkst du da?«

»Nichts.« Hastig stellt sie sich ihm in den Weg.

»Ginny …«

»Es ist *nichts*, Adrian. Absolut nichts, okay? Nur ein komisches ungarisches Getränk, das ich gar nicht wollte.« Sie läuft zum Mülleimer und wirft den Becher weg. »So.«

»Das sah nicht aus wie ein …«

»Gott, Adrian, hör auf! Hör einfach auf!« Sie bedeckt ihre Augen mit einer Hand. »Geh lieber wieder in deinen Schweigemodus. Hör auf, dir Sorgen zu machen, okay? Ich will deine

Hilfe nicht. Ich will nicht einmal in diesem blöden Land sein, mit seinen bescheuerten Touristenbars und ekelhaften Getränken. Kümmer dich um deinen eigenen Scheiß und lass mich in Ruhe.«

Prüfend sieht Adrian Ginny an, aber sie versteckt ihr Gesicht immer noch hinter ihrer Hand. Er öffnet den Mund, schließt ihn jedoch wieder.

»*Haver!*« Jozsefs Stimme durchbricht ihr angespanntes Schweigen. Ginny lässt die Hand sinken, strafft ihren Rücken und setzt ein gezwungenes Lächeln auf. Jozsef legt Adrian von hinten einen Arm um die Schulter. »Bereit für die nächste Bar?«

Adrian sieht Ginny an, doch die erwidert seinen Blick nicht. Sie schaut zu Boden, auf den Müll, der vor dem *Karaván* herumliegt. Überallhin, nur nicht zu ihm.

»Ja«, sagt Adrian. »Lass uns von hier verschwinden.«

Ihre dritte Station, das *Instant-Fogas*, ist ein Club – oder besser gesagt *sieben* Clubs, alle in einer einzigen Lagerhalle. Jozsef schleppt sie in einen der kleineren Läden, einen dunklen, kastenförmigen Raum namens ROBOT, in dem Rockbands auftreten. Er bestellt eine Runde Tequila-Shots.

»Hilfe, nicht Tequila.« Tristan legt eine Hand auf seinen Bauch. »Ich kotze gleich.«

Ginny lacht auf eine Art, die Adrian nicht deuten kann.

»Tequila für alle!« Clay reicht die Gläser herum, auf denen je ein Limettenschnitz liegt. Dann hebt er seinen Shot. »Auf unseren unerschrockenen Guide Jozsef.«

»Ich habe keine Ahnung, was unerschrocken bedeutet«, Jozsef stößt mit Clay an, »aber ich vermute, es hat mit meinem unsagbar guten Aussehen zu tun. Lass uns die Sau rauslassen, Bruder.«

Sie nehmen die Limettenschnitze in die Hand und knallen die sechs Gläser über dem Tresen zusammen, Tequila schwappt über die Ränder. Dann kippen sie das Zeug hinunter. *Schmeckt wie Magensäure*, denkt Adrian und drückt die Limette gegen seine Zähne.

»Los, los, auf die Tanzfläche, Jungs.« Ginny schnappt sich Clay und Tristan und zerrt sie ins Gedränge. Nach kurzem Zögern trottet Finch hinterher.

Jozsef stellt sein Glas auf die Bar und bestellt mit einem Handzeichen zwei weitere. Er sieht Adrian direkt an, bevor er ins Ungarische wechselt: »Du und Ginny also, ja?«

»Was ist mit uns?«

»Na, ihr seid doch zusammen, oder?«

Der Barkeeper stellt die zwei Shots vor sie hin.

»Nein. Absolut nicht.«

»Aha.« Jozsef nimmt sein Glas von der Theke. »Aber ihr mögt euch?«

Adrian schüttelt den Kopf. »Ich glaube nicht.«

Jozsef schnaubt. »*Haver!* Bist du bescheuert? Siehst du nicht, wie sie dich anschaut?«

»Sie schaut mich überhaupt nicht an.«

»Und ob sie dich anschaut, mein Freund.« Jozsef beugt sich vor. »Mensch, ich kenne dich schon, seit wir beide noch Windeln anhatten. Ich weiß, dass du nicht der Typ bist, der Mädchen hinterherläuft. Ich meine, *szar*, du könntest jede Frau in diesem Club haben. Aber das ist nicht dein Stil.«

Adrian blickt in sein Glas. Der Tequila schimmert hellgelb, fast golden.

»Aber diese hier? Ginny? Die ist etwas Besonderes.«

Adrian sieht seinem Freund in die Augen. »Du kennst sie doch kaum.«

»Aber ich kenne *dich*. Und ich hab nicht nur gesehen, wie sie dich anguckt, *Haver*.« Mit energischem Schwung kippt Jozsef seinen Schnaps und knallt das leere Glas auf den Tresen. »Ich hab auch gesehen, wie du sie anguckst.«

Zehn Minuten später tauchen Ginny und die Jungs wieder auf. Jozsef hängt schon seit einiger Zeit halb über dem Tresen und fachsimpelt mit dem Barkeeper. Adrian hat das Gefühl, dass er etwas ziemlich Extravagantes bestellt.

Und er wird nicht enttäuscht. Als seine Freunde halbwegs verschnauft haben, sind die Drinks fertig. Der Barkeeper stellt sie auf dem gemaserten Holz ab: sechs kleine röhrenförmige Becher aus locker-luftigem Teig, goldbraun gebacken.

»Was zum Teufel ist das?«, fragt Tristan.

»Das ist Schornsteinkuchen mit Schuss!« Jozsef sieht doppelt so ekstatisch aus wie sonst, falls das überhaupt möglich ist. »Ein klassisches ungarisches Dessert. Es wird über dem offenen Feuer gebacken und normalerweise mit Eiscreme gefüllt. Ich hab den Barkeeper gebeten, stattdessen Alkohol reinzugießen.«

Tristan lehnt sich über den Tresen. »Aber die sind leer.«

»Nicht mehr lange«, sagt der Barkeeper und füllt die sechs Teigschornsteine bis zum Rand mit Wodka. »Trinkt sie lieber gleich, bevor sie durchweichen.«

»Und runter damit!« Jozsef nimmt seinen Becher, schüttet sich den Wodka in den Mund und stopft den Kuchen hinterher.

Adrian schaut zu Ginny. Ihre Hand schwebt über dem Shot, als könne sie sich nicht entscheiden, ob sie ihn trinken soll oder nicht. Ihr Blick huscht hin und her, sie scheint einen anderen Platz für ihren Becher zu suchen. Aber dann stößt Jozsef sie mit dem Ellbogen in die Seite: »Hoch die Tassen.«

Da bekommt ihre Miene etwas Entschlossenes, sie legt den Kopf in den Nacken, kippt den Wodka und stopft sich anschließend das ganze Teil auf einmal in den Mund. Dabei stößt sie mit der Schulter versehentlich gegen Adrians Brust.

»Und?« Jozsef hüpft aufgeregt hin und her. »Schmeckt es dir?«

Ginny hat Mühe zu schlucken. Aber dann leckt sie sich mit der Zunge über die Unterlippe. »Wow!«

»Ich wusste es!« Jozsef klatscht. »Noch zwei!«, ruft er dem Barkeeper auf Ungarisch zu.

Adrian verfolgt, wie Ginny und Jozsef zwei weitere Shots leeren. Mit jedem Schluck wird Ginny lockerer, sprudelnder. Ihre Wangen röten sich. Jozsef schlingt einen Arm um ihre Schulter und dreht sich lachend zu Adrian. »Alle Achtung, die kann trinken.«

»Lass uns noch einen bestellen«, sagt Ginny.

Adrian legt eine Hand auf Jozsefs Arm. »Ich glaube, das reicht.«

»Ach ja, tut es das?« Ginny kneift die Augen zusammen. Sie spricht weder schleppend noch verwaschen, noch nicht, nur die Wortenden rutschen weg, wie bei einer nachlässigen Handschrift. »Ich wusste gar nicht, dass du ein Mitbestimmungsrecht über meinen Körper hast, Adrian.«

»Hab ich nicht. Ich gebe nur auf dich acht.«

»Schönen Dank, nicht nötig.« Ginny wendet sich an den Barkeeper und sagt: »Bitte noch zwei von diesen Schornstein-Shots. Und einen extra Schornstein. Nur so zum Spaß.« Als die Bestellung kommt, leert Ginny zuerst den Wodka und schiebt sich dann nacheinander beide Teigbecher in den Mund. Sie kaut mit aggressivem Genuss, als würde sie ein Zeichen setzen wollen.

»Sieht so aus, als hätten wir einen neuen Schornsteinkuchen-Fan«, stellt Jozsef fest.

»Aber hallo«, sagt Ginny.

Doch als Jozsef sich von ihr abwendet, um sich mit den anderen Jungs zu unterhalten, sieht sie nicht glücklich aus. Sie wirkt … verloren. Ihr Blick kehrt sich wieder nach innen, so wie nach dem Essen im *Karaván*. Als Adrian diese Veränderung bemerkt, steigt erneut Panik in ihm auf. Angst, dass sie an einen Ort verschwindet, von dem er sie nicht mehr zurückholen kann.

»Toilette«, murmelt sie fast unhörbar, so als würde sie glauben, dass es sowieso niemanden interessiert. Und im nächsten Moment ist sie weg.

Mindestens eine Minute lang rührt sich Adrian nicht. Er starrt auf die Lücke in der Menschenmenge, durch die sie gerade verschwunden ist, und überlegt. Soll er ihr hinterhergehen? *Will* sie, dass er ihr hinterhergeht? Oder soll er sie einfach in Ruhe lassen, so wie sie gesagt hat?

»Alles klar, Alter?« Finch beugt sich vor und sieht Adrian prüfend an.

Aber er antwortet nicht. Er schiebt sich an Finch vorbei ins Gedränge.

Die Toiletten befinden sich am anderen Ende der Bar. Als Adrian sich endlich bis dorthin durchgedrängt hat, blickt er in einen langen, schwarzen Gang mit vier Kabinentüren. Zwei Kabinen sind besetzt, zwei sind frei. Er fragt sich, warum er hier ist. Was er tun soll. An die zwei besetzten Klotüren klopfen und hoffen, dass Ginny hinter einer der beiden ist? Aber wozu? Sie braucht keinen Babysitter.

Er seufzt. Okay, wenn er schon hier ist, kann er auch selbst gleich pinkeln. Er geht zu einer der freien Kabinen und stößt die Tür auf.

Dahinter hockt Ginny auf Knien, über die Kloschüssel gebeugt, Finger im Hals.

Adrian erstarrt. Seine Hand rutscht vom Türknauf. »W… was machst du da?«

Ginny blickt auf, die Augen glasig und blutunterlaufen. Aus ihrem Mundwinkel quillt Schleim, klumpig und cremefarben – die Reste des Schornsteinkuchens.

Einen Moment lang starren sie sich an. Auf Ginnys Gesicht spiegeln sich unterschiedlichste Gefühle: Überraschung, Entsetzen, Verwirrung. Adrian rechnet damit, dass sie ihn anschreit, er solle sich verpissen. Aber stattdessen kauert sie sich zusammen und beginnt zu weinen.

Er betritt die Kabine. Die Tür schwingt zu, und er verriegelt sie. Dann kniet er sich hin und nimmt Ginny in die Arme. Wie zart sie ist. Ihr Körper klappt in seinem Schoß zusammen wie eine Stoffpuppe.

Ihr Gesicht sackt auf seine Schulter, ihre Brust drückt sich an seine. Ein heftiges Zittern begleitet die Schluchzer, die lauter werden, je mehr Ginny sich mit ihrem ganzen Körper der Traurigkeit hingibt. Sie bebt in seinen Armen, ein Bündel aus Haut und Knochen, so unglaublich zerbrechlich. Er rührt sich nicht. Spricht nicht. Aus Angst, dass sie sich in sich selbst zurückzieht und für immer verschwindet.

Er weiß nicht, wie lange sie so dahocken. Vielleicht fünf Minuten, vielleicht aber auch zwanzig. Irgendwann lässt Ginnys Schluchzen so weit nach, dass sie sich zurücklehnen und ihm in die Augen schauen kann. Ihr Gesicht ist rot und verquollen.

»*Elvágyódás*«, flüstert sie.

»Wie bitte?« Adrian beugt sich vor, weil er glaubt, sich verhört zu haben.

»*Elvágyódás. Elvágyódás.*« Ihre Stimme bricht. »Bitte. Ich kann da nicht mehr reingehen. Ich kann nicht mehr in seiner Nähe sein.«

Adrian muss nicht fragen, wen sie meint. Er greift nach der Klorolle, reißt ein paar Blätter ab, zerknüllt sie und tupft das Erbrochene von Ginnys Kinn. Dann steht er auf, Ginny immer noch in seinen Armen, wirft das Papier in die Toilette und öffnet die Tür.

Obwohl er Mühe hat, sich mit ihr durchs Gedränge zu schieben, obwohl er jede Menge verdutzte Blicke und verärgerte Ellbogenstöße kassiert, nimmt er nichts davon wahr. Er pflügt durch die Menge wie ein Schiff durch den Ozean, zielstrebig und allein darauf konzentriert, die Frau in seinen Armen festzuhalten.

Als er den Tresen erreicht, blicken die Jungs auf, wollen ihm einen Spruch zurufen. Dann sehen sie Ginny und auf ihren Gesichtern spiegelt sich erst Verwirrung, dann Besorgnis.

»Ginny?«, ruft Finch. »Was zum Teufel …? Ist sie okay?«

»Ihr geht's gut.« Adrian schaut an Finch vorbei zu Clay und Tristan. »Ich bring sie für ein paar Nächte zu meinen Großeltern. Sie braucht eine Pause von …« Sein Blick huscht zu Finch. »Der Villa. Ich rufe euch morgen an und halte euch auf dem Laufenden, okay?«

Clay und Tristan sehen sich an. Beide scheinen den Blickkontakt mit Finch zu meiden. Schließlich nicken sie.

Jozsef stellt keine Fragen. »Ich helf dir, ein Taxi zu kriegen.« Er stößt sich von der Bar ab, geht um Adrian herum und bahnt sich einen Weg zur Tür.

Draußen ist es kühl. Noch immer sind massenhaft Leute unterwegs. Raver in Neonklamotten rempeln Adrian an, als er Ginny zum Straßenrand trägt. Aber sie beachten Ginny nicht weiter, wahrscheinlich halten sie sie für eine abgestürzte Partygängerin, zu betrunken, um selbst zu gehen. Jozsef springt auf die Straße und stoppt das erste freie Taxi. Er öffnet die hintere Tür und hält sie auf, während Adrian einsteigt, sorgsam darauf bedacht, dass Ginnys Kopf nirgends anstößt.

»Schreib mir, wenn du zu Hause bist«, bittet Jozsef. Er scheint wieder völlig nüchtern zu sein.

Adrian nickt. Dann schließt Jozsef die Tür, und das Taxi rumpelt los. Ginny hockt immer noch zusammengekauert auf Adrians Schoß, ihr Körper zittert wie der eines Säuglings, der zum ersten Mal das Tageslicht sieht.

TEIL 4

W*ie bin ich hierhergekommen?*

Als Ginny aufwacht, findet sie sich in einem warmen, gelb gestrichenen Zimmer wieder. Sie liegt im Bett, in sauberer Bettwäsche. Darüber ist eine handgewebte Tagesdecke drapiert. In einer Ecke steht ein weich gepolsterter weißer Schaukelstuhl, in einer anderen eine hellblaue Kommode mit einem Spiegel. Sie setzt sich auf. Aus dem Spiegel blickt ihr ein verängstigtes Mädchen mit gestuften blonden Haaren entgegen. Es dauert einen Moment, bis sie sich selbst erkennt.

Durch das Fenster sieht sie eine Reihe von Häusern: eines gelb, eines blau, eines rot, alle Farben knallig, fast schreiend. Quer über die Straße hängen Papierlampions. Dort draußen scheint man glücklich zu sein.

In diesem Moment dämmert ihr, dass sie sich im Haus von Adrians Großeltern befinden muss.

Die Vermutung bestätigt sich, als sie aus dem Bett steigt und zur Kommode geht: Dort steht ein gerahmtes Foto von Adrian mit zwei Frauen – einer jungen und einer alten, wahrscheinlich seine Familie.

Das muss Beatrix' altes Zimmer sein, denkt sie. Sie hat Adrians Schwester nie kennengelernt, aber der Raum hat eine zu weibliche Note, um Adrians Kinderzimmer zu sein: die Tagesdecke, die Blumen, die Schublade mit den Bräunungs- und Feuchtigkeitscremes.

In derselben Schublade entdeckt Ginny ein Notizbuch mit einem gestickten Schmetterling auf dem Einband. Sie holt es heraus und dreht es um. Das Büchlein scheint zu vibrieren, es scheint Ginny zu rufen. Sie nimmt es mit zum Bett und wirft es auf die Bettdecke. Beatrix wird nichts dagegen haben, denkt sie. Das Notizbuch ist verstaubt und alt, trotzdem sieht es aus, als sei es noch nie geöffnet worden. Wahrscheinlich haben ihre Großeltern es ihr vor langer Zeit geschenkt.

Ginny findet in der Nachttischschublade einen Stift, klappt das Buch auf und beginnt zu schreiben.

Ich versuche mal, die letzte Nacht zusammenzupuzzeln. Ich erinnere mich an einzelne Bruchstücke. Ich weiß noch, dass Adrian mich auf der Toilette gefunden hat. Dass ich geweint habe. Dass ich in seinen Armen lag. Ich glaube … Gott, ich glaube, er hat mich sogar hierhergetragen. Das kommt mir genauso unmöglich vor, wie wenn irgendein Superheld sich mit den Fingerspitzen an der Dachkante festklammert, um jemanden zu retten. Aber eine andere Erklärung fällt mir nicht ein.

Ich habe Angst, diesen Raum zu verlassen. Hier drinnen ist es sicher. Eine Art Dämmerzone, eine drei mal drei Meter große Schachtel, losgelöst von den Gefahren der Außenwelt. Glückliche Häuser auf der anderen Straßenseite, glückliche Menschen, die ihre Einkäufe zu ihren glücklichen Familien tragen. Sobald ich hier rausgehe, wird all das verschwinden. Dann werde ich mich der Wahrheit der letzten Nacht stellen müssen. Aber das schaffe ich noch nicht. Ich schaffe es einfach nicht.

Doch sie kann sich nicht ewig in dem Zimmer verstecken, das weiß sie.

Es wäre unhöflich, wenn sie sich, zu Gast bei fremden Leuten, den ganzen Tag nicht blicken ließe. Also öffnet sie schweren Herzens die Tür und tritt leise hinaus. Allerdings nicht wie erwartet in einen Flur, sondern direkt in eine sonnendurchflutete Küche mit weiß getünchten Backsteinwänden und einer hohen Holzdecke. Gewürze und Eingemachtes stehen auf der Fensterbank. Am Ofen und an der Spüle hängen Geschirrtücher. Die Spülmaschine ist in einem verblichenen Himmelblau gestrichen.

Um die gemütliche Kücheninsel herum stehen Adrian und seine Großeltern.

Alle drei drehen sich gleichzeitig zu ihr um.

»Hallo«, begrüßt Adrian sie.

»Hallo.« Und weil sie nicht weiß, was sie sonst noch sagen soll, winkt sie seinen Großeltern zu und fügt hinzu: »Ich bin Ginny.«

»Das wissen sie schon«, sagt Adrian, nicht unfreundlich. »Das sind Eszter und Imre. Wir bleiben bei ihnen, bis ihr am Samstag zurückfliegt.«

Ginny öffnet den Mund, ob aus Protest oder um zu diskutieren, weiß sie selbst nicht. Dann schaut sie zu Eszter, Adrians Großmutter, in der Hoffnung, ein bisschen Trost und Geborgenheit von ihr zu bekommen oder wenigstens ein kurzes Signal, dass ihre Anwesenheit keine Last ist. Aber das bekommt sie nicht. Eszter sieht sie nicht einmal an. Sie starrt aus dem Küchenfenster, die Miene undeutbar. Nervös zupft Ginny an ihrer Pyjamahose. Ihr wird plötzlich klar, dass Adrian sie in der Nacht ausgezogen und wieder angezogen haben muss.

»Wir wollten gerade frühstücken. Möchtest du auch etwas essen?«, fragt er. Er scheint die Kälte gar nicht zu bemerken, die seine Großmutter ausstrahlt.

»Oh, ich will nicht …«

»Na komm, du musst was essen.« Adrian deutet auf die blubbernde Kaffeemaschine. »Kaffee?«

»Ja, bitte.«

Um nicht untätig herumzustehen, geht sie zu dem Holzregal, auf dem eine Reihe weißer, mit Blaubeeren bemalter Keramikbecher stehen. Doch als sie den Arm ausstreckt, um sich einen davon zu nehmen, schließen sich zierliche, runzelige Finger um ihr Handgelenk.

Sie zuckt zusammen. Neben ihr steht Eszter, mindestens fünfzehn Zentimeter kleiner als sie, mit falkenartigem Blick, furchteinflößender als alles, was Ginny je gesehen hat. Und sagt kein Wort. Sie schüttelt nur den Kopf und holt ein Weckglas mit Henkel hervor. Das drückt sie Ginny in die Hand.

Verblüfft geht Ginny mit dem Glas zur Kaffeemaschine. Während Adrian ihr Kaffee einschenkt, beugt er sich zu ihr und flüstert: »Sie sprechen kein Englisch. Aber keine Sorge, ich werde alles übersetzen.«

Sie nehmen in der Sitzecke Platz, an einem kleinen Holztisch, der von Erkerfenstern umgeben ist. Eszter und Imre tragen das Frühstück auf: eine Schüssel Rührei, einen Teller mit Toastscheiben, ein Schälchen mit Butter, kleine selbst gemachte Gelees und Marmeladen. Unsicher, was sie tun soll, wartet Ginny ab. Aber offenbar wartet sie einen Tick zu lange, denn mit einem entnervten Seufzer nimmt Eszter einen Löffel und schaufelt ihr Rührei auf den Teller.

Während sie essen, unterhält sich Adrian mit seinen Großeltern auf Ungarisch. Ab und zu übersetzt er für Ginny – Bemerkungen über das Wetter, seinen Job, seine Tanten und Onkel, die in der Nähe wohnen. Er wirkt so entspannt, wie Ginny ihn noch nie erlebt hat. Manchmal, wenn seine Großeltern etwas erzählen, lacht er schallend. Dann wartet Ginny auf seine Übersetzung und ringt sich ebenfalls ein Lachen ab.

Niemand stellt ihr irgendwelche Fragen, wofür sie extrem dankbar ist.

Es ist das erste Mal seit Tagen, dass Ginny frühstückt, und das erste Mal seit über einem Jahr, dass sie es bei sich behält. Sie hat auch gar keine andere Wahl. Denn als sie fertig sind und sie sich entschuldigen will, um auf die Toilette zu verschwinden, legt Eszter ihr eine überraschend feste Hand auf die Schulter und drückt sie wortlos zurück auf ihren Stuhl. Dann sagt sie etwas auf Ungarisch, das Ginny nicht versteht.

»Wir unterhalten uns in diesem Haus gerne nach dem Essen«, übersetzt Adrian.

Als sie schließlich aufstehen, darf Ginny nicht beim Abwasch helfen. Sie darf nicht mal in die Nähe der Spüle.

Sie hat keine Ahnung, was Adrian seinen Großeltern erzählt hat, als er gestern Abend mit ihr vor der Tür stand, aber es muss ziemlich nah an der Wahrheit gewesen sein.

»Möchtest du duschen?«, fragt er. Als sie nickt, schaut er Eszter an, die sich daraufhin die Zeitung vom Küchentresen nimmt und Ginny die Treppe hinauf in einen Raum führt, der Imres und ihr Schlafzimmer zu sein scheint. Sie durchquert den Raum und geht in das angrenzende Bad, wo sie Ginny ein Handtuch gibt. Dann schließt Eszter die Tür von innen, klappt den Toilettendeckel herunter, setzt sich und schlägt die Zeitung auf.

Ginny zögert und wartet darauf, dass Eszter geht. Aber das tut sie nicht. Da begreift Ginny. Und weil sie nicht die Kraft hat, zu diskutieren, zieht sie sich aus, steigt unter die Dusche und dreht das Wasser auf. Es ist eiskalt. Es dauert eine ganze Minute, bis es warm wird.

Eszter schaut nicht ein einziges Mal in ihre Richtung. Sie spricht kein Wort, wirkt nicht die Spur neugierig. Nach einer Weile hat sich Ginny an ihre Anwesenheit gewöhnt. Sie weiß, warum sie da ist. Es ist eine Mahnung. Ein Wink, dass Eszter nichts entgeht. Dass sie es sofort merkt, wenn Ginny etwas tut, was sie nicht tun sollte.

Ginnys Zimmer hat keine eigene Toilette. Wenn sie pinkeln will, muss sie in das kleine Bad vorne im Flur gehen. Aber da Eszter es abgeschlossen hat, muss sie jedes Mal nach dem Schlüssel fragen, und dann steht Eszter draußen und wartet, bis sie fertig ist. Es ist eine dünne Tür. Würde Ginny kotzen, würde Eszter es hören.

Jetzt ist sie allein in Beatrix' Zimmer und hält das Frühstückserlebnis in dem kleinen Schmetterlingsheft fest. Adrian hat sie gefragt, ob sie Gesellschaft haben will, und das will sie, aber sie hat trotzdem Nein gesagt.

Sie weiß nicht, warum sie das alles aufschreibt. Seit sie aus Minnesota weg ist, hat sie kaum noch geschrieben, und auch jetzt hat sie keine Idee für eine Geschichte im Kopf. Aber ganz ehrlich, was sollte sie in diesem Haus sonst tun? Alle Bücher sind auf Ungarisch. Der Fernseher funktioniert mehr recht als schlecht, und wenn, dann laufen darauf nur ungarische Sender. Das scheint Adrian zu ärgern, er hat lange mit seinen Großeltern darüber gesprochen. Ginny hat gesehen, wie er immer wieder auf den alten Fernseher gezeigt hat, und ein paarmal meinte sie, das Wort *Disney* gehört zu haben. Sie ist sich sicher, dass Imre und Eszter ein nagelneues Flachbildgerät haben werden, wenn ihr Enkel abreist, ob sie wollen oder nicht.

Aber momentan gibt es für Ginny weder etwas zu lesen noch zu sehen. Es gibt nur das Notizbuch – und ihre Angst, die sie beharrlich an den Toast und die Eier erinnert, die sie gerade zu sich genommen hat.

Sie ist müde. So unendlich müde.

Sie beschließt, ein Nickerchen zu machen.

Auch um das Mittagessen kommt Ginny nicht herum. Sie hatte schon gehofft, es verschlafen zu haben, aber als sie um zwei aus ihrem Zimmer schlurft, wartet Eszter schon mit einem Sandwich auf sie. Sie stellt den Teller auf den Tisch in der Sitzecke, zieht einen Stuhl hervor und winkt Ginny zu sich.

Eine ganze Weile starrt Ginny das Sandwich an. Obwohl sie gar keinen Appetit hat, fürchtet sie, dass sie nicht mehr aufhören kann zu essen, wenn sie erst einmal reingebissen hat. Dass sie danach die Schränke plündert. Sämtliche Kekse und Chips verdrückt. Die ganze Küche leerfuttert.

Nach ein paar Minuten kommt Adrian die Treppe herunter. »Ah, du bist wach.«

»Ich bin wach.«

Er setzt sich auf den Stuhl gegenüber, sagt nichts, sitzt einfach bei ihr. Schließlich beginnt sie zu essen. Langsam reißt sie die Brotkruste ab, Stück für Stück. Es dauert eine ganze Weile, aber sie vertilgt das ganze Sandwich.

Nach dem Essen spielen sie Karten. Adrian bringt Ginny ein ungarisches Spiel namens Snapszer bei, mit Karten, auf denen römische Ziffern stehen. Sie versteht nicht wirklich, worum es geht, aber es lenkt sie von dem Brot ab, das in ihrem Magen rumort. Und mehr kann sie im Augenblick nicht verlangen.

Nach dem Spielen holt Ginny das Notizbuch aus ihrem Raum und geht ins Wohnzimmer. Adrian kniet vor dem Fernseher und fummelt an den Antennen herum. Als er sie hereinkommen hört, dreht er sich zu ihr.

Beim Anblick des Notizbuchs leuchten seine Augen auf. »Du schreibst wieder?«

»Ja, könnte ich mir vorstellen.« Sie legt sich auf den Boden und beginnt einen neuen Eintrag.

Adrian schweigt, während sie schreibt, aber alle paar Minuten spürt sie, wie seine Augen sie suchen und ihr Gesicht mit einem einzigen Blick zum Glühen bringen.

Ich glaube, Schreiben ist die einzige Form der Kommunikation, bei der ich wirklich ausdrücken kann, was ich meine. Wenn ich rede, fühle ich mich oft wie ein gebrochener Damm – meine Worte sprudeln nur so aus mir heraus, sie haben ihr Eigenleben und ihr eigenes Ziel. Ich habe keine Kontrolle darüber, wohin sie fließen oder was sie auf ihrem Weg zerstören. Wenn ich dagegen schreibe, habe ich genug Zeit, um zu überlegen, was ich sagen will. Ich setze jeden Buchstaben, jedes Komma, jeden Doppelpunkt genau so, wie ich will. Ich kontrolliere meine Worte. Ich kontrolliere mich selbst.

Ich fürchte mich vor dem Abendessen heute.

Eszter hat praktisch den ganzen Tag gekocht, und was immer sie da vorbereitet, riecht unglaublich. Das macht mir Angst.

Menschen mit einer Essstörung wissen, dass die Nächte schlimmer sind als die Tage. Vor allem, wenn man dazu neigt, seine Kalorienzufuhr tagsüber einzuschränken. Sobald die Sonne untergeht, wird man zu einem Bären, der aus dem Winterschlaf erwacht. Der Körper will Nahrung, und zwar sofort.

Ehrlich gesagt habe ich heute gar nicht so viel gegessen. Ein bisschen zum Frühstück und mittags ein Sandwich ohne Kruste. Meinem magersüchtigen Gehirn kommt das viel vor, aber ich weiß, dass es eigentlich nicht viel ist. Mein Magen knurrt. Und je leckerer es im Haus riecht, desto hungriger werde ich.

Beim Abendessen läuft es erstaunlich gut.

Denn Ginny nimmt sich in Acht. Sie isst nur die Hälfte von dem, was ihr aufgetan wird, und setzt sich danach auf ihre Hände. Sie spürt, wie die Bestie versucht, hervorzubrechen. Wie ihr Gehirn, konfrontiert mit all den Servierplatten, mit der ganzen reichen Auswahl auf dem Tisch, heißläuft. Sie merkt, wie es sich anbahnt – und erkämpft sich die Kontrolle zurück.

Vielleicht ist es doch einfacher, als sie dachte.

Ich hatte gerade eine Fressattacke. Ich wollte es nicht, aber ich konnte nicht anders.

Gegen elf Uhr bekam ich wieder Hunger, wahrscheinlich weil ich beim Abendessen nur einen halben Teller gegessen habe. Also bin ich in die Küche gegangen, um nach einem kleinen Snack zu suchen. Ich habe ein Glas Erdnussbutter gefunden. Ich liebe Erdnussbutter! Ich habe das Glas geöffnet und drei Löffel gegessen. Dann habe ich es in den Schrank zurückgestellt und bin ins Bett gegangen. Das war's, habe ich gedacht, mehr esse ich nicht.

Dreißig Sekunden lang lag ich da und habe der Erdnussbutter auf meiner Zunge nachgeschmeckt. Wie zart sie war. Wie cremig. Der Geschmack spukte mir durch den Kopf – ein Sirenenruf, der mich zurück in die Küche lockte.

Na gut, noch einen Löffel, beschloss ich. Aber nur einen.

Nur dass es leider nicht dabei blieb. Aus dem einen Löffel wurden zwei, aus den zweien wurden vier. Das Zeug schmeckte so verdammt gut und ging so leicht runter! In meinem Kopf türmten sich die Ausreden: Ich habe Hunger. Ich habe heute nicht viel gegessen. Ich war so lange magersüchtig. Diese Erdnussbutter hab ich echt verdient. Ich kann es mir leisten, das halbe Glas zu essen, vielleicht sogar ein bisschen mehr, nur noch ein Viertel mehr, das ist doch nicht so schlimm. Und vielleicht noch einen Löffel. Hach, ist das lecker. Oh Mist, ist das etwa der Boden des Glases? Wie kann das sein? Heilige Scheiße, hab ich etwa gerade ein ganzes Glas Erdnussbutter gegessen? Das sind an die dreitausend Kalorien! Ich habe gerade dreitausend Kalorien in mich reingeschoben, ohne auch nur mit der Wimper zu zucken, Scheiße, Fuck, was habe ich mir da angetan? Oh mein Gott …

Die Panik kam wie ein vertrautes Paar Arme, die erst zärtlich liebkosten und dann immer fester zudrückten, bis sie meine Brust und meine Luftröhre abschnürten.

Fuck.

Fuck.

Eine ganze Weile habe ich nach Luft geschnappt. Und dann habe ich erst mal alles aufgeräumt. Habe die Erdnussbutterschlieren von der Arbeitsplatte gewischt. Den Löffel in die Spülmaschine gesteckt. Den Deckel wieder zugeschraubt. Aber das leere Glas habe ich nicht in den Müll geworfen, das wäre zu auffällig gewesen. Das hab ich in mein Zimmer mitgenommen, unters Bett geschoben und den Bettüberwurf drübergezogen.

Jetzt sitze ich zusammengekauert auf dem Fußboden und umklammere meinen Knöchel, so fest, dass ich wahrscheinlich einen Bluterguss bekomme. Mit der anderen Hand kritzele ich wie besessen in dieses

Schmetterlingsbuch. Das Grauen breitet sich dick und zähflüssig in meinem Inneren aus, wie frische Marmelade auf altem Brot.

Ich bin so hungrig. Ich bin so voll. Ich bin so hungrig. Ich bin so voll.

Wie gerne würde ich jetzt kotzen! Alles ausspucken, das Essen, die Traurigkeit, die Angst und die Gefahr, die ich mir gerade einverleibt habe. Aber ich kann nicht. Ich habe Angst, dass Eszter mich dann rausschmeißt, und diesen Zufluchtsort zu verlassen, das packe ich noch nicht.

Ich spüre die Erdnussbutter in meiner Speiseröhre.

Ich bin diese Essstörung so leid.

Ich weiß nicht, was ich mit diesem Körper anfangen soll. Manchmal denke ich, ich sollte ihn einfach kaputt machen.

Am nächsten Tag fühlt Ginny sich grauenhaft. Wie kurz vor dem Platzen. Als könnten ihre Innereien jeden Moment durch die Haut brechen.

Gestern Nacht hätte sie sich fast noch erbrochen. Sie war gefährlich nah dran. Sie hatte das Tagebuch erst weit nach Mitternacht zugeklappt und sich dann aus ihrem Zimmer geschlichen, in der Hoffnung, sich vielleicht in den Abfluss der Spüle übergeben zu können. Aber als sie die Küche durchquerte, knarrte es auf der Treppe hinter ihr. Sie fuhr herum. Auf dem Treppenabsatz stand Adrian, eine Hand auf dem Lichtschalter.

»Ginny?«, fragte er. »Was machst du da?«

»Nichts.« Sie stürzte zurück in ihr Zimmer und schloss die Tür hinter sich ab.

Ginny glaubt, dass sie früher quirlig und überbordend war. Ständig am Sprudeln und Schäumen, auf dem College und auch schon vorher, ihr ganzes Leben lang. Die dünne, kleine Fee. Mit Crop-Tops und Rollerblades. Immer einen Witz auf Lager, immer am Kaputtlachen über die Witze anderer. Sie liebte es, neue Leute kennenzulernen. Sie stellte sie sich gerne als leere Leinwände vor, als freundliche Fassaden, hinter denen sich Lügen und Geheimnisse verbargen, die es zu enträtseln galt. Jeder Einzelne mit seiner eigenen Vergangenheit. Jeder mit seiner ganz besonderen Geschichte.

Jetzt denkt sie an nichts anderes mehr als ans Essen.

Und sie ist es leid. Sie hat es satt, dass das Essen jeden Winkel ihres mentalen Raums einnimmt. Aber um sich ein für alle Mal davon zu befreien, muss sie essen, das weiß sie. Und vor allem muss sie das Essen in sich behalten. Das Problem ist nur, dass sie dann in die Breite gehen wird, und sie kann nicht in einem dickeren Körper leben. Sie kann es einfach nicht.

Damals in Minnesota ist sie wegen ihrer Magersucht einen Monat lang zu einer Spezialistin für Essstörungen gegangen. Die Sitzungen fanden in einer dieser Kliniken mit ambulantem und stationärem Bereich statt. Einmal, als sie das Sprechzimmer der Therapeutin verließ, sah sie die Mädchen, die stationär untergebracht waren. Sie hockten in einem Gruppenraum, jede vor einer Bastelarbeit. Es gab haufenweise Federn und Glitzer, Farben und Stifte, Herzen und Kulleraugen. Die Mädchen klebten irgendwelche Dinge zusammen oder klebten sie sich auch gegenseitig ins Gesicht. Sie lachten und wirkten glücklich.

Der Anblick hatte Ginny so deprimiert, dass sie nie wieder einen Fuß in die Klinik gesetzt hat.

Heute beim Frühstück, als ich an meinem Frischkäse-Bagel knabberte, habe ich über Ängste nachgedacht.

Man kann sich nicht dadurch von seinen Ängsten befreien, dass man in die Welt hinausspaziert und einfach nach den Stressauslösern sucht. Das Fiese an einer Angststörung ist ja, dass das, wovor man sich fürchtet, oft gar nicht existiert.

Wenn die Angst hochkommt und man sich auf die Straße ohne Wie-

derkehr begibt, dann hilft keine Vernunft mehr. Dann bringt einen der Verstand nicht wieder zurück. Es ist, als würde die Verkehrspolizei Raser verfolgen, die sich einen Dreck darum scheren, ob man sie auf der Straße haben will oder nicht. Und die Straße ist in diesem Fall der Verstand.

Es ist also vollkommen zwecklos, die Angst mit Argumenten oder mit Logik wegreden zu wollen. Die Angst hört nicht auf Logik. Sie kann mit Argumenten nichts anfangen. Sie wird immer ihre eigenen Gründe vorbringen, um sich am Leben zu halten.

So ist es auch mit meiner Angst vor dem Essen. Ich versuche immer wieder, mich zu normalem Essen zu zwingen, aber es geht einfach nicht. Die Angst kennt längst sämtliche Fallstricke: zu wenig, zu viel, nicht genug. Bei jeder Mahlzeit springt mein Gehirn zwischen diesen Optionen hin und her, drängt mich immer weiter in die Ecke, die ich schon viel zu gut kenne.

Jetzt zum Beispiel: Adrian ist nicht da. Er holt mit dem Pritschenwagen seines Großvaters mein Gepäck aus Tristans Villa. Ich liege auf der Wohnzimmercouch, vor mir das offene Notizbuch, und notiere jedes noch so banale Detail, das mir während der vierundzwanzig Stunden in diesem Haus aufgefallen ist. Mir gegenüber im Sessel sitzt Adrians Großvater und denkt vermutlich, das sei alles, was ich tue: auf der Couch liegen und schreiben. Wahrscheinlich mache ich einen ruhigen Eindruck auf ihn. Vielleicht sogar einen entspannten.

Könnte er in meinen Kopf blicken, würde er das nicht denken. Er würde mich für ernsthaft verrückt halten, denn meine Gedanken schießen so schnell hin und her, als würde ich in einem dieser Karussells mit den wild rotierenden Teetassen sitzen.

– Du hast zu viel gegessen.
– Du musst dich übergeben.
– Du kannst dich hier nicht übergeben.
– Du hast seit zwei Tagen keinen Sport gemacht.
– Du musst aufstehen und herumlaufen.
– Du wirst fett werden.

– Du wirst dich schrecklich fühlen.

– Zurück zu Punkt eins und alles noch einmal von vorn.

Wenn diese Situation irgendetwas Positives hat, dann, dass ich kaum die Kraft habe, an Finch zu denken. Das Gefühl, ich könnte jederzeit sterben, saugt meine ganze Energie auf.

Und wenn doch mal ein Gedanke zu ihm huscht, dann bin ich nicht traurig, sondern wütend. Ich glaube, ich könnte ihn wirklich hassen. Nein, ich hasse ihn bereits. All meine Traurigkeit über die Verlobung ist verschwunden, und an ihre Stelle ist heiße Wut getreten. Eine Wut, wie ich sie noch nie einem anderen Menschen gegenüber empfunden habe, nie.

Dabei dachte ich vor einer Woche noch, ich sei in ihn verliebt!

Wie ist das überhaupt möglich? Können wir uns einreden, dass wir verliebt sind? Und wenn ja, wie kann ich dann wissen, ob ich es wirklich bin? Vielleicht geht das ja gar nicht. Vielleicht ist genau das der Punkt. Vielleicht muss ich mich, wenn es passiert, einfach blindlings hineinwerfen und beten, dass meine Gefühle mich nicht täuschen.

Jede Mahlzeit ist wie ein verdammter Berg, der sich vor Ginny auftürmt. Einerseits kann sie es nicht abwarten zu essen, andererseits graust ihr davor. Ihr graust es so sehr, dass sie das menschliche Bedürfnis nach Nahrungsaufnahme am liebsten mit Stumpf und Stiel ausrotten würde. Noch nie hat sie so widerstreitende Gefühle gehabt – und schon gar nicht bei etwas so Banalem.

Bei den Mahlzeiten greift sie nur zögernd und ziemlich verlegen zu. Alle beobachten sie, das ist ihr klar. Alle fragen sich, ob sie aus dem Fenster kotzt, wenn sie sich nach dem Essen in ihr Zimmer zurückzieht. Wahrscheinlich halten sie sie für schwach, finden sie ekelhaft. Sie erträgt den Anblick ihres leeren Tellers nicht. Sie erträgt es nicht, in ihrer eigenen Haut zu stecken.

Doch bei alldem gibt es eine Konstante – Adrian. Er sagt

nichts, aber sie weiß, dass er auf sie achtgibt. Er sitzt nahe genug bei ihr, damit sie ihn um Hilfe bitten kann, falls ihr danach ist, aber weit genug weg, damit sie sich nicht bedrängt fühlt.

Heute Abend, nachdem sie ihre Portion komplett aufgegessen hat, überkommt sie plötzlich der Drang, Eszter und Imre ihre Teller aus den Händen zu reißen und auch noch leer zu machen. Beide Triebe brüllen gleichzeitig auf sie ein: *Nicht essen! Alles aufessen! Nicht essen! Alles aufessen!*

Als ob er ihre Gedanken lesen könnte, schiebt Adrian ihr seinen Teller hin. »Willst du?«

Sie schüttelt den Kopf.

»Sicher? Es wäre nämlich völlig in Ordnung.«

Ihr ist klar, dass sie nichts von dem, was sie von seinem Teller nimmt, wieder loswerden kann. Dass alles, was sie in ihren Körper steckt, drinbleiben muss. Trotzdem isst sie erst seine Kartoffeln, dann Imres Kartoffeln. Danach sitzt sie auf ihrem Stuhl, und ihr ist zum Heulen zumute.

Zögernd legt Adrian seine Hand auf ihre geballte Faust, in der sie die Serviette knüllt. Ihr Blick wandert zu ihm, aber er schaut sie nicht an. Er macht keine große Sache aus dieser kleinen tröstenden Geste.

Er lässt seine Hand einfach auf ihrer liegen, bis sie ihre Finger entkrampft und die Faust öffnet.

Nach dem Abendessen gehen sie ins Wohnzimmer. Adrian spielt Snapszer mit seinen Großeltern. Ginny legt sich auf die Couch. Imre und Eszter müssen glauben, dass mit ihr ernsthaft etwas nicht stimmt. Sie liegt immer nur herum und kritzelt in ihr Notizbuch.

Na ja, wer will es ihnen verübeln, denkt sie. *Es stimmt ja auch etwas nicht mit mir. So ziemlich alles stimmt nicht.*

Adrians Augen huschen mehrmals zu ihr herüber. Beim vierten oder fünften Mal sieht sie auf und begegnet seinem

Blick. Nicht die Spur verlegen lächelt er sie an. »Es ist schön, dich schreiben zu sehen«, sagt er auf Englisch.

Sie schaut zu Boden, ihre Wangen brennen.

Was er wohl denken würde, wenn er wüsste, dass sie das nicht zum Spaß macht. Dass sie schreibt, weil es das Einzige ist, das sie mit der Erde verbunden hält. Dass sie ohne das Schreiben ihrem Esszwang nachgeben oder sich erbrechen oder sich in eine Rauchwolke auflösen würde, um auf Nimmerwiedersehen zu verschwinden.

Der nächste Morgen verläuft anders. Nach dem Frühstück fragt Adrian, ob sie spazieren gehen möchte.

In den letzten zwei Tagen hatte sie keine Lust, etwas zu unternehmen. Sie war zu erschöpft. Aber jetzt spürt sie zu ihrer Überraschung einen Hauch von Energie. Sie sagt Ja.

Es gibt nur ein Problem: Jetzt, wo sie den Schock über ihre Situation langsam überwunden hat, meldet sich die Scham. Scham, die sie eigentlich vom ersten Tag an hätte verspüren müssen. Immerhin hat sie sich in einem wildfremden Land bei wildfremden Leuten einquartiert. Bei den Großeltern eines Mannes, mit dem sie früher mal Sex hatte. Ihr gesunder Menschenverstand arbeitet endlich wieder – und sie schämt sich zu Tode.

Sie will nicht, dass Adrian glaubt, sie babysitten zu müssen.

»Aber wenn du zu tun hast, kann ich auch alleine gehen«, sagt sie.

»Kein Problem, ich hab Lust, mir die Beine zu vertreten.« Er hält beim Binden seiner Schuhe inne. »Außerdem … na ja … ich möchte dich im Moment ungern allein losziehen lassen.«

Aha. Weil sie dann hinter den erstbesten Busch am Straßenrand kotzen könnte.

Sie ist so eine verdammte Last.

Adrian spaziert mit ihr über gewundene Kopfsteinpflasterwege den Hügel hinab. Rechts und links stehen bunt gestrichene oder verwitterte Häuser. Er weist sie auf Sehenswürdigkeiten hin: Galerien, berühmte Gebäude, kleine Skulpturen von bekannten Künstlern. Ginny versucht zuzuhören, aber ihr schlechtes Gewissen quält sie. So munter und gut gelaunt Adrian auch klingt, es kommt ihr vor, als trieften seine Worte nur so vor Mitleid.

Seine nächste Bemerkung macht es nicht besser: »Ich denke, wir sollten mal über eine Therapie sprechen.«

Wie erstarrt bleibt sie stehen. »Was?«

Auch Adrian hält inne. »Eine Behandlung. Eine professionelle, meine ich, nicht so eine Schmalspurversion, wie wir sie hier zusammengeschustert haben.«

Beim bloßen Gedanken an eine Klinik, an weiße Wände und sterile Bettlaken ... »Ich will nicht ...«

»Ich weiß, dass dir der Gedanke Angst macht, Gin.« Er tritt vor sie und nimmt ihre Hände. »Ich weiß, dass du dein Leben nicht unterbrechen willst. Aber ich habe ein bisschen was über die Therapie von Essstörungen gelesen, und ... eine stationäre Behandlung ist nun mal das Effektivste. Im Ernst. Wenn du wirklich etwas verändern willst ...« Er sieht sie eindringlich an.

»Das will ich«, sagt sie hastig. Weil es so ist. Oder?

»Gut.« Er nickt. »Abgemacht. Sobald du wieder in New York bist und es deinen Eltern sagen willst, können wir sie zusammen anrufen. Es sei denn natürlich, du willst es allein tun. Hauptsache, wir bringen den Prozess in Gang.« Er lässt ihre Hände los und geht weiter. Wie betäubt folgt Ginny ihm.

Zehn Minuten später erreichen sie die Haupteinkaufsstraße, Bogdányi. Sie halten sich links und laufen weiter bergab. Adrian deutet auf ein Marzipangeschäft. Er sieht so aus, als würde er zu einem begeisterten Vortrag über die Bedeutung des Marzipans für die ungarische Kultur ansetzen wollen, aber Ginny bleibt stehen, bevor er loslegen kann.

Als Adrian nach ein paar Schritten merkt, dass sie nicht mehr bei ihm ist, dreht er sich um.

»Willst du reingehen?«, fragt er.

Sie holt ein paarmal tief Luft. Dann platzt es aus ihr heraus: »Es tut mir leid.«

»Was?« Er kommt zu ihr zurück. »Was tut dir leid?«

»Alles …« Mit einer vagen Geste zeigt sie auf sich. »Einfach alles. Dass ich diesen Zusammenbruch hatte. Dass ich dir den Urlaub mit deinen Freunden versaut habe. Dass ich dich gezwungen hab, mich zu deinen Großeltern zu bringen. Und dass ich so eine verdammte Zumutung für sie bin.«

»Ginny.« Adrian stellt sich vor sie, ganz dicht. »Du hast mich zu gar nichts gezwungen. Es war meine Entscheidung, dich hierherzubringen.«

»Aber es ist alles meine Schuld. Wenn ich nicht so eine Vollkatastrophe wäre, hättest du diese Entscheidung nie treffen müssen. Ich bin so …« Ihre Stimme bricht. »Ich bin so verdammt egoistisch. Es tut mir leid, Adrian. Es tut mir so unglaublich leid.«

»Ginny.« Er legt seine Hände auf ihre Schultern.

»Ich will nicht …« Sie schluckt. Sie spürt sie kommen, die Tränen. Und sie möchte nicht schon wieder vor ihm weinen. »Ich will deiner Familie nicht zur Last fallen.«

»Schhh.« Er zieht sie in seine Arme. »Alles ist gut, Ginny, alles ist okay.«

»Ich will … ich will keine Last sein. Für niemanden. Ich hasse es. Ich hasse es so sehr.«

»Schhh. Du bist keine Last.«

»Doch, bin ich.« Jetzt hat sie auch noch Schluckauf. »Du musst mich nicht anlügen, Adrian.«

»Ich lüge dich nicht an.«

»Ich stehe hier, mitten in deiner Heimatstadt, und heule mir die Augen aus, und du behauptest ernsthaft, ich sei keine Last?«

Einen Moment lang sagt Adrian nichts. Sie glaubt schon, dass sie ihn jetzt so weit hat. Dass er sie endlich wegstößt und seinem Ärger Luft macht. Doch das passiert nicht. Stattdessen beginnen seine Schultern zu beben.

»Was …?« Sie macht einen Schritt zurück, weil sie denkt, er würde weinen. Aber als sie ihn anschaut, sieht sie, dass er lacht.

Verblüfft prustet sie ebenfalls los, durch ihren Tränenschleier. »Was? Was ist?«

»Wenn mir jemand im College prophezeit hätte«, sagt Adrian, eine Hand vor dem Mund, die Schultern immer noch bebend, »dass ich irgendwann Ginny Murphy auf der belebtesten Straße von Szentendre im Arm halten würde, während sie sich die Seele aus dem Leib weint, hätte ich ihn für verrückt erklärt.«

Sie schenkt ihm ein zaghaftes Lächeln. »Zu Recht.«

Adrian schüttelt den Kopf. Dann fasst er sie an den Armen, beugt sich zu ihr hinunter und blickt ihr direkt in die Augen. »Wenn du deine Freunde nicht mit deinen Problemen belasten willst«, sagt er, »mit wem willst du sie dann teilen?«

Sie denkt einen Moment lang nach, dann beißt sie sich auf die Lippe und flüstert: »Mit niemandem.«

»Und das ist Bullshit!«

Ihre Augenbrauen schnellen in die Höhe, so verdutzt ist sie. Sie kann sich nicht erinnern, Adrian jemals fluchen gehört zu haben.

»Im Ernst, das ist totaler Blödsinn. Ich meine, ich verstehe es. Ich bin selbst ganz groß in emotionaler Unerreichbarkeit. Das weiß niemand besser als du.«

»Stimmt.« Gegen ihren Willen muss sie lächeln.

Und auch er lächelt. »Aber Clay hat recht, Ginny.«

»Inwiefern?«

»Du *bist* mir wichtig. Und Clay und Tristan bist du auch wichtig. Und sogar Finch, auf seine verkorkste Art. Aber um ihn geht's jetzt nicht.« Adrian streicht ihr eine lose Haarsträhne hinters Ohr, woraufhin sie scharf die Luft einzieht. »Es geht um dich und die Tatsache, dass … dass …«

»Dass was, Adrian?« Es ist kaum mehr als ein Flüstern.

Seine Augen suchen ihre. Nach einer Weile sagt er: »Dass ich mich um dich sorge. Es ist mir wichtig, dass du gesund wirst. Es ist mir wichtig, dass du lebst, verdammt noch mal.« Er schaut weg, zu den Marzipanleckereien im Schaufenster. »Ich weiß, wie das Endspiel bei Essstörungen aussieht. Ich weiß, wohin sie führen. Und ich werde nicht …« Seine Stimme bricht. »Ich werde nicht zulassen, dass das mit dir passiert.« Wieder sucht er ihren Blick. »Okay?«

»Okay«, flüstert sie kaum hörbar.

»Gut.« Er legt einen Arm um ihre Schulter und drückt sie an sich. Dann gehen sie gemeinsam weiter die Bogdányi hinunter.

»Adrian?« Sie knufft ihn in die Seite. »Es tut mir leid.«

»Was habe ich gerade …?«

»Nein, das meine ich nicht.« Sie schüttelt den Kopf. »Es tut mir leid, dass wir diese Tour irgendwann noch mal wiederholen müssen, weil deine ganzen Erklärungen komplett an mir vorbeigerauscht sind. Dabei bin ich wirklich neugierig auf deine Stadt.«

Adrian lacht, und es klingt so warm und aufrichtig, dass ihr das Herz aufgeht. Wie gerne würde sie dieses Lachen in eine Flasche füllen, sie in die Tasche stecken und für immer behalten.

Spazierengehen wird zu ihrem täglichen Ritual. Eine Runde am Morgen, eine am Nachmittag.

Bei ihrem ersten Nachmittagsspaziergang bittet Ginny Adrian, ihr alles das noch einmal zu erzählen, was sie bei ihrem ersten Gang nicht mitbekommen hat. Als er sie auf ein Gebäude mit einer Kunstausstellung hinweist, schlägt sie vor, hineinzugehen.

»Lajos Vajda Studio nennt sich das hier«, erklärt er, als sie die Treppe hinuntersteigen. »Nach Lajos Vajda, einem berühmten ungarischen Künstler, der in der ersten Hälfte des 20. Jahrhunderts gelebt hat. Ein ziemlich abgefahrener Kerl. Hat hauptsächlich abstrakte Gemälde, Kohlezeichnungen und Collagen gemacht.«

Sie erreichen das untere Ende der Treppe und stehen vor einem hell erleuchteten Gewölbe, das für Ginny wie ein Verlies aussieht. Der Boden und die Wände bestehen aus staubigen, bröckeligen Ziegeln, durchbrochen von mehreren hohen Torbögen. Das Ganze erinnert sie an die Krypta in *Game of Thrones* – abgesehen natürlich von der Kunst. Sie hängt an den Wänden, ist um die Torbögen drapiert, ragt mitten im Raum auf. Ölgemälde, Kreidezeichnungen, Collagen, Fotografien, Skulpturen, Installationen. Ein Objekt seltsamer als das andere.

»Das Atelier wurde in den Siebzigern eröffnet.« Adrian führt sie zu dem ersten Werk, einem abstrakten Gemälde in leuchtenden Primärfarben, das Ginny vage an die Häuser in Szentendre erinnert. Außer einem kleinen Auge in der linken unteren Ecke kann sie keine konkreten Konturen erkennen. »Es ist ein eingeschworenes Kollektiv, das sich der Unterstützung der ungarischen Underground-Kunstszene verschrieben hat. Hier gibt's echt schräge Sachen.«

»Okay, ich versteh, was du meinst.« Ginny betrachtet eine Skulptur, die aussieht wie mit einer dünnen Schicht aus menschlichen Haaren überzogen.

Sie setzen ihre Runde durch den Raum fort. »Magst du Kunst?«, fragt Adrian.

»Ich weiß nicht. Ich hab mich nie eingehend damit beschäftigt«, gibt sie zu.

»Na ja, man muss sich ja nicht mit Kunst auskennen, um sie zu mögen.«

»Meinst du nicht? Meinst du, es liegt einem im Blut, wie eine Art natürliche Gabe? Also, wenn ich mir solche Sachen ansehe, dann denke ich: Ich hab keine Ahnung, was mir der Künstler damit sagen will. Schon möglich, dass das Werk in mir irgendein vages Gefühl auslöst, aber ich weiß nicht, wie ich es analysieren soll, wie ich eine Bedeutung darin erkennen soll. So wie ich das bei geschriebenen Texten kann. Wenn ich mir ein Kunstwerk anschaue, komme ich mir ehrlich gesagt dumm vor.«

Adrian schüttelt den Kopf. »Du bist nicht dumm. Kunstanalyse ist ein Muskel, den man trainieren kann, genau wie Textanalyse. Oder konntest du Metaphern und Alliterationen, Stimmungen und Zwischentöne auch schon erkennen, bevor du angefangen hast, dich ernsthaft damit auseinanderzusetzen?«

Sie denkt einen Moment darüber nach. »In gewisser Weise schon, ja. Schreiben ist eines der ganz wenigen Dinge, die mir schon immer leichtgefallen sind. Bei allem anderen – Mathe, Naturwissenschaften, Sport, Musik, was auch immer – musste ich hart arbeiten, um auch nur einen Hauch Erfolg zu haben.« Sie bleibt vor einer Kohlezeichnung stehen. Einem Porträt. Die Frau darauf hält ihre Hände rechts und links an ihr Gesicht, ohne jedoch die Wangen zu berühren. Ihr Mund ist leicht geöffnet, das Kinn etwas eingezogen. Sie sieht überrascht aus, obwohl ihr Blick völlig kontrolliert wirkt. »Ich will nicht behaupten, dass ich schon eine Sekunde nach meiner Geburt wusste, was eine Metapher ist. Natürlich nicht. Aber ich hab immer … ich weiß nicht … ich hab immer gewusst, wie man einen Text düster oder heiter oder schaurig oder lustig schreiben kann. Ich hab immer gewusst, dass Charaktere eine Hintergrundgeschichte und Motivationen brauchen. Ich hätte das natürlich niemals so benennen können, ich kannte diese Kategorien überhaupt nicht. Ich wollte nur … ich hab einfach über Menschen geschrieben. Und Geschichten erzählt.«

Adrian beobachtet sie schweigend.

Sie denkt über ihre Worte nach. »Das klingt ganz schön arrogant, oder?«

»Nein.« Er schüttelt den Kopf. »Überhaupt nicht.«

»Oh.« Sie blickt auf den staubigen Steinboden. »Okay, jetzt haben wir aber genug über mich geredet. Diese ganze verdammte Woche ging es nur um mich. Ich bin sicher, du bist es langsam leid. Erzähl mir von Disney. Ich hab dich nicht ein einziges Mal danach gefragt.«

Als sie wieder zu ihm aufschaut, öffnet er den Mund, als wollte er etwas sagen, tut es aber nicht. Erst nach einer ganzen Weile nickt er und lächelt. »Es ist gut dort. Eigentlich ist es sogar genial. Ich hab gerade mein erstes großes Projekt abgeschlossen.«

»Echt? Erzähl.«

Adrian fischt sein Handy aus der Tasche und googelt etwas. Während die Seite noch lädt, hält er ihr das Display hin. Es erscheint ein Artikel aus der *USA Today* mit der Überschrift »Disney+ weitet seinen Streaming-Dienst auf vierzehn weitere Länder aus«. Ginny nimmt ihm das Telefon aus der Hand und scrollt durch den Text. Es ist der übliche PR-Fachjargon, nichts anderes als das, was sie auch über Sofra-Moreno schreiben würde. Aber dann kommt sie zum fünften Absatz, wo die Länder aufgelistet werden, in denen der Dienst startet: Bulgarien, Kroatien, Ungarn …

»Moment …« Sie schaut ihn an. »Willst du etwa sagen, du hast dazu beigetragen, ungarischen Kindern Disney-Filme in ihre Wohnzimmer zu bringen?«

Adrian grinst.

Ginny haut ihm auf die Schulter. »Willst du mich verarschen, Adrian? Das ist ja unglaublich! Wieso erfahre ich das erst jetzt?«

Er zuckt die Achseln. »Es wurde erst letzte Woche bekannt gegeben. Und außerdem …«, er kratzt sich im Nacken, »wir haben ja nicht wirklich viel geredet, seit …«

Sie lassen den Satz in der Luft hängen.

Schließlich räuspert er sich. »Wie auch immer. Hast du genug gesehen?«

»Hier unten? Auf jeden Fall.« Sie deutet auf sein Telefon. »Von deinem Projekt? Definitiv nicht. Du musst mir unbedingt alles erzählen.« Wieder klopft sie ihm auf die Schulter. »Ich bin so stolz auf dich, Adrian.«

Sein Lächeln reicht fast von einem Ohr bis zum anderen.

Babys und Bulimiker haben eines gemeinsam: Sie spucken beide gerne.

Anders als Bulimiker versuchen Babys dabei allerdings nicht, abzunehmen. Im Gegenteil: Sie wollen wachsen, nur wissen sie nicht, wie das geht. Sie können sich nicht selbst ernähren. Also essen sie und essen und essen und wissen nicht, wann sie aufhören sollen. Und wenn es zu viel wird, rülpsen sie die Hälfte wieder hoch.

Manchmal fühle ich mich wie ein Baby.

Manchmal verlasse ich meinen Körper und sehe mich von außen – als das, was ich bin: ein Mensch, der noch nicht ganz fertig ist, der versucht, erwachsen zu werden, aber nicht weiß, wie. Der sich noch nicht selbst ernähren kann. Der Leute braucht, die ihm sagen, wann, wie viel oder wie wenig er essen muss. Der seine Bedürfnisse nicht äußert, weil er nicht sprechen kann. Er kann nur weinen, weinen und weinen und hoffen, dass es irgendwann jemand hört.

Ginny will nicht zurück nach New York. Ihr bleiben noch zwei Tage in Ungarn, bevor sie ins Flugzeug steigen und heimfliegen muss, aber ihr graust schon jetzt davor. Sie will nicht zurück in die Wohnung, in der nur eine dünne Wand sie von Finchs

Zimmer trennt. Sie will nicht zurück ins Büro, egal wie gut sich Kams anerkennendes Nicken anfühlt, wenn sie ihre Aufgaben schnell erledigt. Sie will …

Sie weiß noch nicht, was sie will.

Aber sie weiß, dass sie nicht länger hierbleiben kann. Adrian behauptet zwar, sie sei keine Last, aber er bekommt auch nicht mit, wie Eszter sie anstarrt. Er hört ihr unwilliges Schnauben nicht, wenn sie Ginnys Bett abzieht und zur Waschmaschine bringt. Ginny versucht ihr zwar zu sagen, dass sie das selbst machen kann, aber Eszter scheucht sie einfach weg.

Vier Tage sind vergangen, seit sie sich das letzte Mal übergeben hat, und es ist unglaublich, wie schnell sie an Gewicht zulegt. Außenstehende würden wahrscheinlich sagen, dass das albern ist. Dass sie unmöglich schon zugenommen haben kann. Aber Ginny merkt es. Ihr Körper scheint nur so nach Kalorien zu lechzen, nach jedem Gramm Fett. Wie zum Hohn bildet er überall kleine Speckpolster, an der Taille, an den Oberschenkeln, an der Unterseite ihrer Arme, unter ihrem Kinn.

Sie hat das Gefühl, in ihrer eigenen Unsicherheit zu ertrinken. Am liebsten würde sie sich zu einer Kugel zusammenrollen und den Rest ihres Lebens verschlafen.

Ein paar Stunden später liegt Ginny wie immer auf dem Sofa und schreibt, während Adrians Großvater in seinem Sessel liest. Sie hat ihren Eintrag gerade beendet, als Imre aufsteht und zum Bücherregal geht. Wahrscheinlich, um sich neuen Lesestoff zu holen, denkt sie, aber nachdem er eine Weile gesucht hat, zieht er einen lexikongroßen Wälzer heraus und kommt damit zu ihr. Ist das ein Wörterbuch, will er ihr etwas erklären?, fragt sie sich. Er setzt sich neben sie auf die Couch und schlägt das Buch auf, und erst da sieht sie, dass es ein Fotoalbum ist.

Imre tippt auf ein Foto auf der ersten Seite, und Ginnys Gesicht verzieht sich zu einem breiten Grinsen: Ein dunkelhaariges, pausbäckiges, unfassbar niedliches Baby blickt ihr entgegen, das nur einer sein kann.

»Adrian?«, fragt sie.

Imre nickt und lächelt. Er zeigt ihr ein anderes Bild, auf dem zwei Kinder am Donauufer entlangtapsen – Adrian und Beatrix. Ein paar Minuten sitzen sie schweigend da, und Imre blättert für Ginny die Seiten um. Immer, wenn sie zu einer besonders süßen Aufnahme von Adrian kommen, halten sie inne und lächeln sich an. Nach vier, fünf Seiten will Imre weiterblättern, aber Ginny bremst ihn. Ein verblichenes Foto in der oberen Ecke hat ihre Neugier geweckt.

Sie blickt sich um. Auf dem Couchtisch liegt Imres Samsung-Handy. Sie deutet darauf und sieht ihn fragend an. Als er nickt, greift sie danach, öffnet den Google-Übersetzer und gibt ein Wort ein. Dann tippt sie auf das Foto und fragt: »*Apa?*«

Vater?

Auf dem Foto steht ein blasser, hoch aufgeschossener Mann neben einem gelben Auto, einen Stoß Bücher unter dem Arm. Er trägt eine Brille und einen grauen Mantel. Es ist das leichte Lächeln, das ihn verrät. Adrians Lächeln.

Imre tippt mit zwei Fingern auf das Gesicht des Mannes. Das Gesicht seines Sohnes. Die kleinen Fältchen um seine Augen vertiefen sich, als er sagt: »*Igen.*«

Das Wort kennt Ginny. *Ja.*

Wieder tippt sie etwas in das Handy. Als die ungarische Übersetzung erscheint, hält sie Imre das Display hin: *Van több képed róla? Haben Sie noch mehr Bilder von ihm?*

Imre lächelt und nickt. Er legt das Album beiseite, steht auf und durchquert den Raum. Doch er geht nicht zum Bücherregal, sondern zu einer Holztruhe in der Ecke und öffnet den Deckel. Ginny hatte gedacht, die Truhe sei reine Deko oder vielleicht mit weiteren Steppdecken und Bettüberwürfen gefüllt. Aber als sie an Imre vorbeispäht, sieht sie ein wildes Durcheinander von Büchern, Papieren und Kassetten – und obenauf eine Brille. Ginny fragt sich, ob es dieselbe ist wie auf dem Foto eben, doch sie kann es nicht erkennen, denn Imre schließt die Truhe wieder und kehrt zur Couch zurück, diesmal mit einem kleineren Fotoalbum.

Dieses Album enthält Aufnahmen aus der Zeit vor Adrians Geburt. Zuerst ist eine junge Version seines *Apas* zu sehen, ungefähr im Highschool-Alter. Er hält ein Mädchen im Arm, schlank, mit dunklem Haar und rotem Lippenstift. Adrians Mutter. Ginny erkennt sie von dem Foto auf Beatrix' Kommode wieder. Imre blättert durch die Aufnahmen, bis er die findet, die er sucht – Adrians Mutter und Vater vor einer Kirche.

Ginny nimmt das Handy, weil sie eine weitere Frage stellen will, aber eine Stimme unterbricht sie.

»Was ist denn hier los?«

Ginny und Imre zucken zusammen. Adrian ist so leise hinter sie getreten, dass sie ihn gar nicht gehört haben. Ginnys Wangen werden heiß. Sie würde das Album am liebsten zuklappen und so tun, als hätte sie nichts gesehen. Adrians undurchdringliche Miene gibt ihr das Gefühl, als hätte sie etwas Grundfalsches getan.

Sein Blick huscht über das Album auf Imres Schoß und bleibt schließlich an dem Hochzeitsfoto seiner Eltern vor der Kirche hängen. Der Brautstrauß seiner Mutter weht in der Brise. Adrian streckt eine Hand aus und sagt etwas auf Ungarisch zu Imre, woraufhin der ihm das Album reicht.

Mit leerer Miene blättert Adrian durch die Seiten, viel zu schnell, um die Fotos richtig anzusehen. Er stellt seinem Großvater eine weitere Frage. Imre antwortet. Adrian nickt. Dann gibt er das Album zurück, dreht sich um und geht.

Imre und Ginny blicken sich an. Sie ist sich sicher, dass Imre ihr das schlechte Gewissen ansieht, aber er schüttelt nur den Kopf. Wieder googelt sie nach einer Übersetzung:

Was hat er Sie gefragt?

Imre streckt seine Hand aus und sie gibt ihm sein Telefon. Er tippt ein paar Worte ein und hält Ginny die englische Übersetzung hin: *Er wollte wissen, warum ich ihm die Fotos noch nie gezeigt habe.*

Ginny legt den Kopf schief, in der Hoffnung, dass er ihre Frage auch so versteht: *Und warum nicht?*

Imre tippt einen weiteren Satz ein, dann dreht er das Telefon wieder zu ihr:

Weil er nie gefragt hat.

Am nächsten Morgen während ihres Spaziergangs, als sie gerade das Ende der Bogdányi erreichen und auf die Donau zusteuern, stellt Adrian Ginny eine Frage.

»Hast du das eigentlich ernst gemeint? Was du an unserem ersten Tag beim Mittagessen gesagt hast?«

»Bei welchem Mittagessen? In der Váci-Straße?«

Er nickt. »Du hast gesagt, dass Traumata entstehen können, wenn einem etwas Schlimmes passiert und man sämtliche Gefühle dazu verdrängt.«

Sie weiß nicht, was sie erwartet hat, aber diese Frage jedenfalls nicht.

Kurz denkt sie darüber nach, dann sagt sie: »Das habe ich vor ein paar Jahren in *Psychology Today* gelesen. In einem Artikel über die Verarbeitung von Emotionen.« Sie schaut auf die trüben Wellen der Donau. »Nehmen wir mal an, du erlebst etwas Trauriges, den Tod eines geliebten Menschen zum Beispiel. Aber anstatt die Traurigkeit zuzulassen, macht dein Körper komplett dicht. Du fühlst nichts. Oder läufst sogar aktiv vor der Trauer davon. Du lenkst dich mit Alkohol, Drogen oder Sex ab, trainierst wie ein Besessener oder was auch immer, keine Ahnung. Was immer dir hilft, um der Traurigkeit zu entkommen. In dem Moment verarbeitest du deine Gefühle nicht. Du meidest sie, weichst ihnen aus. Nur heißt das leider nicht, dass sie deshalb verschwinden. Sie bleiben da, unter der Oberfläche. Lauern und warten.«

Während sie spricht, spielt Ginny geistesabwesend am Träger ihres Tanktops herum. Eigentlich seltsam, überlegt sie, dass sie in Adrians Gegenwart überhaupt ein Tanktop trägt, wo sie doch so sehr fürchtet, aus den Fugen zu gehen. »Deine Gefühle finden dich in Momenten der Stille und des Schweigens, zeigen sich in Erinnerungsblitzen oder in Tränen, die du dir nicht erklären kannst. Das wiederholt sich so lange, immer und immer wieder, bis du es endlich zulässt, deine Gefühle zu spüren.« Sie lässt ihren Arm sinken. »Das ist ein Trauma.«

»Und deshalb kann alles Mögliche ein Trauma auslösen«, sagt Adrian. »Nicht nur extreme Umstände wie zum Beispiel ein Krieg.«

»Genau.«

»Ist dir das jemals … ich meine, hast du je …?«

Ihr Blick wandert über Adrians Schulter zu einer Häuserzeile weiter hinten. »Ständige Angst ist ein chronisches Trauma. So stand es jedenfalls in dem Artikel. Alles kommt dir schlimmer und erschreckender vor, als es eigentlich ist. Und manchmal scheint es dir absolut unmöglich, das Leben mit all diesen Gefühlen zu leben, mit diesen permanenten Ängsten. Deshalb …«

»Deshalb verdrängst du«, sagt Adrian.

Es vergehen einige Augenblicke, bis Ginny weiterredet: »Magersucht ist eine Bewältigungsstrategie. Das weiß ich. Sich auszuhungern hält einen davon ab, irgendetwas zu fühlen. Fünf Jahre habe ich mir das angetan. Fünf lange Jahre. Aber wovor ich mich versteckt habe …« Ihre Unterlippe zittert. »Das weiß ich nicht.«

Adrian schweigt.

»Was ist mit dir?«, fragt sie.

»Was soll mit mir sein?«

»Versteckst du dich vor irgendetwas?«

Er antwortet nicht. Er wendet sich der Donau zu, seine Schultern heben und senken sich mit dem Wogen der Wellen.

Es ist mein vorletzter Abend in Ungarn, und gerade ist etwas Bizarres passiert. Ich saß neben Adrian auf dem Sofa. Eszter saß auf seiner anderen Seite, Imre im Sessel. Irgendwie hatte Adrian es geschafft, den alten Fernseher zum Laufen zu bringen, und wir haben einen Film auf VHS angeschaut. Ohne Scheiß: VHS! Ich weiß nicht, wann ich das letzte Mal so eine Kassette gesehen habe, aber seine Großeltern haben eine ganze Sammlung davon.

Eszter hat den Film ausgesucht. Sie ist das ganze Sortiment durchgegangen, hat alle möglichen Kassetten rausgezogen und sie hochgehalten, woraufhin Adrian und Imre entweder »Igen!« *oder* »Nem!« *riefen. Sie konnten sich auf nichts einigen. Irgendwann hat Eszter eine wegwerfende Handbewegung gemacht und den Film alleine ausgewählt.*

»Was gucken wir?«, habe ich Adrian gefragt.

»Fluch der Karibik«.

Ich hätte fast das Wasser ausgespuckt, das ich gerade getrunken hatte. »Das will *deine Großmutter sehen?«*

»Lass dich von ihrem harten Äußeren nicht täuschen, Ginny. Im Herzen ist sie eine Romantikerin.«

Zum Glück war der Film nicht synchronisiert, sondern ungarisch untertitelt, sodass ich der Handlung folgen konnte. Ich hatte ihn vor Jahren gesehen und völlig vergessen, wie lustig er ist. Ich habe mich totgelacht, musste mich mehrmals am Sofa festklammern. Fast hätte ich sogar nach Adrians Hand gegriffen, aber ich konnte mich gerade noch beherrschen.

Gewundert hat es mich nicht. Ich versetze mich immer mit Haut und Haaren in fiktive Figuren hinein, fiebere mit, fühle genau das, was der

Regisseur oder die Autorin will, dass ich fühle. Gewundert hat mich etwas anderes: Am Ende des Films, als Elizabeth und Will Turner sich endlich küssen, musste ich weinen.

Und ich spreche hier nicht nur von ein paar Tränchen, feuchten Augen und einer Schniefnase. Ich spreche von lautem Schluchzen. Einem richtigen, rauschenden Wasserfall. Von Schluckauf beim Einatmen und einem bebenden Brustkorb. Beim Abspann hat sich Adrian erschrocken zu mir gedreht. »Alles in Ordnung?«

»Ja«, krächzte ich. »Alles okay. Ich muss nur, ähm …« Ich stand auf. »Ich bin in meinem Zimmer.« Und dann war ich weg, bevor ich die Blicke seiner Großeltern sehen konnte.

Ich habe die Tür hinter mir geschlossen und mein Gesicht im Kissen vergraben. Erst dann ließ ich meinen Emotionen freien Lauf: Ich schluchzte, rang nach Luft, keuchte und brüllte, und hätte das Kissen meine Laute nicht erstickt, hätte es sich wie eine seltsame Mischung aus Lach- und Schreikrampf angehört.

Ich weine immer noch. Ich kann einfach nicht aufhören. Selbst jetzt, beim Schreiben, tropfen Tränen aufs Papier und wellen es. Mehrmals musste ich den Stift hinlegen, weil ich durch den Tränenschleier nichts sehen konnte.

Ich habe Angst, dass Adrian reinkommt. Dass er mich als das sieht, was ich bin: ein Wrack, eine Katastrophe, ein Mensch, der von unerklärlicher Dunkelheit erfüllt ist.

Ich begreife nicht, was da mit mir passiert ist. Fluch der Karibik *ist doch kein trauriger Film. Im Gegenteil. Es ist ein todkomischer Film mit Happy End. Wo zum Teufel kommen all diese Tränen her?*

Ich kann nur vermuten: In dem Moment, als Will Elizabeth geküsst hat, als sich ihr glückliches Ende abzeichnete, wurde mir klar: Das werde ich nie haben.

Und seitdem werde ich den Gedanken nicht mehr los. Er jagt mir durch den Kopf wie ein Lied in Dauerschleife. Ein Lied, das ich nicht hören will. Und das Schlimme: Ich weiß, dass es stimmt. Ich hasse Männer. Und gleichzeitig sehne ich mich so sehr nach Liebe, dass es sich anfühlt, als würde eine Kluft in meiner Brust aufreißen. Als würde sich ein nadelfeines Loch zu einer riesigen Grube ausweiten, mich immer weiter aushöhlen – bis die Leere, die ich fühle, real ist.

Das werde ich nie haben.

Das werde ich nie haben.

Ich werde nie geliebt werden.

Ich verdiene es nicht, geliebt zu werden.

Während ich diese Worte schreibe, muss ich noch heftiger weinen, aber die Traurigkeit wird dadurch nicht weniger. Im Gegenteil, sie dehnt sich aus, kriecht in jeden Winkel meines Körpers. Ich glaube, ich bin nicht einmal mehr traurig wegen des Films. Ich bin einfach nur traurig. Und ich werde die Traurigkeit nicht mehr los. Daraus kann ich nur schließen, dass ich mich nicht mag. Kein bisschen. Dass die Traurigkeit, die ich empfinde, eine grundlose Traurigkeit ist. Eine Verzweiflung, die über lange Zeit unter der Oberfläche lauert, um ganz plötzlich, ohne Vorwarnung und im unpassendsten Moment, hervorzubrechen und mir die Beine wegzureißen.

Das ist es. Das ist mein Geheimnis. Nicht mehr und nicht weniger. Das ist die Bestie, vor der ich mich schon so lange fürchte. Ich erkenne jetzt, dass alles, was ich den ganzen Tag lang tue, nur dazu dient, diese schmerzhafte Verzweiflung in Schach zu halten: das zwanghafte Sporttreiben, das rauschhafte Fasten, das Vollstopfen bis zur Schmerzgrenze und das anschließende Ausspucken eines Riesenschwalls von Magensäure und Salz.

Die Bestie in mir – sie besteht aus der Gesamtheit meiner Ängste, aus sämtlichen Fehlern und Fehltritten, aus jedem Gramm Minderwertigkeitsgefühl, aus jedem Mann, mit dem ich geschlafen habe, ohne dass er mich geliebt hat. Sie besteht aus jedem guten Grund, die Haut zu hassen, in der ich stecke. Die Bestie sehnt sich nach Bestätigung und fürchtet sich vor dem Versagen. Sie diktiert mir jede Entscheidung – von der Frage, wann ich morgens aufstehe, bis zu der, wie viele Scheiben Brot ich essen darf.

Ich glaube nicht, dass ich echte Traurigkeit bisher überhaupt empfin-

den konnte. Denn das ist es, was Magersucht und Bulimie bewirken: Sie betäuben dich, löschen deine Gefühle aus und sorgen dafür, dass du nur noch an Essen, Essen, Essen denkst. Aber jetzt, wo ich esse und es tatsächlich im Magen behalte, kommt alles andere wieder hoch. Wirklich alles. Jede Emotion, die ich in den letzten sieben Jahren unterdrückt habe.

Ich wünschte, mein Herz würde mir aus der Brust springen und mein ganzes Elend mit herausreißen.

Kurz nachdem Ginny ihren Tagebucheintrag beendet hat, klopft es leise an der Tür. Sie braucht nicht zu fragen, um zu wissen, wer es ist. Aber sie will nicht, dass er sie so sieht, mit verheulten Augen und verquollenem Gesicht. Trotzdem lässt sie ihn herein, allerdings ohne sich zur Tür umzudrehen.

Ganz sachte bewegt Adrian den Knauf. »Alles okay mit dir?«

Es dauert einen Moment, bis sie antwortet. »Nein.«

Schritte auf dem Holzboden. »Darf ich …?«

»Ja. Leg dich zu mir. Bitte.«

Adrian zögert. Dann senkt sich die Matratze unter seinem Gewicht, und Ginny spürt, wie er sich hinter ihr ausstreckt, den Kopf aufs Kissen legt, die Arme um ihre Brust schlingt. Sie schiebt ihr Becken nach hinten, bis es seines berührt.

»Ist das in Ordnung?«, fragt sie.

»Ja«, flüstert er. »Aber ich kann nicht die ganze Nacht bleiben.«

»Verstehe.« Sie tastet nach seiner Hand und drückt sie. »Danke, Adrian.«

Und so liegen sie da, Körper an Körper, bis sie schließlich einschlafen.

An ihrem letzten Tag in Ungarn nimmt Ginny ihr Handy wieder in Betrieb, zum ersten Mal seit fast einer Woche. Während der Tour durch die Ruinenbars war es ausgegangen, und sie hat es seitdem nicht aufgeladen.

Aber jetzt kommt sie nicht länger drum herum. Und ihr graust davor.

Kaum ist das Handy eingeschaltet, gehen die ersten Nachrichten ein – ping – ping – ping. Sie schiebt es unter ihr Kopfkissen, aber es vibriert und pingt weiter. Jede Nachricht lässt ihren Puls schneller schlagen. Was haben die Jungs geschrieben? Wie soll sie sich ihnen gegenüber erklären? Seit fünf Tagen versteckt sie sich jetzt schon vor der Realität, aber natürlich verschwindet die Realität deshalb nicht – sie wartet.

Als das Telefon endlich Ruhe gibt, kriecht sie zum Kissen und zieht es darunter hervor.

137 Textnachrichten.

16 verpasste Anrufe.

3 Sprachnachrichten.

»Ach du Scheiße!«, entfährt es ihr.

Fünfzig Nachrichten allein von Finch. Die ignoriert sie und klickt sich stattdessen durch Clays Nachrichten.

CLAY: Gin, bist du okay?? Was ist passiert?

CLAY: Die Nachricht ist nicht durchgegangen.
Ich schätze, dein Telefon ist aus.

CLAY: Ich versuch's morgen noch mal.

CLAY: Hallooooo?

CLAY: Geht immer noch nicht durch. Okay, ich rufe Adrian an.

CLAY: Hab gerade mit Adrian gesprochen, er hat mich eingeweiht. Bitte nimm's ihm nicht übel, Gin, ja?
Er will nur, dass du gesund wirst.

CLAY: Ich hab es den anderen noch nicht erzählt. Ich hab nur gesagt, dass du ein gesundheitliches Problem hast und dich bei Adrian erholst. Ich werde nichts weiter sagen, bis du mir ein Zeichen gibst.

Sie liest Clays Nachrichten mehrmals durch. Ehrlich gesagt wäre es ihr gar nicht in den Sinn gekommen, Adrian zu verübeln, dass er Clay eingeweiht hat. Im Gegenteil, sie ist ihm sogar dankbar. Sie hatte vor allem deshalb so einen Bammel, sich wieder mit der Außenwelt zu verbinden, weil sie wusste, dass sie den anderen eine Erklärung geben musste. Und beim bloßen Gedanken daran, ihren Eltern, Geschwistern und besten Freunden zu gestehen, dass sie Bulimikerin ist, würde sie sich am liebsten sofort übergeben. Im übertragenen wie im konkreten Sinn.

Sie legt ihr Handy weg, ohne die anderen Nachrichten zu lesen.

»Flieg nicht nach Hause«, sagt Adrian leise.

Ginny, die gerade die letzten Sachen in ihren Koffer packt, dreht sich um und sieht ihn mit verschränkten Armen im Türrahmen lehnen. Sie hat gar nicht bemerkt, dass er gekommen ist.

»Wie bitte?«

»Flieg nicht nach Hause. Du bist noch nicht so weit.«

Ginny seufzt. »Ich muss aber. Mein Flug geht morgen.«

»Dann buch ihn um.«

»Aber mein Job …«

»Hast du nicht noch Resturlaub?« Adrian stößt sich vom Rahmen ab. »Sag ihnen, dass du noch Zeit brauchst. Dass du einen gesundheitlichen Notfall hast. Denn den hast du, Ginny. Du kannst nicht einfach so in deinen Alltag zurückkehren und so tun, als sei alles in Ordnung.«

Sie beißt sich auf die Lippe, weil sie weiß, dass er recht hat. Aber sie weiß auch, dass sie nicht hierbleiben kann. Sie will die Gastfreundschaft seiner Großeltern nicht überstrapazieren.

»Ich lass mir was einfallen.« Sie stopft ihre Shirts in die Kofferecken. »Ich bitte Clay, sich um mich zu kümmern. Ich rufe meine Mutter an und mache mich auf die Suche nach einer Klinik. Ich verspreche es. Aber ich kann nicht …«

Sie bricht ab, weil Eszter plötzlich in der Tür steht, wie immer schweigend. Ihr Blick schweift durch den Raum. Sie sieht Ginnys halb gefüllten Koffer, das T-Shirt in ihrer Hand. Sie schnalzt mit der Zunge, marschiert ins Zimmer und schiebt Ginny beiseite. Die weicht zurück und beobachtet, wie Eszter die Sachen aus ihrem Koffer nimmt und in Beatrix' Kommode zurücklegt.

Als sie fertig ist, dreht sie sich um und starrt Ginny an. Sie ist so klein, dass Ginny nach unten schauen muss, um ihren Blick zu erwidern. Schließlich zeigt Eszter auf sie und sagt auf Englisch: »You not go.« Dann macht sie auf dem Absatz kehrt und verlässt das Zimmer.

Sie bleibt also hier. Und zwar nicht nur eine, sondern zwei Wochen.

»Nimm einfach denselben Rückflug wie ich«, sagt Adrian, und genau den bucht sie. LX 2251, von BUD nach JFK mit Umstieg in Zürich, Abflug um 9.40 Uhr. Sie weiß nicht, ob das eine gute oder schlechte Idee ist. Sie weiß auch nicht, wie sie es ihrer Mutter erklären soll.

Sie wird sich etwas einfallen lassen müssen.

Ein paar Tage später schlägt Eszter vor, einen Ausflug zu einem Bauernhof zu machen, der einem entfernten Cousin und seiner Frau gehört. Sie möchte Eier und frischen Honig holen und Waldbeeren sammeln, um daraus Marmelade zu kochen.

»Falls sie nicht da sind, wenn wir kommen, ist das kein Problem. Wir können uns auf ihrem Hof wie zu Hause fühlen. Und wenn wir Hummeln im Hintern haben, dürfen wir gerne schon nach Herzenslust pflücken und ernten«, übersetzt Adrian Eszters Erklärung auf der Fahrt dorthin.

»Hat sie gerade wirklich ›Hummeln im Hintern‹ auf Ungarisch gesagt?«

Adrian lächelt. »Nein. Das war künstlerische Freiheit.«

»Sieh mal einer an, wer von uns beiden ist denn hier der Wortjongleur?« Ginny stupst ihn mit der Schulter an.

Áron und Klara, die Besitzer des Laszlo-Hofs, sind beide in den Vierzigern, kinderlos und haben ihr Leben komplett dem Ackerbau, der Imkerei und Ziegenhaltung verschrieben. Ihr Hof liegt auf einem saftig grünen Stück Land und unterscheidet sich krass von den Farmen des Mittleren Westens mit ihren endlosen Maisfeldern. Wenn überhaupt, denkt Ginny, kann man die Gegend mit den wenigen grünen Zipfeln der Oberen Halbinsel von Michigan vergleichen. Mit den Ecken, die noch unberührt sind von der industrialisierten Landwirtschaft.

Sie halten vor dem Gehöft, einem grauen Steingebäude mit rotem Dach, und begrüßen Áron und Klara, die schon mit Tee und Kaffee warten. Klara hält Ginny einen Krug mit einer weißen Flüssigkeit hin und sagt etwas auf Ungarisch. Hilfesuchend schaut Ginny zu Adrian.

»Ziegenmilch«, erklärt er. »Für deinen Kaffee.«

»Oh.« Ginny schüttelt lächelnd den Kopf. *»Nem, köszönöm.«* *Nein, danke.*

Aber Klara ist hartnäckig. Sie schwenkt den Krug und redet aufgeregt auf Ginny ein.

»Sie weiß, dass Amerikaner es seltsam finden, Ziegenmilch in ihren Kaffee zu tun«, übersetzt Adrian. »Aber sie sagt, es sei köstlich. Sie will unbedingt, dass du probierst.«

Leider kann Ginny nicht sagen, dass sie die Milch nicht deshalb nicht will, weil sie von einer Ziege stammt, sondern weil sie nie Milch in ihren Kaffee tut. Zu viele Kalorien.

Um nicht unhöflich zu sein, hält sie Klara ihre Tasse hin, damit sie ihr einschenkt. Dann nimmt sie einen Schluck. »Mmm.«

Klara nickt zufrieden und wendet sich Eszter und Imre zu.

Der Hof hat etwas Märchenhaftes. Klara führt sie durch die Hintertür auf ein weites, von Obstbäumen und Gemüsebeeten gesäumtes Feld. Sie zeigt Ginny die einzelnen Arten, und Adrian flüstert ihr die Übersetzung ins Ohr: »Das da ist Zuckermais. Dort drüben stehen Apfelbäume. Und auf dem Feld gegenüber wachsen grüne Erbsen und drum herum Sauerkirschbäume.« Seine Stimme kitzelt sie im Nacken und lässt sie erschaudern.

»Sauerkirschen!« Ginny wird hellhörig. »Für den Wein, den deine Großmutter macht?«

Ginny kann Adrians Blick nicht deuten. »Ja, genau.«

»Können wir da rübergehen?«

»Natürlich.«

Adrian gibt den anderen Bescheid und geht dann mit Ginny zum gegenüberliegenden Feld.

Die Sauerkirschbäume sind die schönsten Bäume, die Ginny je gesehen hat.

Die Kirschen sind gerade richtig reif. Im Gegensatz zu normalen Kirschen, die dunkel, fast lila sind, leuchten diese hier knallig rot. Wie Äpfel oder Lippenstift oder die Herzen, die man überall hinkritzelt, wenn man verliebt ist. Aus der Ferne sehen sie fast wie Rosen aus – Rosen, die an Bäumen statt an Sträuchern wachsen.

Langsam geht Ginny am Feldrand entlang. Ab und zu streckt sie die Hand nach einer Kirsche aus und streicht mit dem Daumen sanft über die glatte Haut.

»Willst du eine probieren?«, fragt Adrian.

»Ja, gerne.«

Er sucht den nächsten Baum nach zwei besonders leuchtenden, prallen Kirschen ab, legt Ginny die eine in die Hand und behält die andere für sich.

Eine ganze Weile starrt Ginny die rote Frucht an.

»Angst?«, fragt er.

Sie nickt.

»Warum? Weil sie sauer ist?«

»Nein.« Sie beißt sich auf die Lippe. Sie hat ihm nie von der Angst erzählt, die sie vor jeder Mahlzeit überkommt. Die Angst vor dem, was passieren könnte.

»Warum dann?«

»Es ist …« Sie holt tief Luft und blickt Adrian in die Augen, die Sauerkirsche immer noch auf der flachen Hand. »Die Sache mit der Bulimie ist … es geht nicht nur ums Erbrechen. Das weißt du wahrscheinlich schon. Die meisten Leute wissen das. Es geht auch darum, dass man zu viel isst. Dass man sich hemmungslos und unkontrolliert vollstopft, meine ich. Also eine Fressattacke hat und sich danach erbricht.«

Adrian betrachtet sie aufmerksam. Seine Hand schließt sich um die Kirsche, dann lässt er den Arm sinken. »Ja, das wusste ich schon.«

»Echt?«

»Ja. Ich, ähm …« Mit der freien Hand kratzt er sich im Nacken. »Nach unserer Kneipentour habe ich … na ja, ich hab ein bisschen über Bulimie recherchiert.«

»Wirklich?«

»Ja.« Er lacht nervös. »Ich weiß nicht, ob du das seltsam findest oder so. Aber … Jedenfalls hab ich eine Menge gelernt. Vor allem über den Teufelskreis von Heißhungerattacken und Erbrechen und wie das eine das andere bedingt.«

»Was meinst du damit?«

»Na ja, nachdem man eine Heißhungerattacke hatte, will man sich natürlich übergeben. Das ist der offensichtliche Teil des Kreislaufs. Was aber viele nicht wissen, ist, dass das Erbrechen auch ein Katalysator für das unkontrollierte Vollstopfen ist.« Adrian spricht immer schneller, als wollte er die Informationen loswerden, solange er noch den Mut dazu hat. »Du erbrichst das Essen, bevor dein Körper die Nährstoffe aufnehmen kann, die er braucht. Und obwohl du das Gefühl hast, gerade viel zu viele Kalorien in dich reingestopft zu haben, hast du eigentlich nicht genug bekommen. Du darbst. Dein Körper ist am Verhungern. Er denkt, dass du in einer Art Hungersnot lebst. Dass das Essen knapp ist. Und wenn du dann irgendwann beschließt, wieder etwas zu essen, in Maßen natürlich, ganz beherrscht und kontrolliert, macht dir dein Körper einen Strich durch die Rechnung. Weil er nämlich denkt: ›Oh, endlich gibt's was? Toll, dann muss ich ordentlich zulangen, denn wer weiß, wann ich wieder etwas bekomme.‹«

Adrian macht eine Pause, um Luft zu holen. »Hört sich das plausibel an?«

Ginny starrt auf die leuchtend rote Kirsche in ihrer Hand. »Ja«, sagt sie leise. »Absolut.«

»Aber du musst nicht für immer in diesem Teufelskreis feststecken, Ginny. In diesen Studien steht auch, dass dein Körper sich neu einstellt, sobald du wieder regelmäßig isst und auch Zwischenmahlzeiten zu dir nimmst. Er wird nicht mehr das Bedürfnis haben, sich vollzustopfen, wenn er etwas bekommt.«

»Das ist gut zu wissen.« Ginnys Blick schweift über die lange Reihe der Sauerkirschbäume. »Weißt du, es ist komisch, wie du die Bulimie beschreibst. Es klingt so, als wären mein Körper und ich unterschiedliche Wesen. Als hätte er seine eigenen Instinkte und könnte sich über Entscheidungen, die ich treffe, einfach hinwegsetzen.«

»Meinst du, das ist falsch?«

»Ganz im Gegenteil. Ich hab das Gefühl, dass es etwas erklärt, was mich seit meinem ersten Heißhungeranfall umtreibt.«

»Was genau meinst du?«

»Immer wenn ich mich überfresse, habe ich nicht das Gefühl, dass ich es aus eigenem Entschluss mache. Es fühlt sich eher so an, als würde mein Körper von einem anderen Wesen gekapert werden – der Bestie in mir, so stelle ich es mir vor. Und diese Bestie übernimmt die totale Kontrolle über meine Entscheidungen und Handlungen, bis hin zu den Bewegungen meiner Hände und meines Mundes. Ich weiß natürlich, dass das Quatsch ist. In mir lebt keine Bestie. Da bin nur ich. Und ich bin schwach. Ich bin ein Vielfraß.« Sie saugt die Luft durch ihre Zähne ein. »Aber wenn … wenn du recht hast …«

»Du bist nicht schwach, Ginny. Du bist kein Vielfraß.« Er greift nach ihrer Hand, die schlaff an ihrer Seite herunterhängt. »Dein Körper versucht nur, sich zu retten. Er versucht zu überleben.«

Sie nickt. Und dann nickt sie gleich noch einmal, nachdrücklicher. Sie will gerade vorschlagen, zurückzugehen, als Adrian seine Sauerkirsche hochhält. »Hier«, sagt er.

»Was?«, fragt sie.

»Ich füttere dich«, sagt er. »Dann weißt du, dass nichts passiert. Wenn du nicht selbst isst, kann die Bestie nicht rauskommen.«

Ginny schluckt, dann nickt sie und öffnet den Mund. Mit der rechten Hand hält Adrian ihre Hand, mit der linken füttert er sie. Dabei lässt er ihre Hand nicht los, weder als sie die Kirsche zerbeißt und der saure Saft sich in ihrem Mund verteilt noch als sie aufschreit und die Kirsche auf den Boden spuckt. Selbst als er sich vor Lachen krümmt, hält er sie noch fest.

»Was zum Teufel ist das?«, kreischt sie.

»Wie der Name schon sagt, Ginny: eine *Sauer*kirsche.« Adrian grinst.

»Gibt es tatsächlich Leute, die die essen?«

»Ja.« Adrian hält sich mit der freien Hand den Bauch vor Lachen. »Aber normalerweise kocht man sie erst, um sie süßer zu machen.«

Sie boxt ihn gegen die Schulter, so fest sie kann, aber das bringt ihn nur noch mehr zum Lachen.

»Komm«, sagt er und zieht sie zurück zum Haus. »Wir holen dir noch etwas Ziegenmilch.«

Früher waren Kalorien ein Riesenthema für Ginny. Sie hat sie gezählt und gewogen, jede einzelne so wertvoll wie eine Unze Gold. Das tut sie jetzt nicht mehr. Sie kann es nicht mehr. Nicht nach den Fressattacken. Nicht, nachdem sie während einer einzigen Mahlzeit Abertausende Kalorien in sich versenkt hat – so mühelos, wie man nachts in einen traumlosen Schlaf gleitet.

Ginny ist jetzt schon eine ganze Woche hier. Eine Woche, in der sie gegessen und das Gegessene im Magen behalten hat. Allerdings gab es auch ein paar Fressattacken. Aber die schreibt sie nicht auf, es ist ihr zu peinlich. Selbst vor ihrem Tagebuch, das niemand außer ihr je lesen wird, schämt sie sich. Sie hat es geschafft, das Essen nach diesen Heißhungeranfällen in sich zu behalten, aber nur, weil sie sich ins Bett gelegt und sich die Augen aus dem Kopf geheult hat.

Es fühlt sich komisch an, ihrem Körper dabei zuzusehen, wie er ohne ihre Erlaubnis in die Breite geht.

Von Tag zu Tag wirkt er weniger kindlich. Ihre Brüste blähen sich zu zwei Fettkissen auf, die bei jedem Schritt hüpfen. Ihr Körper scheint sein Wachstum selbst in die Hand genommen zu haben. Gut möglich, dass er erst jetzt, mit vierundzwanzig Jahren, die Form und Größe annimmt, die er schon seit fünf Jahren hätte haben sollen. Sosehr Ginny auch versucht, ihn wieder abzuflachen, die neuen Kurven dorthin zurückzudrängen, wo sie hergekommen sind, ihr Körper sagt Nein. Ihr Körper sagt: *Lass mich wachsen, lass mich aufblühen, lass mich quellen, wohin ich will.*

Sie hasst es.

Sie hasst sich.

Sie hasst diesen neuen Körper, in dem sie lebt.

Aber sie will nicht länger vor ihm weglaufen.

Wie so oft liegt Ginny auf ihrem Bett und starrt an die Decke. Sie denkt an *Sajtos pogácsa* – himmlische kleine Käsegebäckteilchen, die Eszter manchmal zum Abendessen macht. Heute hat Ginny drei davon gegessen – sie hat so eifrig zugelangt, dass sich Eszters Mundwinkel, wenn sie es richtig gesehen hat, zu einem Lächeln verzogen haben. Und falls sie nicht gelächelt hat, dann sah sie wenigstens nicht ganz so mürrisch aus wie sonst. Nach dem Essen hat Ginny versucht, nicht mehr an die Sajtos zu denken – und damit begann der allabendliche Krieg in ihrem Kopf: essen oder nicht essen?

Denn das Problem ist: Wenn Ginny *eines* davon isst, isst sie wahrscheinlich vier oder fünf. Und dann wird sie sich übergeben wollen. So wie immer. Und nachts, wenn alle anderen schlafen, ist die Versuchung noch viel größer.

Sie muss daran denken, was Adrian unter den Kirschbäumen gesagt hat: dass der Körper seine eigenen Instinkte hat. Sie fragt sich, ob der Krieg, der gerade in ihrem Inneren tobt, ein Krieg zwischen Körper und Geist ist. Zwischen dem Bedürfnis nach Nahrungsaufnahme und dem anerzogenen Wunsch, dünn sein zu wollen. Es klingt plausibel, findet sie.

Vielleicht sollte ich meine eigenen Bulimie-Studien anstellen?, überlegt sie. *Vielleicht würde mir das guttun?*

Früher hat sie ihre Krankheit geleugnet. Es heißt, Leugnen sei die erste Phase der Krankheit. Aber Ginny ist sich ziemlich sicher, dass Leugnen die erste Phase eines Trauerprozesses ist – nur weiß sie nicht, worum sie trauert.

In dieser Nacht kann sie nicht einschlafen. Sie tappt in ihrem Zimmer auf und ab, um bloß nicht in die Küche zu huschen und sich etwas zu essen zu holen. Als es sie irgendwann doch dorthin treibt, bleibt sie vor der Kochinsel stehen, in sicherem Abstand zum Kühlschrank. Aber das Verlangen, ihn zu öffnen, ist so überwältigend, dass sie schnell etwas anderes tun muss, irgendetwas, egal was.

Das Erstbeste, was ihr einfällt, ist, auf dem Absatz kehrtzumachen und die Treppe hinaufzugehen.

Nein, sie geht nicht, sie schleicht, denn sie vermutet, dass Eszter mit einem offenen Auge und einem offenen Ohr schläft.

Oben, im ersten Stock, schweift ihr Blick über die Türen. Sie war noch nie in Adrians Zimmer, aber sie geht täglich durch das Zimmer seiner Großeltern, um zu duschen. Also die Tür ganz links.

Sie dreht den Knauf und öffnet sie, ohne anzuklopfen. Falls Adrian schon schläft, will sie ihn nicht wecken. Und falls er sich gerade umzieht – tja, da gäbe es nichts, was sie nicht schon gesehen hätte.

Das Licht ist aus. Also schläft er. Sie will die Tür gerade wieder schließen, als Adrian sich umdreht und ins Mondlicht blinzelt. »Ginny?«

»Ja. Entschuldigung. Ich bin's.« Sie zieht sich einen Schritt zurück. »Ich wollte dich nicht wecken. Ich gehe wieder.«

»Nein, ist schon gut.« Er setzt sich auf. »Was ist los?«

»Äh. Es ist nur …« Sie geht hinein und schließt die Tür hinter sich. »Darf ich mich vielleicht … zu dir legen?«

»Natürlich.« Er rutscht zur Seite und hebt die Bettdecke an, damit sie zu ihm kriechen kann. Es ist angenehm neben ihm, nicht zu heiß. Sein Körper scheint wirklich kaum Wärme abzustrahlen. Sie legt ihren Kopf auf das Kissen und blickt zur weiß getünchten Decke, an der fluoreszierende Plastiksterne leuchten.

»Imre hat sie aufgeklebt, als ich klein war«, flüstert Adrian. »Damals wollte ich noch Astronaut werden.« Er hält inne. »Oder Filmstar, das war mir egal.«

»Du könntest es locker zum Filmstar bringen.«

»Ach, aber zum Astronauten nicht? Du kränkst mich, Ginny.«

Sie lacht. »Ich meine nur, dass du gut genug aussiehst.«

»Hm.«

Ein paar Minuten liegen sie still da.

»Adrian«, fragt sie schließlich, »findest du mich jetzt fett?«

»Was?« Sein Kopf fährt herum. »Wovon redest du?«

»Von meinem Gewicht. Ich hab zugenommen, sehr offensichtlich. Ich meine, klar, vorher hab ich das Essen nicht drinbehalten, aber jetzt schon, und deshalb ...«

»Deshalb nimmst du zu. Oder besser gesagt: Es wäre normal, wenn du zunimmst. Aber soweit ich das sehe, tust du das kaum.«

»Das stimmt nicht.« Sie seufzt frustriert. »Wirklich nicht. Ich bin nicht verrückt. Ich kann's dir beweisen.« Sie greift nach seiner Hand. »Wir liegen ja nicht zum ersten Mal zusammen im Bett, du hast meine Brüste gesehen, und du hast sie angefasst.« Sie legt seine Hand auf ihren rechten Busen, über ihr T-Shirt. »Merkst du's? Sie sind größer geworden. Viel größer.«

Adrian bewegt seine Hand nicht. Er scheint nicht zu wissen, was er tun soll. »Ich ...«

»Schau.« Sie schiebt seine Hand unter ihr T-Shirt und über ihren Bauch, bis sie flach auf ihrer nackten Brust liegt. »Da. Fühlst du's jetzt?«

Adrian antwortet nicht. Es scheint, als hätte er aufgehört zu atmen.

»Und? Was sagst du?«, fragt sie ungeduldig.

Statt einer Antwort zieht er seine Hand ein paar Millimeter zurück, gerade so weit, dass seine Finger leichte Kreise um ihre Brustwarze ziehen können.

Überrascht keucht sie auf.

»Gefällt dir das?«, flüstert er.

Ein leises Stöhnen ist ihre einzige Antwort.

Weiche Lippen drücken sich auf ihr Schlüsselbein, knapp über dem Ausschnitt ihres T-Shirts. »Mir gefällt es auch«, flüstert er. »Ich möchte mehr von dir spüren.«

»Ich hab Angst.«

Sofort zieht er seine Hand zurück, die Augen weit aufgerissen vor Sorge – zwei vom Mondlicht beleuchtete schwarze Kreise. »Soll ich aufhören?«

»Nein! Oh Gott, nein!«, sagt sie mit einer solchen Inbrunst, dass er lächeln muss. »Ich meine nur, ich ... ähm ... das letzte Mal, als wir zusammen waren, war ich ... du weißt schon ...«

»Bulimisch.«

Sie nickt.

»Und du hast Angst, dass mir dein Körper jetzt nicht mehr gefällt?«

Noch ein Nicken.

»Ginny.« Adrian stützt sich auf einen Ellbogen und legt die andere Hand auf ihr Gesicht. »Bulimie ist eine Krankheit. Du warst krank. Das bist du immer noch, aber du erholst dich langsam, und das machst du erstaunlich gut. Und sollte ich jemals den Wunsch in dir wecken, zu deiner Krankheit zurückzukehren, damit du dich attraktiv fühlst«, seine Hand gleitet über ihre Wange und legt sich um ihr Kinn, »dann möchte ich, dass du das Jagdgewehr meines Großvaters aus dem Keller holst und mich erschießt.« Er hält inne, sucht ihren Blick. »Okay?«

Sie lacht. Oder ist es ein leises Schluchzen? Sie weiß es selbst nicht.

»Bei mir brauchst du keine Angst zu haben. Nie.«

»Okay«, sagt sie.

Und dann drückt Adrian seine Lippen auf ihre, und was immer sie vorher gedacht hat, schmilzt dahin, weil seine Hände jetzt zu beiden Seiten an ihr hinabgleiten und unter dem elastischen Bündchen ihrer Pyjamashorts verschwinden.

»Das letzte Mal, als wir miteinander geschlafen haben, bist du da gekommen?«, fragt er.

Sie zögert. Erwägt zu lügen. Hat sie das nicht immer getan? Lügen, um die Gefühle des Mannes nicht zu verletzen. Lügen, damit er endlich zum Ende kommt, wenn es zu lange dauert und allmählich wehtut. Aber bei Adrian … sie hat nicht das Bedürfnis, ihm etwas vorzutäuschen. Eine Show abzuziehen.

»Nein«, sagt sie.

Adrian lehnt sich zurück und legt den Kopf schief. Einen Moment lang glaubt sie, dass er wütend ist. Dass er sie gleich fragt, warum sie ihm etwas vorgespielt hat. Stattdessen sagt er: »Okay, dann zeig mir, wie ich's machen soll.«

»Soll ich ehrlich sein? Bei ganz normalem Sex bin ich noch nie gekommen. Bei der Art Sex, die man in Pornos sieht, wo die Frau auf dem Mann reitet, immer auf und ab. Das hat bei mir noch nie funktioniert. Aber natürlich weiß ich, wie ich es mir selbst mache. Das kann ich dir zeigen.«

Er nickt, und sie nimmt seine rechte Hand von ihrem Po und legt sie auf ihren Venushügel. Er drückt leicht nach unten und dringt mit der Spitze seines Mittelfingers in sie ein. Sie stöhnt leise.

»Du bist feucht«, stellt er fest.

Sie nickt. »Okay. Fang so an.« Sie legt ihre Hand auf seine, Finger auf Finger, und beginnt mit ihnen zu kreisen, ganz kleine Bewegungen. Seine Finger, lang und geschmeidig wie der Rest seines Körpers, nehmen ihren Rhythmus schnell auf. Ginny hebt ihr Becken an, sie kann es schon nicht mehr erwarten, ihn in sich zu spüren.

»Entspann dich«, flüstert er. »Was soll ich jetzt tun?«

Sie zieht seine Finger ein kleines Stück nach oben und legt sie auf die empfindliche kleine Kuppe. Dann schiebt sie sie hin und her, immer schneller und mit zunehmendem Druck. Ein Stöhnen entweicht ihrem Mund.

»Jetzt«, sagt sie, und ihr Atem geht schneller, »spiel mit mir.«

Und das tut er. Oder besser gesagt – sie tun es, zusammen, ihre Hand auf seiner. Seine Berührungen sind leicht, kaum spürbar, aber er drückt an den richtigen Stellen und lässt ihren Unterleib beben. Sie atmet geräuschvoll ein und aus, flüstert seinen Namen, aber er bringt nur einen kehligen Laut zustande. Sie kann nicht sagen, wer die Bewegung zu diesem Zeitpunkt steuert – ob er oder sie oder sie beide, es ist alles eins.

»Adrian«, flüstert sie. »Ich möchte dich in mir spüren.«

»Noch nicht.« Sein Finger streicht über ihre Öffnung, dringt aber nicht ganz ein.

»Bitte!« Sie zieht ihre Hand unter der Decke hervor und packt seinen Oberarm. »Adrian, bitte!«

»Noch nicht. Ich will, dass du kurz davor bist.«

Er macht weiter, reibt abwechselnd die empfindliche Knospe und spielt mit dem Rest, lässt seine Finger über die feuchte Oberfläche gleiten. Sie versucht, leise zu atmen, nicht zu stöhnen, aber es ist unmöglich. Also dreht sie den Kopf und presst ihren Mund gegen Adrians Shirt. Das hier fühlt sich so ganz anders an als der Sex, den sie bisher hatte. Sie braucht Adrian nichts vorzuspielen, damit er seinen Spaß hat. Im Gegenteil, sie versucht, sich zu beherrschen, aber es geht nicht. Jede seiner Berührungen jagt kleine Funken durch ihren Körper, einen ganzen Funkenregen. Und all diese Funken sammeln sich in ihrer Mitte, die pulsiert und sich zusammenzieht, bis sie spürt, dass sie beide kurz davor sind.

»Jetzt«, flüstert sie. »Jetzt, Adrian, bitte.«

»Moment, Kondom.« Er nimmt seine Hand von ihrem Becken, aber sie behält ihre dort, um die Glut nicht zu verlieren, die er gerade entfacht hat. Innerhalb weniger Sekunden ist er wieder da und reißt die Verpackung auf.

»Lass mich.« Sie setzt sich auf, und er reicht ihr das Kondom. Bevor sie es ihm überstreift, hält sie inne und reibt mit dem Daumen über seine Eichel. Er zittert. Dann rollt sie das Kondom nach unten und lässt sich zurück in die Kissen fallen.

Er legt sich auf sie. Sie spürt die Spitze des Kondoms. Er bewegt seine Hüften ganz sanft hin und her und reibt sich an ihren Schamlippen. »Gut so?«

Sie stöhnt. »Fuck, Adrian.«

Er lacht leise. »Wie du willst.« Dann gleitet er in sie hinein.

Sie ist so kurz davor, dass es jetzt ganz schnell geht. Während sie kommt, schlingt sie ihre Arme und Beine um seinen Oberkörper und zieht ihn so tief in sich hinein, wie sie nur kann.

Als sie beide fertig sind, rollt Adrian von ihr herunter, lässt sie aber nicht los. Sie schmiegt sich an ihn und bettet ihren Kopf auf seine Brust.

»Bist du diesmal gekommen?«, fragt er nach einer Weile.

Statt einer Antwort lacht sie. Er schlingt einen Arm um ihren Rücken und zieht sie fester an sich. Sie kann zwar sein Gesicht nicht sehen, aber sie weiß, dass er lächelt.

Bei ihrem Spaziergang am nächsten Tag hält Adrian Ginnys Hand. Sie gehen ihren üblichen Weg hügelabwärts, aber bevor sie den Fluss erreichen, zieht er Ginny in ein Café. Auf Ungarisch ordert er zwei eisgekühlte Americanos und einen schokoladengefüllten *Fánk* – einen Krapfen. Sie warten am Fenster, bis ihre Bestellung fertig ist, und die ganze Zeit über hält Adrian ihre Hand. Einmal beugt er sich zu ihr und küsst sie auf die Stirn – eine so natürliche, selbstverständliche Geste, dass Ginny glaubt, zu sterben.

Mit ihren Kaffees schlendern sie zum Fluss hinunter. Sie gehen und gehen und gehen, viel weiter als sonst, als wollten sie nicht, dass der Spaziergang jemals endet. Sie gehen so weit, dass Adrian, als sie schließlich umdrehen, sagt, sie würden eine Stunde für den Rückweg brauchen. Er schleppt Ginny mit in einen Fahrradverleih und vereinbart mit dem Besitzer, dass sie die Räder gleich morgen früh wiederbringen. Dann radeln sie entlang der Donau zurück.

Die Haare peitschen Ginny ins Gesicht, die Luft riecht leicht salzig. Sie kann sich nicht erinnern, seit ihrer Ankunft in Ungarn so glücklich gewesen zu sein.

Als sie wieder zu Hause sind, geht Ginny in ihr Zimmer und ruft ihre Mutter per FaceTime an. Sie zeigt ihr das Bett, die Kommode und die bunten Häuser auf der anderen Straßenseite. Und weil ihre Mutter auch den Rest des Hauses sehen will, geht sie mit ihr durch die Küche und das Wohnzimmer und setzt sich schließlich aufs Sofa.

»Ich dachte, du wolltest letztes Wochenende zurückfliegen«, sagt ihre Mutter. »Hängst du noch ein paar Tage dran?«

»Ja«, sagt Ginny. »Aber das ist eine lange Geschichte. Ich erklär's dir, wenn ich wieder da bin.«

Von der Bulimie hat Ginny ihr noch nichts erzählt. Sie weiß, dass es guttun kann, seine Geheimnisse mit anderen zu teilen. Dass sie einen dann weniger belasten. Aber so weit ist sie noch nicht. Sie kann sich ihr Geheimnis noch nicht jenseits der Schutzzone von Szentendre vorstellen.

Nach einer endlosen Verabschiedung, bei der ihre Mutter Ginny zweimal fragt, ob sie auch wirklich isst – was Ginny zum ersten Mal seit Jahren ehrlich bejahen kann –, legen sie schließlich auf. Danach sitzt Ginny noch lange auf dem Sofa, starrt aus dem Fenster auf das blau getünchte Nachbarhaus und denkt über ihre bizarre Situation nach. Wie zum Teufel ist sie hierhergekommen? Erst ein Geräusch im Hintergrund reißt sie aus ihren Gedanken.

Sie dreht sich um. Imre schlendert ins Wohnzimmer. Sie lächelt ihn an, und er lächelt zurück. Und dann kommt er, statt wie üblich zu seinem Stammsessel zu gehen, zum Sofa und setzt sich direkt neben sie.

Mit einem Augenzwinkern zückt er sein Handy und zeigt auf das Display. Er öffnet eine Übersetzungs-App und tippt etwas ein. Als er das Handy zu Ginny dreht, sieht er ziemlich stolz aus. Grinsend reckt sie den Daumen hoch und überfliegt dann die Übersetzung.

Er hat noch nie ein Mädchen mit nach Hause gebracht.

Ihre Augen weiten sich. Sie holt ihr eigenes Telefon heraus und tippt hastig: *Ah – aber ich bin gar nicht seine Freundin.*

Als Imre aufs Display schaut, gluckst er. Dann tippt er in sein Samsung: *Bezeichnungen sind bedeutungslos. Was zählt, ist die Liebe.*

Ohne ihr die Gelegenheit zu geben, etwas zu erwidern, steckt er sein Handy zurück in die Hosentasche, klopft ihr kurz auf die Schulter, steht auf und geht.

Ginny hat es jetzt schon siebzehn Tage ohne zu erbrechen geschafft. Vor noch nicht allzu langer Zeit war das völlig undenkbar. Vor nicht allzu langer Zeit hat sie sich wie ein ausgehungerter Zombie Süßigkeiten in den Mund geschaufelt, um dann in ihr Zimmer zu rennen und alles wieder auszukotzen.

Zu genesen ist kein Spaß. Es ist nicht entspannend. Sie hat ständig das Gefühl, drei Atemzüge davon entfernt zu sein, den Verstand zu verlieren.

Aber sie bemüht sich.

Bei einem ihrer Spaziergänge durchschießt sie der Gedanke zum ersten Mal.

Sie gehen ausnahmsweise bergauf statt bergab. Adrian will ihr den Kada csúcs zeigen, einen Aussichtspunkt, den man über eine kurze Wanderung den Hügel hinauf erreicht. Sie packen Sandwiches und Chips in Adrians Rucksack, und Ginny fotografiert auf dem Weg: lila Blumen, gelbe Rosenknospen, einen Bach, der nur ein schmales Rinnsal Wasser führt.

Auf dem Kada csúcs selbst gibt es nicht viel zu sehen: eine

kleine Lichtung mit einer Bank, die kaum breit genug für sie beide ist. Sie müssen die Sandwiches auf den Knien balancieren und die Chipstüte unter der Bank abstellen. Aber das macht nichts, denn die Aussicht ist absolut spektakulär, fast so wie von der Budaer Burg. So viel Landschaft breitet sich vor ihnen aus: wogende Wellen roter Ziegeldächer, ausgedehnte grüne Ackerflächen, glänzende Kirchturmspitzen, die glitzernden Windungen der Donau.

Beim Essen ist Ginny wählerisch, so wie fast alle Menschen mit Essstörung. Sie haben Vorlieben, Rituale, sichere Lebensmittel, unsichere Lebensmittel. Die Regeln und Einschränkungen sind Teil dessen, was sie in ihrer Störung gefangen hält. Ginny zum Beispiel isst keine Brotkruste. Sie bricht sie ab, bevor sie in ihre Sandwiches beißt. Einerseits ist das in Ordnung, denn sie mag die Kruste wirklich nicht. Aber es ist auch eine Ausrede – tief in ihrem Inneren weiß sie das. Es ist eine unverdächtige Möglichkeit, Kalorien einzusparen.

Doch Adrian lässt sich nicht täuschen. Als sein Blick auf ihren Schoß fällt und er die Alufolie mit dem Krustenhaufen sieht, greift er wortlos danach und platziert ihn auf seinem Schoß. Dann reißt er ein krustenloses Stück von seinem eigenen Brot ab und reicht es ihr. Keine Fragen. Keine Zurechtweisung. Eine simple Maßnahme, die sicherstellt, dass sie eine vollständige Mahlzeit isst. Dass sie sich nicht durchmogelt.

Himmel, Hilfe, denkt sie, als sie das Sandwich-Stück betrachtet. *Verliebe ich mich etwa gerade in ihn?*

Sie macht ein möglichst ausdrucksloses Gesicht, und als er ihr erklärt, was sie alles unter sich sehen, nickt sie an den richtigen Stellen. Als er fertig ist, lächelt er sie erwartungsvoll an. Sie öffnet den Mund und lacht, obwohl sie gar nicht weiß, ob er gerade einen Witz gemacht hat. Schnell, sie muss etwas tun, irgendetwas, um den Gedanken zu unterdrücken, der sich in ihrem Kopf breitmacht.

Und in dem Moment weiß sie, dass es stimmt. Sie *ist* dabei, sich in ihn zu verlieben. Nein – wenn sie ehrlich ist, hat sie sich schon vor langer Zeit in ihn verliebt. Vor anderthalb Jahren, in der Nacht, als er sie zum allerersten Mal im Arm gehalten hat, in seinem Bett in der Sullivan Street. Der ganze Scheiß mit Finch – all die Tränen, das Drama, das süchtig machende Hin und Her –, das war alles nur Ablenkung. Ein Deckmantel, um die Wahrheit zu verbergen.

Aber wie kann ich wissen, ob es wirklich die Wahrheit ist?, fragt sie sich. *Noch vor zwei Wochen habe ich geglaubt, in Finch verliebt zu sein. Wie kann ich meinen Gefühlen für Adrian trauen? Woher soll ich wissen, ob sie echt sind?*

Sie kann es nicht, ganz einfach. Niemand kann das. Man kann nur dem folgen, was sich wie die Wahrheit der eigenen Gefühle anfühlt. Und darauf hoffen, dass der Rest sich irgendwann klärt.

Zwei Nächte später schläft sie versehentlich in Adrians Zimmer ein. Als sie aufwachen, ist es bereits acht Uhr morgens, weit nach der Zeit, zu der seine Großeltern normalerweise aufstehen. Als sie begreifen, dass es tatsächlich Sonnenstrahlen sind, die zwischen den Jalousiestreifen durchscheinen, schauen sie sich entsetzt an.

»Scheiße.« Ginny krabbelt aus dem Bett und zieht ihre Pyjamashorts an. »Scheiße, Scheiße, Scheiße.« Sie dreht sich zu Adrian um, der sich noch nicht gerührt hat. »Okay, ich geh zuerst raus. Vielleicht sind sie ja gerade spazieren oder so. Und falls sie schon in der Küche sind, nehm ich ein Handtuch mit runter und sage, ich war unter der Dusche.«

»Aber deine Haare sind trocken.«

Sie wedelt ungeduldig mit der Hand. »Das kriege ich schon hin.«

Sie öffnet die Tür und schlüpft nach draußen. Im Flur ist

zum Glück niemand. Erleichtert atmet sie auf und schließt die Tür hinter sich.

Als sie sich gerade umdreht, geht die Tür zum Schlafzimmer auf, und heraus kommt Imre.

Sie erstarrt ebenso wie er. Einen Moment lang sehen sie sich nur an, beide mit einer Hand auf dem Türknauf. Er mustert ihr verwuscheltes Haar, ihren zerknitterten Pyjama. Ginnys Rücken versteift sich. Sie wartet darauf, dass er sie zurechtweist. Dass er sie ein Flittchen nennt und aus dem Haus wirft.

Stattdessen verzieht sich sein Gesicht zu einem breiten Grinsen. Wortlos zwinkert er ihr zu und geht nach unten.

Ich habe im Internet über meine Krankheit recherchiert und erfahren, dass Erbrechen nicht die einzige Möglichkeit ist, sich zu entleeren. Manche entledigen sich der Nahrung mithilfe von Abführmitteln, bevor der Körper sie aufnehmen kann. Wieder andere leiden an einer Unterform der Bulimie und fasten oder treiben exzessiv Sport, anstatt sich zu erbrechen, um die Kalorien loszuwerden.

Das hier habe ich auf WebMD gefunden:

»Bei einer Bulimie, auch Bulimia nervosa genannt, kommt es in der Regel zu unkontrollierten Essattacken und anschließendem Erbrechen oder Abführen. Die Betroffenen fühlen sich angewidert und beschämt, wenn sie essen, und erleichtert, wenn sie sich entleeren.«

Ich habe diesen Absatz bestimmt fünf- oder sechsmal gelesen. Was dort steht, ist so wahr, dass mir die Tränen kamen.

Ich glaube, ich werde niemals geheilt sein. Ich werde mich immer vor mir selbst ekeln und mich schämen, egal, ob ich mich vollstopfe oder mich entleere oder einfach nur auf der Couch sitze und existiere.

Ginny hat den Überblick verloren, wie viele Tage sie schon bei Eszter und Imre ist.

Heute fahren sie zu Jozsef. »Er hat einen Pool«, sagt Adrian.

»Klingt toll«, erwidert Ginny, aber das ist gelogen.

Jeden Tag rechnet sie damit, dass Adrian es endlich merkt. Dass er sie ansieht und beschließt, dass es das jetzt war. Dass er sie endgültig zu dick findet. Die Arme zu schwabbelig, das Gesicht zu rund. Wie soll er sich auch zu ihr hingezogen fühlen, wenn sie so gar nichts mehr mit dem zarten, dünnen Mädchen gemeinsam hat, das er ursprünglich vögeln wollte?

Noch ist es nicht passiert. *Noch* nicht.

Aber die Vorstellung, dass er sie im Bikini sieht, ist so entsetzlich, dass sie kaum Luft bekommt.

Jozsef ist ein absoluter Schatz. Er mixt Ginny und Adrian Getränke und stellt ihnen Snacks hin, als wären sie zwei ganz normale Erwachsene – ohne Essstörung im Gepäck. Ginny hat seit dem schicksalhaften Abend nichts mehr getrunken, deshalb nippt sie nur zögernd an dem Gin-Cocktail, den Jozsef ihr in einem grünen Plastikglas samt Ananas-Spieß in die Hand gedrückt hat.

Adrian sitzt am Rand des Pools. Er trägt eine dunkelblaue Badeshorts mit kleinen weißen Palmen, die an seinem langen, ranken Körper fast zu kurz wirkt, obwohl sie das definitiv nicht ist. Seine nassen Haare locken sich, in seinem Gesicht steht ein Dreitagebart. Während Ginny langsam durch den Pool schwimmt, denkt sie die drei Worte zum ersten Mal als Ganzes, als Einheit: *Ich liebe dich.*

Kaum ist der Gedanke da, will sie ihn auch schon wieder zurücknehmen. Ihn aus ihrem Gedächtnis streichen. Aber etwas baut sich in ihr auf. Ein enges, würgendes Gefühl, wie ein Riemen um ihr Herz.

Sie beobachtet, wie Adrian mit Jozsef lacht, und konzentriert sich auf seine weichen Lippen. Es tut weh, ihn anzusehen, aber es würde noch mehr wehtun, wenn er nicht da wäre.

Fühlt sich Liebe so an? Ist es nur Schmerz und Verwirrung? Ginny begreift nicht, warum Menschen dieses Gefühl aktiv suchen.

Ob er sie auch liebt? Sie weiß es nicht. Wirklich nicht. Manchmal denkt sie, dass Adrian in seinem Kopf lange Gespräche mit ihr führt. Er spricht nämlich öfter Themen an, die sie nie auch nur gestreift haben, und zwar so beiläufig und selbstverständlich, als gäbe es zwischen ihnen längst Einigkeit darüber – dabei hat sie keine Ahnung, wovon er redet.

Als ob er davon ausgeht, dass sie seine Gedanken lesen kann.

So läuft es mit der Liebe: Zuerst denkst du sie. Du starrst jemanden an, und die Worte »Ich liebe dich« *kommen dir in den Sinn – unaufgefordert, automatisch. Du schiebst sie beiseite, versuchst, sie nicht mehr zu denken.*

Tust es aber natürlich doch. Du denkst die Worte, wenn du die Person das nächste Mal siehst. Und das übernächste Mal. Und das Mal danach. Die Ich-liebe-dichs türmen sich übereinander, bis sie deinen Kopf komplett ausfüllen. Und schon bald siehst du hilflos mit an, wie sie aus dir heraussprudeln, ob du es willst oder nicht.

Ginnys letzter Abend in Szentendre ist angebrochen. Sie muss es ihm sagen, beschließt sie. Jetzt oder nie. Allerdings nicht, wenn sie zusammen im Bett liegen, das ist zu klischeehaft. Zu abgeschmackt. Zumal ihr letzter Versuch, ein ernsthaftes Gespräch mit ihm im Bett zu führen, ja gründlich schiefgegangen ist. Also nimmt sie sich vor, es nach dem Essen zu tun, wenn seine Großeltern ihren Abendspaziergang machen.

Sie hat eine Scheißangst. Aber sie glaubt, dass er genauso empfindet wie sie.

Sie ist zuversichtlich, dass alles gut wird.

~~*Tja. Das war*~~

~~*Ich weiß nicht*~~

Und so ist es gelaufen:

Ginny sitzt auf der Couch. Eszter und Imre sind spazieren. Adrian ist hinter dem Flachbildfernseher abgetaucht, der gerade geliefert worden ist, ein ultramodernes Gerät, das seinen Großeltern Zugang zu Disney+ ermöglicht. Seit einer halben Stunde werkelt er schon herum, während Ginny so tut, als würde sie das einzige englische Buch im Haus lesen: einen der ersten Bände aus der *Hardy-Boys*-Reihe. Aber sie könnte keinen einzigen Satz wiedergeben, denn während ihre Augen mechanisch über die Zeilen gleiten, legt sie sich ihre Worte zurecht.

»Adrian«, platzt es schließlich aus ihr heraus, und sie schließt die Augen.

»Ja?«, dringt es hinter dem Fernseher hervor.

»Kann ich … kurz mit dir reden?«

»Klar.« Er beugt sich vor und befreit sich aus dem Kabelsalat. »Was gibt's?« Er kommt und setzt sich zu ihr auf die Couch. »Alles in Ordnung?«

»Ja. Alles … ja. Mir geht's gut. Eigentlich sogar … sehr gut.«

Er legte den Kopf schief und hebt fragend die Augenbrauen. »Okay …?«

»Ich wollte sagen …« Sie blickt auf ihre Hände, die ineinander verknotet auf dem Buch liegen. »Ich werde dir nie für all das danken können, was du in den letzten Wochen für mich getan hast. Mir fehlen wirklich die Worte …«

»Ginny.« Er schüttelt den Kopf. »Du brauchst nichts zu sagen. Wir sind befreundet. Du hättest dasselbe für mich getan, das weiß ich.«

Wir sind befreundet. Ist es das, was sie sind? Ist es das, was sie sein will?

Auf die zweite Frage hat sie bereits eine klare Antwort.

»Ich wollte dir nur …« Sie fummelt am Buchrücken herum und atmet ein paarmal tief durch. »Gott, bin ich nervös!«

»Nervös?« Adrian beugt sich besorgt vor. »Wegen der Rückkehr nach New York?«

Sie hätte fast laut losgelacht. »Nein, Adrian, deswegen nicht.«

»Weshalb dann?«

»Ich bin nervös, weil …« Einatmen. Ausatmen. »Ich weiß es nicht. Ich weiß nicht wirklich, wie ich beschreiben soll, was in den letzten zwei Wochen zwischen uns passiert ist.«

»Ah. Das.«

»Ja. Das.«

»Du willst also darüber reden?« Adrian dreht sich zu ihr, rückt näher.

»Ja, will ich. Die Sache ist …« Sie räuspert sich. »Meine Zeit hier hätte eigentlich die Hölle sein müssen. Und in gewisser Weise war sie das auch. Ich hab mich absolut elend gefühlt. Ich hab mich gehasst. Ich hab so viel geweint wie noch nie.«

Adrians Gesicht verdüstert sich, und sie redet schnell weiter, denn sie hat Angst, Mitleid in seinen Augen zu sehen. Sie muss endlich loswerden, was sie auf dem Herzen hat.

»Gleichzeitig war die Zeit hier aber auch irgendwie magisch. Du und Eszter und Imre – ihr habt euch so gut um mich gekümmert. Ihr habt mich nie spüren lassen, dass ich eine Last bin, habt alles dafür getan, dass ich mich wie zu Hause fühle. Es kommt mir fast vor, als würde ich Szentendre kennen. Als hätte ich eine Art zweite Heimat.« Sie holt noch einmal tief Luft, denn jetzt kommt der Teil, vor dem sie Angst hat. »Ihr habt mich aufgenommen. Habt euer Zuhause mit mir geteilt. Du hast mich gefüttert. Du hast … mich gerettet. Ich war …« Ihre

Stimme bebt. »Ich war im Begriff, mich umzubringen, Adrian. Ohne es zu merken. Ich wäre über kurz oder lang gestorben. Ich … ich … Aus eigener Kraft hätte ich mich nicht mehr retten können.«

»Ginny …«

»Warte. Ich bin noch nicht fertig.« Sie schüttelt den Kopf. »Ich hätte mich alleine nicht retten können. Aber du hast es getan, Adrian. Du hast mich aufgefangen und wieder zusammengesetzt.« Sie schluckt. »Und deshalb werde ich für immer, immer, immer in deiner Schuld stehen.«

Jetzt schüttelt Adrian den Kopf. »Blödsinn, du stehst überhaupt nicht in meiner Schuld. Ich hab das getan, weil ich es wollte. Weil du mir am Herzen liegst.« Er greift nach ihrer Hand. »Du hast solche Angst, eine Last zu sein. Ich bin mir sicher, dass das einer der Gründe ist, warum diese Krankheit dich so lange im Griff hatte. Weil du Angst hast, um Hilfe zu bitten. Aber die Menschen, die sich um dich sorgen – ich, Clay, Tristan, deine Brüder, deine Schwester, deine Eltern, wir alle –, wir wollen dir helfen. Es ist keine Last für uns. Wenn es das wäre, hätten wir dich nicht verdient.«

Er wendet den Blick ab. Einen verrückten Moment lang denkt sie, er würde weinen. Aber er blinzelt nur kurz und schaut dann wieder zu ihr.

»Du bist einer der besten Menschen, die mir jemals begegnet sind, Ginny. Du bist wie … du bist wie … die Sonne. Ich bin einfach dankbar, dass ich dich kenne.«

Ihr Brustkorb hebt und senkt sich, so tief holt sie Luft. Adrian und sie starren sich an, seine braun-schwarzen Augen sind so groß und ungeschützt, wie sie sie noch nie gesehen hat. Er ist so umwerfend schön.

Sie möchte ihm das sagen. Möchte ihm sagen, dass *er* die Sonne ist. Weil er ihr, als sie nichts mehr fühlen konnte, Wärme gespendet hat.

Sie ist kurz davor, ihm das zu sagen. Ganz kurz davor.

Aber der Haufen mit den drei Worten, der sich die Woche über in ihrem Kopf aufgetürmt hat, Schicht für Schicht, wählt genau diesen Moment, um umzukippen und aus ihr herauszubrechen.

Sie kann nicht mehr atmen. Nicht mehr denken.

Es fühlt sich so völlig anders an als das Geständnis, das sie Finch auf der Parkbank gemacht hat. Es steckt kein anderes Motiv dahinter, keine letzte Verzweiflung. Es ist nicht der Versuch, den Willen eines Mannes zu beugen, ihn dazu zu bringen, sie einer anderen vorzuziehen. Sie muss es Adrian einfach sagen. Jetzt oder nie.

»Ich liebe dich«, platzt es aus ihr heraus.

»Du …« Seine Augen weiten sich. »Was?«

»Ich liebe dich«, wiederholt sie, etwas lauter diesmal. »Ich liebe dich, verdammt noch mal, Adrian. Und ich bin es leid, es zu verheimlichen.«

Schweigen.

Das längste Schweigen ihres Lebens.

Sein Blick huscht über ihr Gesicht. Scheint etwas zu suchen. Oder vielleicht nimmt er auch nur möglichst viele Details auf. Seine Augen tanzen von ihrer Nase zu ihrem Kinn zu ihrer Stirn zu ihren Lippen – und seine Gedanken scheinen sich genauso schnell zu bewegen. Er wägt alle Möglichkeiten ab. Sie kann es deutlich sehen: Er denkt nicht mit dem Herzen, sondern mit dem Kopf.

Sie weiß, wie seine Antwort lautet, bevor er sie ausspricht.

Sein Gesicht ist zerknittert.

Und da kommen ihr die Tränen.

~~*Sorry, ich weiß nicht, wie …*~~

~~*Es ist so schwer, es …*~~

Ich schreibe einfach auf, was ich noch weiß.

Nachdem Adrian mir nicht gesagt hat, dass er mich auch liebt, hatte ich eine Art Blackout. Ich erinnere mich nicht mehr an jedes Detail unseres Gesprächs. Ich weiß, dass ich geweint habe – und zwar nicht auf die süße, sondern auf die eklige Art. Kein zartes Wimmern, sondern hemmungsloses Schluchzen mit Rotz im Gesicht und brennenden, verquollenen Augen.

Als ich wieder bei mir war, habe ich gehört, wie er gesagt hat:

»… nicht an dir. Das hat nichts mit dir zu tun. Es liegt allein an mir. Ich bin derjenige, der kaputt ist.«

Aber ich habe nicht geantwortet. Ich habe nur in meine Hände geheult.

»Ich bin derjenige, der noch nie eine ernsthafte, längere Beziehung hatte. Das Beziehungsähnlichste, was ich kenne, ist das hier mit dir. Näher dran an einer Beziehung war ich noch nie.«

»Du liebst mich nicht.«

»Ginny, ich …«

»Es liegt an meinem Gewicht, stimmt's? An den ganzen Kilos, die ich zugelegt hab. Ich wusste es, verdammt, ich wusste es.«

»Nein, Ginny, das stimmt nicht, absolut nicht. Es ist nur … das mit uns, das war … ich weiß nicht, was es war.«

»Du weißt nicht, was es war«, wiederholte ich.

»Nein, das meinte ich nicht. Was ich sagen wollte, ist … Gott, ich weiß es nicht. Ich weiß nicht, was ich will. Du ahnst gar nicht, wie sehr ich dich mag, du machst dir keine Vorstellung. Aber ich weiß nicht … ich weiß nicht, ob das mit uns etwas Dauerhaftes ist. Ob es eine Beziehung fürs Leben ist. Wenn ich das wüsste, wäre ich sofort dabei. Aber wir sind noch so jung und …«

»Eine Beziehung fürs Leben?« Ich schüttelte den Kopf. »Für ein ganzes Leben? Das ist ein Hirngespinst, Adrian. Du weißt bei nichts, wie lange es hält oder dauert. Weder bei dem Job, den du annimmst, noch bei der Beziehung, die du eingehst, noch beim Leben der Menschen, die du liebst. Begreifst du das nicht?«

»Ich …«

»So ist das Leben, Adrian: alles ein kalkuliertes Risiko. Alles zum Teil auch Zufall. Man hat im Vorfeld nie alle Informationen. So ist das nun mal.«

Er schwieg, den Blick auf seinen Schoß gerichtet.

»Sag's einfach.«

Er blickte auf. »Was sagen?«

»Sag, dass du nicht in mich verliebt bist. Sag, dass wir nie zusammen sein werden.«

»Ich weiß es nicht … Gott, Ginny, ich weiß nicht, ob es nie sein wird. Ich weiß nur, dass ich momentan keine Ahnung habe, wie ich eine Beziehung führen soll. Ich weiß, es ist beschissen. Ich weiß, dass ich verkorkst bin. Aber das war ich schon immer, Gin. Solange ich denken kann. Ich wünschte … Gott, ich wünschte …«

Ich legte mir wieder die Hand auf den Mund. »Ich fühle mich, als hätte ich ein Loch in der Brust.«

»Es tut mir so leid, Ginny.«

»Ich möchte nicht, dass es dir leidtut. Ich möchte, dass du mich zurückliebst.« Ich schluchzte mit bebenden Schultern. Irgendwann lehnte ich mich an ihn und durchnässte sein Shirt. Und er ließ mich. Er legte seinen Arm um mich und zog mich noch enger an sich.

»Es tut mir so leid, so unendlich leid«, flüsterte er wieder.

Ich weiß nicht, wie lange ich so dasaß und weinte. Als der Tränenstrom irgendwann nachließ, hob ich den Kopf und sah ihm in die Augen. Ich musste es aus seinem Mund hören. Ich brauchte Klarheit. »Kein noch so kleiner Teil von dir will es versuchen? Will eine Beziehung wenigstens probieren?«

Er schwieg lange, den Blick auf das Sofaende gerichtet.

»Ginny …«, sagte er schließlich.

Ich hätte nicht geglaubt, dass das Loch in meiner Brust noch weiter aufreißen könnte.

Er sagt, er hätte es versucht. Sie sagt, er hat nicht einmal angefangen, es zu versuchen.

Sie sagt, in ihrem Herz sei noch so viel Platz. Er sagt, das sei alles, was er geben könnte.

Er kann sich nicht selbst heilen. Sie kann ihre Liebe nicht zurücknehmen und auslöschen.

Sie wünschten beide, sie könnten es.

Ginny würde sich so gerne übergeben. Sie würde so gerne in die Küche gehen und sich tütenweise Chips reinstopfen, sich danach kotzübel fühlen und alles wieder rauswürgen. Was schadet es schon? Es ist ja nicht so, dass sich jemand für sie interessieren oder sie attraktiv finden würde.

Hatte sie es nicht geahnt? Hatte sie es nicht kommen sehen? Doch, natürlich, sie hatte von Anfang an gewusst, dass Adrian sie nicht mehr mögen würde.

Und jetzt? Jetzt steht sie da.

Ein Haufen Elend.

Sie ist wild entschlossen. Sie wird sich vollfressen. Sie wartet, bis sie Adrian die Treppe zu seinem Zimmer raufgehen hört, dann rafft sie alle Snacks zusammen, die sie in der Küche finden kann. Sollen sie es doch morgen herausfinden. Ihr egal, sie wird dann weg sein.

Aber als sie sich umdreht, um die Sachen mit in ihr Zimmer zu nehmen, steht Eszter da und starrt sie an. Mustert ihre verquollenen Augen. Ihre geröteten Wangen. Den Berg von Essen in ihren Armen, bunt und grauenhaft. Sie sagt kein Wort. Runzelt nicht einmal die Stirn. Und aus irgendeinem Grund macht diese Ausdruckslosigkeit, dieses völlige Fehlen eines Urteils, Ginny fertig. Ihr Gesicht verzieht sich. Ihre Arme geben nach. Der Snack-Stapel gerät ins Wanken, fällt auf den Boden und verstreut sich in alle Richtungen. Sie will sich bücken, um alles wieder aufzuheben, aber Eszter hält sie mit ihren kleinen, starken Händen fest.

»*Imre*«, ruft sie über die Schulter, ohne ihren Blick von Ginny abzuwenden.

»*Igen?*«, ruft er zurück.

Sie brüllt ihm ein paar Anweisungen zu. Dann richtet sie Ginny auf und führt sie in ihr Zimmer. Sie folgt ihr hinein und schließt die Tür, setzt sich aufs Bett, zieht Ginny neben sich und lässt sie weinen. So heftig, wie sie kann. So heftig, wie es nötig ist. Bestimmt eine halbe Stunde heult Ginny an Eszters Schulter. Hin und wieder streichelt Eszter ihr über den Rücken und murmelt beruhigende Worte, die sie nicht versteht.

Als Ginnys Tränen endlich versiegen, zieht Eszter die Steppdecke zurück und hilft ihr ins Bett. Ginny legt sich hin, zu hilflos, um zu protestieren, ihr Körper schlaff wie der einer Raupe. Eszter breitet die Decke über sie. Und kaum hat sie die Tür hinter sich geschlossen, ist Ginny eingeschlafen.

Ich sitze im Flugzeug. Adrian und ich hatten die peinlichste Fahrt zum Flughafen, die die Menschheit je gesehen hat. Ich wusste nicht, ob ich weinen oder seinem Blick ausweichen oder ihm für alles danken sollte, was er für mich getan hat. Am Ende habe ich irgendwie alles drei gemacht.

Imre und Eszter haben sich von meinen Tränen nicht aus der Ruhe bringen lassen. Als wir am Flughafen ankamen, habe ich sie beide umarmt, zuerst Imre, und gesagt: »Tausend Dank! Köszönöm. Köszönöm. Das kann ich nie wiedergutmachen!« Imre klemmte mich unter seinen Arm und sagte immer wieder: »Tapferes Mädchen«, was mich nur noch mehr zum Weinen gebracht hat.

Dann habe ich Eszter umarmt. Sie hat mich weder angelächelt noch war sie in irgendeiner Weise liebevoll oder herzlich zu mir wie in der Nacht zuvor. Aber als ich meinen Kopf zu ihrem herunterbeugte, drückte sie ihre Lippen an mein Ohr und flüsterte zwei Sätze, beide auf Englisch:

»Gib ihn nicht auf«, sagte sie. »Er hat dich auch nicht aufgegeben.«

TEIL 5

Zurück in seiner kleinen New Yorker Wohnung lässt Adrian die Reisetasche auf den Boden fallen, stellt sich ans Fenster und starrt hinunter auf die Straße. Keine bunten Häuser. Kein Kopfsteinpflaster. Niemand im Zimmer unter ihm, der darauf wartet, mit ihm spazieren zu gehen.

Was macht man, wenn der Mensch, den man liebt, die Liebe nicht erwidern kann?

Das Erste, was Ginny tut, ist weinen. Sie heult sich die Seele aus dem Leib. Im Flugzeug. Am Gepäckband, wo sie fünfzehn Meter Abstand zu Adrian hält. Auf der Taxifahrt nach Hause. Den ganzen Weg zurück nach Manhattan. Auf der Treppe hoch zu ihrer Wohnung.

Wenigstens hatte sie während des Flugs reichlich Zeit, nachzudenken. Sich zu sortieren. An ihrem ersten Morgen in Szentendre hatte der Gedanke ans Gesundwerden sie geschreckt. Sie hatte Angst, kiloweise zuzunehmen. Völlig aus dem Leim zu gehen. So dick zu werden, dass kein Mann sie jemals mehr wollen würde. Weder Finch noch Adrian. Keiner.

Trotzdem hatte sie sich gefügt und diesen Weg eingeschlagen. Weil Adrian, Eszter und Imre es so wollten. Weil sie ihr nichts anderes hätten durchgehen lassen.

Aber so – so fremdbestimmt – muss es gar nicht laufen, das begreift Ginny jetzt. Jahrelang hatte sie befürchtet, dass Männer sich wegen ihrer Figur nicht für sie interessieren würden. Sie war gar nicht auf die Idee gekommen, dass ihr Körperumfang völlig egal ist. Dass es keinen Unterschied macht. Adrian wollte sie nicht, als sie ultraschlank war, und er will sie mit ihrer neuen Figur nicht, wie auch immer die aussieht.

Warum also sollte er über sie entscheiden dürfen?

Warum sollte die Meinung eines anderen Menschen ausschlaggebend sein bei der Frage, ob sie gesund werden soll oder nicht? Warum sollten äußere Faktoren darüber bestimmen?

Warum sollte sie nicht um ihrer selbst willen gesund werden? Warum sollte sie nicht gesund werden, weil sie ein Mensch ist und weil alle Menschen es verdienen zu essen?

Warum nicht?

Während sie die vier Treppen zu ihrer Wohnung hochsteigt, gibt sie sich selbst ein Versprechen: Sie wird es durchziehen. Sie wird sich wieder ganz normal ernähren. Aber nicht, weil Adrian oder Eszter oder sonst wer es wollen, sondern weil sie es verdient. Weil sie es ganz einfach verdient, ernährt und umsorgt zu werden. Sie verdient es, weil sie ein Mensch ist.

Weil sie lebt.

Als Clay und Tristan von der Arbeit nach Hause kommen, finden sie sie auf der Couch vor, die Arme um die Beine geschlungen, das Gesicht tränenüberströmt. Sie laufen zu ihr und nehmen sie in die Arme.

»Schsch, alles gut«, flüstert Clay und streicht ihr die Haare zurück. »Keine Sorge, er ist nicht hier.«

Finch. Sie denken, sie ist wegen Finch traurig.

Was sich in drei Wochen doch alles ändern kann.

Schlagartig wird ihr klar, wie wenig sie sich ihren beiden besten Freunden mitgeteilt hat. Wie sehr sie sie ausgeschlossen hat, nur um eine Krankheit am Laufen zu halten, die sie fast umgebracht hat, und eine Beziehung, die auch nicht besser war als die Krankheit. Aber damit ist jetzt Schluss, beschließt sie. Sie wird ihnen alles erzählen.

Und das tut sie.

Am folgenden Montag ist Adrian wieder im Büro. Er begrüßt seine Kollegen, winkt den vertrauten Gesichtern hinter den vertrauten Schreibtischen zu. Plaudert mit seinem Team über seine Zeit in Ungarn.

»War bestimmt umwerfend, mal wieder in der Heimat zu sein, oder?«, bestürmen sie ihn.

»Das war es«, sagt er. »Absolut.«

Das Disney-Büro ist einer seiner Lieblingsorte in der Stadt. Hier hat er sich von der Düsternis befreit, in die ihn sein Goldman-Job gestürzt hatte. Hier hat er ein Produkt mitentwickelt, das seinen Großeltern und Freunden über Jahre hinweg Filme und Fernsehunterhaltung ins Haus bringen wird. Hier hat er sich vor seinem Urlaub am wohlsten gefühlt, am authentischsten. Hier war er am ehesten er selbst.

Warum also fühlt er sich jetzt hinter seinem Schreibtisch so, als würde ihm etwas Grundlegendes fehlen? Als sei ihm ein Körperteil amputiert worden?

Ginny hat keine Ahnung, dass jemand im Anmarsch ist. Als es an der Tür klopft, schaut sie ihre Mitbewohner fragend an. »Habt ihr jemanden eingeladen, Jungs?«

Keiner antwortet. Keiner sieht sie an.

»Jungs«, wiederholt sie. »Warum seid ihr plötzlich so …?«

»Virginia Murphy«, tönt eine schrille Frauenstimme aus dem Hausflur. »Macht die verdammte Tür auf, bevor ich sie eintrete.«

Ginnys Augen verengen sich zu schmalen Schlitzen, als sie Clay und Tristan ansieht. »Nicht euer Ernst!«

»Das war Clays Idee«, sagt Tristan.

»Verräter«, murrt Clay.

»*Virginia Murphy!*«, lärmt es hinter der Tür.

Seufzend steht Ginny auf, durchquert den kurzen Flur und legt eine Hand auf den Türknauf. Nach einem letzten Blick über die Schulter dreht sie den Knauf und öffnet die Tür.

»Scheiße noch mal, mit welchem Recht hindert ihr mich daran, meiner kleinen Schwester zu helfen, ihre verdammte *Bulimie* loszuwerden?«, schimpft Heather, noch ehe sie drin ist.

Sie schiebt sich an Ginny vorbei und wuchtet ihr Gepäck in den Flur. Sogar im schummrigen Licht erkennt Ginny, dass es mindestens zwei Koffer sind – was nicht verwunderlich ist, denn ihre Schwester reist nie mit nur einem Koffer. »Einen für die Schuhe«, sagt sie immer, »und einen für alles andere.«

»Ich wusste es!«, ruft Heather, als sie in die Wohnung stapft. »Ich wusste, dass irgendwas nicht stimmt. Du hast alle meine Anrufe ignoriert und bist ausgewichen, sobald ich das Thema

Essen angesprochen habe. Du glaubst gar nicht, wie viele Artikel über Magersucht ich mir reingezogen habe. Über Magersucht und wie schnell sie sich in ihre ›Schwesterkrankheit‹ verwandeln kann und …«

Heathers Rollkoffer kommen rechts und links von ihr zum Stehen, als sie im Wohnzimmer jäh stoppt und das Szenario auf sich wirken lässt: Tristan im Sessel, Clay auf dem Sofa und der Couchtisch voller Takeaway-Schachteln. Sie hat einen fünfstündigen Flug von Los Angeles hinter sich, aber sie sieht perfekt aus. Ihre Haut ist gebräunt, ihr langes Haar sorgfältig gebürstet und mit lockigen Extensions aufgefüllt. Sie trägt Leggings und eine taillenkurze Jacke, auf der *GUCCI* prangt.

Ginny hat ihre Haare zu einem Dutt geknotet. Sie steckt in einem übergroßen Mackinac-Island-Sweatshirt und dicken Flauschsocken – ihr Dauer-Outfit seit vierundzwanzig Stunden, weil es keine Anstrengung erfordert und sämtliche anschwellenden Körperteile verbirgt. Körperteile, die in ihr den Wunsch nach einem inneren Staubsauger wecken. In Gegenwart der Jungs hat sie sich mit ihrem schlampigen Look nie auch nur eine Sekunde unsicher gefühlt.

Aber jetzt?

Es sind ja nicht nur die Klamotten. Es ist auch ihr Gesicht. Das Sweatshirt kann vielleicht ihre dicken Arme, den Bauch und die Oberschenkel kaschieren, aber es verdeckt nicht ihr rundes, teigiges Gesicht mit dem wabbeligen Kinn, das sich so schnell verdoppelt, als wollte es sie verhöhnen.

Heather dreht sich um und mustert sie von Kopf bis Fuß. Dabei verzieht sich ihr Gesicht zu einem Ausdruck, den Ginny noch nie gesehen hat. Auf dem Höhepunkt ihrer Magersucht und Bulimie hatte Ginny die gleiche Figur wie Heather. Vielleicht war sie sogar einen Tick dünner. Und jetzt realisiert ihre Schwester, wie sehr sie zugelegt hat. Wie dick und unförmig sie geworden ist. Wie schwach. Und hässlich. Heather urteilt über Ginny. *Zum Glück sehe ich nicht so aus*, denkt sie. Das ist offensichtlich. Das steht ihr ins Gesicht geschrieben.

Heather lässt ihre Koffer los und geht einen Schritt auf Ginny zu. Und noch einen. »Schwesterchen«, sagt sie, und ihr Gesicht verzieht sich noch mehr. »Du siehst …«

Ginny atmet tief ein, kneift sich in ihren weichen Oberschenkel und wartet darauf, dass ihre Schwester es ausspricht.

»Unglaublich, du siehst richtig *gesund* aus!« Heather schüttelt den Kopf.

Dann beugt sie sich vor und zerquetscht Ginny fast mit ihrer Umarmung.

Nachdem Heather die Jungs aus der Wohnung gescheucht hat, damit sie sich »überteuerte Sneakers anschauen gehen oder was immer Jungs Spaß macht, mir egal«, lässt sie sich aufs Sofa fallen. »Okay, schieß los, erzähl mir alles.«

Zögernd setzt sich Ginny neben sie. »Alles worüber?«

»Alles über alles.« Schon ist Heather wieder auf den Beinen und geht zur Kaffeemaschine, um eine Kanne aufzusetzen. »Monatelang hast du meine Anrufe ignoriert, Gin. Jetzt weiß ich, warum. Du hast über der Kloschüssel gehangen und gewusst, dass ich es wittern würde, sogar vom anderen Ende des Landes aus.« Sie öffnet einen Schrank nach dem anderen auf der Suche nach Filtern und Kaffeepulver. »Weil ich es immer wittere.«

»Stimmt«, sagt Ginny.

Im letzten Schrank ganz links entdeckt Heather sowohl eine Tüte Kaffee als auch einen Stapel Filter. Sie nimmt beides heraus. »Aber das erklärt nicht, was du noch hier machst, eingepfercht in dieser winziger Bude, mit zwei Typen, die ihr Bestes tun, um ein ambulantes Therapiezentrum zu simulieren.«

»Tja. Ähm.« Ginny blickt auf ihre Hände, die auf der Sofadecke liegen. Der weiche Stoff quillt zwischen ihren Fingern hervor. »Es ist nur vorübergehend. Ich brauche noch eine Woche, um meine Sachen zu packen, ein paar Dinge im Büro zu erledigen und einen Klinikplatz in Michigan zu finden. Mom und Dad wollen, dass ich während der Therapie in ihrer Nähe bin.«

»Verdammt richtig.« Heather schüttet Kaffeepulver in den Filter. »Mom hat gesagt, dass du sie und Dad nicht hierhaben willst, während du deinen Kram regelst. Nur deine Mitbewohner. Was Mom übrigens fertigmacht. Du schuldest ihr wenigstens einen FaceTime-Anruf.« Sie knallt den Deckel auf die Kanne, dreht sich mit verschränkten Armen um und starrt Ginny an. Hinter ihr beginnt die Kaffeemaschine zu blubbern. Heather starrt so lange, dass Ginny ihren Blick wieder auf ihre Hände senkt.

»Ich …« Ginny unterbricht sich und atmet aus. »Ich wollte nicht …«

Heathers Stimme wird sanfter. »Gin«, sagt sie. »Schau mich an.«

Ginny gehorcht.

»Warum hast du es mir nicht gesagt?«, fragt Heather leise.

»Ich …« Ginny drückt einen Deckenzipfel in ihrer Faust zusammen. »Es ist so schwer zu erklären.«

Heather geht zur Couch und setzt sich. »Versuch's einfach.«

»Es ist …« Ginny sucht nach den richtigen Worten. »Es ist schon komisch, eine Schwester zu haben. Genetisch gesehen ist deine Schwester das, was dir selbst am nächsten kommt. Sie ist wie eine andere Version von dir. Wenn du jetzt aber so ganz anders bist als deine ältere Schwester – wenn sie schön, dünn, feminin, selbstbewusst und erfolgreich ist und du selbst nichts davon …«

Heather legt eine Hand auf ihr Knie.

»Warte, ich bin noch nicht fertig.« Ginny holt tief Luft. »Ich will meine Essstörung nicht auf dich schieben. Natürlich hat es viel mehr mit meiner Psyche zu tun als mit allem anderen. Ich meine nur, dass … ich weiß es nicht. Aber wenn deine ältere Schwester seit jeher die perfekte Version dessen ist, was du auch hättest werden können, wie kannst du ihr dann erklären, dass du dich sieben Jahre lang fast umgebracht hast, um ihre Perfektion zu erreichen? Das ist völliger Irrsinn.«

»Ginny.« Heather nimmt ihre Hand. »Das ist wirklich Irrsinn. Du denkst, ich bin perfekt? Himmel, hast du die ganzen Wutanfälle vergessen, die ich als Kind hatte? Erinnerst du dich nicht mehr daran, dass ich immer wieder abgehauen bin? An all den Streit und die Kämpfe zwischen mir und Mom, zwischen mir und Dad oder mir und sonst wem?« Sie beugt sich vor und drückt Ginnys Hand. »*Du* warst die Perfekte von uns beiden. *Du* warst diejenige, die immer gehorcht und alle Hausaufgaben gemacht hat. Die nach *Harvard* gegangen ist, verdammt noch mal.«

»Ja, aber …«

Doch Heather unterbricht sie. »Ist dir jemals in den Sinn gekommen, dass *ich* diejenige sein könnte, die *dich* beneidet?«

Ginny öffnet den Mund. Sie schaut auf ihre ineinander verschlungenen Hände, beide blass und schlank, obwohl sie schwören könnte, dass ihre Finger von Tag zu Tag wurstiger werden. »Nein.«

»Dann bist du noch verrückter, als ich dachte, Schwesterherz.« Heather wedelt mit ihren ineinander verschränkten Händen. »Hast du auch nur die geringste Ahnung, wie perfekt dein Leben von außen wirkt? Der Harvard-Abschluss, der coole Job …«

»Bei dem ich seit drei Wochen nicht mehr war …«

»… das hyperintelligente Gehirn, die perfekte Haut, das Gesicht, bei dem Männer durchdrehen …«

»Jetzt wirst du fies.«

»Nein, ich meine es ernst. Und dann deine Beziehung zu

unseren Brüdern. Wie nahe ihr vier euch immer wart. Hast du nie daran gedacht, dass mich das vielleicht neidisch gemacht hat?«

Ginny klappt den Mund auf und wieder zu, starrt ihre Schwester an. Ihre lässige, gleichgültige große Schwester, die sich nie von irgendetwas hat verunsichern oder aus der Fassung bringen lassen.

Hatte Ginny zumindest geglaubt.

Heather legt den Kopf schief. »Daran liegt's also? Deshalb hast du mir nicht von deiner Bulimie erzählt?«

»Na ja, deshalb«, sagt Ginny, »und weil ich Angst hatte, du würdest mit der nächsten Maschine nach New York fliegen, mich mit Gaffaband ans Bett kleben und mit Muffins zwangsernähren.«

Heather nickt. »Okay, da schimmert sie wieder durch, deine Ivy-League-Intelligenz.«

Es dauert nicht lange und Heather managt die Situation als Businessfrau.

»Das Wichtigste zuerst«, sagt sie, während sie durchs Wohnzimmer wuselt und die Snackverpackungen einsammelt, die die Jungs auf dem Boden verstreut haben. »Wir müssen für die Zeit, die du noch hier bist, ein vernünftiges ambulantes Therapieprogramm finden. Ich weiß, es ist nur noch eine knappe Woche, aber trotzdem: kein Grund, irgendwas aufzuschieben. Deine Genesung muss jetzt sofort beginnen.« Sie wirft die Verpackungen in den Mülleimer. »Das geht zur Not auch per Zoom. Ich hab im Flugzeug ein bisschen darüber gelesen, und am besten scheinen Treffen mit einem Therapeuten und einem Ernährungsberater zu sein, und vielleicht auch Gruppensitzungen, falls wir hier in der Gegend eine finden. Wobei, in New York gibt's wahrscheinlich an jeder Ecke eine Selbsthilfegruppe für Essstörungen.«

Ginny folgt Heather durchs Wohnzimmer, ohne irgendetwas anzurühren oder auf sinnvolle Weise zu helfen. »Aber wie komme ich an einen Platz bei einem passenden Therapeuten?«

»Na, wie wohl! Wie macht man solche Sachen im Leben? Du recherchierst und suchst nach Empfehlungen.« Heather schüttelt den Kopf, hebt ein Kissen vom Boden auf und legt es auf die Couch. »Ich glaub's nicht, ihr Harvard-Typen! Nur Bücherwissen, null gesunder Menschenverstand.« Sie holt ihr Handy heraus und öffnet die Notiz-App. »So, zweiter Punkt auf der Tagesordnung – dein Job. Du hast dich bei Sofra-Moreno beurlauben lassen, richtig?«

Ginny nickt.

»Gut. Ich weiß, dass du deinen Job liebst, aber wenn die Firmen-Tyrannen dir aus irgendeinem Grund nicht genug Zeit geben, um gesund zu werden, kannst du jederzeit kündigen. Du wirst kein Problem haben, einen neuen Job zu finden, sobald du aus der Behandlung kommst. Ich aktualisiere sicherheitshalber mal deinen Lebenslauf, nur für den Fall.«

»Das brauchst du nicht«, sagt Ginny schnell.

»Red keinen Blödsinn.« Heather winkt ab. »Du musst dich jetzt auf dich konzentrieren – und nichts anderes. Und wenn du aus der Therapie kommst, brauchst du natürlich eine neue Wohnung …«

»Nein.«

Heather schaut von ihrem Telefon auf, die Augenbrauen hochgezogen.

»Ich möchte New York nicht dauerhaft verlassen. Ich will anschließend wieder bei Clay und Tristan wohnen.«

Heathers knallrote Lippen öffnen sich, und sie atmet hörbar aus. »Na schön. Aber wegen dieses Finch-Kerls müssen wir uns etwas einfallen lassen. Er ist ein Störfaktor, er triggert dich. Ich will nicht, dass du mit ihm zusammenlebst.«

Finch ist nicht da. Das war er seit dem Budapest-Urlaub nicht mehr. Er hat einen ganzen Monat unifrei, also ist er nach Hause geflogen und hat Hannah den Heiratsantrag gemacht. Sie hat Ja gesagt, und er ist in Cleveland geblieben, »wegen der Hochzeitsvorbereitungen«. Aber Ginny weiß, dass das ein Vorwand ist.

»Du hast recht«, sagt Ginny. »Ich weiß, dass du recht hast. Aber ich hab das Gefühl, dass sich das Problem von alleine lösen wird.«

»Wie das?«

»Ich hab gehört, wie Clay neulich Abend mit ihm telefoniert hat. Finch zieht mit seiner Verlobten zusammen. Anscheinend will sie es am Broadway versuchen …«

Heather schnaubt. »Na, viel Erfolg!«

»… also werden sie sich, wenn sein Mietvertrag hier ausläuft, eine Wohnung in Greenwich Village suchen.«

»Verstehe.« Heather tippt sich ans Kinn. »Gut, das wäre also geklärt. Dann können wir nur hoffen, dass er hier nicht aufkreuzt, bevor du gehst.«

Ginny stößt mit ihrem Zeh gegen die untere Sofakante. »Ich will mich nicht ewig vor ihm verstecken.«

»Das musst du auch nicht, Ginny.« Heather legt ihr einen Finger unters Kinn, hebt ihr Gesicht an und blickt ihr in die Augen. Ginny versucht, nicht daran zu denken, wie speckig sich ihr Kinn für Heather anfühlen muss. »Aber jetzt gerade bist du in einem kritischen Zustand. Und deshalb müssen wir Stressfaktoren und Trigger so gut es geht von dir fernhalten. Und ich bin mir ziemlich sicher, dass Finch beides ist.«

Ginny löst die Hand ihrer Schwester von ihrem Kinn und lächelt. »Wow. Ein Flug und schon bist du Expertin für Essstörungen.«

Heather zwinkert. »Was glaubst du, wie ich meine Firma in weniger als einem Jahr aufgebaut habe? Genau so!« Sie dreht sich auf dem Absatz um und nimmt Kurs auf Ginnys Zimmer. »Letzter Punkt der Tagesordnung.«

Ginny folgt ihr. »Was steht denn noch an?«

»Ich gehe mit dir shoppen.«

Als Ginny ihr Zimmer betritt, steckt Heather bereits mit dem Kopf in ihrem Kleiderschrank und schiebt Bügel beiseite. Als sie wieder auftaucht, mustert sie Ginnys Brust. »Denn deine fabelhaften neuen Titten werden wohl kaum in diese magersüchtigen Tanktops passen, Schätzchen.«

Mittwoch nach der Arbeit hält Adrian es nicht mehr aus. Er ruft Clay an, um sich nach Ginny zu erkundigen. Er muss einfach wissen, ob es ihr gut geht. Ob sie ihr Essen bei sich behält.

Nach dem zweiten Klingeln hebt Clay ab. »Hey, Mann.«

»Hey. Wie geht es ihr?«

Clay schweigt einen Moment. »Ganz okay. Ihre Schwester ist hier und hat unser aller Leben in die Hand genommen. Das ist …«, er lacht, »… eine ziemlich spezielle Erfahrung. Oh, und Ginny hat ihren Job gekündigt.«

»Sie hat … was?«

»Ja. Und ich glaube, es war die richtige Entscheidung.« Am anderen Ende der Leitung macht es *Pling*, als würde Clay irgendein Essen in der Mikrowelle aufwärmen. »Sie hat ein bisschen was gespart, und dieser Job hat sie verdammt unglücklich gemacht, Mann. Sie war schon eine ganze Zeit lang nicht mehr sie selbst.«

»Oh.« Das hatte Adrian nicht gewusst. »Dann ist das also ein richtiger Schritt.«

»Ja.«

»Isst sie?«

»Ja, tut sie. Und wir helfen ihr bei der Suche nach einem Therapieplatz. Es gibt ein Behandlungszentrum in der Nähe ihrer Heimatstadt, das ziemlich gute Bewertungen hat. Wir überlegen gerade, dass sie vielleicht dorthin geht.«

Der Gedanke, dass Ginny Manhattan verlässt, schnürt Adrian das Herz zu, obwohl er weiß, dass er kein Recht hat, so zu empfinden. »Gut.« Er zögert: »Ich schätze, sie hat euch erzählt, was zwischen uns passiert ist.«

»Ja. Klingt so, als wäre es da drüben ziemlich intensiv gewesen.«

»Das war es.«

»Verstehe. Hör zu, Mann – ich weiß, es geht mich nichts an, aber ...« Clay unterbricht sich, und Adrian hört, wie die Tür der Mikrowelle zuklappt. »Ich weiß nicht, ich hab euch beide zusammen gesehen, und ...« Das Geräusch von reißendem Plastik im Hintergrund. »Ich will nur sagen ... wenn bei dir irgendwas nicht rundläuft ... wenn in deinem Leben irgendwas vorgefallen ist, was dir das Gefühl gibt, du müsstest, ich weiß nicht ... Leute zurückweisen ... Also, ich bin für dich da, okay?« Ein Klirren von Keramik auf Holz. »Das heißt, falls du überhaupt jemanden brauchst.«

Adrian nimmt das Telefon in die andere Hand. Er schaut aus dem Fenster, und halb wünscht er sich, er würde seinen *Nagyapa* draußen im Garten Unkraut zupfen sehen.

»Danke«, sagt er schließlich. »Ich weiß das zu schätzen. Aber mir geht's gut.«

Dann legt er auf. Wartet darauf, etwas zu fühlen – Angst, Traurigkeit, Verwirrung. Aber es kommt nichts.

Er kennt das schon. Es ist ein weiterer Fall in einer langen Reihe von Beziehungen: Er bindet sich an eine Frau, lässt es zu, dass sie sich an ihn bindet, und wenn er dann geht, fühlt er nichts. Mit jedem Mädchen auf dem College war das so. Und mit Ginny jetzt auch. Wohin verschwindet seine Traurigkeit? Es scheint, als könnte er Abschiede einfach nicht verarbeiten.

Und wohin hat ihn das geführt? Klar, er schafft es immer wieder, dass Mädchen sich in ihn verlieben, darin ist er Experte, aber je mehr unerwiderte Liebe sich in ihm anstaut, desto einsamer fühlt er sich.

Er muss an sein Gespräch mit Ginny über die Entstehung von Traumata denken. Daran, dass sich ein Trauma entwickeln kann, wenn einem etwas Schlimmes zustößt, aber man seine Gefühle dazu nicht verarbeiten kann, weil man sie sich nicht eingesteht.

Vielleicht ist das der Ursprung meines Traumas, denkt er. *Meine Geschichte. Eine lange Reihe von uneingestandenen Abschieden.*

Jeden Abend nach dem Essen gucken Ginny, Heather und die Jungs eine Folge von *Grey's Anatomy*. Es ist ein Ablenkungsmanöver für Ginny, damit sie sich nicht erbricht. Sie weiß das. Zuerst hatten die drei vorgeschlagen, etwas zu spielen, aber Ginny war abends, nach einem weiteren Lebenstag, zu erschöpft, um sich auf Spielkarten zu konzentrieren. So kamen sie zu *Grey's Anatomy*.

Sie hatten Ginny die Serie aussuchen lassen, und sie hatte sich, ohne groß zu überlegen, für *Grey's* entschieden, in der Hoffnung, das Regenwetter in Seattle und die einfach gestrickte Fernsehwelt der frühen 2000er würden sie beruhigen. Die Wahl dieser Girly-Serie war ihr ein bisschen peinlich, und sie hatte gedacht, dass die Jungs mit den Augen rollen würden – was sie anfangs auch taten. Aber ab Folge vier waren sie diejenigen, die den Fernseher anbrüllten. Clay warf Popcorn gegen den Bildschirm und sagte Sachen wie: »Zum Teufel, wie kann Meredith George das antun?«

Ansonsten schreibt Ginny. Sie weiß nicht genau, woran sie arbeitet – einem Essay-Band oder vielleicht einem Roman? Aber das spielt auch keine große Rolle. Sie schreibt nicht mit einer bestimmten Idee im Hinterkopf, sondern weil sie nicht anders kann. Wenn sie morgens um neun aus dem Bett kriecht, in den Spiegel schaut und jeden Quadratzentimeter ihres Körpers verabscheut oder wenn sie um drei Uhr nachmittags ohne jeden Grund glaubt, gleich zu sterben, dann ist Schreiben ihr erster Impuls. Dann ist es das Einzige, was sie tun kann.

Wenn sie abends ins Bett geht, hat sie nicht einmal mehr die Energie, sich zu hassen.

Ich sehne mich so sehr nach Adrian, dass es wehtut. Ich sehne mich nach ihm, wie ich mich früher nach den Donuts gesehnt habe, die ich nie essen durfte.

Jedes Mal, wenn mich der Gedanke wieder durchzuckt, dass er mich nicht liebt, drücke ich die Fingerspitzen meiner rechten Hand zusammen, sodass sich ein Kegel formt, und dann packe ich den Kegel mit meiner linken Hand und drücke so fest zu, wie ich nur kann.

Alle sagen: Warte. Warte, bis du mit dir selbst im Reinen bist und weißt, was du willst, bevor du dich auf eine ernsthafte Beziehung einlässt. Aber was, wenn es das jetzt war? Was, wenn ich immer so ängstlich und unglücklich sein werde, für den Rest meines verdammten Lebens?

Er wird dich nie mögen er wird dich nie mögen er wird dich nie mögen er wird dich nie mögen du lebst eine Fantasie du lebst eine Fantasie du lebst eine Fantasie du lebst eine Fantasie hör auf zu weinen

Ginny öffnet Google und tippt ein: *Wie hört man auf, jemanden zu lieben?* Starrt ewig auf die Suchleiste. Und löscht die Frage wieder, ohne die Suche gestartet zu haben.

Fünf Tage nach Adrians Rückkehr liegt das Paket vor seiner Wohnungstür. Es kommt aus Szentendre. Neugierig dreht er es in den Händen. Es ist schwer. Mehrere Gegenstände rumpeln darin. Hat er etwas in Ungarn liegen lassen?

Er holt ein Messer aus der Küche und schneidet den Karton auf. Das Erste, was er sieht, ist eine Zwei-Liter-Cola-Flasche gefüllt mit einer dunkelroten Flüssigkeit. Lächelnd stellt er die Flasche auf den Küchentresen. Er weiß, was drin ist.

Weiter unten im Karton entdeckt er ein dickes Buch. Auf dem ledergebundenen Einband steht kein Titel, nichts. Er blinzelt, versucht, es einzuordnen. Irgendwie kommt es ihm bekannt vor.

Und dann erinnert er sich.

Es sieht sich wieder im Haus seiner Großeltern, am unteren Ende der Treppe stehend. Ginny und sein *Nagyapa* sitzen auf der Couch. Auf Ginnys Schoß liegt etwas, das er nicht sehen kann. Sie und *Nagyapa* lächeln sich an, als seien sie seit Ewigkeiten befreundet.

Und da fühlt er es. Sein Herz zieht sich zusammen, und ein Gedanke durchschießt ihn: *Wenn einem dieser beiden Menschen etwas zustößt, versinke ich in einer Finsternis, aus der ich nicht mehr herausfinde.*

Es ist ein furchtbares Gefühl, das er am liebsten sofort auslöschen würde. Er möchte aus seiner Haut kriechen, in den Körper eines anderen hinein.

Als er schließlich zum Sofa geht, sieht er, was sich Ginny und Imre angucken. Er sieht seinen Vater. Dutzende Versionen von ihm – vielleicht sogar Hunderte. Fotos, die er noch nie gesehen hat, von deren Existenz er nichts wusste. Mit einem Schlag ist das beklemmende Gefühl wie weggeblasen.

Er bückt sich und holt das Fotoalbum aus dem Paket, ganz behutsam, als könnte er es kaputt machen. Unter dem Album, auf dem Kartonboden, kommt ein Umschlag zum Vorschein.

Er ist grün, hat die gleiche Farbe wie die Wände seines Zimmers in Szentendre. Sein Name steht darauf, geschrieben in *Nagyanyas* vertrauter Krakelschrift. Adrian starrt lange auf den Umschlag, so lange, dass seine Augen trocken werden. Dann legt er ihn zurück in den Karton, das Album obenauf, öffnet den Kleiderschrank und verstaut das Paket ganz hinten im obersten Fach, noch hinter seinen Anzugschuhen.

Mir ist schleierhaft, wie mich jemals jemand lieben soll, wenn ich so aussehe wie jetzt. Wie mich überhaupt jemand lieben kann – mit meinen Ängsten, meiner Zwanghaftigkeit, meiner Traurigkeit und diesen wabbelnden Fettmassen.

Woher nehmen die Menschen bloß ihr Selbstvertrauen? Wird man damit geboren? Oder muss man es sich verdienen, erstreiten, gewinnen, in diesen beschissenen Kämpfen gegen den eigenen Verstand?

Ich bin so fett, und alle anderen sind so dünn.

Okay, ich bin nicht wirklich fett. Aber ich habe ein Selfie von Heather und mir gemacht, auf dem meine Arme, meine Schultern, meine Titten und mein Gesicht einfach nur … rund aussehen. Anders kann man's nicht nennen. Früher war ich dünn und drahtig. Jetzt bin ich rund und weich. Ich möchte sterben.

Angst ist beides: zart und leise ebenso wie zerstörerisch und verzehrend. Sie sirrt in Ginny, zieht ihr das Herz zusammen, jagt ihr Kältestöße durch die Adern. Vorher hat sie ihren Körper nicht gehasst. Das war ja genau der Sinn ihrer Essstörung: ihr Gewicht so niedrig zu halten, dass sie nicht über ihren Körper nachdenken musste, in keiner Weise. Aber jetzt tut sie es. Pausenlos. Sie kann einfach nicht glauben, dass sie aussieht, wie sie aussieht. Und schon gar nicht kann sie glauben, dass sie für den Rest ihres Lebens so aussehen soll. Wenn sie sich im Spiegel betrachtet, möchte sie nur eines: hungern, hungern, hungern.

Während sie sich von den seelischen Erschütterungen der Bulimie erholt, merkt sie, wie deren Schwester, die Anorexie, zurückkehrt. Mit offenen Armen und einem Lächeln, dünn wie eine Klinge, winkt sie ihr zu. Anorexie. Schöne, perfekte Anorexie.

Wie kommt es, dass alle anderen den ganzen Tag dasitzen können, als sei das Leben das reinste Kinderspiel? Wie schaffen sie es, in ihrer Haut zu leben und es so leicht aussehen zu lassen? Warum hasst Ginny sich? Warum sieht sie nur Fett, Fett, Fett, Fett, sobald sie in den Spiegel schaut?

Zwei Wochen lang hatte sie sich nicht unter Kontrolle und hat Dinge gegessen, die sie nicht essen wollte. Seit vier Wochen sieht sie zu, wie ihr Körper aufquillt, dicker wird, sich ausdehnt und Falten wirft. Und sie hat keine Ahnung, wie sie das stoppen soll. Sie sagt sich immer wieder, dass alles gut wird, dass sie völlig in Ordnung ist, dass ein Mensch sich nicht nur über seine Figur definiert. Sie stellt sich vor, wie es wäre, wenn ihre Freunde zu ihr kommen und klagen würden, dass sie ihre Körper hassen, dass sie fett sind, ekelhaft, nicht liebenswert. All das, was sie sich selbst Stunde um Stunde, Tag für Tag einredet. Sie weiß genau, was sie ihnen sagen würde. Sie würde ihnen sagen, dass sie sich nicht lächerlich machen sollen. Dass sie wunderschön sind, egal, was gerade los ist. Und überhaupt: dass sie sie nicht wegen ihres Äußeren, sondern wegen ihres Inneren liebt. Und das wäre ihr voller Ernst. Aber würde sie das auch zu sich selbst sagen?

Keine Chance.

Wahrscheinlich hat sich jeder Mittzwanziger die Frage schon einmal gestellt: Ist das wirklich alles? Ist das alles, was das Erwachsensein ausmacht? Ein Tag wie der andere, jeden Morgen dasselbe Frühstück, ein Job nach dem anderen. Werde ich für immer Single bleiben? Denn so furchtbar »Heirat« auch klingt – alleine sterben klingt noch furchtbarer.

Die Jungs sind unterwegs, etwas trinken. Ginny liegt im Bett und hört, wie nebenan das Wasser läuft.

Ihre Schwester badet gern, wenn sie gestresst ist. Als Heather ihr gesagt hat, dass sie in die Badewanne wolle, hat Ginny sie »reif für die Klapsmühle« genannt, woraufhin Heather geantwortet hat: »Das sagt die Richtige.«

»Aber wir sind hier in einer Wohnung in Manhattan«, gab Ginny zu bedenken. »Du hast keine Ahnung, was in dieser Wanne schon alles passiert ist.«

»Ich sprüh sie mit Lysol ein.«

Nach zehn Minuten hört das Wasserrauschen auf. Ginny wirft einen Blick auf ihr Telefon: 22 Uhr. Sie ist müde. Sie muss noch Zähne putzen, will aber nicht ins Bad, solange ihre Schwester drin ist. Und wie sie Heather kennt, kann das noch ewig dauern.

Schließlich steht sie doch auf. Sie geht in den Flur und zwängt sich durch die Badezimmertür. Heather setzt sich auf. Den Blick abgewandt, tritt Ginny ans Waschbecken und dreht den Wasserhahn auf. Sie trägt nur Shorts und ein Tanktop und ist sich sicher, dass Heather ihre Schulterblätter mustert. Wie sie beim Zähneputzen unter der neuen Fettschicht auf- und abwogen.

»Willst du mit rein?«, fragt ihre Schwester.

Überrascht dreht Ginny sich um. Auf die Ellbogen gestützt liegt Heather im Wasser, splitternackt und ohne Scham. Normalerweise hätte Ginny gelacht und sie einen Freak genannt. Obwohl Heather sechs Jahre älter ist, zieht sie sich wie ein Teenager an, trägt unbekümmert Crop-Tops, Mädchenkleider und natürlich Bikinis. Ginny scheut sich schon lange, ihren Körper zu entblößen.

Eine ganze Weile starrt sie ihre Schwester an. Dann ergreift sie wortlos den Saum ihres Tanktops und zieht es sich über den Kopf. Sofort bekommt sie Gänsehaut.

Das Wasser brennt, als sie hineingleitet. Sie legt ihren Kopf auf den Wannenrand, neben Heathers Füße. Ihre Körper, entstanden und geformt im gleichen Fruchtwasser, bilden ein umgekehrtes Spiegelbild. Heathers Körper ist ganz Knochen, Ginnys ganz Fleisch. Die Hitze verwandelt sich langsam in Wärme. Ginny taucht so viel Körperfläche wie möglich unter Wasser. Als die Gänsehaut langsam zurückgeht, wird ihr bewusst, dass ihr seit fast sieben Jahren nicht mehr richtig warm gewesen ist.

Seit Heathers Ankunft hat Ginny über ihre Beziehung zu ihrer Schwester nachgedacht. Über ihre Vergangenheit, ihre Unterschiede. In ihrer Familie wurden die fünf Kinder nicht nur nach »Junge« oder »Mädchen« unterschieden, sondern auch nach »macht Probleme« und »macht keine Probleme«. Heather und sie saßen auf unterschiedlichen Seiten dieser Trennlinie. Ginny, die ängstliche Zehnjährige, die verzweifelt versuchte, es jedem im Umkreis von fünfzig Metern recht zu machen. Heather, die wütende Sechzehnjährige, die in einen Raum stürmte und ihn nicht nur sofort dominierte, sondern zum Raum selbst wurde.

»Heather weiß, was Heather will«, hieß es in ihrer Familie, und alle verdrehten die Augen. »Und sie scheut sich nicht, laut zu werden.«

Am Ende stellte sich Ginny auf die Seite der Jungs, und Heather stellte sich auf ihre eigene, weshalb sie Ginny damals egoistisch und eigenbrötlerisch vorkam. Erst jetzt sieht sie die Entscheidung ihrer Schwester als das, was sie war: ein Akt des Mutes. Sie hatte den Mut, in einer Familie von Männern ihre Frau zu stehen.

Am Freitagmorgen trägt Adrians Chef Lawrence ihm einen Termin in den Kalender ein. *ADRIAN – LAWRENCE 1:1*, heißt es in der Betreffzeile. *10:00 Uhr – 10:30 Uhr.*

Um Punkt zehn steckt Adrian seinen Kopf durch die Tür des angegebenen Besprechungsraums. Lawrence blickt von der Mail auf, die er gerade schreibt. Er zieht einen Drehstuhl hervor und bedeutet Adrian, sich zu setzen.

»Adrian«, sagt er, macht seinen Laptop halb zu und verschränkt die Arme. »Sie sind jetzt seit etwas mehr als einem Jahr bei uns.«

»Ja, Sir.«

»Ich weiß nicht, wie oft ich Ihnen noch sagen muss, dass Sie mich Lawrence nennen sollen, bevor Sie's endlich begreifen.« Er klopft zweimal auf den Tisch. »Abgesehen davon haben Sie sich extrem schnell in Ihr Team eingefunden und eine zentrale Rolle bei der Einführung eines Produkts gespielt, das ein wichtiger Baustein unserer globalen Strategie ist.«

»Das stimmt, Sir.«

»Hut ab, Silvas. Das ist ungewöhnlich für jemanden auf Ihrer Funktionsebene.« Er macht eine Pause. »Und genau deshalb werden Sie auf diesem Level auch nicht länger arbeiten.«

Adrian beugt sich vor, die Hände flach auf den Knien. »Sir?«

»Ich befördere Sie. Mit sofortiger Wirkung. Wenn Sie die Expansionsstrategie für Disney+ in Osteuropa verantworten, möchte ich, dass Ihr Titel diese Verantwortung widerspiegelt.«

»Ich …« Adrian lehnt sich wieder zurück. Er blinzelt auf den Monitor an der Wand. »Strategie leiten? Das heißt, mit meinem eigenen Team?«

»Ganz genau. Sie werden zwei direkte Mitarbeiter haben, die an Sie berichten und die wir gemeinsam aus dem Unternehmen auswählen werden. Oder von außerhalb, falls wir intern nicht die passenden Talente finden.«

»Ich weiß gar nicht, was ich sagen soll.«

»Sagen Sie Ja.« Lawrence tippt mit dem Daumen auf den Rand seines Laptop-Bildschirms. »Niemandem im Team ist entgangen, wie leidenschaftlich Sie Ihren Job machen. Ich möchte diese Leidenschaft fördern. Ich möchte, dass Sie eine lange, erfolgreiche Karriere bei Disney haben.« Er lächelt. »Wir können uns glücklich schätzen, Sie bei uns zu haben.«

»Ich bin …« Adrian schüttelt den Kopf. »Ich danke Ihnen, Sir.«

»Danken Sie sich selbst.« Lawrence klappt seinen Bildschirm wieder auf. »Und jetzt raus, ich muss mich um eine serbische Streaming-Krise kümmern.«

Adrian grinst. »Ja, Sir.« Dann steht er auf und verlässt den Besprechungsraum.

Auf dem Weg zurück zu seinem Arbeitsplatz bleiben einige Kollegen stehen, um ihm zu gratulieren. Sie klopfen ihm auf die Schulter und sagen, dass er es verdient hat. Offenbar war er der Einzige, der nichts von seiner Beförderung wusste.

Er erreicht seinen Schreibtisch, setzt sich und streckt die Beine aus, so weit, dass sie auf der anderen Seite herausschauen. Als er seinen Laptop aufklappt, leuchtet ihm der Begrüßungsbildschirm warm und hell entgegen.

Bingo! Genau darauf hat er gewartet. Dafür hat er sich ein ganzes Jahr lang den Arsch aufgerissen. *Leiter Vertriebsstrategie Osteuropa*. Er wird ein echtes Mitspracherecht haben, welche Inhalte in Länder wie Ungarn gelangen. Was Kinder wie er selbst auf dem Wohnzimmerteppich ihrer Großeltern zu sehen bekommen.

Eigentlich müsste er durchdrehen vor Freude. Berauscht sein von seinem Erfolg.

Aber das ist er nicht.

Ihn quält, was ihn seit seiner Rückkehr aus Ungarn immer wieder heimsucht – ein Gefühl der Leere, ohne dass er sagen könnte, was genau ihm fehlt. Ist dieses Gefühl vielleicht völlig normal?, grübelt er. Weit verbreitet und allgemein bekannt? Ein Nebeneffekt des Lebens?

Aber es gibt noch eine andere Stimme in ihm – und die fragt, ob es nicht vielleicht etwas mit Ginny zu tun haben könnte.

Es wäre jedenfalls eine logische Erklärung: Mädchen weg – Leere in der Brust da. Aber so ist Adrian nie gewesen. Er hat schon vor langer Zeit dafür gesorgt, dass sein Glück nicht von der Abwesenheit oder Anwesenheit eines anderen Menschen abhängt. Er ist unabhängig, ein völlig autarkes Ökosystem.

Außerdem weiß er, dass es richtig war, die Beziehung zu Ginny zu beenden, bevor sie richtig begonnen hat. Ginny verdient jemanden, der sich voll und ganz auf sie einlässt. Jemanden, der keine Angst hat.

Inzwischen hockt er schon so lange untätig vor seinem Laptop, dass der Bildschirm dunkel ist. Er rüttelt an der Maus, und der Monitor leuchtet wieder auf. Adrian tippt sein sechsstelliges Passwort ein, und der Desktop mit diversen offenen Programmen erscheint: Excel, Outlook, Word, Teams. Er ignoriert alle Fenster, öffnet stattdessen den Browser und, nach einem kurzen Schulterblick, Instagram.

Als die Startseite geladen ist, huscht sein Blick zum ersten Kreis am oberen Bildschirmrand. *@ginmurph* steht darunter. Adrian bewegt die Maus zu dem Kreis, zögert ein paar Sekunden und klickt ihn dann an.

Ein Foto ploppt auf, genauer gesagt ein Screenshot. Ein

Flugticket von JFK nach Detroit International Airport. Quer über das Ticket hat Ginny mit weißer Schrift geschrieben: *Bye-bye, NYC, bis bald!*

Adrian starrt lange auf den Screenshot, hält ihn mit der Maus fest, damit er nicht verschwindet. Sein Blick haftet auf dem Datum und der Uhrzeit: Freitag, 25. Mai, 21.00 Uhr.

Heute Abend.

Sein Puls beginnt zu rasen. Der Bildschirm verschwimmt vor seinen Augen. Dabei wusste er doch, dass es so kommen würde, er wusste nur nicht, wann. Wieso versetzt ihn der Gedanke, dass Ginny New York verlässt, so in Panik?

Denn das tut er.

Fahrig schließt Adrian den Browser und wechselt willkürlich zu Excel, scrollt durch die Daten, die er über die Nutzung von Disney+ in Rumänien zusammengetragen hat. Seine Augen gleiten über die Prozentzahlen. Als er am Ende der Tabelle ankommt, schwebt seine Maus über dem Word-Icon.

Sofort sind seine Gedanken wieder bei Ginny, die ohne Job und in einem schwierigen Genesungsprozess ist. Ob sie wohl noch in ihr Tagebuch schreibt? Ob sie ihre Texte in den Computer überträgt? Sie anderen zum Probelesen schickt?

Er hofft es sehr.

Heute Abend fliegt Ginny nach Hause. In ihr Michigan-Zuhause.

Aber vorher muss sie noch tausend Sachen erledigen. Unter anderem Koffer packen, eine Therapiesitzung absolvieren und Heather und Tristan davon abhalten, sich gegenseitig die Köpfe abzureißen. Ihr Tag ist so vollgestopft, dass sie erst um vier Uhr nachmittags dazu kommt, ihr Notizbuch aufzuklappen und die Schreibaufgabe zu erledigen, die ihr Therapeut ihr heute aufgegeben hat.

Sie lautet: *Notiere ein paar Dinge, die du an deinem Leben liebst.* Das Ziel der Übung liegt auf der Hand, denkt sie, als sie die Kappe von ihrem Stift abzieht: Sie soll sich an all das Schöne erinnern, das außerhalb ihrer Essstörung existiert.

Sie beginnt zu schreiben.

Ich liebe meine Familie. Ich liebe meine Freunde. Ich liebe dieses kleine Zuhause, das ich mit meinen Freunden teile. Ich liebe mein Zimmer, gerade groß genug für mein Bett, meinen Schreibtisch und das winzige Fenster. Ich liebe unsere Miniküche mit den Müslischachteln an der Wand, das Bad mit dem nervig lauten Ventilator und die Couch, die das ganze Wohnzimmer einnimmt. Ich bin traurig. Ich bin immer traurig. Aber manchmal ist es möglich, traurig zu sein und trotzdem froh, dass man lebt.

Eine Stunde später kommt Ginny mit ihrer Zahnbürste und einem Plastikbeutel aus dem Bad. »Für wann hast du noch mal das Ta…?«, ruft sie, bricht aber ab, als sie ihre Schwester mit ihrem Tagebuch in der Hand vor dem Schreibtisch stehen sieht.

»Hey, Moment!« In ein paar schnellen Schritten ist sie bei Heather und versucht ihr das Buch aus der Hand zu reißen. »Was schnüffelst du in meinen Sachen rum?«

Erst jetzt bemerkt sie den Ausdruck auf Heathers Gesicht: Schrecken, fast Entsetzen. Ginny wirft einen Blick auf die aufgeschlagene Seite. Das Datum ist schon ein paar Wochen her, es muss einer der Einträge sein, die sie in Szentendre geschrieben hat, als sie noch bis zum Hals im Chaos steckte. Ginny erstarrt. Sie kann sich ungefähr vorstellen, was ihre Schwester gerade gelesen hat.

»Ginny«, flüstert Heather.

Ginny geht zu ihr, nimmt ihr das Tagebuch aus der Hand und klappt es zu.

»Du hast nie gesagt, dass es so schlimm war.«

»Tja.« Sie stopft das Buch in ihren Rucksack. »Mit so was geht man ja auch nicht gerade hausieren, oder?«

Heather antwortet nicht, und Ginny macht sich daran, Bücher in ihrem Regal umzustellen, die nicht umgestellt werden müssen. Nach einer Weile tritt Heather hinter sie und legt eine Hand auf ihre, damit sie zur Ruhe kommt.

»Gin«, sagt sie. »Was ist mit Adrian passiert?«

Ginny blinzelt ein paarmal.

»Gin?«

»Ich …« Ihre Stimme ist kaum mehr als ein Flüstern. »Er hat mir das Leben gerettet.«

»Was?«

»Er hat mir das Leben gerettet.« Sie sieht ihre Schwester an, und in ihren Augenwinkeln sammeln sich Tränen. »Ich liebe ihn. Aber … aber er mich nicht.«

»Oh, Ginny.« Heather schlingt die Arme um sie und zieht sie an sich. Ihre Arme sind schlank und zart. Ihre Haare riechen vertraut, nach dem Parfüm, das sie trägt, seit sie sechzehn ist. Ginny erwidert die Umarmung nicht, sie lehnt sich einfach an ihre Schwester, das Gesicht gegen ihre Schulter gedrückt. »Was für ein Idiot.«

»Klar, das musst du jetzt ja sagen«, murmelt Ginny an Heathers Schlüsselbein.

»Vielleicht. Aber das macht es nicht falsch.«

Ginny bekommt Schluckauf.

»Weißt du, was die gute Nachricht ist?«, fragt Heather.

»Na?«

»Ich weiß, wie deine Karriere weitergeht.«

»Wie bitte?« Ginny hebt den Kopf und blinzelt. »Was meinst du damit?«

Heather greift in Ginnys Rucksack, holt das Notizbuch wieder heraus und wedelt damit. »Du wirst Schriftstellerin.«

»Sei nicht albern.« Ginny will Heather das Tagebuch wegnehmen, aber die versteckt es hinter ihrem Rücken. »Das sind doch nur ein paar lose Gedanken.«

»Das sind Gedanken mit einer Stimme dahinter. Ich meine es ernst. Ich höre dich durch diese Seiten sprechen!«

»Eine Stimme zu haben qualifiziert einen noch nicht zum Schreiben.«

»Da bin ich anderer Meinung.«

»Du kannst widersprechen, so viel du willst. Das macht es nicht richtiger.«

»Ginny.« Heather stemmt die Hände in die Hüften, ohne das Notizheft loszulassen. »Erinnerst du dich an das Tagebuch, das du immer bei dir hattest, als wir noch klein waren? Das hässliche lila Ding mit dem flauschigen Einband?«

»Es war türkis.« Ginny reißt ihrer Schwester das Heft aus der Hand. »Und es gab nicht nur eins. Es waren ungefähr zwanzig.«

»Genau das meine ich doch. Wenn ich mich an dich damals

erinnere, egal in welcher Situation, dann steckte deine Nase immer in irgendeinem Notizbuch. Und jedes Mal, wenn ich dich gefragt habe, was du da schreibst, hast du gesagt, dass mich das nichts angeht.«

Ginny verschränkt die Arme. »Es ging dich ja auch nichts an.«

Heather prustet los. »Es ändert sich nichts, oder?«

Ginny streckt ihr die Zunge heraus.

»Du hast Talent, Gin. Ich meine es ernst. Ich sage das nicht nur, weil ich deine große Schwester bin. Sondern weil es stimmt.« Heather legt den Kopf schief und zieht eine Augenbraue hoch. »Hast du eigentlich schon mal erlebt, dass ich jemandem ein Kompliment gemacht habe, das nicht ernst gemeint war?«

»Nein.« Ginny lacht und wischt sich über die Augen. »Du bist eher so der unverblümte Typ. Unverblümt, bis den anderen die Tränen kommen. Deshalb bist du so eine erfolgreiche Geschäftsfrau.«

Heather grinst. »Die Stoffhändler verdienen es nicht anders.«

»Ich weiß nicht, Heath.« Ginny seufzt und setzt sich ans Fußende ihres Bettes. »Ich hab nie irgendwelche Schreibkurse oder so was besucht. Ich hab auch keine riesige Instagram-Fangemeinde, so wie du. Und ich hab keine Ahnung, wie ich eine Agentin oder einen Verlag finden soll. Kein Mensch kennt mich.«

»Jeder fängt so an, Gin. Weißt du, wie viele Bikinis ich im ersten Monat verkauft habe?« Heather macht eine kleine Spannungspause. »Drei. Drei Stück.« Sie sieht Ginny ernst an. »Und weißt du, wer sie gekauft hat? Unsere Mutter.«

Ginny lacht.

»Ich will damit nur sagen, dass wir alle bei null anfangen. Und du – hey, du bist Harvard-Absolventin! Und hast bereits die Hälfte deiner Memoiren in diesem Ding hier festgehalten.« Sie deutet auf das Tagebuch. »Das ist ja wohl alles andere als nichts.«

»Hm.«

Heather legt eine Hand auf Ginnys Knie. »Denk einfach darüber nach. Das ist alles, worum ich dich bitte.«

»Okay, das werde ich. Versprochen.«

Heather lächelt, dann heftet sich ihr Blick wieder auf das Tagebuch, und je länger sie es betrachtet, desto trauriger wirkt sie.

»Was ist?«, fragt Ginny.

Heathers Augen flackern zwischen ihr und dem Buch hin und her, und dann, ohne Vorwarnung, schließt sie Ginny erneut in die Arme und drückt sie.

»Du musst dich nicht mehr quälen, kleine Schwester«, flüstert sie ihr ins Ohr. »Du bist jetzt in Sicherheit. Du bist in Sicherheit.«

Obwohl Ginny noch nicht zu Ende gepackt hat, schlägt sie, nachdem Heather gegangen ist, ihr Tagebuch wieder auf. Sie blättert einige Seiten zurück, bis sie den Eintrag findet, den sie sucht. Er ist kurz, eigentlich nur ein Absatz. Sie liest ihn noch einmal:

Ich habe heute gelesen, dass sich nur 70 Prozent der Bulimie-Patientinnen, die passende Medikamente und eine auf sie zugeschnittene Therapie erhalten, vollständig von der Krankheit erholen. 70 Prozent. Das hört sich erst einmal viel an. Aber es bedeutet, dass 30 Prozent der Frauen, die sich in Behandlung begeben – die alle nötigen Schritte unternehmen und versuchen, alles richtig zu machen –, es nicht zu einer vollständigen Genesung schaffen. Dass ihre Krankheit sie auch nach zehn Jahren noch fest im Griff hat. Dass die Versuchung, sich durch Erbrechen zu erleichtern, im Hintergrund immer bestehen bleibt.

Heute habe ich ein Gelübde abgelegt: Ich werde nicht zu diesen 30 Prozent gehören. Ich werde nicht zulassen, dass die Krankheit siegt. Ich werde mein Leben selbst in die Hand nehmen. Ich werde es so gut es geht wieder zusammenpuzzeln, werde die Risse überkleben, ihm Beine und Flügel verleihen. Ich werde lernen, mit dem Schmerz zu leben. Ihn in mir zu tragen, ohne ihn zu fürchten. Ich werde ihn mir zum Freund machen.

Und ich werde schreiben. Denn an dem Tag, an dem ich nichts mehr zu Papier bringen kann, hat die Bestie gewonnen, das weiß ich.

Nach der Arbeit beschließt Adrian, zu Fuß nach Hause zu gehen. Es sind vierzig Häuserblocks, aber egal, er braucht frische Luft.

Bei Disney herrscht ein lockerer Dresscode. Anders als bei Goldman ist es völlig okay, in Nikes und einem halbwegs ordentlichen T-Shirt im Büro zu erscheinen. Diese Regelung kommt Adrian gerade sehr entgegen, denn mit seiner bequemen schwarzen Jogginghose kann er ein ganz anderes Tempo gehen, als wenn er eine Anzughose anhätte.

Er startet in der 10th Avenue, wo sich die Wolkenkratzer von Hudson Square aneinanderreihen. Die verspiegelten Türme reflektieren das Sonnenlicht so stark, dass sich ihre Konturen fast im Himmel auflösen.

Den ganzen Morgen und Nachmittag über hat ihn der Gedanke an Ginny gequält. Er hat versucht, sich auf seine Arbeit, seine aufregende neue Position zu konzentrieren. Hat sich einen Kaffee eingegossen, die Kopfhörer aufgesetzt und seine Festplatte aufgeräumt. Dabei hat er all die Ordner und Dokumente noch einmal durchgesehen, die er im vergangenen Jahr angelegt hat, um Datenmaterial zu finden, auf das er seine Strategie für das kommende Jahr gründen könnte.

Normalerweise taucht er bei so etwas immer ganz tief ab. Er hat schon komplette Tage mit Zahlenspielereien in Excel verbracht, hat von einer Pivot-Tabelle aufgeblickt, um erstaunt festzustellen, dass er nicht erst drei Minuten, sondern vier Stunden vor dem Rechner sitzt.

Ganz anders heute. Heute war er absolut nicht bei der Sache.

Vor seinem inneren Auge tauchte immer wieder der Screenshot auf, das Flugticket, mit dem Ginny New York verlassen wird – für wer weiß wie lange. Vier- oder fünfmal hat er die Instagram-Seite aufgerufen und auf das Foto gestarrt, als könnte das irgendetwas am Lauf der Dinge ändern.

Als er jetzt nach rechts auf den West Side Highway biegt, fragt er sich, warum es ihm so viel ausmacht, dass sie die Stadt verlässt. In New York leben acht Millionen Menschen. Wieso wirft der Wegzug eines einzelnen ihn so aus der Bahn? Zumal er sie ja wohl sowieso nicht mehr gesehen hätte. Von allen acht Millionen Einwohnern ist er schätzungsweise derjenige, dem Ginny am wenigsten hätte begegnen wollen.

Hier, an seinem oberen Ende, ist der Hudson River Greenway geprägt von Gegensätzen: auf der einen Seite der Highway, auf der anderen das üppige Grün des Parks. Fahrradfahrer und Rollerblader überholen Adrian. Bei ihrem Anblick muss er daran denken, wie Ginny zu ihrer ersten Verabredung aufgekreuzt ist – auf Rollerblades. Verdammt, alles, wirklich alles erinnert ihn an Ginny. Könnte er sich die Erinnerungen doch nur aus dem Kopf schütteln!

Aber nein, jetzt sieht er sie erst recht vor sich: ihre gestuften blonden Haare unter dem Helm mit den vielen Aufklebern. Ihr strahlendes Lächeln, als sie die Blades im *Dante* gegen Sneakers getauscht hat. Damals wirkte sie ganz anders. Als würde sie Traurigkeit und Leid nicht kennen. Als würde ihr Leben aus Luft bestehen.

Wie hatte er sich doch getäuscht!

Unwillkürlich fängt er an zu joggen – und das, obwohl er bereits am Morgen gelaufen ist, seine übliche Runde, sechs Meilen bis zum Battery Park und zurück. Seine Beine werden sich bedanken, das weiß er, er wird höllischen Muskelkater bekommen. Aber einfach nur gehen, das reicht ihm nicht. Er will sich verausgaben, seine Schritte auf dem harten Pflaster spüren.

Er lässt seine AirPods in der Tasche und lauscht stattdessen den Geräuschen der Stadt: dem Rauschen des Verkehrs, dem Surren der Fahrradreifen, dem Gelächter der Menschen, die in kleinen Gruppen auf dem Rasen zusammensitzen, dem sanften Schwappen der Wellen gegen die Mole.

Auf Höhe von Pier 45 lichten sich die Bäume und geben den Blick auf den Hudson frei. Unter dem leicht bewölkten Nachmittagshimmel wirken die bläulich grauen Wellen kalkig. Sie erinnern Adrian an die Donau. An lange Morgenspaziergänge, an Americanos und schokoladengefüllte *Fánks*.

Er lenkt seine Gedanken in eine andere Richtung. Ginny ist schließlich nicht seine einzige Erinnerung an die Donau, oder? Er ist an diesem Fluss aufgewachsen. Er hat mit Jozsef unzählige Bälle gegen die Ufermauer gekickt. Wer die Mauer am weitesten oben traf, ohne dass der Ball rüber in den Fluss flog, hatte gewonnen. Dutzende verschossener Bälle sind von der Flut mitgerissen und Richtung Parlamentsgebäude getrieben worden. Seine *Nagyanya* hätte gewettert, wenn sie gewusst hätte, wie verschwenderisch sie mit den Bällen umgingen, aber er brauchte es ihr zum Glück nicht zu sagen: In Jozsefs Familie gab es einen schier unerschöpflichen Ballvorrat.

Seine Gefühle gegenüber der Donau werden immer gespalten sein. Er verdankt ihr einige seiner glücklichsten Kindheitsmomente – er hat mit Jozsef dort gespielt, ist mit seinem kleinen rostigen Fahrrad den Uferweg entlanggestrampelt, hat im Schneidersitz am Wasser gesessen und die Möwen gefüttert.

Aber die Donau wird auch immer der Fluss bleiben, der seinen Vater verschlungen hat.

Nachdem er erfahren hatte, wie sein *Apa* ums Leben gekommen war, hatte er die Donau ein paar Jahre lang gemieden. Er nahm verschlungene Wege, von denen aus er das Wasser nicht sehen konnte, und näherte sich ihm nur, wenn es gar nicht anders ging. Fiel sein Blick auf eine Brücke, sah er automatisch ein Auto, das auf schwarzem Eis rutschte, durch das Geländer brach und mit dem Kühler voran durch die Luft flog. Er sah Metall und Gummi in den Fluten versinken. Eine Tür, die sich nicht öffnen ließ. Einen engen Raum, der sich mit Wasser füllte, bis keine Luft mehr zum Atmen war.

Stopp!

Warum kommen ihm diese Gedanken gerade jetzt? *So* will er nicht an seinen Vater denken – sondern lieber so, wie er zu Lebzeiten war: intelligent, charismatisch, beliebt bei den Studierenden. Adrian hat den Eindruck, dass sich seine Gedanken im Laufe des Tages immer weiter verdüstert haben. Verdammt, er will, dass das aufhört.

Er ist jetzt fast zu Hause. Nur noch ein paar Häuserblocks. Sein Atem geht schwer. Sein T-Shirt ist feucht, der Schweiß läuft ihm über den Rücken und sammelt sich an seinem Hosenbund. Seine Beine schmerzen. Er drückt aufs Tempo. Er will seinen Gedanken entkommen, diesem unheimlichen Gefühl, das ihn schon den ganzen Tag verfolgt. Doch als er seinen Block erreicht, hat er statt der vielen Restaurants und Weinlokale immer noch seinen Vater vor Augen – seinen Vater, einen Stoß Bücher und ein blassgelbes Auto.

Er rennt die Treppe hoch, zwei Stufen auf einmal nehmend. Hektisch stochert er mit dem Schlüssel im Schloss, und als die Tür endlich aufgeht, stürzt er ins Zimmer und fällt keuchend zu Boden.

Das Foto.

Das einzige Bild, das er je von seinem Vater gesehen hat. Das Foto, das er nicht einmal besitzt, sondern nur ein paar Wochen in der Hand hielt, bevor er es in das Versteck zurücklegte, in dem seine Mutter es verwahrte. Er weiß nicht einmal, ob das Bild in seinem Kopf dem wahren Abbild seines Vaters entspricht. Vielleicht ist es völlig falsch, verzerrt durch die Jahre.

Vielleicht hat er in Wirklichkeit nicht die geringste Ahnung, wie sein Vater aussah.

Bei diesem Gedanken hätte er sich am liebsten zusammengerollt und geweint.

Aber das kann er nicht, natürlich nicht. Adrian weint nicht. Adrian fühlt nicht. Punkt.

Sein Blick schweift durch den Raum, über die Küchenzeile, den Schreibtisch, das Sofa. Bleibt an seinem offenen Schrank hängen. An den Anzugschuhen im obersten Fach.

In dem Moment fällt es ihm wieder ein: das Paket.

Eine Sekunde später steht er auf Zehenspitzen vor dem Schrank und tastet mit ausgestrecktem Arm in dem Fach. Als er das Paket zu fassen bekommt, zieht er es so hastig heraus, dass ein Schuh auf den Boden fällt. Er lässt ihn liegen, nimmt das Paket mit zum Sofa und setzt sich. Der Karton wackelt auf seinem Schoß, eine der beiden Deckelklappen steht offen. Eine halbe Einladung.

Adrian schlägt die andere Klappe um, dann hebt er das schwarze Lederalbum heraus und wischt über den Einband. Atmet noch ein paarmal tief durch, bevor er es öffnet.

Das erste Foto zeigt seine Mutter und seinen Vater in jungen Jahren. Sie können nicht älter als sechzehn sein und sind schick gekleidet, vielleicht für eine Schulveranstaltung. Gab es im kommunistischen Ungarn Abschlussbälle? Er weiß es nicht. Noch etwas, das er seine Großeltern nie gefragt hat.

Er blättert um. Auf dem nächsten Foto ist sein Vater etwas älter und trägt ein Sporttrikot mit der Aufschrift *KÖLCSEY FERENC* und einen Fußball unterm Arm.

Adrian starrt das Foto lange an. Sein Vater hat Fußball gespielt. *Fußball.*

Auf dem Foto rechts sind seine Eltern wieder beide zu sehen, nur dass diesmal auch Eszter dabei ist. Sie sitzen auf einer Picknickdecke am Ufer des Plattensees. Sein Vater trägt eine dunkelblaue Badehose, seine Mutter und *Nagyanya* hochgeschlossene Badeanzüge. Auf der Decke stehen Teller mit *Lángos* und *Dobostorta* und Gläser mit dunklem Rotwein. Die drei lächeln und blinzeln gegen die Sonne. Der Mund seines Vaters ist geöffnet, als würde er gerade etwas erzählen. Adrian verspürt eine seltsame Sehnsucht. Er würde so gerne wissen, was sein Vater gesagt hat.

Er blättert weiter und weiter, betrachtet Foto um Foto: seine Eltern an der Uni, seine Eltern bei einer Sportveranstaltung, seine Eltern auf einem Städtetrip, es sieht nach Sofia aus, seine Eltern bei ihrer Examensfeier.

Und dann, plötzlich: seine Mutter in einem weißen Kleid, sein Vater in einem hellgrauen Anzug. Sie halten sich im Arm. Hinter ihnen die weit geöffneten Türen einer Kirche. Blütenblätter wehen durchs Bild, vermutlich geworfen von Leuten, die außerhalb des Bildausschnitts stehen. Sein Vater lächelt. Seine Mutter lächelt auch. Ein so glückliches Lächeln hat Adrian noch nie auf ihrem Gesicht gesehen hat. Nie.

Das ist der Moment, in dem ihm die Tränen kommen. Schnell blinzelt er sie weg und blättert weiter.

Er sieht, wie seine Eltern ihr Haus kaufen. Wie sie Gäste zum Abendessen dahaben und hinter dem Haus seiner Großeltern gärtnern. Er sieht sie in den Hügeln rund um Szentendre wandern und die Donau entlangradeln, so wie er selbst früher. Dann fällt ihm plötzlich der gewölbte Bauch seiner Mutter auf, und er weiß, dass Beatrix unterwegs ist. Auf den nächsten Fotos sieht er den Bauch wachsen, und als er umblättert, sind sie auf einmal zu dritt: seine Mutter im Krankenhausbett, mit der kleinen Beatrix im Arm, und sein Vater daneben, eine Hand auf der Schulter seiner Frau. Sie wirken müde, aber sie lächeln, staunend und ein bisschen erschrocken.

Je weiter Adrian blättert, desto stärker brennen seine Augen. Sein Blick verschwimmt, bis er schließlich blinzeln muss und die Tränen nicht mehr aufzuhalten sind. Wann hat er das letzte Mal geweint? Er kann sich nicht erinnern. Er wusste nicht mal, dass sein Körper Tränen produzieren kann.

Auf der nächsten Seite sieht er seine Eltern mit der kleinen Beatrix beim Picknick in einem Park. Beatrix auf dem Arm seines Vaters. Beatrix im Kinderwagen, mit seiner Mutter und Eszter in der Eötvös-Loránd-Universität. Er sieht sie in einem Restaurant in Pest. Er sieht Spielkameradinnen und erste Schritte und eine kleine Familie, die gemütlich auf einem Sofa sitzt, das er nicht kennt, in einem Haus, in dem er nie gewohnt hat. Er verfolgt, wie sich ein Leben entfaltet. Er sieht eine Kindheit, die er nie hatte, eine Familie, die glücklich war, heil, nicht auseinandergerissen. Seine Tränen strömen jetzt nur so.

Und dann, beim nächsten Umblättern, erstarrt er: Seine Mutter ist erneut schwanger, sie hat eine Hand auf ihrem Bauch, sein Vater hockt neben ihr. Da ist er. Adrian, im Mutterleib. Seine Eltern blicken selig in die Kamera – als könnten sie es kaum erwarten, die kleine Familie zu vergrößern.

Sie ahnen nicht, dass Adrians Zeugung der Anfang vom Ende war.

Die restlichen Fotos kann er sich kaum noch anschauen. Beatrix, inzwischen ein Kleinkind, seine schwangere Mutter und sein aufgeregter Vater. Er will die Tassen Kaffee nicht sehen, die sie trinken, die Spaziergänge am Fluss, die Geburtstagsfeste und die Feiertage bei den Großeltern. Er will es nicht sehen. Denn er weiß, was als Nächstes kommt.

Seine Mutter ist hochschwanger. Seine Schwester grinst mit nur sechs Zähnen. Sein Vater hält sie beide im Arm.

Als Adrian erneut umblättert, ist da nichts. Kein Foto. Nur eine leere Seite.

Auch die Seite danach ist leer. Und die danach. Aber Adrian weigert sich, das zu akzeptieren. Er ist sich sicher, dass da noch etwas kommen muss. Das Album wird hier nicht enden. Es *kann* hier nicht enden. *Darf hier nicht enden.*

Und dann hat er die allerletzte Seite erreicht. Es kommt nichts mehr. Als er das Album von seinem Schoß stößt, landet es aufgeklappt auf dem Boden, die Seiten umgeknickt. Adrian beugt sich vor und schlingt die Arme um seine Beine. Lässt sich auf die Seite fallen. Er weint jetzt hemmungslos. Krampfartig kommen die Schluchzer aus seinem tiefsten Inneren. Sein ganzer Körper bebt. Er kann weder atmen noch denken.

Irgendwann fingert er in seiner Tasche nach seinem Handy und zieht es zitternd heraus. Er sieht das Display so verschwommen, dass er mehrmals drauftippen muss, bevor er das Icon mit dem Hörer trifft. Dann scrollt er in seinen Kontakten bis zu »MOM« und drückt auf Anrufen.

Nach nur zwei Klingelzeichen hebt sie ab. »Adrian …«, sagt sie, aber bevor sie weitersprechen kann, unterbricht er sie:

»Es ist meine Schuld.« Schluchzend wiederholt er auf Ungarisch: »Es ist alles meine Schuld.«

»Schatz, beruhige dich.« Sie klingt erschrocken. »Was ist los? Wovon sprichst du?«

»Es ist meine Schuld, *Anya.* Er wäre nie gestorben, wenn ich nicht gewesen wäre.«

»Wer …?«

»Er ist auf dem Weg zum Krankenhaus gestorben. Wo ich zur Welt kommen sollte. Es ist meine Schuld.« Adrian hat Mühe zu sprechen, bekommt kaum Luft. »Er ist für mich gestorben. Es tut mir so leid, *Anya.* Es tut mir so unendlich leid.«

Seine Mutter sagt nichts.

Adrian gibt ein Geräusch von sich, halb Keuchen, halb Wimmern. »Ich wollte ihn dir nicht wegnehmen.«

Beide schweigen. Nur Adrians Schluchzen ist zu hören. In einem Winkel seines Hirns macht sich Scham breit über diesen irrationalen Ausbruch, aber ein anderer Teil von ihm – der weit größere – wünscht, er könnte noch hemmungsloser weinen. Könnte jeden Tropfen Wasser aus seinem Körper pressen. Vielleicht würde das den Schmerz wegspülen, der sich beim Durchblättern des Albums in ihm ausgebreitet hat. Die Trauer, die ihn jetzt komplett ausfüllt.

Nach ein oder zwei Minuten lässt sein Schluchzen nach, und er hört das Atmen seiner Mutter im Telefon. Er versucht, sich auf dieses Geräusch zu konzentrieren, sich davon wegtragen zu lassen, weg von sich selbst.

»Adrian«, sagt sie schließlich sanft. »Der Tod deines Vaters ist nicht deine Schuld. Das weißt du, stimmt's?«

Er antwortet nicht.

»Es war ein Unfall. Einer der schlimmsten Unfälle, die man sich vorstellen kann. Ja, er wurde uns genommen, aber nicht von dir. Sondern von einer vereisten Fahrbahn.« Sie hält inne. »Im Grunde deines Herzens weißt du das, oder?«

Er schnieft.

»Gottes Wege mögen unergründlich sein, aber er tauscht ganz sicher keine Leben gegeneinander aus«, sagt sie. »Das ist nicht seine Art.«

»Immerhin hat seine Art dazu geführt, dass *Apa* sterben musste, bevor ich auf die Welt kam.«

»Das mag sein, Adrian. Aber das macht dich noch lange nicht zum Schuldigen.«

»Ich halte es nicht aus, *Anya.*« Sein Atem kommt stoßweise, seine Stimme bricht. »Es ist zu schwer.«

»Was genau, Schatz?«

Er atmet aus. »Alles.«

Obwohl er seine Mutter nicht sehen kann, spürt er ihr Nicken durchs Telefon. Er kann sich ihren Gesichtsausdruck vorstellen: ernst, aber verständnisvoll, die Lippen geschürzt, zwei dünne Falten auf der Stirn. Es ist derselbe Ausdruck, den er schon Hunderte Male gesehen hat – derselbe, den sie in der

Kirche hat, wenn der Priester sagt, dass alle Menschen Sünder sind und für ihre Sünden büßen müssen.

»Ich weiß, Schatz«, sagt sie tröstend. »Ich weiß.«

»Wie werde ich es los?«

»Das wirst du nicht«, antwortet sie leise. »Du musst lernen, damit zu leben.«

Danach schweigen sie, lauschen dem Atmen des anderen. Noch nie hat Adrian sich bei seiner Mutter ausgeweint. Noch nie ist er zu ihr gegangen, um sich übers Haar streicheln zu lassen, um in den Arm genommen zu werden. Aber ungefähr so muss es sich anfühlen, denkt er. Ein stiller Trost, der einfach darin besteht, dass jemand da ist.

»Möchtest du nach Hause kommen?«, fragt seine Mutter.

Adrian überlegt. Vielleicht ist es genau das, was er jetzt braucht: sein altes Zuhause. Das Sonnenlicht, das schräg ins Wohnzimmer fällt, die sanften grünen Hügel, die goldenen Kornfelder. Die Rückkehr nach Budapest hatte etwas sehr Heilsames gehabt, vielleicht ist es in Indiana genauso?

Deshalb fliegt ja auch Ginny nach Hause. Um gesund zu werden.

Adrian verlagert sein Gewicht auf der Couch, setzt sich aufrechter hin. Sein Blick streift den Karton. Unten auf dem Boden liegt der grüne Umschlag mit seinem Namen.

»*Anya?*« Er beugt sich vor und nimmt den Umschlag heraus. »Kann ich dich zurückrufen?«

»Natürlich, Schatz. Ich hab dich lieb.«

»I… ich … dich auch«, sagt Adrian und legt auf. Selbst seiner Mutter gegenüber kommen ihm die Worte nicht richtig über die Lippen.

Er dreht den Umschlag um. Wie alle Briefe seiner Großeltern trägt auch dieser eine blaue Siegelmarke, in die eine Tulpe hineingedrückt ist. Das Siegel ist rein dekorativ, der Umschlag ist ganz normal zugeklebt. Adrian streicht mit den

Fingern darüber. Dann zieht er es ab und schiebt seine Finger unter den Rand des Umschlags.

Eine Karte gleitet heraus, auf die nur ein paar ungarische Zeilen gekritzelt sind:

Adrian,
die gehören dir. Verwahre sie gut.
Und bewahre ihn in deinem Herzen.
Alles Liebe für Ginny.
PS – Hast du ihr schon gesagt, dass du sie liebst?

Die Koffer sind gepackt, die Toilettenartikel von der Spiegelablage geräumt. Heathers Luftmatratze ist aufgerollt, und der Müllbeutel steht zugeschnürt neben der Tür. Endlich verlässt Ginny die Sullivan Street.

»Alter, wem schreibst du denn da?«, fragt Tristan im Wohnzimmer. Ginny bindet sich gerade die Schuhe und sieht nicht, mit wem er spricht. »Seit zehn Minuten bist du nonstop mit deinem Handy zugange.«

»Niemandem«, brummt Clay.

»Ist niemand eine Frau, mit der du schläfst?«

»Nein. Es ist niemand.«

Ginny steht auf und blinzelt ihren besten Freund an. »Du verhältst dich komisch.«

»Tue ich nicht.« Clay steckt sein Handy ein und wendet sich an Heather. »Wir werden dich vermissen, Heath.«

»Ich weiß.« Heather zieht einen Schmollmund. »Wen soll ich schikanieren, wenn ich Tristan nicht mehr um mich habe?«

»Na ja«, sagt Tristan, »es gibt ja Messengerdienste.«

Ginny bleibt ihr Lachen im Hals stecken, als sie den Schlüssel in der Wohnungstür hört. Sie fährt herum, und in dem Moment öffnet sich die Tür und Finch kommt herein.

Im Raum wird es still.

Finch durchquert den dunklen Flur, die Rollen seines Koffers hüpfen über die Ritzen der Dielen. Als er ins Licht des Wohnzimmers tritt, fallen Ginny als Erstes seine warmen, vertrauten Augen und seine geschwungenen Lippen auf. Ihr Magen sinkt ihr bleischwer auf die Füße.

»Ich dachte, du kommst erst Montag zurück«, sagt sie.

»Dir auch Hallo.«

»Hey, Tristan, ich will dir noch kurz was Cooles zeigen, kommst du mal kurz mit in mein Zimmer?«, sagt Clay.

»Immer gern. Ich mag coole Sachen.« Tristan geht hinter ihm her und schließt die Tür.

»Ist das …?« Heather tritt zu Ginny und packt ihren Ellbogen. »Ist das Finch?«

»Schön, dich kennenzulernen«, sagt dieser.

»Ginny.« Heather drückt ihren Ellbogen. »Ein Wort von dir genügt, und ich reiß ihm die Hoden ab.«

»Ähm.« Finch blickt auf seinen Schritt.

»Nein, schon gut«, sagt Ginny. »Ich komm klar.«

»Bist du sicher?«

»Absolut. Geh ruhig zu den Jungs. Die kleben wahrscheinlich sowieso mit den Ohren an der Tür.«

»Tun wir nicht!«, tönt es gedämpft aus Clays Zimmer.

Heather drückt Ginnys Ellbogen ein letztes Mal, dann dreht sie sich um und verschwindet in Clays Zimmer. Ginny und Finch stehen einen Meter voneinander entfernt, so weit, wie es das Wohnzimmer zulässt.

»Du bist jetzt also verlobt.« Ganz bewusst verschränkt sie ihre Arme nicht. Sie möchte nicht so aussehen, als wollte sie sich verstecken.

»Ja, ich bin verlobt.«

»Herzlichen Glückwunsch.«

»Ich wollte …« Er räuspert sich. »Ich bin früher zurückgekommen, weil ich dich noch erwischen wollte, bevor du gehst. Ich wollte … mich entschuldigen.«

»Du hast dich bereits entschuldigt, Alex. Mehrfach.«

»Und du … verzeihst mir nicht? Wirst mir auch nicht verzeihen?«

»Das will ich so nicht sagen. Aber ich brauche im Moment

keine Entschuldigung von dir, sondern Abstand. Ich muss gesund werden, und du musst die Dinge mit deiner Verlobten klären.« Ginny macht einen Schritt auf ihn zu. »Hast du ihr überhaupt erzählt, was zwischen uns war?«

»Ich …« Finch fummelt am Griff seines Koffers herum. »Noch nicht.«

»Wie bequem.«

»Aber das werde ich«, beteuert er hastig. »Ich schwör's, ich werde es ihr sagen.«

»Ich kann nicht behaupten, dass ich dir das glaube. Aber zum Glück geht mich das ja nichts mehr an.«

»Heißt das … heißt das, du bist nicht mehr in mich verliebt?«

Ginny lacht, ein kehliger, ungläubiger Laut. »Nein, Finch. Ich bin nicht mehr in dich verliebt. Und weißt du was? Ich glaube, das war ich auch nie.«

»Aber was ist mit …?«

»Nein. Hör auf.« Sie hält sich die Ohren zu. »Ich will das alles nicht hören. Ich will nicht wieder in deine Spielchen reingezogen werden.« Sie lässt die Hände sinken und hebt dafür die Stimme. »Was auch immer du für mich empfunden hast, Finch, was für eine beschissene, egozentrische Scheiße auch immer du aus unserer Beziehung gemacht hast – das war keine Liebe. Und was ich für dich empfunden habe? Das war auch keine Liebe.« Sie atmet scharf ein. »Das war Angst.«

»Angst?« Er schüttelt den Kopf. »Angst wovor?«

»Angst, hässlich zu sein. Angst vor dem Alleinsein. Angst davor, nicht liebenswert zu sein. Du warst mein Sicherheitsnetz. Und ich wette, du hast meine Angst gerochen. Hast sie gerochen, als ich zum ersten Mal zur Wohnungstür hereinkam. Das war es, was dich überhaupt erst zu mir hingezogen hat. Ich war leichte Beute.«

»Das ist nicht …«

»Aber ich möchte dieses Gespräch nicht mit dir führen, Finch. Tut mir leid, aber ich glaube dir nicht mehr, ich traue deinen Worten nicht. Ich weiß bei dir nicht, was wahr ist und was erfunden. Und das Schlimmste: Ich glaube, du weißt es auch nicht.«

Finchs Mund klappt zu.

»Wenn du mich jetzt entschuldigst.« Ginny schiebt sich an ihm vorbei und steuert auf die Badtür zu. Sie dreht den Knauf und geht rein. Hinter ihr sagt Finch kein Wort, um sie aufzuhalten.

Ginny knallt die Tür zu und drückt sich mit dem Rücken dagegen, die Handflächen gegen das Holz gepresst. Das Bad ist so winzig, dass der Plastikduschvorhang von ihrem keuchenden Atem beschlägt. Ihr Gesicht ist tränennass. Am liebsten würde sie auf den Boden sinken und sich zusammenrollen – zur kleinstmöglichen Version ihrer selbst. Zu einer Ginny-Variante ohne breite Schenkel und Fettröllchen und Brüste, die sie daran hindern, die Arme zu verschränken. Sie würde so gerne einschlafen und all das verschwinden lassen.

Aber das kann sie nicht. Anstatt sich an der Tür hinabgleiten zu lassen, tritt sie von ihr weg. Anstatt sich zusammenzurollen, richtet sie sich auf und strafft die Schultern. Und anstatt sich vom Spiegel wegzudrehen, wie sie es beim Händewaschen so oft tut, wendet sie sich ihm zu und schaut direkt hinein.

Sie betrachtet sich. Ihr neues, rundliches Gesicht. Ihre üppigen Brüste. Ihr Schlüsselbein, das kaum noch zu sehen ist. Die weiche Linie ihrer Schultern.

Und zum ersten Mal denkt sie: *So sehe ich aus, wenn ich gesund bin.*

Die Tränen strömen nur so über ihre geröteten Wangen. Ihre Nase läuft, sie atmet durch den Mund, schnappt nach Luft, *bitte, mehr, füll meinen Körper*. Sie ist nicht schön. Sie sieht roh aus, wie gepellt. Mit Rundungen und großen Augen. Als seien alle Schutzschichten von ihrem Körper heruntergerissen worden. Als sei nur noch sie selbst übrig.

So sehe ich aus, wenn ich gesund bin, denkt sie.

So und nicht anders.

Lange starrt Adrian auf *Nagyanyas* Zeilen, folgt den Schleifen und Windungen ihrer Handschrift, verharrt bei den Zwischenräumen und unbeschriebenen Flächen, als würde sich dort eine versteckte Botschaft verbergen. Als hätte er einen Geheimcode vor sich.

Dann lässt er die Karte unvermittelt fallen und greift nach seinem Telefon. Mit zitternden Händen entsperrt er es, öffnet die Textnachrichten und scrollt zu Clays Kontakt.

ADRIAN: Ist sie schon weg?

Er legt das Handy weg und wartet. Kreist die Schultern, als könnte das seine Anspannung lösen. Clay antwortet innerhalb von Sekunden.

CLAY: Nein. Sie ist gerade mit Packen fertig.
CLAY: Aber sie fährt bald.
CLAY: Wenn du ihr also etwas zu sagen hast ...

Für eine Antwort hat Adrian keine Zeit mehr. Er springt auf, schnappt sich seine Schlüssel vom Nachttisch und stürzt aus der Tür.

Auf der Straße hält er das erstbeste Taxi an. Normalerweise würde er ein Uber bestellen, aber auf den Wagen müsste er viel zu lange warten. »116 Sullivan Street«, ruft er dem Fahrer zu, und der gibt Gas.

Als sie in die Seventh Avenue einbiegen, stehen sie sofort im

Stau. Adrian wippt hektisch mit dem Fuß, sein Oberschenkel trommelt auf den Sitz. Er zieht sein Handy hervor und öffnet den Browser. Konzentriert gibt er verschiedene Begriffe ein, dann lädt er eine neue Seite, vervollständigt Eingabefelder, setzt Kreuze in Kästchen und drückt auf Enter. Die aufploppenden AGBs und Vertragsbedingungen bestätigt er ungelesen. Nachdem er sich bis zum Ende der Seite durchgescrollt hat, steckt er das Telefon zurück in die Hosentasche.

Das Taxi schiebt sich ein paar Meter vor, dann noch ein paar. In Adrians Hosentasche vibriert das Handy einmal, zweimal, dreimal. Aber er holt es nicht heraus. Er will nicht wissen, ob es schon zu spät ist. Er will es bis zu seinem Ziel schaffen, egal, wie es ausgeht.

Fünf Minuten verstreichen. Adrian hat das Gefühl, gleich aus der Haut zu fahren. Sein Fuß wippt immer hektischer. Ein Wunder, dass der Taxifahrer ihn nicht bittet, damit aufzuhören. Adrian kurbelt das Fenster herunter und streckt den Kopf heraus. Der Stau scheint sich ewig hinzuziehen, womöglich sogar bis zum Freedom Tower.

»Scheiße!«, murmelt er und schiebt ein paar Dollarscheine durch den Schlitz in der Scheibe, die ihn vom Fahrer trennt. Der entriegelt die Tür, und schon ist Adrian draußen. Er sprintet los, im Slalom um die Autos und Laster herum, die die Seventh Avenue verstopfen. Er zwängt sich zwischen Rückspiegeln hindurch und springt über dampfende Kanaldeckel. Als er eine Lücke zwischen den Radfahrern entdeckt, hechtet er links auf den Bürgersteig. Dort rennt er weiter, im selben Tempo. Passiert die West 4th Street, dann die Bleecker. Schlängelt sich durch eine Horde betrunkener Minderjähriger, die sich vor dem *Caliente Cab Co.* versammelt haben. Wieder vibriert sein Handy in der Hosentasche, diesmal scheint es ein Anruf zu sein. Aber er hält nicht an. Er umrundet eine Frau mit Kinderwagen und wäre um ein Haar in eine offene Kellerluke vor einem Café gestürzt. Sein Atem geht keuchend. Drei Läufe an einem Tag, seine Beine sind am Ende. Nach einer gefühlten Ewigkeit sieht er in der Ferne die Kreuzung Seventh und Houston. Er setzt zu einem letzten Sprint an und erreicht die Houston in dem Moment, als die Fußgängerampel auf Rot springt. Fluchend rennt er rüber, was ihm ein wütendes Hupkonzert einbringt. Auf der anderen Straßenseite biegt er links ab, überquert die Sixth Avenue und erreicht die Häuserblocks von SoHo, die glücklicherweise nicht so lang sind. Nur noch die MacDougal und dann …

Dann …

Da ist sie. Sullivan Street. Adrians Beine laufen mechanisch weiter, und seine Arme bewegen sich ebenso schnell mit. Er bekommt kaum noch Luft, aber er ist so nah dran. Vielleicht steht Ginny gleich um die Ecke und wartet auf ihr Taxi. Vielleicht ist es aber auch schon zu spät. Vielleicht ist sie schon weg. Dann wäre alles umsonst gewesen.

Ginny.

Da steht sie, am Straßenrand, umringt von Clay, Tristan und noch jemandem, vermutlich ihrer Schwester. Ein Lächeln geht über sein Gesicht. Aber dann dreht sie den Kopf und sieht ihn direkt an, und sein Lächeln verschwindet, denn jetzt ist er hier … und verdammt, er hat keine Ahnung, was er sagen soll.

Adrian und Ginny stehen einen knappen Meter voneinander entfernt auf der Hälfte der Sullivan Street. Ginny stützt sich mit einer Hand auf ihren Koffer, wie vom Donner gerührt, die andere hat sie auf ihren Mund gepresst. Adrian, vornübergebeugt, die Hände auf den Knien, keucht so dermaßen, dass er nicht sprechen kann.

»Oh Gott.« Ginny löst sich von ihrem Koffer und späht nach einem Versteck – hinter Clay, hinter einem Laternenpfahl, egal. Hauptsache, Adrian sieht sie nicht so. Sieht nicht, wie viel sie zugenommen hat. Sieht nicht den neuen Körper, in dem sie lebt. Mag ja sein, dass sie selbst diesen Körper langsam akzeptiert, aber das heißt nicht, dass sie bereit ist, ihn der Welt zu zeigen. »Du kannst nicht … ich will nicht …«

»Warte«, stößt Adrian hervor und legt eine Hand auf ihre Schulter. Bei der Berührung zuckt sie zusammen und dreht sich ruckartig um, die Augen weit aufgerissenen. »Bitte warte.«

Alle warten. Beobachten, wie Adrian sich aufrichtet und tief ein- und ausatmet. Sein Gesicht ist krebsrot, sein Haar zerzaust, seine Stirn schweißnass.

»Gin«, sagt Heather langsam, »ist das der, für den ich ihn halte?«

»Ja«, sagt Ginny. Sie zittert. Am liebsten würde sie sich in ihren Koffer zwängen und den Reißverschluss zumachen. »Ja, das ist er.«

Als Adrian wieder aufrecht steht, zieht er die Schultern nach hinten, ohne dabei die Brust herauszustrecken. Er steht einfach nur gerade da. Kurz senkt er den Blick, und als er wieder aufsieht, flattern seine Wimpern, wie so oft. Ginny spürt, wie alle Luft aus ihr weicht.

»Adrian …«, beginnt sie.

»Ich liebe dich.« Er redet so schnell, dass die Worte miteinander verschmelzen.

»Du …« Ginnys Stimme bricht. »Du … was?«

»Ich liebe dich, Ginny.« Seine Arme baumeln an seinem Körper herab. »Es tut mir leid, dass ich so lange gebraucht habe, um das herauszufinden. Und ich bin nicht … ich bin nicht wirklich jemand, der große Reden schwingt …«

Hinter ihnen schnaubt Tristan. Clay stampft mit den Füßen.

»Aber ich musste es dir einfach sagen. Es tut mir leid, Ginny. Es tut mir leid, dass ich dich verletzt habe. Es tut mir leid, dass ich Angst hatte. Scheiße, ich habe *immer noch* Angst. Ich hatte noch nie eine richtige Beziehung, und das hier, das alles …«, er gestikuliert zwischen ihnen beiden hin und her, »… macht mir Angst. Eine Scheißangst. Ich lasse Nähe zu anderen Menschen nicht zu. Ich lasse sie nicht so nahe an mich heran, dass es wehtun würde, wenn sie mich verlassen. Aber bei dir … bei dir ist es schon zu spät. Und ich habe Angst, dass uns, wenn wir zusammenkommen, alles um die Ohren fliegt, und dann habe ich keine Ahnung, was ich tun soll ohne dich.«

Ginny vergisst das Atmen. Adrian sieht die anderen nicht ein einziges Mal an. Er spricht nur mit ihr.

»In Ungarn hast du mir gesagt, dass es absurd ist, sich nur dann auf eine Beziehung einzulassen, wenn man sicher ist, dass sie ein Leben lang hält. Dass kein Mensch jemals eine Entscheidung getroffen hat, an der er absolut keinen Zweifel hatte. Und weißt du was? Du hattest recht. Ich hatte Zweifel wegen Harvard. Ich hatte Zweifel wegen Disney. Ich war heute Morgen sogar im Zweifel, was ich zum Frühstück essen sollte. Es waren winzige, total lächerliche Zweifel, aber sie waren da. Sie sind immer da. Denn es ist ja offensichtlich menschlich, sich Sorgen zu machen, oder? Sich zu fragen: *Was wäre, wenn?* Die Entscheidungen zu hinterfragen, die man trifft.« Er atmet tief durch. »Deshalb: Ja. Es ist absurd, die Zukunft einer Beziehung einschätzen zu wollen, bevor man sich auf sie einlässt. Aber Ginny …«, er tritt einen Schritt vor, dann noch einen und nimmt ihre Hand, »… das alles ist völlig egal, denn jetzt gerade, in diesem Moment, sehe ich die Zukunft glasklar vor mir. Ich bin so unglaublich verliebt in dich, Ginny Murphy. Und ich weiß hundertprozentig, dass ich meinen verdammten Verstand verliere, wenn ich noch eine einzige Minute meines Lebens ohne dich verbringen muss.«

Sie öffnet den Mund. Schließt ihn wieder. Schüttelt den Kopf, ihr Blick huscht hin und her. »Aber ich … ich verstehe das nicht.« Wieder schüttelt sie den Kopf. »Wie kannst du mich jetzt lieben? Wo ich so unglaublich zugenommen habe? An den Armen, an den Oberschenkeln, im Gesicht und …« Sie hechelt jetzt fast, schnappt mehrmals nach Luft. »Wie kannst du mich lieben, wo ich so … hässlich bin?«

Einen Moment lang herrscht Schweigen. Ginnys Brust hebt und senkt sich, ihre Wangen sind gerötet, ihr Haarknoten ist in Auflösung. Adrian sieht sie an, ihre traurigen Augen, ihren gebeugten Rücken.

»Ginny.« Er legt die Hände auf ihre Arme. »Was auch immer du im Moment für dich selbst empfindest, ich versichere dir, es ist nicht real. Es ist nicht das, was der Rest der Welt sieht. Denn für mich … Gott … für mich bist du wunderschön. Im Moment finde ich dich so schön, dass es mir schwerfällt, dich überhaupt anzusehen.«

Ginny lacht, ein erstickter Laut, der ihr den Magen durcheinanderwirbelt. Sie würde ihn so gern umarmen, sich an ihn pressen, die vertraute Form seines Oberkörpers spüren.

Stattdessen senkt sie den Blick auf ihren Koffer. »Adrian.«

Sie umklammert den Griff. »Ich … ich gehe weg. Ich fliege nach Hause. Nicht für immer, aber …«

»Ich weiß. Ich weiß.« Er nickt und zieht sein Handy aus der Tasche. »Ich komme mit dir.«

»Du … was?« Sie blinzelt. »Wie bitte?«

»Ich hab gerade den Flug gebucht. Auf der Taxifahrt hierher.« Er hält ihr das Handy hin und zeigt ihr das Ticket von JFK nach Detroit. »Ich hab meinen Chef schon gefragt, und er hat mir das Okay für ein paar Wochen Homeoffice gegeben. Ich möchte während deiner Genesung für dich da sein. Ich möchte für alles da sein – für die guten Dinge, für die schlechten. Es sei denn …« Sein Blick schweift weg. »Es sei denn, du willst es nicht.«

Mit offenem Mund starrt Ginny auf das Flugticket. Niemand sagt ein Wort – weder Clay noch Tristan noch ihre Schwester. Das Schweigen zwischen ihnen, zwischen all diesen Menschen, die sich auf dem Bürgersteig zusammengedrängt haben, ist lang und dicht. Auf der Sullivan Street rumpelt ein Lieferwagen vorbei und hüllt sie in seine Abgase.

Und dann, völlig unvermittelt, prustet Ginny los.

Adrians Brauen ziehen sich zusammen. Er lässt sein Handy sinken. »Ist das … ist das ein Nein?«

»Nein, du Idiot.« Tränen sammeln sich in Ginnys Augen. Sie lacht noch immer. »Es ist ein Ja. Natürlich ist es ein Ja. Ich möchte, dass du mit mir nach Hause kommst. Ich möchte, dass du überallhin mit mir kommst.«

Ein kleines Lächeln zupft an seinen Mundwinkeln. »Ja?«

Sie lächelt zurück. »Ja!«

»Worauf wartest du noch?«, ruft Heather Ginny zu. »Küss ihn!«

Ginny geht den letzten Schritt auf Adrian zu und springt in seine Arme. Er fängt sie auf und hält sie fest. Die Beine um seine Taille, die Hände um seinen Hals geschlungen, beugt sie sich hinunter und drückt ihre Lippen auf seine. Ein paar Meter entfernt jubeln die Jungs. Heather steckt zwei Finger in den Mund und stößt einen anerkennenden Pfiff aus. Autofahrer hupen. Wildfremde Menschen auf der anderen Straßenseite beginnen zu klatschen. Niemand hat eine Ahnung, was da vor sich geht, aber trotzdem scheint sich der halbe Block zu freuen.

An der Bordsteinkante halten sich Ginny und Adrian eng umschlungen. Ginny wühlt ihre Finger in seine Haare. Adrian blickt lächelnd auf ihre Zähne. Dann schwingt er sie im Kreis, nur ein Mal, und setzt sie vorsichtig wieder ab.

Sie lösen sich voneinander, lassen sich aber nicht los. Ginny drückt ihren Kopf an seine Brust und legt ihre Arme um ihn.

»Ich liebe dich«, flüstert sie.

»Ich werde dich immer lieben«, sagt er, laut genug, dass es jeder hören kann.

DANKSAGUNG

Ich habe ich meine Anorexie- und Bulimie-Therapie im September 2020 begonnen. Ich war fünfundzwanzig Jahre alt und hatte sieben Jahre lang still gelitten.

Es ist mir sehr viel leichter gefallen, meine Magersucht zuzugeben als die Bulimie. Wenn man regelmäßig Sport treibt und bei den Mahlzeiten betont, man wolle einfach nur »gesund essen«, dann erntet man dafür meist Anerkennung – und hat zugleich eine perfekte Fassade, hinter der man seine Magersucht verstecken kann. Für freiwilliges Erbrechen dagegen fehlt in der Gesellschaft jedes Verständnis. Erbrechen ist eklig, es ist etwas Persönliches, etwas, mit dem die Öffentlichkeit nicht behelligt werden will. Die Scham über meine Bulimie-Erkrankung hat mich jahrelang gequält – so sehr, dass ich mich nicht einmal meinen liebsten und engsten Menschen anvertrauen konnte.

Dieses Buch habe ich geschrieben, weil ich mich nicht länger schämen wollte.

Zuerst möchte ich allen Ärzt*innen, Ernährungsberater*innen und Therapeut*innen danken, die mich durch den Genesungsprozess geführt und begleitet haben, ganz besonders Kelley Morrow, Kristi Ellis and Kathy Lee. Ohne euch hätte ich dieses Buch nicht schreiben können. Ihr habt mir das Leben gerettet.

Als Nächstes möchte ich meiner unglaublichen Agentin

Kimberly Whalen danken, die meinen Traum hat wahr werden lassen. Danke, dass du dich auf mich und dieses Buch eingelassen, an mich geglaubt und dich für meine Geschichte eingesetzt hast, egal, welche wilden Blüten sie getrieben hat. Ich bin so stolz darauf, dich an meiner Seite zu haben.

Ein großes Dankeschön geht auch an meine Lektorin Kristine Swartz. Danke, dass du erkannt hast, was in diesem Buch steckt – und dass du es so viel besser gemacht hast, als ich es je gekonnt hätte. Überhaupt danke ich der gesamten Berkley-Crew von ganzem Herzen für ihr Engagement und ihre unermüdliche Arbeit an diesem Projekt: Mary Baker, Chelsea Pascoe, Yazmine Hassan, Jessica Mangicaro, Christine Legon, Jennifer Lynes, Martha Schwartz, Colleen Reinhart und Jacob Jordan. Dieser Roman hätte kein besseres Zuhause finden können.

Ein besonderer Dank geht auch an Clio Cornish und das UK-Team von Penguin Michael Joseph, das mich so nett in London empfangen hat.

Meinen Eltern Nick und Susan schulde ich ewige Dankbarkeit für all ihre Liebe und die Unterstützung während meines Genesungsprozesses. Mom, dass ich den ersten Monat ohne Erbrechen durchgehalten habe, verdanke ich unserem *Grey's-Anatomy*-Marathon. Meiner Bande von älteren Geschwistern danke ich dafür, dass sie mir beigebracht haben zu lachen, Geschichten zu erzählen und mich selbst nicht allzu ernst zu nehmen. Ein ganz herzlicher Dank geht auf diesem Weg auch an Gramsie, Susie, Ian, Edie, Charlie, Jo, Lucy, Willie und alle anderen Familienmitglieder, die mir zur Seite gestanden haben.

Ebenso danke ich allen Freundinnen und Freunden, die mich während des langen, nervenaufreibenden Schreib- und Veröffentlichungsprozesses begleitet haben: Lauren, Zizi, Kendall, Jamie, Cece, Caroline, Lou, Chris, Dylan, Tristan, Cathy,

Danielle, Hunter, Hermosa Dan, Jack, Gabe, Maxx, Gray, Matt, Scottie, Sam, Jess, Lydia, Alisha, Vanessa, Katie, Makayla, Merit und all die anderen, die ich vergessen habe zu erwähnen.

Ein Riesendank geht an Pontus, mein schwedisches Fleischklößchen. Als ich in den Coffee-Shop kam, hatte ich ja keine Ahnung, dass ich meinen Seelenverwandten treffen würde. Du bist mein größter Held und mein allerbester Freund. Ich liebe dich wie verrückt.

Dann danke ich natürlich allen Leser*innen, allen Rezensent*innen, allen BookToker*innen, Bookstagrammer*innen und überhaupt allen, die sich auf mein Buch einlassen. Ihr haltet das Lesen lebendig! Ich liebe euch!

Und all denjenigen, die mit irgendeiner Art von Essstörung gekämpft haben oder noch kämpfen, möchte ich sagen: Ich sehe euch. Ich war eine von euch. Ihr seid nicht allein. Und vor allem: Ihr seid so viel mehr als das, was ihr auf eure Teller legt.